Mischa Bach: Stimmengewirr
Kriminalroman

Mischa Bach:
Stimmenwirr
ISBN-10 3-934927-79-3
ISBN-13 978-3-934927-79-7

Leda-Verlag, Kolonistenweg 24, D-26789 Leer
info@leda-verlag.de
www.leda-verlag.de
Lektorat: Maeve Carels
Titelbild: Mischa Bach
Druck und Gesamtherstellung: Aalexx Druck GmbH, Großburgwedel

Mischa Bach

Stimmengewirr

Kriminalroman

LEDA

MISCHA BACH

alias Dr. Michaela Bach, geboren 1966 in Neuwied am Rhein, lebt in Essen. Sie studierte Filmwissenschaften und schrieb Drehbücher unter anderem für *Polizeiruf 110*. Ihr erster Roman „Der Tod ist ein langer, trüber Fluss" brachte ihr 2005 eine Nominierung für den Glauserpreis in der Debut-Sparte ein, nachdem das Manuskript 2001 schon mit dem Martha-Saalfeld-Förderpreis ausgezeichnet worden war. Nach zahlreichen Kurzgeschichten („Vollmond" wurde für den Kurzkrimi-Glauser 2002 nominiert) ist „Stimmengewirr" ihr zweites Buch. Diesmal hat sie nicht nur den Text geschrieben, sondern auch das Bild für das Cover geliefert, denn die Malerei gehört ebenfalls zu ihren zahlreichen künstlerischen Aktivitäten. Das Thema Multiple Persönlichkeit hat Mischa Bach auch in einem Theaterstück verarbeitet, das voraussichtlich 2007 in Reutlingen uraufgeführt wird.

1. Die Flucht

Abschied

Kein Loch ist tief genug, die Vergangenheit zu begraben. Aber jeder Spiegel reicht aus, um Erinnerungen an die Gegenwart zu wecken. Erinnerungen – kann man das Erinnerungen nennen?

Ich bin – jedenfalls zeigt mir das der Spiegel – eine sehr weiße Frau. Verdammt weiß. Was Heidrun, meine sogenannte Mutter, nicht nur mit einem Naserümpfen quittieren würde: Solch ein Wort aus deinem Kirschmund! Kirschmund, wenn ich das schon höre – und es klingt mir jedes Mal, wenn ich mich im Spiegel erblicke, im Ohr.

Kirschmund, ja, in der Tat, ich habe einen bezaubernden, kleinen Kirschmund. Zugegeben, mein bevorzugter Lippenstift – knallrot – betont das auch noch. Und dann diese so verdammt weiße Haut – Porzellanhaut, sagt Heidrun voller Stolz, als ob sie die eigenhändig geschaffen hätte. Vielleicht hat sie sogar recht, denn kein Sonnenstudio und kein Strandaufenthalt schafft Abhilfe; nachdem ich das Krebsrot überwunden habe, werde ich sofort wieder elfenbeinweiß. Weiß, zart, durchscheinend. Genau wie meine weißblonden, welligen Haare – andere lassen sich so färben, Kind, höre ich sie sagen, und dir hat Gott sie einfach mitgegeben. Als ob ich dafür dankbar sein müsste. Einzig meine Augen hätte ich mir selbst ausgesucht, zum Glück sind die nicht himmelblau, sondern tiefseegrün.

Es ist keineswegs so, dass mir mein Spiegelbild nicht gefällt. Diese weiße Frau, dieses feingliedrige Porzellanpüppchen, würde mir als Aktporträt über dem Bett oder, um Heidrun zu ärgern, über dem Sofa gefallen. Ich mag mich auch, wenn ich mit mir alleine bin, wenn mich niemand sieht. Aber ich hasse den Beschützerinstinkt der meisten Männer ebenso wie den Neid vieler Frauen. Letzterer stört noch nicht mal so sehr – schlimm wird es mit meinen Geschlechtsgenossinnen erst, wenn sie ihren Neid zu kompensieren beginnen: Entweder ergibt das die weibliche Variante des ungefragten, ungewollten Macho-Schutzes, eine herablassende, erdrückende Mütterlichkeit, oder meine Bekannten schmücken sich mit mir. Seht her, meine Freundin sieht blendend aus und ist intelligent.

Das ist wirklich eklig – man gesteht mir tatsächlich zu, schön und intelligent zu sein! Nicht sofort, natürlich. Erst erlaubt man mir, kompetent zu sein – in der Tat, ich bin ganz allein in der Lage, mir die geforderten Bücher, Unterlagen, etc. für mein Studium zu besorgen und ich kann sogar einen Computer bedienen. Später bemerkt man dann, dass ich mehr mit den Informationen anfangen kann, als sie auswendig zu lernen. Was in meinem Fach – ich studiere Jura – durchaus ungewöhnlich ist.

Jura – hat eine Weile gedauert, bis Heidrun sich damit anfreunden konnte. „Studiere doch Kunstgeschichte oder Sprachen, Kind, du bist doch so sprachbegabt." Wie oft habe ich das gehört. Und obwohl sie es nie offen gesagt hat, bin ich mir sicher: Das Einzige, was sie mit meinen Studienplänen versöhnt hat, war die überproportionale Auswahl an geeigneten Ehemännern für ihre Cäcilia-Josephine.

Aus welchem zweitklassigen Roman der Name stammt, wüsste ich zu gerne. Doch das ist aus der ansonsten so redseligen Heidrun nicht herauszubringen. Weißhaut, Kirschmund, Blondhaar – all das ist nichts gegen diesen Weibchennamen. Er haftet fest an mir, klebt als Etikett „püppchenhaft" wie ausgespuckter Kaugummi an meinen Hacken.

An meinen hohen Hacken, denn es wird Zeit, auf den Punkt zu kommen. Was die gebrochenen Lichtstrahlen im Spiegel zeigen, ist eine blonde, zerbrechlich aussehende junge Frau in einem weißen Wollkleid, schwarzen Strümpfen und hochhackigen Pumps.

Na, zufrieden? Schließlich ist das die perfekte Maske, das vollkommene Versteck. Hinter diesem lieblichen Gesicht, in dieser Kindfrau vermutet mich niemand.

Genauso habe ich den letzten Moment in meiner Wohnung im Revier in Erinnerung: Ich zog meinen schwarzen Wollmantel über, setzte Mikes Borsalino auf – den kann er die nächsten

Monate ohnehin nicht brauchen –, nahm meinen alten Koffer und ging. Auf Nimmerwiedersehen. Schließlich ließ ich nichts zurück als falsche Eindrücke.

Es war früh am Morgen, die Straßen waren noch leer. Ein grauer Morgen, die Zeit, wo der Tag noch nicht erwacht, die Nacht aber schon vorüber ist. Seltsame Zeit, seltsame Atmosphäre – irgendwie melancholisch. Genau die richtige Zeit, um an einem Bahnhof Abschied zu nehmen von einer bedeutungslosen Stadt und einem Leben, das unwesentlich ist. Nein, keine Angst, ich ging nicht zum Bahnhof, um mich vor einen Zug zu werfen. Ich bin keiner von diesen toten Erzählern, ich bin verdammt lebendig.

Es gab zunächst zwei Gründe, warum ich ausgerechnet um diese Zeit meine Flucht aus dem Ruhrgebiet antrat: Zum einen war das die einzig todsichere Möglichkeit, Heidruns Ich-wollte-Dir-nur-mal-Guten-Morgen-sagen-Anrufen zu entkommen, und zum anderen bin ich im Grunde meines Herzens sentimental. Wie alle Zyniker; wir können uns nicht damit abfinden, dass die Dinge nicht so sind, wie sie uns einstmals schienen. Wir sind die wirklich Sentimentalen, bloß, dass wir diese doppelte Lüge nicht ertragen können. Es tat mir richtig gut, an jenem grauen Morgen auf dem Bahnsteig meinen Zug zu erwarten, tief in hausgemachter Melancholie zu versinken und dabei gänzlich unbeobachtet zu sein. Ist wahrscheinlich nichts Ungewöhnliches, Abschiede färben das Alte stets ungemein schön, egal, wie fad und falsch es auch war.

In der Manteltasche befand sich neben dem Bahnticket noch diese interessante Zeitungsannonce: „Renommierte Detektei sucht freie Mitarbeiter für diskrete Observation und Ermittlung." Wobei das Kleingedruckte betreffs Vorkenntnissen mir entgegenkam, denn, wie gesagt, ich studiere Jura und sollte mich jetzt eigentlich auf mein Staatsexamen vorbereiten.

Statt dessen stieg ich in den Zug, einen letzten Blick auf den Bahnsteig und die schlaftrunkene Stadt sorgfältig vermeidend. Ich hatte Glück und fand ein leeres Abteil. Wenn ich auch meinen Koffer alleine auf die Ablage wuchten musste, konnte ich so wenigstens unbelästigt meinen Gedanken nachhängen.

Schließlich hatte ich einiges zu bedenken … doch dazu kam es nicht, weil ich Spätaufsteherin sanft entschlummerte. Als ich wieder hochschreckte, blieb kaum Zeit mich zu orientieren – ich war tatsächlich in den Zug gestiegen, war wirklich auf dem Weg zu dieser Detektei.

In diesem Moment kündigte die bemerkenswert desinteressierte Stimme des Zugführers die bevorstehende Einfahrt in meinen Zielbahnhof Münster an und ich brach in Panik aus. So bin ich leider: Ich könnte ohne mit der Wimper zu zucken eine Bank überfallen, wenn mir aber auffällt, dass das Kleid, das ich anziehen will, in der Wäsche ist, kann mich das für einen halben Tag völlig aus dem Konzept bringen.

Gott sei Dank gelang es mir an diesem Vormittag, Panik und Hektik in Grenzen zu halten und den Zug am richtigen Bahnhof mit meinem kompletten Gepäck zu verlassen. Ich schleifte meinen Koffer zur Damentoilette eines Cafés im Bahnhofsgebäude, wo er sich als ebenso unhandlich wie überflüssig erwies. Meine Kleidung war trotz des kleinen Schlummers im unbequemen und vermutlich nicht ganz sauberen Zugabteil tiptop. So kramte ich nur Lippenstift und andere Utensilien zur Maskierung meines wahren Wesens und meiner Unsicherheit aus der Handtasche. Ich bin überzeugt, dass man sich bis zu einem gewissen Grad Furcht weg- und Selbstbewusstsein herbeischminken kann; bei mir jedenfalls wirkt das sehr gut. Professionelle Schauspieler machen ihre Sprachübungen vor der Vorstellung, schneiden Fratzen im Garderobenspiegel oder versetzen sich mit einer anderen, ganz privaten Methode in Stimmung für das, was anschließend auf der öffentlichen Bühne geschieht. Ich male mich halt an bzw. übermale mich. Als ich fertig war und mein Werk im Spiegel begutachtet hatte, machten mir die Blicke der Kellner im Café nichts mehr aus. Ich schwebte auf Wolken aus Selbstbewusstsein zur Theke und fragte nach dem Telefon, um in der Detektei anzurufen. Obwohl man mir dort versicherte, es gäbe bereits eine große Zahl von Bewerbern, gelang es mir, einen Vorstellungstermin für den nächsten Tag zu bekommen. Danach rief ich die Maklerin an, deren Nummer mir Jo notiert hatte, und vereinbarte schließlich für den Nachmittag einen Termin bei dem Friseur, den mir die Frau hinter der Theke empfahl.

Jetzt war Zeit fürs Frühstück – und um das in einem Café genießen zu können, brauche ich jede Menge Selbstbewusstsein. Es ist immer dasselbe: Beim Betreten eines Cafés schauen sich die Leute erst einmal um – wo ist ein freier Tisch, in wessen Nähe möchte man sitzen. Bei mir verharrt der schweifende Blick länger als nötig, die Bewegung gerät ins Stocken. Die meisten Männer versuchen zwei, drei unsichere Schritte in meine Richtung, dann wenden sie sich hastig, oft ungeschickt einem entfernteren Tisch zu. Ich kann stundenlang in einem Café sitzen, doch solange nicht alle anderen Plätze besetzt sind, bleiben die Tische um mich herum leer. Diese unsichtbare Grenze kann nur der Zwang oder eine gehörige Menge Alkohol niederreißen. Es sei denn … nun ja, das sind die Momente, in denen ich Mike am schmerzlichsten vermisse. Mit ihm war meine Aura der schönen Einsamkeit bloß noch ein Witz – „Bei dir hängen den Verehrern die Trauben eben zu hoch", lachte er über meine Klagen. Bis ich schließlich mit ihm über den verrückten Rest der Welt lachen musste.

Aber das war Vergangenheit, jetzt hatte ich eine Menge zu erledigen. Also verließ ich das Café. Ich verstaute, den Dreck im Bahnhofsgebäude ignorierend, meinen Koffer in einem Schließfach und machte mich auf den Weg.

Leider konnte in Münster keine Rede mehr von einem noch verschlafenen Tag sein. Die Straßen waren mit Autos, Bussen und vor allem Radfahrern verstopft, und auf den Gehwegen, in den Geschäften, drängelten sich die Passanten aneinander vorbei. Motorenlärm, Auspuffgestank und diverse Gerüche aus Cafés, Restaurants, Schlachtereien, Bäckereien. In solchen Momenten kann ich nicht verstehen, warum so viele Menschen auf das pulsierende Leben der Großstadt schwören. Abends, nachts – okay, da ist hier wenigstens was los, falls man genügend Glück und Ortskenntnis besitzt, die richtigen Plätze zur richtigen Zeit zu finden. Aber tagsüber?

Egal, da musste ich nun durch. Zurück konnte ich nicht mehr, in spätestens zwei, drei Stunden würde Professor M. zu sich kommen. Der Schlag auf den Hinterkopf dürfte keine bleibenden Schäden hinterlassen und beim Einflößen der Schlaftabletten hatte ich peinlich genau auf die Dosierung geachtet. Seine Kopfschmerzen würde ich nicht haben wollen, doch dafür hatte ich sein Bargeld. Dass Professoren, die Vorträge halten und Seminare in großen Wirtschaftsunternehmen geben, gut verdienen, war mir klar gewesen. Dass aber ein Experte für Wirtschafts- und Bankenrecht über 30 000 Euro in bar in der schlechten Kopie einer griechischen Vase aufbewahrt, darauf wäre ich nie gekommen. Jedenfalls nicht, wenn er mich, wie verabredet, nach der Fachbereichsfeier in seinem Haus heimgefahren hätte. So aber kam es, wie es kommen musste: Die Koryphäe sah in mir nur noch Schneeweißchen mit dem Kirschmund, aus dem ein „Nein" nur „Ja" bedeuten konnte. Was blieb anderes übrig, als den nächstbesten Gegenstand in Reichweite zu greifen und ihm über den Schädel zu ziehen? Und was konnte ich dafür, dass er darin sein Geld – woher auch immer es stammen mag –, versteckte, so dass das dumpf-dümmliche Zusammensacken des Professors vom fröhlichen Flattern der Geldscheine begleitet wurde?

Heidrun Greschke machte sich Sorgen: Schon den ganzen Tag versuchte sie vergeblich, Cäcilia anzurufen. Sie wollte ihr vorschlagen, sich im „Witwensitz", wie sie die alte Elbvilla nannte, die sie mit ihrer Haushälterin Maja bewohnte, auf ihr Staatsexamen vorzubereiten. Maja versuchte sie zu beruhigen; alles in allem war die Tochter ihrer Arbeitgeberin eine sehr fähige junge Frau. Sicher, manchmal neigte sie zu Überreaktionen, aber war das ein Wunder, bei der Mutter? Selbst ihr fiel es nicht immer leicht, mit deren neurotischen bis hysterischen Emotionsausbrüchen klar zu kommen.

Praktische Probleme

oder: Wie man ein neues Leben anfängt …

Die Maklerin schwärmt endlos von den Vorzügen der Wohnung, dabei kann jeder Idiot sehen, dass es hier mindestens einen Wasserrohrbruch gegeben hat. Okay, es ist ihr Job, so was zu tun, aber es nervt trotzdem. Hoffentlich hat sie nicht mitbekommen, dass wir unter Zeitdruck stehen. Ein Hotel kommt nicht in Frage, zu teuer, zu unsicher und auf irgendwelche Absteigen würde sich Josephine niemals einlassen.

Keine Ahnung, ob mir die Wohnung gefällt – ich hab für so was keinen Blick. Die Wohnung liegt unterm Dach, das ist okay. Ich mag es nicht, wenn mir irgendwer auf dem Kopf herumtrampelt. Außerdem gibt es eine Art Dachterrasse und eine Feuerleiter. Notausgänge sind wichtig, praktisch, so was kann ich gut beurteilen. Und die Wohnung ist billig, auch nicht schlecht. Wobei, eine billige Wohnung, die ab sofort zu haben ist und bei der es keine Mitbewerber gibt – das riecht nach heftigeren Mängeln. Nun ja, wir wollen hier nicht für die Ewigkeit bleiben, und außerdem kann man das benutzen.

„Hören Sie", unterbreche ich die Maklerin, „ist ja alles gut und schön, aber wir wissen doch beide, dass eine so preiswerte Wohnung unter normalen Umständen keine drei Monate leer stehen würde, nicht wahr? Außer, es gibt den einen oder anderen Haken – lassen Sie mich raten: Wasserrohrbruch, ein Einbruch oder zwei, und" – an dieser Stelle lehne ich mich ein wenig aus dem Fenster – „die Kneipe da unten hat sicher eine Nachtlizenz, stimmt's?"

Erwischt. Die aufgetakelte Maklerin windet sich. Ein netter Anblick, aber ich hab jetzt keine Zeit für Spielchen.

„Sehen Sie, ich kann mich mit so was arrangieren, kein Problem", sage ich lächelnd, sie in Sicherheit wiegend, „aber wenn mich diese Wohnung zusätzlich Geld und Arbeit kostet, von Nerven oder Nachtruhe ganz zu schweigen, dann …" Ich mache eine effektvolle Pause. Sie hängt an meinen Lippen, sie hat angebissen. „... dann erwarte ich dafür ein gewisses Entgegenkommen."

„Die Miete dürfte kaum zu ändern sein", wirft die Maklerin ein. Netter Versuch.

„Aber die Kaution und die Abstandszahlung für die Küchenmöbel schon", unterbreche ich lächelnd. Und nach ein paar schönen, leeren Worten und einer effektheischenden ‚Nachprüfung' in ihrem Laptop sind wir uns einig. Nachdem wir Schlüssel und Bargeld getauscht haben, geht sie.

Ich schaue auf die Uhr – 15.30 Uhr, Zeit genug, um einige Dinge zu erledigen. Zuallererst brauchen wir ein paar Möbel, wenigstens ein Bett oder eine Matratze, vielleicht auch einen Schrank. Eine Kaffeemaschine gehört zur Küchenausstattung, aber weder Geschirr noch Töpfe sind vorhanden. Handtücher fürs Bad wären auch nicht schlecht. Leider ist Josephine nicht zu gebrauchen, wenn es um praktische Dinge geht. Jede Wette, dass sich in ihrem Koffer alle möglichen Klamotten und Schminkutensilien befinden, mit etwas Glück sogar ein paar notwendige Papiere, aber Handtuch, Seife, Zahnbürste etc. hat sie sicher vergessen. Macht es verständlich, warum sie mir das Organisatorische, Praktische überlässt.

Was sie jetzt nicht davon abhält, mir reinzureden. Finke, Münsters lokale Alternative zu Ikea, ist ihr nicht genehm. Hat keinen Stil, meint sie. Natürlich heißt das nicht, dass sie eine praktische Alternative dazu wüsste. „Verdammt, Josephine, wir haben keine Zeit, jetzt Antiquitätenläden oder so 'n Zeug abzuklappern!" Nun ist sie beleidigt, aber sie lässt mich machen. Anderthalb Stunden später habe ich das Nötigste zusammen, und jetzt wird die Zeit knapp – was ist wichtiger, das Bett aufbauen, einkaufen gehen oder der Termin beim Friseur?

Josephine besteht auf den Friseur, gut, so auffällig, wie sie aussieht, macht das nach der Geschichte mit Professor M. Sinn. Schließlich war die Sache mit der Detektei, der neuen Wohnung, dem neuen Leben meine Idee. Ich sehe ja ein, dass das dazu gehört – aber warum muss es dieser teure Laden sein, mit lauter aufgetakelten Zicken? Erst berät sie sich stundenlang mit diesem überkandidelten Kerl – Coiffeur, bitte, meint Josephine – und dann passiert das, was ich ihr von Anfang an vorgeschlagen habe: ein Mecki, knallrot gefärbt (Tizian nennt es dieser Fatzke). Kostet so viel wie das Geschirr nebst Kleinkram bei Finke, dauert geschlagene zwei Stunden und dabei hätte ich das mit einer Schneidemaschine und einer Packung Henna in nicht mal der Hälfte der Zeit genauso gut hinbekommen.

Danach will sie einkaufen, auch gut. Zuerst geht's in ein Modegeschäft; sie findet, dass ihre Kleider weder zu ihrem neuen Leben als Detektivin (als ob sie den Job bereits in der Tasche hätte!) noch zu ihrem neuen Look passen – und sich von mir Jeans und Pulli zu leihen, kommt für sie nicht in Frage. Nein, Josephine will etwas ganz anderes, und als wir endlich in die Lebensmittelabteilung des Kaufhauses vordringen, ist sie um zwei Hosenanzüge, mehrere Seidenhemden und neue Schuhe reicher. Ich geb ja zu, sie sieht klasse aus darin, sie ist schon immer die Schönere von uns beiden gewesen. Trotzdem nervt es, dass es wegen ihrer Eitelkeit jetzt hektisch wird. Einkaufen ist in meinen Augen sowieso eine lästige Angelegenheit – mit einem quietschenden Einkaufswagen durch die Gänge zu hechten, stundenlang an Theken in Schlangen zu stehen, Ewigkeiten an der Kasse zu warten, um sich abschließend mit einer alten Schabracke um das letzte Taxi vor dem Kaufhaus zu prügeln, das muss ich echt nicht auch noch haben.

Endlich ist es überstanden, wir sind in unserer neuen Wohnung. Prompt stellen wir fest, dass wir vergessen haben, Lampen zu besorgen. Na, klasse. Ein Bett im zwielichtigen Halbdunkel aufzubauen, das durch das Neonlicht im Bad und die Herdbeleuchtung in der Küche entsteht, entspricht weder ihrer noch meiner Vorstellung von einem gelungenen Abend – und es klappt auch nicht. Weil wir viel zu erschöpft sind von diesem seltsamen, aufregenden Tag, schlafen wir auf der Matratze am Boden.

„Gute Nacht, Jo“, murmelt Josephine noch. „Danke für deine Geduld und deine Hilfe, Süße“, dann dreht sie sich um und schläft ein. „Süße“ – wenn mich jemand anderes so nennt, hätte der ein blaues Auge. Mindestens. Aber bei Josephine ist das, na ja, irgendwie okay.

Inzwischen war sein Zorn verraucht und machte einer gewissen Beunruhigung Platz. Professor M. versuchte zum x-ten Mal, seine ebenso schöne wie gefährliche studentische Mitarbeiterin anzurufen, und wieder erreichte er nur ihren Anrufbeantworter. Gut, es war der 1. März 2004, Seminare gab es keine mehr und montags arbeitete sie nie ... Er legte auf, ohne eine Nachricht zu hinterlassen. Was hätte er auch sagen sollen? Er wusste ja selbst nicht, wie er auf die Ereignisse nach der Party reagieren sollte. Auf jeden Fall brauchte er noch eine Tablette, die Kopfschmerzen waren mörderisch.

Ankunft

Am nächsten Morgen hatte ich das Gefühl, in einem seltsamen Traum zu erwachen: Eine völlig fremde Wohnung, selbst der nervtötende Wecker war mir unbekannt, mein Koffer in der leeren Zimmerecke war das einzig Vertraute. Ich setzte mich auf, rieb mir das Gesicht, fuhr mir verwirrt mit der Hand durch die Haare – und als ich die kurzen Stoppeln statt der sanften Locken spürte, erinnerte ich mich schlagartig: Professor M., die Bahnfahrt, die überstürzte Flucht, das alles war wirklich, kein wilder, wirrer Traum. Rasch stand ich auf, stolperte ein wenig orientierungslos ins Bad. Als ich mein Gesicht im Spiegel erblickte, erschrak ich kurz – die neue Frisur sorgte tatsächlich für die beabsichtigte drastische Veränderung. Und sie stand mir ausgezeichnet, es hatte sich gelohnt, nicht auf Jo zu hören, sondern einen teuren, aber fähigen Friseur zu nehmen.

Dann schaute ich mir die neue Wohnung zum ersten Mal richtig an. Gar nicht schlecht, nicht ganz mein Geschmack, aber fürs Erste würde sie reichen. Es war nur das Notwendigste an Einrichtung vorhanden, typisch Jo eben. Sie ist diejenige fürs Praktische, fürs Grobe, die Feinheiten sind meine Sache. Allerdings blieb dafür jetzt keine Zeit, denn zu meinem Vorstellungstermin in der Detektei wollte ich unter keinen Umständen zu spät kommen.

Während ich Kaffee für uns kochte, bewunderte ich insgeheim Jos Geschick, mit dem sie mich aus der blöden Situation mit Professor M. hierher nach Münster gebracht hatte. Die kinderfreundlichste Fahrradhauptstadt der Welt war nurmehr zwei Zugstunden vom entzückenden, leicht musealen Oldenburg entfernt. Wir waren zurückgekehrt in den Dunstkreis der Residenzstadt des Nordens, in der Jo geboren wurde, so fühlte es sich an – und damit ließen sich die Fragen über ihre wie meine Vergangenheit kaum mehr auf Dauer verdrängen. Das wiederum passte schon fast zu gut zu der Bewerbung in der Detektei – auch das war Jos Idee gewesen, sie hatte mir seit Wochen damit in den Ohren gelegen und schließlich die Anzeige ausgeschnitten. Sicher wäre es nützlich, ein paar Fragen professionell und objektiv zu klären. Anna wäre hoffentlich nicht böse, dass wir nun doch nicht gemeinsam fürs Examen lernen würden. Sie ist ohnehin viel klüger als ich; wahrscheinlich wäre sie froh, Zeit für ihre eigenen Interessen zu haben, statt sich meine ungeduldigen Nörgeleien bei der Prüfungsvorbereitung anzuhören. Blieb also das praktische Problem, die Prüfungsanmeldung auf glaubwürdige Weise zurückzuziehen. Schließlich waren unnötige Fragen und Gerüchte an der Uni nicht in meinem Interesse. Allerdings würde Professor M. sich ohnehin alle Mühe geben, so etwas abzuwiegeln, allein, damit niemand auf die Idee kam, ihm mal ein paar unangenehme Fragen zu stellen.

Fragen stellen … An diesem Punkt erinnerte mich Jo an Heidrun, die jedesmal, wenn ich für ein paar Tage unerreichbar war, in Panik ausbrach und am liebsten die GSG 9 als Suchtrupp losgeschickt hätte. Also rief ich bei ihr an. Die nächsten Wochen würde ich mit einigen Freundinnen ins Bergische Land zum Lernen fahren, erzählte ich ihr, ich würde mich melden, sobald ich zurück war. Ich schaffte es, das Gespräch kurz zu halten. Seltsam, wunderte ich mich beim Auflegen, wie so viele Menschen war Heidrun stets bereit, lieber eine glatte Lüge als die eventuell unangenehme Wahrheit zu schlucken.

Ich zog mich an, stimmte mein Make-Up sorgfältig auf das neue Outfit ab. Dezent, aber bestimmt wollte ich wirken, endlich nicht mehr das blonde Püppchen sein. Einen Augenblick lang dachte ich an Mike, was er jetzt wohl machte, wie es mit ihm weitergehen sollte. Ich musste mich zusammennehmen, für solche Sentimentalitäten war es der falsche Zeitpunkt. Wer will schon eine zu Tränen gerührte Ermittlerin haben? Jetzt war die selbstbewusste Fast-Juristin gefragt.

Erstaunlich, wie ruhig und gelassen ich die Lage meisterte. Natürlich war mir bewusst, dass mein Chef in spe, Herr Pilger, von meinen wohlüberlegten sachlichen Argumenten kaum Kenntnis nahm, sondern stattdessen auf die kühle Rothaarige ansprang, die ihm im lässigen Anzug gegenüber saß. Und als mich kurz darauf die Sekretärin der Detektei unter Josephine Baker in die Mitarbeiterkartei aufnahm, wusste ich, dass Mike hervorragende Arbeit geleistet hatte – und die Idee, den „neuen" Pass ein wenig in der Waschmaschine abzunutzen, wohl auch nicht übel gewesen war.

Professor M. war in das Studium einer Hausarbeit vertieft, als plötzlich jemand an seine Tür klopfte. „Guten Tag", sagte die junge, etwas stämmige Frau, „ich bin die Neue". Professor M. sah sie fragend an. „Der Ersatz für Ihre Mitarbeiterin Frau Greschke, Sie wissen schon", erklärte die junge Frau, der erst jetzt dämmerte, dass der Professor offensichtlich nichts wusste. „Wieder mal eine wichtige Familienangelegenheit, heißt es. Und sie hat wohl wieder keine Ahnung, wie lange es dauern wird; sie hat sich sogar von der Prüfung abgemeldet." Professor M. setzte seine Brille ab und schaute sich die junge Frau zum ersten Mal richtig an. Er nickte langsam und dachte, dass er bei ihr wenigstens nicht in Versuchung geraten würde.

Mike

Ich kann die schleppenden Schritte hören, lange bevor sich die Unruhe breit macht. Ich versuche, ruhig zu bleiben, nicht aufzuschauen, mich nicht umzusehen. Ich zwinge mich, langsam und tief zu atmen, zähle stumm meine Atemzüge mit. Jetzt haben es auch die anderen gehört, Stühle werden gerückt, Türen geöffnet, Leute treten nach draußen, Gesprächsfetzen sind zu hören. Ich bewege mich nicht, bleibe sitzen, mit dem Rücken zur Tür, zur Unruhe auf dem Gang. Die Schritte stoppen, der Kasten wird abgesetzt. Es wird still. Dann werden Namen aufgerufen, alphabetisch, immer der Reihe nach. Meiner ist nicht dabei, ist 'ne Weile her, dass ich das letzte Mal Post bekommen habe.

Als ich das erste Mal leer ausging, erwischte es mich kalt. Man hat es mir angesehen, kein Wunder, ich war kurz davor, mich auf den Beamten zu stürzen; ich war mir sicher, er unterschlägt ihren Brief. Hab mich gerade noch zurückhalten können, aber dann kam dieser Idiot von nebenan, der mich jede Nacht mit seinem Schnaufen und Schnarchen nervt. Baut sich grinsend vor mir auf, „Na, hat deine Kleine endlich kapiert, was für 'n Loser du bist?!“ Plötzlich hab ich Rot gesehen; war mir egal, dass er fast zwei Köpfe größer ist; war mir egal, dass eine Schlägerei nur Ärger bringt.

Den hab ich prompt bekommen – als ich wieder zu mir kam, hatte ich eine gequetschte Rippe, ein blaues Auge und saß, wie nicht anders zu erwarten war, im Loch. Zwei Wochen. Seitdem gehe ich nicht mal mehr auf den Gang, wenn die Post kommt; seitdem hat sie nicht mehr geschrieben.

Ich hab keine Ahnung, was passiert ist. Am Anfang musste ich ihr klarmachen, es ist nicht gut, wenn sie mich besucht. Sie wollte davon nichts hören, schließlich würde sie mich vermissen, überhaupt, außer ihr würde niemand kommen. Stimmt genau. Aber sie zu sehen, so nah und doch unendlich weit weg, war nicht zu ertragen. Und zu wissen, es ist meine Schuld, ich hab das verbockt, hab auch sie damit verletzt, das war noch schlimmer. Ich kenn sie zu gut, um das nicht zu sehen. Außerdem, sie ist zu schön für einen Ort wie den hier. Und in den Augen der anderen viel zu schön für jemanden wie mich. Obwohl, bei ihr wüsste ich keinen Ort, an dem sie nicht auffallen, und keinen Mann, an dessen Seite sie keinen Neid erregen würde.

Wie soll ich sie beschreiben – ich, der Hurensohn, der Ex-Junkie, der Dieb, der Fälscher, der ich alles andere als ein Dichter bin? Ich glaube, die meisten Menschen stellen sich Engel so vor wie sie. Ihre Haut ist so weiß, dass man beinahe glaubt, hindurchsehen zu können und fürchtet, sie zerbricht, wenn man sie berührt. Ihre Locken sehen aus wie eine Mischung aus Gold und Schnee im Sonnenlicht. Manchmal ertappe ich mich dabei, wie ich nach einer hinter ihrem Haar verborgenen Flügelspitze suche. Allerdings weiß ich nicht, ob Engel so einen Kirschmund haben dürfen. Und ob Engel tiefseegrüne Augen haben, die dich in ihren Abgrund ziehen, ob du es willst oder nicht. Wenn ich sie mir nur vorstelle, wird mir schwindelig, und ich will nur noch, dass sie mich auffängt.

Ich dagegen bin ziemlich gewöhnlich, nichts Besonderes. Nicht gerade groß, nicht besonders kräftig, meine stets struppigen roten Haare und meine krumme, weil immer wieder gebrochene Nase sind noch das Auffälligste an mir. Ich besitze auch nicht ihre Intelligenz oder ihre Fähigkeit, an einem einmal gefassten und zuvor durchdachten Plan festzuhalten. Schwer zu sagen, was sie an mir findet. Aber ich bin mir sicher, sie wartet da draußen auf mich. Jedenfalls war ich das, bis plötzlich keine Briefe mehr von ihr kamen.

Ich sag mir immer wieder, sie kann auf sich selbst aufpassen, vielleicht besser, als ich das kann. Immerhin sitze ich hier drin. Andererseits kann sie genauso unberechenbar sein wie ich, obwohl es bei ihr andere Gründe hat. Nein, ich glaube nicht wirklich, dass sie mich verlassen, im Stich gelassen hat, dass ich sie verloren habe. Ich kann es mir nicht leisten, das zu glauben.

Jedesmal, wenn ich das zulasse, stürze ich ab – und mindestens einmal hab ich sie mitgerissen. Das werde ich mir nie verzeihen, das und diese andere Sache. Ich muss dringend an was anderes denken, das führt zu nichts oder nur noch tiefer runter.

In Gedanken gehe ich zurück zu dem Tag, an dem ich sie zum

ersten Mal sah. Ich war gerade mal wieder abgehauen – eine der wenigen Sachen, in denen ich als Kind gut war. Zumindest vorübergehend, irgendwann haben sie mich stets wieder einkassiert, obwohl ich nie begriff, wozu das gut sein sollte. Was machte es für einen Unterschied, ob in so einem Heim einer mehr oder weniger rumhing? Diesmal wollte ich es richtig machen. Hat mich einige Arbeit gekostet, den Namen von meinem Erzeuger rauszufinden. Ich wollt ihn sehen, obwohl ich mir denken konnte, dass meine Mutter ihre Gründe gehabt hatte, warum sie damals abgehauen war und mir seinen Namen verschwieg. Nun ja, wenn eine Hure den Vater ihres Kindes kennt, kann das nur einer sein, oder?

Deshalb war ich überrascht, als ich vor seinem Haus im Oldenburger Haarentorviertel stand: gepflegter Vorgarten, teure aber nicht protzige Wohngegend. Hat mich verunsichert – war es nur ein zufälliger Namensvetter? Trotzdem hab ich geklingelt und nach ihm gefragt. Die Frau, die die Tür öffnete, erwies sich als hysterische Zicke. Sie konnte sich nicht vorstellen, was ich von ihrem Mann wollte – der auch nicht zu Hause war. Eigentlich wollte ich in diesem Moment umdrehen und weggehen, nicht mehr wiederkommen, aber dann sah ich sie.

Sie war auch noch ein Kind, gerade mal fünf oder sechs Jahre alt. Aber sie hatte schon dieses engelhafte Aussehen – ein kleiner Engel im Pyjama – und diese grünen Augen, die durch mich hindurch sahen, und einen Punkt tief in mir drin berührten, von dem ich nicht wusste, dass es ihn überhaupt gab, und den außer ihr kein anderer je berührte.

Also kam ich am Abend wieder, ich konnte nicht anders. Diesmal war er auch da, und es gab ein Mordsdrama. Er bestritt nicht, mein Vater zu sein, sondern heulte seiner Frau einen vor von wegen Jugendsünde und was für ein Schuft er gewesen wäre, dass er es ihr nicht von Anfang an gestanden hatte. Seine Frau regte sich auf wegen des Skandals und sorgte sich, was ihr Onkel, offenbar der Boss von meinem Erzeuger, sagen würde. Von mir und meiner Mutter war keine Rede. Ich war für sie gar nicht da, mich bemerkten sie erst wieder, nachdem Cäcilia (so nennt ihre Mutter sie) und ich uns in eine andere Ecke verdrückt hatten – das passte der Frau nicht, sie schickte die Kleine schlafen. Dann rief sie ihre Haushaltshilfe, ließ mir was zu essen geben und ein Zimmer fertig machen. Heute Abend sollte ich nicht wieder ins Heim, morgen wollten sie erst mit diesem wichtigen Mann, dem Onkel, reden.

Ich wusste nicht, was ich von der Sache halten sollte, aber dieses große Patrizierhaus war allemal besser als die Straße oder doch nur wieder ein Heim. Dachte ich, bis er mich plötzlich unsanft aus dem Schlaf riss. Er veranstaltete ein regelrechtes Verhör im Hobbykeller: Wo meine Mutter steckte, was sie mir erzählt hatte über ihn, was ich hier wollte. Als ich ihm sagte, sie sei bereits vor Jahren gestorben – Überdosis –, entspannte er sich ein bisschen, wurde aber gleichzeitig drohender, brutaler. Keine Ahnung, ob er mir glaubte, dass ich nichts wusste – ich war fünf, als ich meine tote Mutter in unserem versifften Bad fand –, irgendwann ließ er mich jedenfalls in Ruhe. Ich sollte schlafen gehen und ja meine Klappe halten, meinte er noch, als er das Haus verriegelte.

Ich verzog mich in das Zimmer, das man mir gegeben hatte. Erst saß ich auf der Bettkante, überlegte, ob ich versuchen sollte abzuhauen, trotz Alarmanlage und verriegelten Fenstern. Bis ich plötzlich sie im Zimmer bemerkte. Sie stand einfach da und starrte mich durchs Dunkel an, bevor sie zu mir rüber kam. „Bleibst du?“, wollte sie wissen, und als ich stumm nickte, umarmte sie mich, als hätte ich etwas ungeheuer Großartiges getan. Kurz bevor wir gemeinsam einschliefen in dieser Nacht, flüsterte sie „Er hat auch dir wehgetan“. Was sie damit meinte, hab ich erst viel später begriffen …

Danach konnte ich nicht mehr weg, und das hatte nichts damit zu tun, dass der alte Mann, der Onkel ihrer Mutter, beschloss, ich solle bleiben, mein Erzeuger müsse mich anerkennen und adoptieren. Der alte Mann war das, was man einen Gentleman alter Schule nennt. Aber er hatte keine Ahnung, dass er mir damit Himmel und Hölle auf einmal schenkte.

Das alles ist lange her, aber in meinen schönsten Träumen und in den übelsten Albträumen ist es noch verdammt real. Manchmal denke ich, ich hätte abhauen sollen, aber ich konnte sie doch nicht im Stich lassen. Dennoch, indem ich geblieben bin, gerade mal geduldet von ihrer Mutter, bin ich zu seinem Werkzeug geworden. Ich hab sie nicht vor ihm beschützen können, hab nicht mal mich selbst schützen können.

Lange Zeit dachte ich, das wären bloß weitere Albträume, nichts Wirkliches. Und obwohl sie nichts zu ahnen scheint, weiß ich, eines Tages wird sie sich erinnern. Er selbst ist lange tot, aber das Erbe, das er uns hinterlassen hat, lebt weiter. Wie ein langsames, zersetzendes Gift, eine tödliche Krankheit, für die es kein Heilmittel gibt. Jedes Mal, wenn ich in ihre Augen sehe, frage ich mich, wann wird sie es wissen, was wird dann passieren. Jedes Mal, wenn sie mich berührt, wünsche ich, sie wäre nicht meine Schwester, so verdammt nah, fast wie ein Teil von mir. Jedes Mal, wenn sie mir versichert, dass sie mich liebt, dass sie nur mir vertraut, möchte ich mich in ihr vergraben und sie gleichzeitig wegstoßen. Dann kommt es mir wie Ironie des Schicksals vor, dass auch ich nur sie liebe, ihr allein vertraue – dass ich alles für sie tun würde, für sie sterben würde. Dann frage ich mich, ob das nicht das Beste wäre – für sie zu sterben.

Jetzt, wo ihre Briefe nicht mehr kommen, fürchte ich, sie hat sich erinnert. Ihr ganzes Leben ist ein Trümmerfeld, ein Puzzle voll fehlender Teile. Eines Tages muss sie darauf stoßen, welche Rolle ich gespielt hab. Ich weiß nicht, wie oft ich versucht habe, es ihr zu erklären, zu gestehen. Es ist unmöglich. Mit jedem Mal wird es schwieriger, nicht dem Verlangen nachzugeben, das sie offensichtlich teilt, gerade in solchen Momenten. Kein Wunder, dass jeder, der uns beiden begegnet, uns für ein Paar hält – auch wenn gleichzeitig niemand versteht, was dieser Engel mit einem Kerl wie mir will …

Als der Wachmann mich anspricht, zucke ich zusammen. „Besuch“, sagt er, und ich starre ihn fragend an. „Eine Detektivin, Josephine Baker“, liest er von seinem Blatt ab. „Kommt von irgendeinem Anwalt.“ Zögernd folge ich ihm.

Und dann sehe ich sie: Statt goldener Locken hat sie einen roten Mecki, sie trägt eine Art Anzug, ist völlig ungeschminkt, noch schmaler als beim letzten Mal. Aber sie ist es, und sie strahlt mich an, als sie mir ihren Ausweis zeigt – „Josephine Baker“, den hab ich gemacht, für sie.

Der Beamte, der den Besuchsraum überwachte, fand, dass das nicht fair sei – wieso bekam diese Ratte Besuch von einer solchen Frau? Die Ermittler, die sonst herkamen, waren unscheinbare Männer mittleren Alters, gewöhnliche Typen. Männer wie er selbst, Männer, mit denen sich eine solche Frau nicht einmal für fünf Minuten abgeben würde. Aber dieser Mistkerl, der bis auf seine gelegentlichen Ausraster ein Einzelgänger war, auf eine ihm beinahe unheimliche Art distanziert blieb von allem und jedem, der hatte eine Schwester aus dem Reich der Träume und jetzt interessierte sich diese aufregende Rothaarige für ihn! Na ja, immerhin war die Schwester schon eine ganze Weile nicht mehr aufgetaucht, und zur Wiederherstellung seines Egos beschloss der Beamte, dass eine Rothaarige wie diese nur eine Lesbe sein konnte. Bei dem Gedanken lächelte er grimmig und befriedigt zugleich – schließlich, so dachte er, sperrt man solche Kerle hier zur Strafe ein …

Verwirrung

Mike endlich wiederzusehen, erzeugte Wellenberge in meinem inneren Ozean. Es war beunruhigend, weckte Heerscharen von Erinnerungen, über die ich als ihm angeblich unbekannte Detektivin Josephine Baker jedoch nicht reden durfte. Ganz ähnlich hatte ich empfunden, als ich ihn das erste Mal in einem Gefängnis traf, in einem dieser unsäglichen Besuchszimmer mit der anheimelnden Atmosphäre der Desinfektionsschleuse eines Hallenbades: Damals hatte sich unsagbares Glück mit bodenlosen Erschrecken gemischt.

Das war 1995 gewesen, vor knapp neun Jahren. Ich hatte gerade Abitur gemacht, die Zeit in dem Schweizer Internat lag hinter mir, eine Welt voll ebenso aufregender wie erschreckender Möglichkeiten öffnete sich vor mir. Mike hatte ich seit Jahren nicht gesehen, dafür hatte Heidrun mit Hilfe von Staatsanwälten, Richtern und Ärzten gesorgt. Nach seiner ersten Verhaftung – 1992, ich muss 16 oder 17 gewesen sein – ging alles so drunter und drüber, dass Heidrun es für richtig ansah, ihre Tochter in die Obhut eines teuren Sanatoriums zu geben. Ich kann mich daran ebensowenig erinnern wie an die mit Sicherheit schockierende Nachricht, dass es ihr gelungen war, eine gerichtliche Verfügung zu erwirken, die Mike jeglichen Kontakt zu mir verbot – schließlich sollte „das Kind" nicht weiter belastet werden. Immerhin waren die Ärzte im Sanatorium klug genug zu sehen, dass auch der Kontakt zu Heidrun beschränkt werden sollte. So kam ich danach in das exklusive Internat in der Schweiz. Sicher, es gab immer wieder Anläufe, etwas über Mikes Verbleib herauszufinden, doch die blieben ergebnislos ...

Also versuchte ich, das Beste aus dem Internat und der neugewonnenen Freiheit von Heidruns obsessiver Mütterlichkeit zu machen, was mir mithilfe meiner Freundin Inez recht gut gelang. Zugegeben, der erste Anziehungspunkt lag in unserer unübersehbaren äußerlichen Gegensätzlichkeit: Die schwarze und die weiße Frau, Ebony and Ivory, so nannten uns unsere Mitschülerinnen, und das nicht nur hinter unseren Rücken. Es machte uns nichts aus, mir hatte man schon weitaus uncharmantere und unpassendere Spitznamen gegeben, und Inez ... na ja, bereits als ich sie kennen lernte, wusste die Tochter einer ghanesischen Malerin und eines französischen Diplomaten genau, was sie werden wollte: die erste schwarze Botschafterin Frankreichs, nicht mehr und nicht weniger. Ich denke, sie wird es schaffen; ihre Studien hat sie mit Bravour gemeistert, ihre Aufnahme in das diplomatische Corps schien mir kaum mehr als eine Formsache. Schade nur, dass wir uns so selten sehen.

Wie immer es ihr gelang, unmittelbar nach unserem Abitur überraschte sie mich mit einer heißen Spur in Sachen Mike. Er war bereits ein Jahr zuvor zum zweiten Mal verurteilt worden, diesmal wegen einer Serie von Einbrüchen in Bremen. Es hatte nicht lange gedauert, bis er nach seiner ersten Entlassung seine Bewährung schmiss.

Entsprechend besorgt fuhr ich zu der Bremer Haftanstalt, nur gut, dass ich längst volljährig war und Heidruns gerichtliche Verfügung keine Wirksamkeit mehr hatte. Ihr erzählte ich nichts davon, für sie brach ich zu der Mittelmeerreise mit Inez auf, mit der wir kurze Zeit später tatsächlich das Ende unserer Schulzeit feierten. Die Lüge war nötig, anders, gar in Heidruns ständiger Gegenwart, hätte ich diese Begegnung mit Mike nicht verkraften können.

Es traf uns beide unvorbereitet – wie hätte mich das teure Schweizer Internat, in dem neben modernsten Unterrichtsmethoden viel Wert auf gutes Benehmen in allen Lebenslagen gelegt wird, auf die Fragen des Sicherheitsbeamten an der Pforte vorbereiten sollen? Welche Form der höflichen Konversation war angemessen, die Leibesvisitation durch eine JVA-Beamtin zu begleiten? Seltsam, in entsprechenden Filmen sind es immer irgendwelche Gefangene, die obszöne Bemerkungen zu hübschen, zumeist verängstigten Besucherinnen machen – hier sprachen die Blicke der Wachmänner mehr als tausend Worte: Neugier, Verachtung, Unverständnis und mehr, für das die Sprache kein Ausdrucksmittel besitzt. Als wollte man mir das Gefühl geben, zum falschen Zeitpunkt am falschen Ort zu sein. Als beginge ich ein schreckliches Verbrechen, indem ich hier war. Ich versuchte, das alles zu übersehen, und mich auf Mike, auf Erinnerungen an ihn zu konzentrieren – aber sein Bild entwischte mir ständig, wie in einem Traum, wie ein Traum.

Endlich betrat ich das kleine Besuchszimmer, dem ersten Wachmann folgend, den Atem des zweiten in meinem Nacken. Und dann sah ich Mike; jedenfalls musste diese ausgemergelte, leichenblasse Gestalt mit den stumpfen Augen und dem schleppenden Gang Mike sein, denn außer mir gab es keine Besucher an diesem Tag. Sein Anblick schockierte mich. Warum hatte man mir nicht mitgeteilt, dass er krank war? Ich wusste nicht, ob ich aufschreien, die Hand vor den Mund pressen oder mich kneifen sollte. Also tat ich nichts, ich hörte nicht mal die Erklärungen, die der Wachmann abgab, bevor er seinen Beobachtungsposten bezog. Wie in Trance setzte ich mich Mike gegenüber. So weit die Erinnerungen reichten, glaubte ich nicht, ihn je so gesehen zu haben. Selbst, als er zum ersten Mal vor dem Haus stand, das Heidruns ganzer Stolz war – nicht mal der elfjährige Ausreißer von damals hatte so ausgesehen.

Einen Moment lang herrschte völlige Stille. Ein unendlicher Augenblick verging, in dem ich meine Hand ausstreckte, um seine zu berühren – er schüttelte nur den Kopf, deutete auf ein Schild, das Berührungen jeder Art verbot. Ich sah, wie er schluckte, mit sich kämpfte; hätte ich je an Gott geglaubt, wäre das der Moment für ein Stoßgebet gewesen … Endlich sprach er.

„Haste 'ne Zigarette für mich", waren seine ersten Worte. Es gelang ihm, ein Grinsen zustande zu bringen, das Heidrun als hinterhältig bezeichnet hätte. Ich nickte, stumm, aber glücklich, etwas tun zu können, und kramte die Zigaretten hervor, nahm mir eine, schob ihm den Rest hin. Noch immer konnte ich nicht sprechen, aber ein unbekanntes Glücksgefühl mischte sich in mein Erschrecken – er war es, war es wirklich, wir waren wieder zusammen!

„Hätt nicht gedacht, dass ich dich wiederseh", sagte Mike, während er mir Feuer gab. „Es ist so lang her … Kommt mir vor, als würd ich dich heut zum ersten Mal überhaupt sehen." Seine Augen verrieten das Lächeln. Sie sprachen von verzweifelten Gefühlen, von einer Verletzbarkeit, die erschreckender als seine abgemagerte Gestalt und sein blasses Gesicht war.

„Geht mir genauso", begann ich langsam, ganz gegen meine Art um Worte verlegen. „Was – was ist passiert? Mit dir?" Ich hätte mich verfluchen können für die Aufgeregtheit, ich wollte ihn nicht beunruhigen, ich weiß nicht, was ich wollte, was ich mir vorgestellt hatte, aber das hier —

Sein heiseres Lachen unterbrach meine verwirrten Gedanken. Er machte eine abwiegelnde, beruhigende Geste.

„Ein Jahr Knast, ein paar Monate auf der Straße, und jetzt wieder seit anderthalb Jahren drin –", er brach ab, einen Augenblick war da ein seltsames Flackern in seinen Augen, etwas, das ich erst viel später begreifen sollte, „hinterlässt halt Spuren. Aber wenn ich dich so anschau, Kleines", versuchte er abzulenken, erneut lächelnd, „dann scheint dir das Internat besser bekommen zu sein. Du siehst umwerfend aus."

„Du auch." Die Worte kamen einfach aus meinem Mund, ungewollt und härter, kälter, aber auch ehrlicher als beabsichtigt. Offenbar traf es ihn, aber er wollte es nicht zeigen, verbarg es hinter seinem Lachen, das ein bisschen wie ein Bellen klang. Doch damit war das Eis gebrochen. Ich weiß nicht mehr genau, worüber wir sprachen. Er erzählte von seiner kurzen Zeit in Freiheit zwischendrin, wie er versucht hatte, „sauber" zu bleiben, aber seine Wut nicht kontrolliert bekam, durchknallte, und seine Bewährung durch eine Schlägerei mit dem Besitzer einer Autowerkstatt, für den er damals arbeitete, schmiss. Wie er anschließend, ausgestattet mit dem, was sich in der Kasse der Werkstatt befand, seine Flucht in Richtung Schweiz antrat, weil er mich unbedingt sehen wollte. Und wie ihm kurz vor der Grenze klar wurde, dass man dort zuerst nach ihm suchen würde. Er erzählte das, wie man eine witzige Anekdote erzählt, aber der Schmerz war unverkennbar, sein Galgenhumor durchschaubar. Und schließlich war das, worüber er nicht sprach, fast noch beredter – kein Wort über die erste Verhaftung, kein Wort über sein Leben im Knast, und Worte wie „Sanatorium" und „Nervenzusammenbruch" vermied er sorgfältig in seinen Fragen nach mir. Wofür ich ihm dankbar war, denn, wie gesagt, ich erinnere mich an diese Zeit nicht.

Aber ihm zuzuhören, sich von seiner Stimme einhüllen zu lassen, das hatte damals unendlich gut getan, mich glücklicher als alles bis dahin Gekannte gemacht. Am Ende hatten wir einander versprochen, zu schreiben und seine zwei verbleibenden Jahre Haft sowie meinen anstehenden Studienaufenthalt im Ausland als allerletzte Trennung zu nehmen. Und danach irgendwie, irgendwo, weit weg von Heidrun, ein neues, endlich ein gemeinsames Leben anzufangen.

Schöne Versprechen, gute Vorsätze waren es bei dem Knastbesuch nach meinem Abitur gewesen. Als ich mich heute von ihm verabschiedete und ihm gerade mal die Hand reichen durfte, weil die Umarmung einer Ermittlerin gar zu auffällig gewesen wäre, hoffte ich, diesmal würde es anders laufen. Diesmal waren es ja hoffentlich nur noch wenige Monate und keine Jahre der Trennung mehr.

Frau Müller war eine ordentliche Person. Alles hatte bei ihr seinen rechten Ort und seine rechte Zeit. Montags putzte sie ihre Küchenschränke, dienstags reinigte sie das Bad, die Wäsche war mittwochs dran, das Wohnzimmer wurde an jedem Donnerstag aufgeräumt. Und freitags bezog sie die Betten neu. So konnte sie gar nicht anders, als durch die geöffneten Fenster, in die sie das Bettzeug zum Lüften gelegt hatte, die Stimmen aus der Wohnung ihrer neuen Nachbarin zu hören. Es schien einen heftigen Streit zu geben, zwei weibliche Stimmen und eine jüngere, männliche Stimme tönten laut durcheinander. Seltsam, dachte sich Frau Müller, hatte ihr die reizende junge Nachbarin nicht gesagt, sie würde allein leben? Kopfschüttelnd machte sich die alte Dame daran, das Schlafzimmer zu saugen. Was gingen sie die Privatangelegenheiten ihrer Nachbarn an.

Missverständnisse I

Ich hätte mir denken können, dass das nicht gut gehen konnte, jedenfalls nicht für lange. Gut, Münster erinnerte mich mit seinen vielen historischen Bauten mehr an unsere Heimatstadt, als ich erwartet hatte. Allein, dass beide Städte eine Lambertikirche haben, war fast unheimlich. Und ich vermisste den Ruhrpott, der in den Jahren mit Mike zu meinem Zuhause geworden war, samt seiner Bausünden und allem anderen schmerzlicher als gedacht. Gegen die größte Metropole der Welt ist jede Großstadt, nicht nur unser Geburtsort Oldenburg, klein …

Dennoch, das war es nicht. Es war auch nicht nur die langweilige Arbeit in der Detektei – was ist schon spannend daran, im Schichtdienst einen Holzlieferanten zu überwachen, um eines Morgens von der Nachtschicht zu erfahren, dass es tatsächlich der Lagerverwalter war, der den Bestand an Parkettboden drastisch reduziert hatte? –, es war, als ob nichts stimmte. Josephine und ich hingen in einer Art Niemandsland fest. Ein altes Leben war abgelegt, aber das neue hatten wir noch nicht begonnen. Klar, es gab einen neuen Alltag: Die alte Frau, die unter uns wohnt, erkannte und grüßte uns bereits, und Josephines Kollegen schienen sich an ihre zeitweiligen „Launen“ zu gewöhnen oder sie ob ihrer weiblichen Reize und ihres unbestrittenen Charmes wohlwollend zu übersehen. Dennoch war es nicht zu leugnen, wir steckten fest.

Deshalb hatte ich den Vorschlag gemacht, neuen Kontakt zu Mike aufzunehmen. Bei ihm wusste man nie, wie er auf Verzögerungen oder vorübergehende Funkstillen reagieren würde. Er hatte sicher schon genug Ärger, dachte ich, wir müssen nicht noch mehr provozieren. Und vielleicht würde es Josephine, würde es uns allen helfen, mit diesem neuen Leben klarzukommen und endlich mit dem anzufangen, weswegen wir hierher gekommen waren.

Es war meine Idee, eine neue Legende für die Gefängnisverwaltung zu erfinden. Josephine besorgte das Briefpapier der Detektei und ich dachte mir eine plausible Geschichte aus. Als Mike diesmal verhaftet wurde, ging es um gefälschte Papiere, die er in der Druckerei eines Kollegen aus seiner ersten Knastzeit hergestellt hatte. Der alte Hans hatte damals mehr und mehr Mike die Leitung des kleinen Zwei-Mann-Betriebes überlassen. Niemand hatte die Ereignisse, die 2002, vor knapp zwei Jahren, über uns hereinbrachen, vorhersehen können. Niemand hatte damit gerechnet, dass Mike daraufhin wieder anfangen würde zu drücken. Aber unter diesen Umständen war es aus seiner Sicht naheliegend, die Druckerei zur Finanzierung seiner Sucht zu benutzen – eben mit den gefälschten Papieren. Zunächst ging es gut. Nachdem sich alles wieder beruhigt hatte, machten wir einen Entzug mit ihm. So war er wieder clean, als die Fälschungen Monate später, im Februar 2003, aufflogen. Allerdings stellte die Polizei auch Hans eine Menge unangenehmer Fragen, bei seinen Vorstrafen wegen Fälschung und Betrug kein Wunder. Konnte man ihnen nicht verübeln, sie kannten den Menschen Hans nicht – sie wussten nicht, dass er Mike, der für ihn eine Art Sohnersatz ist, sofort rausgeworfen hätte, hätte er mitbekommen, dass er wieder an der Nadel hängt. Hans ist ein herzensguter Mensch, aber auf Junkies kann er nicht. Mike hatte alle Mühe, Hans aus der Sache rauszuhalten, und Hans büßte dennoch nicht nur seinen Mitarbeiter, sondern auch eine Menge legaler Kunden ein.

Es war ein Zeichen seiner ungebrochenen Zuneigung zu Mike, dass er nach einigen Überredungsversuchen auf meinen Vorschlag einging und Josephine mit fingierten Ermittlungen in dieser Sache beauftragte. Angeblich sollte sie für ihn herausfinden, ob Mike mehr als die im Prozess aufgetauchten Papiere gefälscht hatte, ob es noch weitere Betrügereien gab etc. Es dauerte eine Weile, bis ich ihm klargemacht hatte, dass Josephine nach der Sache mit Professor M. ihre neue, falsche Identität als Schutzschild brauchte. Aber er begriff sofort, dass es für Mike nicht gut wäre, länger nichts von uns zu hören und zu sehen. Schließlich hatte keiner von uns Lust, nach seiner Haftentlassung im Sommer mal wieder einen kalten Entzug mit ihm zu machen.

Die Organisation der Legende und des Besuches bei Mike lenkte Josephine von unseren alltäglichen Problemen und dem prosaischen Dasein als Detektivin ab. Ich atmete innerlich auf, es schien zu funktionieren. Niemandem fiel etwas Ungewöhnliches auf, die Gefängnisleitung fand ihr Anliegen völlig normal. Josephine entspannte sich zusehends und das brachte sie auf die ebenso banale wie fatale Idee, dass es Zeit wäre, den alten Koffer, der bislang weitgehend unberührt in unserer neuen Wohnung rumstand, auszuräumen.

„Immer soll gemacht werden, was ihr wollt“, beschwerte sich die jungenhafte Stimme, „und ich find's saublöd, dass ihr mich andauernd wie den letzten Arsch, den letzten Idioten behandelt!“ Frau Müller hatte gerade den Staubsauger abgeschaltet; der Streit in der Wohnung über ihr ging unüberhörbar weiter. „Du übertreibst mal wieder, Tom“, hörte sie die Stimme ihrer Nachbarin Josephine Baker, „du musst doch einsehen, dass das eine hirnrissige Idee ist!“ Frau Müller holte derweil das Bettzeug rein und schloss die Fenster.

Missverständnisse II

Tom fand, das war alles wieder so verdammt typisch – immer sollten seine Bedürfnisse hinter denen der Frauen zurückstehen, stets sollte er Rechenschaft ablegen über das, was er tat, und das war sowieso nie richtig oder auch nur gut genug. Was war falsch an seiner Idee, Mike aus dem Gefängnis zu befreien? Wollten Jo und Josephine nicht, dass ihr Bruder endlich wieder frei war? Und warum regten sie sich so maßlos wegen dem Revolver auf?

Jetzt redeten beide auf ihn ein, woher er die Waffe hätte und wie sie in den Koffer gekommen sei. Aber damit waren sie bei ihm an der falschen Adresse, denn Tom, ganz der jüngere Bruder, ganz der Teenager, der er nun mal war, schaltete auf stur. Sollten sie sich die Köpfe heiß reden, er hatte keine Lust auf ihre blöden Vorwürfe. Er grinste in sich hinein, denn die beiden bemerkten im Eifer des Gefechts nicht, wie laut der Streit inzwischen ausgetragen wurde.

Es klopfte an der Wohnungstür. Die beiden Frauen hörten es nicht, also war es Tom, der aufstand und zur Tür ging – aus Neugier, und um seine Schwestern zu ärgern, die das Geschehen nur mit stummen Entsetzen verfolgen konnten. Er öffnete die Tür, Frau Müller stand davor.

„Ich … Entschuldigung, Frau Baker, ich wollte nur nachschaun," stotterte die alte Dame und schaute ihn verwirrt an.

„Was gibt's denn?" Tom verbarg sein Grinsen über diese „Verwechslung" hinter der halb geknurrten Frage.

„Ich … ich habe zufällig, beim Bettenmachen, hier oben Stimmen gehört, einen Streit, und ich dachte, nun, wie soll ich sagen? Das ist sonst nicht meine Art, aber weil Sie doch eine so nette junge Dame sind und in dieser Gegend —", Frau Müller verhedderte sich in ihrem Redefluss und kam ins Stocken.

„Ach das …", entgegnete Tom, „Ich … ich hab nur mit 'ner Freundin telefoniert, über Lautsprecher, und sie hat mir vom Streit mit ihrem Freund erzählt …"

Frau Müller betrachtete ihn noch immer verwirrt. Tom hätte gerne gewusst, was sie wirklich sah, aber er konnte sie schlecht fragen. Schließlich nickte die alte Dame dennoch.

„Entschuldigen Sie bitte die Störung", sagte sie, „ich hatte mir Sorgen gemacht, hoffentlich nehmen Sie das nicht übel." Ohne eine Antwort abzuwarten, wandte sie sich zum Gehen. Tom blickte ihr von der Tür aus nach. Frau Müller drehte sich auf dem Treppenabsatz noch einmal um, ihr Gesicht hellte sich plötzlich auf:

„Sie sollten sich eine heiße Zitrone machen, das hilft sehr gut bei Heiserkeit", rief sie, froh, dass sie wohl endlich herausgefunden hatte, was sie an dieser kurzen Unterhaltung am meisten irritiert hatte – die tiefere, leicht heisere Stimme. Das erklärte auch, warum die „junge Frau" an einem Arbeitstag zu Hause war!

Herr Pilger, der Chef der Detektei, besprach mit Ex-BNDler Markwart die ersten Beurteilungen der Neuzugänge. Herr Mehler, der zuvor für einen Sicherheitsdienst gearbeitet hatte, hatte sich rasch eingelebt, stand jedoch mit den gesetzlichen Grundlagen und dem Schreiben von Berichten auf Kriegsfuß. „Ich bin sicher, das gibt sich mit zunehmender Erfahrung", sagte Markwart bestimmt, „was aber von Frau Baker zu halten ist, weiß ich noch nicht." Herr Pilger sah seinen langjährigen Mitarbeiter fragend an. „Ich bin noch nie einem Menschen begegnet, der so schwer einzuschätzen ist", erklärte Markwart vorsichtig. Er kannte die Vorliebe seines Chefs für langbeinige Rothaarige und fand sie in diesem Fall mehr als verständlich. Aber persönliche Gefühle gehörten nicht hierher. „Sie ist intelligent, hat erwartungsgemäß als Juristin mit den legalen Aspekten keine Probleme, aber sie scheint mir – nun – irgendwie launisch."

2. Komplikationen

Abgründe

Sie liegt schwer in meinem Arm. Ich kann sie kaum noch halten, hab Mühe, meinen eigenen Kopf über Wasser zu halten. Ich kämpfe gegen die Wellen und schlucke nur wieder salzige Brühe. Um uns herum ist es schwarz – schwarze Nacht, schwarzes Meer, schwarze Sturmwolken. Nur ab und zu ein Blitz, der die Wellenberge, die sie und mich bedrohen, noch höher scheinen lässt. Ich spüre, wie meine Kraft nachlässt, ich kann nicht mehr. Wieder zuckt ein Blitz über uns. Über ihr lebloses Gesicht hinweg sehe ich Felsen, eine Insel. Mit letzter Kraft erreiche ich das Land, zerre sie den Strand hinauf – weg, bloß weg von dieser verdammten, schwarzen Brühe. Ich versuche sie wiederzubeleben, Mund-zu-Mund-Beatmung. Es scheint ewig zu dauern. Endlich regt sie sich unter mir – ich höre auf mit dem Beatmen, schaue sie an – und sehe direkt in die eiskalten Augen unseres Vaters!

Der Schrei – mein Schrei – weckte mich. Mein Herz raste, ich war schweißgebadet, zitterte am ganzen Körper. Ich setzte mich auf, zog die Beine an den Brustkorb, umklammerte mich selbst, den Kopf auf den Knien, die Augen geschlossen, so fest geschlossen, dass es fast weh tat. Das wütende Klopfen nahm ich kaum wahr, so sehr war ich noch in dem Albtraum gefangen, mit dem ich auch meine Zellennachbarn geweckt hatte. „Verdammt, der Typ ist seit Jahren tot, ich bin kein kleines Kind mehr, aber nicht mal hier, nicht mal im Knast bin ich vor ihm sicher“, fluchte ich vor mich hin. Offenbar lauter, als mir bewusst war, denn aus dem Klopfen wurde Rufen. Ich soll endlich die Klappe halten, hörte ich aus der Wand direkt hinter meinem Rücken. Und für einen Augenblick wusste ich nicht, ist das der Typ von nebenan oder doch mein Erzeuger?

Mit noch immer zitternden Händen tastete ich im Dunklen nach meinem Tabak. Dauerte eine Weile, bis ich eine Zigarette gedreht hatte, und ich brauchte drei Anläufe, um sie mit 'nem Streichholz anzuzünden, so sehr zitterte ich noch

Ich nahm einen ersten tiefen Zug. Langsam entspannte sich mein verkrampfter Körper. Merkwürdig, dass so was Simples wie Nikotin bei mir überhaupt noch wirkt, nach all dem Zeug, mit dem ich mich in der Vergangenheit vollgepumpt hab. Den Gedanken wischte ich weg und auch die Gier, die einen Moment lang aufflackerte. Darum ging es jetzt nicht, das hoffte ich jedenfalls. Was hatte mich dermaßen beunruhigt, dass er wieder in meinen Albträumen auftauchte?

Ich sollte froh sein, sie ist wiedergekommen, sie hat mich nicht verlassen, sie ist immer noch da. Ich versuchte, mich an den Gedanken zu klammern, aber es gelang mir nicht. Tief drinnen stieg erneut Panik auf. Nicht schon wieder, bloß das nicht schon wieder.

Ich zwang mich, mich auf die Gegenwart zu konzentrieren. Das Klopfen an den Wänden hörte auf. Es war still, jedenfalls so still, wie es an einem Ort wie diesem nur sein kann. Ich spürte die kalte Wand in meinem Rücken, fühlte die harte Pritsche unter meinem Arsch, unter meinen Füßen. Ich nahm noch einen Zug, überlegte, das Gras aus dem Versteck zu ziehen, verwarf den Gedanken wieder.

Bringt jetzt auch nichts, ich muss rausfinden, was hier los ist, was bei ihrem Besuch nicht gestimmt hat. Und da ich niemand fragen konnte, nicht mal sie – schließlich war das offiziell heute nicht meine Schwester gewesen, sondern eine mir unbekannte Detektivin –, gab es dafür nur einen Weg …

Ich drückte die Zigarette aus, setzte mich aufrecht hin. Konzentrierte mich auf meinen Atem und versuchte gleichzeitig, meinen Körper zu entspannen, bis ich ihn nicht mehr spürte, bis ich ihn hinter mir zurückließ. Ich starrte auf einen Punkt im Dunkel und war irgendwann nur noch Atem. In diese Leere, in das gleichmäßige Rein und Raus der Luft, ließ ich das Bild von ihr steigen, wie sie mir heute im Besuchszimmer gegenüber gesessen hatte. Ihr Bild war so real, dass ich fast glaubte, sie berühren zu können, und das Verlangen nach ihr wurde unerträglich. Fast verlor ich dadurch ihr Bild und meine Konzentration, ich musste mich zusammenreißen und weitermachen, weiter in mich selbst und in das Bild hineingehen.

Ich ließ mich in ihre Augen fallen. Das war eine meiner leichtesten Übungen, und das hatte nichts damit zu tun, dass ich schon seit einer Ewigkeit wusste, wie man sich auf diese Art wenigstens für eine Weile von der Außenwelt verabschiedete. In ihren Augen spiegelte sich so viel – ich weiß, wenn man sie nicht so gut kennt wie ich, waren es einfach wunderschöne, abgrundtiefe Augen, aber wenn man einmal gelernt hatte zu sehen ... gelernt hatte zu sehen ... gelernt hatte zu sehen ... Der Gedanke hallte wie ein Echo in meinem Kopf. Und plötzlich wusste ich, was mich so beunruhigte, dass es die Albträume samt ihm wieder geweckt hatte.

Als ich das erste Mal begriff, was ihre Augen so tief und so besonders macht, was hinter der verdammten Intensität ihres Seins steckt, war ich gerade drauf und dran, meine Zulassung zum Abi in dem teuren Internat zum zweiten Mal zu versauen. Ich war fast drei Jahre dort und passte nach wie vor nicht dahin. Keine Spur von den unverbrüchlichen Jungenfreundschaften, von denen man so gerne liest, oder den netten Lausbubenstreichen, die in den Köpfen der meisten unabdingbar zum Internatsleben gehören. Dieser Laden war ein Institut für reiche Söhnchen, die entweder zu blöd waren, auf anderem Weg den von ihren Eltern für sie geplanten Abschluss zu machen, oder – wie ich – ihren Alten im Weg standen. Das war die einzige Gemeinsamkeit zwischen denen und mir. Trotz des Geldes, das der Testamentsvollstrecker von Heidruns Onkel für meine „standesgemäße Erziehung" locker machte, blieb ich nichts als ein Straßenköter unter lauter Rassehunden. Obwohl die Hälfte von denen zu dämlich war, ihren eigenen Arsch ohne fremde Hilfe zu finden, brauchten sie nur Tage, bis sie raushatten, aus welchem Loch ich gekrochen war. Dumm nur, dass ich schon immer so stur war – erreicht haben sie nur, dass Hurensohn (und ähnliches) für mich zu einem Teil meines Namens wurde. Dumm für mich dagegen war, dass ich mit ihrer hinterhältigen Art nicht klarkam. Ich bin für direkte Konfrontationen, und das war ganz und gar nicht der Stil dieser Jungs, deren größte Kämpfe darin bestanden, ob sie sich nach dem Abi von Daddy lieber einen modischen Jeep oder doch einen Porsche schenken lassen sollten. Jedenfalls hatten diese Berufssöhne kein Problem damit, eine unsichtbare Mauer um mich herum zu errichten. Daran änderte sich auch nichts, als ihnen dämmerte, dass ich ein paar Fähigkeiten hatte, die ihnen abgingen – wie Dope zu besorgen oder gelegentlich die „richtigen“ Mädchen für sie einzuschleusen. Sie duldeten mich und sie bezahlten mich, und dass sie mich brauchten, ließ sie nur noch mehr auf mich herabsehen. Ich tat mein Bestes, das alles nicht an mich ranzulassen, Kohle zu machen und mich auf die nächste der raren Gelegenheiten zu freuen, Jo zu sehen.

Okay, ich hatte mir das Ganze selbst zuzuschreiben. Nachdem 1985 kurz hintereinander Heidruns reicher Onkel und mein Erzeuger ihren letzten Furz in einem Autowrack gelassen hatten (und ich stell mir bis heute vor, dass mein Alter wenigstens für einen Augenblick das Feuer in seinem Wagen mitbekam, bevor er abtrat …), hatte ich zu Hause nichts als Ärger gemacht. Ich war stinkwütend gewesen; endlich hatte ich das rauslassen können, ohne mich vor den Folgen fürchten zu müssen. Hatte ich jedenfalls gedacht. Bis ich zu weit ging und einen Lehrer verprügelte, der sich in eine Schlägerei mit irgendwelchen Typen einmischte, die Jo blöd angemacht hatten. Ich weiß bis heute nicht, wann mir klar wurde, dass ich den Pauker in der Mangel hatte.

Jedenfalls reichte es Heidrun an dem Punkt, und das konnte ich ihr nicht mal verdenken. Der Jugendrichter – der Pauker hatte nichts Besseres zu tun, als mich anzuzeigen – machte unmissverständlich klar, dass dies das letzte Mal wäre, wo mich der gute Name der Familie vor dem Jugendknast in Wilhelmshaven bewahren würde. Also schob mich Heidrun ins Internat ab – weit weg ins tiefste Bayern, zu den Jesuiten-Padres, um dem Richter zu zeigen, dass es ihr ernst damit war, mir die „strenge Hand“ zu besorgen, die sie mit ihrem „Ach-so-weichen Mutterherz“ nicht vereinbaren konnte. Am liebsten hätte sie mich wohl in einem Slum auf der anderen Seite der Erde abgesetzt (Brasilien, wo Todesschwadrone Jagd auf Straßenkinder machen, wäre in ihren Augen sicher das Richtige gewesen), doch sie hatte ihren Ruf als gebrochene, aber treusorgende Witwe und Mutter in der feinen Oldenburger Gesellschaft zu verlieren. Nur deshalb durfte ich gelegentlich, zumeist an Feiertagen und in den Ferien, nach Hause kommen, was für mich selten genug war, denn meine Isolation im Internat ließ mich meine Schwester um so mehr vermissen.

Entsprechend überrascht war ich, als ich eines Morgens aus dem Unterricht geholt wurde – und das nicht etwa, weil man irgendeinen Mist entdeckt hatte, den ich gemacht hatte: Mary-Ann, Jos Großmutter, die nach dem Tod meines Erzeugers zu uns bzw. zu Heidrun gezogen war, war am Telefon. Ich müsse nach Hause kommen, es sei etwas Schlimmes passiert, aber Jo wolle mit niemandem reden. Mary-Ann klang besorgt und sie schaffte es, die Padres zu überzeugen, dass ich sofort abreisen müsse. Mit Jo wollte sie mich jedoch nicht am Telefon reden lassen, das müsse warten.

Den ganzen Weg nach Oldenburg grübelte ich, worum es gehen könnte. Jo machte schon immer seltsame Dinge, und oft war es so, als ob sie sich bereits kurze Zeit später an nichts mehr erinnerte. Aber so etwas konnte es nicht sein. Jo ist Expertin, wenn es darum geht, solche Lücken zu verdecken, Erklärungen und Ausreden zu finden, und viel zu klug, sich unter solchen Umständen zu weigern, irgendwas halbwegs Plausibles zu sagen. Warum mehr unnötige Fragen provozieren? Mir war damals schon klar, dass sie sich in diesen Momenten tatsächlich nicht erinnerte und ihr das unheimlich war. Das war eines der Geheimnisse, die wir teilten und die zu schützen ich früher, so lange wir unter einem Dach lebten, geholfen hatte. Nein, es musste um etwas anderes gehen, aber ich konnte mir beim besten Willen nicht vorstellen, worum.

Mary-Ann, die mich vom Bahnhof abholte, konnte mir nichts Konkretes oder wenigstens Beruhigendes erzählen. Sie hatte Jo in der Nacht zuvor erwischt, wie sie sich mit ein paar eilig zusammengeworfenen Sachen aus dem Haus stehlen wollte. Als Mary-

Ann sie ansprach, sei meine Schwester hysterisch geworden und habe gedroht, sich die Treppe hinunterzustürzen. Irgendwie war es Mary-Ann gelungen, sie zu beruhigen – wenn jemand, wenn ein Erwachsener so etwas konnte, dann Mary-Ann. Sie war der einzige Erwachsene, der uns beide so nahm, wie wir waren, der ehrlich war und zu dem man von daher so ehrlich sein konnte, wie es möglich war. Jedenfalls hatte das Drama auf der Treppe damit geendet, dass Jo versprach, mit mir und vielleicht später mit einem Therapeuten zu sprechen, wenn sie nicht mit Mary-Ann reden wollte. Mary-Ann hatte im Gegenzug versprochen, Heidrun nichts von dem „Fluchtversuch" zu erzählen.

Überhaupt sei Jo in letzter Zeit noch merkwürdiger als sonst, berichtete Mary-Ann besorgt. Natürlich sind Vierzehnjährige, auch sensible und kluge wie ihre Enkelin, mehr oder weniger rebellisch und wechseln innerhalb kürzester Zeit zwischen himmelhoch jauchzend und zu Tode betrübt hin und her, aber bei Jo war da noch mehr. Mary-Ann war der einzige Erwachsene, der sich je fragte, ob hinter dieser Wechselhaftigkeit etwas anderes steckte, und sie begann zu ahnen, dass Jo Probleme mit ihrem Gedächtnis hatte. Und Mary-Ann war auch klar, dass Wechselhaftigkeit und Hormongewitter nicht erklären konnten, warum jemand dermaßen unterschiedliche Noten selbst in ein und demselben Fach hatte oder warum Jo so viele Handschriften hatte, die wie die verschiedener Menschen aussahen. Später tat es mir leid, dass wir Mary-Ann nicht sagen konnten, wie recht sie mit ihren Ängsten hatte, denn nachdem mir und Jo klar wurde, was wirklich Sache war, war auch klar, dass wir ein weiteres Geheimnis in unserer umfangreichen Sammlung hatten.

Als wir nach Hause kamen, erwartete Heidrun uns bereits.

„Ah, der Ritter in seiner glänzenden Rüstung", sagte sie mit ätzender Stimme, bevor Mary-Ann sie mit einem Blick unterbrach. Ich verkniff mir eine passende Bemerkung, schließlich war ich nicht hier, um mich zum x-ten Mal mit ihr zu streiten.

„Sie ist oben", sagte Mary-Ann und nahm mir meine Tasche ab. Es war merkwürdig, die Treppe zu Jos Zimmer raufzugehen und die Blicke der beiden im Rücken zu spüren.

Oben klopfte ich vorsichtig an ihre Tür. Keine Reaktion, nur ein tierhaftes, schluchzendes Geräusch. Ich klopfte noch mal, ein bisschen lauter, und sagte leise: „Jo, ich bin's, Mike. Bitte mach auf, Jo." Im Zimmer regte sich etwas, der Schlüssel im Schloss wurde umgedreht. Dann wieder nur Schluchzen. Also ging ich rein – und fand Jo auf ihrem Bett, auf das sie sich geflüchtet hatte, zusammengekauert, schluchzend, sich vor und zurück wiegend. Ich schloss die Tür und ging zu ihr, fasste sie vorsichtig an der Schulter an, nahm sie in den Arm.

Keine Ahnung, wie lange wir so da saßen – sie verzweifelt bemüht, das Schluchzen in den Griff zu kriegen, ich hinter ihr, sie mit meinem ganzen Körper haltend. Es schien ewig zu dauern und es machte mir eine Scheißangst. Ich hatte sie zuvor nie weinen gesehen, nicht so – manchmal kamen Tränen, wenn sie einen ihrer hysterischen Anfälle hatte (in denen sie nach ihrer Mutter verlangte) oder wenn sie nicht mehr wusste, wohin mit Wut oder Frust, aber das war was anderes. Das dauerte nie länger als ein paar Sekunden oder vielleicht Minuten. Das hatte mir auch nie Angst gemacht – aber in diesem Moment fürchtete ich, sie würde sich nie wieder beruhigen, sie könnte sich in dieser Verletzbarkeit, diesem Schmerz verlieren. Ich weiß, das klingt verrückt, aber ich hielt sie nicht nur fest, damit sie wusste, wo sie war und dass ich da war, sondern auch, um mich zu vergewissern, dass sie hier blieb und nicht einfach verschwand. Es war mir egal, wie seltsam sie anderen Leuten manchmal erscheinen mochte, ich wollte bloß, dass sie da war und es ihr – wieder – gut ging. Ob sie dann darauf bestehen würde, Tom, Anna, Josie, Jo oder sonstwie genannt zu werden, war mir gleich. Das hatte sie schon immer getan und obwohl es mir am Anfang seltsam vorgekommen war, machte es Sinn und war für mich bis jetzt bloß eine weitere Besonderheit meiner Schwester gewesen und ein weiteres Geheimnis, das uns gegen den Rest der Welt näher zusammenrücken ließ. Trotzdem war ich nicht auf das vorbereitet, was jetzt kam.

„Du warst doch nicht da", war der erste verständliche Satz, den Toms ebenso trotzige wie jungenhafte Stimme aus ihrem Mund hervorstieß. „Und Mädchen sind einfach – blöd."

Ein plötzlicher Schluchzer. Dann eine kindliche Stimme, leise, wimmernd, die Worte zwischen dem Weinen kaum verständlich: „Angst. Im dunklen Park, macht Angst."

Wieder etwas Schluchzendes, bevor Toms Stimme sich erneut durchsetzte, immer noch trotzig, aber die Selbstsicherheit war weg: „Ich hab doch bloß gedacht, ich trink Bier mit den Jungs da draußen im Schlosspark" — „Du gehst nicht weg, ja?", wollte die leise Kinderstimme wissen, „Bitte, bleib …"

„Zuerst, erst dachte ich, du bist das, du bist gekommen, um deine Josie zu halten, um lieb zu …", Josie unterbrach sich und in ihrem Blick war etwas, das mir einen Schauer über den Rücken jagte. Als sie mich plötzlich anfasste, anfing, mich zu streicheln, ließ ich sie vor Schreck los, stieß sie fast weg. In dem Moment wechselte der Ausdruck in ihrem Gesicht erneut und eine andere Stimme, zugleich reifer als die anderen und verwirrter, sprach:

„Ich weiß gar nicht, wie ich da hingekommen bin. Ich hätte nicht im Park sein sollen. Du … du solltest jetzt eigentlich auch nicht hier sein – eigentlich müßte ich doch … ist nicht Schule?" Anna versuchte, die Situation unter Kontrolle zu bringen, aber es gelang ihr nicht. Sie weinte wieder, obwohl sie sich dagegen wehrte. „Ich, ich konnte nicht mal schreien. Ich wollte weg, weg von denen, aber einer hat mich festgehalten." Heftiges Schluchzen hinderte sie am Weiterreden. Wieder so ein Wechsel. Dann endlich Jos Gesicht, wütend und, als sie mich ansah, auch erleichtert.

Von ihr – immer wieder unterbrochen von den anderen Stimmen zwar, aber immerhin – erfuhr ich genug, um aus dem beängstigenden Chaos rauszufiltern, was in dieser Nacht passiert war. Jo hatte nur eine vage Erinnerung daran, dass sie (eigentlich der Junge, der sich Tom nannte) sich am Abend aus dem Haus geschlichen hatte, um mit ein paar Jungs aus dem Alten Gymnasium „im Schlosspark zu feiern". Es war nicht das erste Mal, sie waren Kumpels, 'ne Art Ersatzbrüder für sie. Aber in dieser Nacht gab es ein „Missverständnis" – die Jungs sahen in meiner Schwester ein frühreifes Mädchen, auf das sie scharf waren. Und als sie – anfangs wohl Tom, aber so genau war das nicht rauszukriegen – nicht freiwillig mitmachen wollte, nahmen sie sich mit Gewalt, was sie anders nicht haben konnten. Jo selbst bekam nicht mit, wie das alles passierte. Es muss ein heilloses Durcheinander in ihrem Inneren geherrscht haben. Ihr schien es, als sei sie urplötzlich, mitten in der Vergewaltigung, zu sich gekommen.

„Die waren überall. Mit ihren Händen. Und mit – ganz plötzlich. Ich weiß auch nicht, wie. Ich hab angefangen, um mich zu schlagen. Ich hätte sie umbringen können. Ich hab geschrien, denk ich, getreten, ich wollte bloß weg. Und dann – dann war ich wieder hier, erst wollte ich duschen, aber es war schon so spät, ich wollte Heidrun nicht – ich wollte sie nie wieder sehen, niemanden sehen, nur weg, weg hier. Zu dir, ich weiß auch nicht“, stieß Jo hervor, und sie sah mich einen Augenblick an, als wollte sie mir an die Kehle gehen, bevor sie sich erschöpft an mich klammerte.

Mir war kalt und heiß zugleich. Als ob ein Stück in mir sterben und gleichzeitig ein Hornissennest alter Splitter und Gefühle aufgestachelt würde. Ich hatte schon wieder versagt, war das Erste, was mir in den Sinn kam. Ich hatte es schon wieder verbockt – wenn ich hier gewesen wär, wär das nicht … nicht schon wieder … – doch bevor der Gedanke greifbar werden konnte, kam die Wut: Ich würde die Typen umbringen!

„Nein“, sagte Jo sehr bestimmt, und mir wurde klar, dass ich zumindest das Letzte laut ausgesprochen hatte, „das wirst du nicht. Ich will nicht, dass jemals jemand davon erfährt.“ Sie nahm meinen Kopf in ihre Hände und sah mich an, mit Augen viel älter und härter, als Vierzehnjährige sie haben dürften, bis ich schließlich nickte.

Ich konnte trotz meiner hilflosen Wut nur zu gut verstehen, was sie meinte. Wenn niemand davon weiß, kann man so tun, als wäre es nicht passiert. So hatte ich es auch immer gehalten, bei dem Heimleiter, der als Erster auf meinen damals neunjährigen Arsch scharf war, und bei allen anderen. Jedenfalls solange ich mich noch nicht dagegen wehren konnte … Nur, gerade das, all der alte, tief aber nicht tief genug begrabene Müll machte mich so wütend.

„Mike, kapier doch, ich will nicht, dass jemand Fragen stellt. Weil ich die Fragen nicht beantworten könnte, selbst wenn ich wollte. Wie soll ich das erklären – dass ich nicht weiß, wie ich dahin gekommen bin? All die Lücken, all diese …“, sie suchte verzweifelt nach Worten, um mir zu erklären, was sie selbst noch gar nicht begriff, „… wenn es sich anfühlt, als würd ich träumen, als wär ich nicht wirklich am Geschehen beteiligt. Und dieses Chaos aus Gefühlen, die ich selbst nicht versteh, diese Stimmen, die ich manchmal in meinem Kopf hör und die manchmal auch aus meinem Mund kommen … Das klingt doch zu verrückt, das glaubt mir keiner, die sperren mich nur weg.“

Es wurde bereits dunkel, als wir so weit waren, ihr Zimmer zu verlassen, um uns dem Rest der Welt zu stellen. Wie es Mary-Ann schaffte, uns den Rücken so lang frei zu halten, war mir ein Rätsel, und ein weiteres, für das ich Jos englischer Großmutter dankbar bin. Aber als wir runtergingen zu ihr und Heidrun, hatten wir eine Geschichte, die wir ihnen präsentieren konnten: Jo behauptete, es seien Albträume und Migräneanfälle gewesen, die ihr den Schlaf geraubt und sie so launisch hatten werden lassen. Sie wollte es mit Mary-Anns Vorschlag versuchen, einen Spezialisten aufzusuchen – vielleicht würde das helfen, wieder ins Gleichgewicht zu kommen? Außerdem wolle sie wissen, was los war, vielleicht sei es ja was ganz Simples. Da das zwar nur die halbe Wahrheit, aber eben nicht gelogen war, kam es an – und Heidruns Wunsch nach einem „verträglicheren Kind“ war offenbar doch stärker als die Sorge, was die Leute sagen würden, wenn ihre Tochter zu einem Nervenarzt ginge.

Und wir hatten uns damit die Zeit gekauft, die wir dringend nötig hatten.

Frau Müller schaute verschlafen auf ihren Wecker. Es war gerade mal 4 Uhr morgens. Die unruhigen Schritte in der Wohnung über ihr waren verstummt. Dafür war ihr, als würde sie leises Fluchen von oben hören. Irgendetwas stimmte mit ihrer Nachbarin nicht, dachte sie. Dann schüttelte sie ärgerlich den Kopf. Dasselbe hatte sie am Morgen zuvor auch gedacht, aber mit ihrem besorgten Besuch bei Frau Baker hatte sie sich nur lächer-

lich gemacht. Sie lauschte erneut nach Geräuschen von oben – nichts. Trotzdem nahm sie sicherheitshalber zwei Ohropax aus der Packung, bevor sie das Licht wieder löschte und sich umdrehte, um noch etwas zu schlafen.

Nichts als Schwierigkeiten

Es herrschte viel zu viel Aufruhr, um schlafen zu können. Nicht dass ich es nicht versucht hätte, aber ich kann interne Auseinandersetzungen nur ignorieren, wenn sie mich selbst nicht direkt betreffen oder ich mir das einreden kann. Heute war das nicht möglich. Heute – oder, da es bereits lange nach Mitternacht war, eigentlich gestern – war einfach zu viel los gewesen.

Dabei hatte dieser 5. April 2004 so gut angefangen. Endlich hatte ich mit Jos Hilfe alle Vorbereitungen für den Besuch bei Mike hinter mich gebracht und es war kein Problem gewesen, diesen Montag in der Detektei freizumachen. Ich wollte den Tag für mich haben, ganz meine Vorfreude auf das Wiedersehen mit Mike genießen und mich nicht wegen der Kollegen selbst kontrollieren müssen. Außerdem schien es genau der richtige Zeitpunkt, um endlich Ernst zu machen mit dem neuen Leben. Ich plante, was ich auf den zahlreichen Wochenendflohmärkten Münsters zur Verschönerung der Wohnung besorgen könnte, damit sie so wirklich zu meinem, unserem Zuhause werden würde. Dabei stolperte ich über den alten Koffer, mit dem ich vor gut einem Monat meine Flucht angetreten hatte. Unberührt, dafür leicht angestaubt, gammelte er in einer Ecke vor sich hin.

Ich wollte das Ding ausmisten und wegwerfen. Meine, unsere Flucht war zuende. Cäcilia-Josephine Greschke gab es nicht mehr, jedenfalls nicht als angehende Juristin und tüchtige Hilfskraft von Professor M. Sie existierte nur noch, wenn es nötig war, Heidrun mit einem Anruf zu beruhigen oder Geld vom Treuhandkonto abzuheben, das Großonkel Karl in weiser Voraussicht vor seinem tödlichen Unfall und damit lange vor dem ruinösen Skandal um den Familienbetrieb eingerichtet hatte.

Natürlich war ich auch neugierig. Es war eine überstürzte Flucht gewesen, ich war aufgeregt an dem Abend, hatte neben mir gestanden und mehr oder minder wahllos Sachen in den Koffer gepackt. Jedenfalls nahm ich das an, denn wenn ich ehrlich war: Meine Erinnerung an alles, was nach dem offiziellen Ende der Fachbereichsfeier passiert war, blieb lückenhaft.

Das meiste im Koffer war normales Zeug – Wäsche, Lieblings-T-Shirts, Kleider, ein paar Bücher. Gut, das alte Bärchen hätte ich ebensowenig eingepackt wie die Unterlagen aus dem Seminar für Rechtsphilosophie – dennoch, diese Sachen kannte ich wenigstens. Was man von dem Revolver nebst Munition nicht sagen konnte.

Ich hasse solche Überraschungen. Kommt häufiger vor, als mir lieb ist, auch häufiger, als gut für uns ist – aber meistens handelt es sich dabei um Kleinkram: Zeitschriftenabonnements, die ich nie bestellt hatte, Klamotten, in denen ich nicht mal tot erwischt werden wollte, Kreditkartenrechnungen für Konzerte, manchmal fand ich sogar die Eintrittskarten. Aber ich war nie an den entsprechenden Orten gewesen, und oft brauchte es einiges an Überzeugungskraft, um herauszufinden, wer von uns jeweils dahintergesteckt hatte. Solche Überraschungen sind nicht gerade hübsch; es macht sich nicht gut, wenn man einen Wagen anmieten will und feststellen muss, dass die Kreditkarte bereits über das Limit benutzt wurde. Aber das gehörte bei uns wohl dazu, war eine Art unvermeidliches Übel.

Doch der Revolver, das war eine Nummer größer und es beunruhigte mich ebenso sehr wie Jo. Sicher, Tom machte immer wieder eine Menge Mist und der Revolver – den er nicht gekauft haben konnte, denn keiner von uns hat einen Waffenschein – war gewiss nicht der härteste Klopper, den er bislang gebracht hatte. Aber die Idee, Mike gewaltsam zu befreien, das war doch selbst bei einem Sechzehnjährigen absurd! Es gelang Jo zwar, ihn mit viel Mühe von diesem Wahnwitz abzubringen, und der anschließende Gefängnisbesuch verlief ohne Zwischenfälle, doch es blieb beunruhigend. Es ist an sich schon kompliziert genug, sich mit so unterschiedlichen Menschen einen einzigen Körper zu teilen, ohne dabei allzu unangenehm aufzufallen, doch wir – also zumindest Anna, Jo und ich – hatten gedacht, dass wir uns mit allen, also auch mit Tom, auf gewisse Grundregeln in diesem Zusammenleben geeinigt hätten. Offensichtlich gestohlene Revolver und die Planung von Gefängnisausbrüchen gehörten jedoch eindeutig nicht dazu.

Professor M. konnte nicht schlafen. Vorsichtig, um seine Frau nicht zu wecken, die eben erst von ihrer Vortragsreise zurückgekehrt war, stand er auf. Das Verschwinden der Vase hatte sie lediglich mit einem überraschenden „Endlich – ich konnte das Ding noch nie leiden" quittiert. Gut nur, dass er ihr nichts von dem Geld erzählt hatte. Und besser noch, dass sie nichts von dem Revolver wusste – zumal sie seine Einstellung, dass jeder Mensch ungeachtet der Gesetze das moralische Recht hätte, sich mit allen Mitteln zu schützen, stets als Paranoia belächelt hatte.

Patt

Insgeheim war ich stinksauer auf Josephine, viel wütender als auf Tom. Natürlich war mir klar, dass er hinter dem Revolver steckte, aber bei ihm musste man mit allem Möglichen und Unmöglichen rechnen. Genau deshalb hatte ich Josephine doch bereits vor der Geschichte mit Professor M. versucht zu überreden, nach Münster zu gehen und Detektivin zu werden – bloß weil eine Weile größere Katastrophen ausbleiben, heißt das noch lange nicht, dass alles in Butter ist! Man sollte meinen, ein niedergeschlagener Jurist und die anschließende überstürzte Flucht hätten bereits überdeutlich gemacht, wie nah am Abgrund wir uns befanden. Aber nein, Madame sieht ja nicht, was sie nicht sehen will. Sie musste man erst mit der Nase in den Dreck stoßen, damit sie kapierte. Selbst jetzt versuchte sie noch, sich rauszuwinden, bloß nicht den Dingen ins Auge zu sehen!

Als Mike Anfang 2003 wegen der gefälschten Papiere verhaftet und verurteilt wurde, hielt ich den sprichwörtlichen Atem an. Eine solche Katastrophe nur wenige Monate nach unserem Crash in unserer Heimatstadt Oldenburg, was würde das auslösen, hatte ich mich gefragt. Anna besorgte sicherheitshalber gleich die Adressen aller in Frage kommenden Therapeuten und Kliniken im gesamten Ruhrgebiet, rund um Wohn- und Studienort eben. Dann passierte – nichts. Jedenfalls nichts Sichtbares, wir waren geschockt, aber wir machten weiter, wie ein Uhrwerk oder ein Roboter. Und während Anna ihre zugegeben kurze Adressliste noch wochenlang stets bei sich trug, nur für alle Fälle, betrachtete Josephine unsere Reaktion oder vielmehr Nichtreaktion als Zeichen, dass nun alles anders sei.

Blödsinn. Vielleicht waren wir von dem Crash davor noch halb betäubt oder selbst so ein Haufen wie wir hatte nur eine begrenzte Absturzenergie. Manche Dinge kommen eben mit Verzögerung – passiert häufiger, als man es mitkriegt, vermute ich. Außerdem wäre es fatal gewesen, wären wir damals ausgerastet. Hätte Mike aus seinem labilen bisschen Gleichgewicht gehauen, und das konnten wir kaum zulassen. Aber es hatte uns getroffen, verdammt, wie sollten wir es einfach so wegstecken, dass man uns den einzigen Menschen nahm, der uns nah ist und dem wir wirklich was bedeuten?!

So gesehen war Toms hirnrissiger Fluchtplan mehr als verständlich. Er hatte halt auf die Trennung und all das reagiert. Aber nein, Josephine weigerte sich zu begreifen, was das hieß. Wir mussten handeln, jetzt, solange wir noch einigermaßen die Kontrolle hatten. Wir mussten rauskriegen, was beim letzten Crash in Oldenburg passiert war, was dahintersteckte. Vielleicht hätten wir dann 'ne Chance, den nächsten zu verhindern.

Ich versteh Josephine manchmal wirklich nicht. Schließlich ist sie die Einzige, der von Anfang an klar war, sie ist nicht allein in diesem Körper. Obwohl sie von all dem Müll, der davor passiert sein muss, nichts selber abgekriegt hatte, begriff sie schnell, dass bei uns einiges nicht stimmte. Okay, sie ist dafür da, dass die Dinge nach außen halbwegs glatt laufen. Wahrscheinlich musste sie dafür das eine oder andere übersehen. Trotzdem, das brachte uns nicht weiter. Wir konnten nicht ewig davonlaufen. Klar, wär mir auch lieber, aber ich hatte bereits zu viele Zusammenbrüche und Ausraster in diesem Laden erlebt, um daran zu glauben.

„Jo“, unterbrach mich Anna mit ihrer ewig sanften, mal wieder besorgten Stimme, „hör auf damit. Du könntest Cäcilia wecken.“

Cäcilia wecken – die gute, brave Tochter! Das war das Letzte, was wir jetzt noch brauchten! Manchmal möchte ich die ganzen Hampelmänner rausschmeißen und nur noch meine Ruhe haben. Nicht mal ungestört nachdenken kann man hier, nicht mal vor sich hin wütend sein ist drin. Jedenfalls nicht, wenn wir gerade mal wieder so nah am Abgrund stehen.

Der Sozialarbeiter, der sich eine Menge darauf einbildete, dass ihn die Gefangenen wunschgemäß Herbert nannten, war heute sehr stolz auf sich. Mike hatte sich nach dem unangenehmen Zwischenfall mit einem anderen Insassen anscheinend nicht nur gefangen, er war sogar bereit, mit seinem Sozialarbeiter zu reden! Entsprechend optimistisch und aufmunternd schaute Herbert drein, als Mike, begleitet von einem Schließer, in der Tür seines Büros erschien.

Schachzüge I

Herbert hatte sein übliches „Es-wird-schon-alles-werden"-Grinsen aufgesetzt. Schwer zu begreifen, wie jemand Tag für Tag freiwillig in ein Gefängnis gehen konnte. Bei den meisten Schließern war es eine Stufe auf ihrer Karriereleiter, sollte helfen, Gerichtsdiener oder sonst was in der Justiz außerhalb dieser Mauern zu werden. Oder es waren Sadisten oder sonst welche Arschlöcher, die 'ne Menge Leute unter sich brauchten, um sich selbst besser zu fühlen. Aber die redeten sich jedenfalls nicht ein, dass sie was ganz Tolles für die Knackis erreichten, dass sie Seelen retteten oder was sonst für beknackte Heilserwartungen in den Schädeln von Typen wie Herbert rumspukten. Ich mein, er konnte diese Mauern nicht verschwinden lassen, und er konnte niemandem seine Wut oder seine Vergangenheit nehmen, also, was soll's?

Verrückt, dass Herbert sich von der Wirklichkeit nicht im mindesten von seinem Optimismus und seinem Glauben an das Gute im Menschen abbringen ließ – eigentlich sollten so 'ne Sachen wie Rückfallquoten oder die Junkies im Knast, von denen ein Großteil (wie ich selbst vor langer Zeit) hier erst anfängt, auch auf ihn einen gewissen Eindruck machen.

„Guten Morgen, Mike", sagte er in seinem penetrant aufmunternden Ton, während er mir mit einer Geste den wackeligen Stuhl gegenüber seinem am Schreibtisch anbot. „Hast du endlich eingesehen, dass auch du nicht ganz alleine mit allem fertig werden kannst?"

Ich setzte mich, schaute ihn kurz an, ein vages Kopfnicken. Er musste ja mein Grinsen nicht sehen. Womit man nicht allein fertig wird, damit wird man nie fertig. Der Sozialheini, der das kapierte, musste wohl noch geboren werden. Was nicht hieß, dass man die Kerle nicht sinnvoll nutzen kann.

„Was kann ich für dich tun?" Er griff nach der Teekanne und einem frischen Becher für mich. „Ohne alles, stimmt's?" fragte er, erfreut über sein gutes Gedächtnis. Ich nickte wieder nur, warum sollte ich ihm die Stimmung wegen 'n bisschen Milch und Zucker verderben? Er schenkte ein, schaute mich weiter an. Ich sah auf meine Hände, verschränkte die Finger ineinander, wand sie hin und her, räusperte mich.

„Meine Schwester", fing ich zögernd an, den Blick nach wie vor gesenkt, „ich weiß nicht, was mit ihr los ist und" – an dieser Stelle blickte ich auf, nahm den Becher aus seiner Hand und schaute ihm kurz in die Augen –, „und das macht mich total verrückt." Ich stockte, sehr effektvoll, und trank erst mal einen Schluck Tee.

„Du hast lange nichts von ihr gehört, nicht wahr? Darum ging es doch auch, wenn ich mich nicht irre, bei der völlig überflüssigen Schlägerei mit Bruno, oder?" Sein Blick war fast lüstern. Manchmal fragte ich mich, ob solche wie er drauf stehen, in das Privatleben anderer einzudringen. Wie 'n Spanner, bloß viel hinterhältiger.

„Das ... das ist es nicht. Nicht wirklich", sagte ich, darüber hatt ich keinen Bock zu reden. Und schon gar keinen Bock auf seinen Vortrag über Gewalt als Ausdruck von Hilflosigkeit. Ich sprach schnell weiter, damit er nicht auf dumme Gedanken kam. „Sie ist damals einfach verschwunden. Zuerst nicht wirklich, da war was mit der Firma ihres ... unseres ... Großonkels, da gab's Ärger und sie wollte sich drum kümmern. Zuerst hat sie noch angerufen und so, aber dann ... dann war sie plötzlich weg. Ich hab ein paar Tage nichts von ihr gehört. Dann hab ich versucht, ihre Mutter anzurufen, aber die hat einfach aufgehängt, wie üblich. Also bin ich rauf nach Oldenburg und hab 'nen Riesenaufstand gemacht bei der, dass ich Josephine sehen wollte und was nicht alles. Sie hat die Bullen geholt, als die Nachbarn anfingen zu gucken. Na ja, ging grad noch mal gut, weiß gar nicht genau, wieso. Jedenfalls hab ich nichts erfahren. Und dachte, keine Ahnung, was da genau gelaufen ist, sie ist weg. Sie will mit mir nichts mehr zu tun haben. Das war's, was mir grad noch gefehlt hatte. Danach war mir alles scheißegal ..."

„Aha", sagte Herbert nachdenklich, „und du meinst, etwas Ähnliches ist passiert, als du diese völlig unnütze und dumme Schlägerei mit Bruno –"

„Nein", unterbrach ich ihn, lauter und wütender als mir recht war, „darum geht's nicht. Verdammt, ich versuch dir grad das zu sagen, was der dämliche Staatsanwalt und mein blöder Verteidiger die ganze Zeit im Prozess hören wollten. Was ich sagen will – ich dachte damals, ich hätt sie verloren. Endgültig. Keine Ahnung, wieso, aber genauso hat sich's angefühlt. Scheiß auf den Job, scheiß auf Hans, der mir nie was getan hat, der mein Freund war, scheiß auf mein gottverdammtes Leben. Scheiß drauf. Und genau das hab ich getan. Kaum war ich raus aus dem Kaff, kaum war ich wieder hier, zurück im Pott, hatt' ich auch schon die Nadel drin. Das mein ich, davon red ich." Ich atmete heftig, als ich endlich die Klappe hielt. So viel hatte ich ihm gar nicht erzählen wollen, aber der Typ kapierte ja nichts, wenn man ihm den Zaunpfahl nicht um die Ohren haute.

„Ich verstehe …", sagte Herbert zwar, aber da war ich mir nicht so sicher, „du hast damals wieder angefangen zu drücken, weil deine Schwester aus deinem Leben verschwand. Das macht Sinn, denke ich. Aber warum kommst du damit erst jetzt? Im Prozess hätte es den Richter vielleicht … verstehen lassen – und vielleicht hätte man das auch im Strafmaß gemerkt. Warum hast du das nie erwähnt?"

„Weil ich sie da nicht mit reinziehen wollte", kam es trotzig und angenervt aus meinem Mund.

„Siehst du, Mike, das ist das Problem bei dir: Selbst wenn es um dich geht, lenkst du immer auf andere ab …", fing er an. Er kapierte also wirklich nichts. Jetzt durfte ich mir wieder einen seiner Lieblingsvorträge über Eigenverantwortung anhören …

… genau wie damals im Internat, bei Pater Johannes, dem Schulpsychologen. Als ich nach dem erschreckenden Besuch bei Jo wieder in der Schule war, stiefelte ich ein paar Tage später zu ihm. Ich wusste, ich muss rauskriegen, was mit Jo los ist. Zuerst latschte ich in die Bibliothek, aber die lange Reihe mit Wälzern zur Psychologie schreckte mich ab; ich wusste ja nicht, wonach ich suchte, und einfach an einem Ende anzufangen und das alles zu lesen, hätte viel zu lang gedauert. Also kratzte ich meinen Mut zusammen, vergewisserte mich, dass Pater Johannes als Geistlicher wie als Psychologe unter Schweigepflicht stand, und fing an zu reden. Dass ich mir Sorgen machte um sie, dass etwas

Furchtbares passiert wäre, dass sie aber schon immer anders gewesen wäre etc. Er hörte mir eine Weile zu, dann beugte er sich vor, sah mir in die Augen und sagte, das wäre alles Quatsch und ich solle aufhören, meine Schwester vorzuschieben und endlich mit dem rausrücken, weswegen ich wirklich die Luft in seinem Büro verpestete. Ich schluckte, hätt nicht gedacht, dass mein erster Versuch in Sachen Ehrlichkeit und Offenheit einem Erwachsenen, einer Autoritätsperson gegenüber, so vollkommen in die Hose gehen würd.

„Na ja", dachte ich mir damals, „auch egal, mach ich's eben wie üblich." Und weil man am einfachsten und glaubwürdigsten lügt, wenn man mit 'ner Wahrheit anfängt und überhaupt am besten so weit es geht an der dran bleibt, fing ich mit meinen unzweifelhaft vorhandenen Schulproblemen an. Dass ich Schiss hatte, meine Abi-Zulassung ein zweites Mal zu versauen, leuchtete Pater Johannes sofort ein. Und als ich zögernd davon anfing, dass ich halt Probleme hätte, mich zu konzentrieren, wegen der Stimmen, die ich manchmal im Kopf hörte, schaute er besorgt. Ich laberte ihn zu, benutzte alles, was mir Jo erzählt hatte, wie sie die Dinge erlebte und so. Manchmal würde ich mich an Orten wiederfinden, ohne zu wissen, wie ich dahingekommen wäre, sagte ich. Manchmal käm mir mein Leben wie ein Traum vor, weil ich zwar die Dinge um mich rum sehen und mitkriegen würde, aber gleichzeitig nicht mal meine eigenen Handlungen steuern könnte. Dann wieder wäre es so, als ob ich den ganzen Tag auf meinem Zimmer gewesen wäre, die Bücher vor mir etc., aber ich wüsste nicht mehr, was ich gelesen hatte und auch nicht, wieso meine Schuhe verschlammt waren, obwohl ich die ganze Zeit am Schreibtisch gewesen war. Und, fügte ich hinzu, es würd auch immer wieder passieren, dass mich jemand ansprach, weil ich irgendwas gesagt oder getan hätte, aber ich wüsste gar nicht, wovon der redet.

Beim ersten Mal sagte Pater Johannes fast nichts, er sah besorgt aus und kritzelte Notizen auf seinen Block, die ich nicht entziffern konnte. Nach zwei Stunden beendete er das Ganze. Er müsse über das nachdenken, was ich ihm erzählt hatte, ich sollte in ein paar Tagen wiederkommen.

Ich verließ sein Büro mit 'nem mulmigen Gefühl. Ich kann zwar bluffen, aber richtig schauspielern ist was anderes. Außerdem wusste ich ja nicht, worum es ging und was womöglich passieren würde, wenn er mir glaubte und für mich und Jo rausfand, was das war.

Entsprechend beunruhigt klopfte ich am verabredeten Tag an seine Tür. Diesmal war er gar nicht mehr schweigsam, aber nach wie vor besorgt – und misstrauisch. Er stellte mir jede Menge Fragen: Ob die Stimmen Namen hätten (Ich sagte, ich sei mir nicht so sicher, könnt schon sein.), ob ich manchmal hundemüde sei, ohne zu wissen, wovon (Manchmal, antwortete ich vorsichtig.) und ob ich mich auch an andere Sachen nicht erinnerte.

„Was für Sachen?“, wollte ich wissen.

„Na, Sachen von früher. Erinnerst du dich an deine Kindheit und so?“ fragte er nach. Das Ding fing eindeutig an, mir über den Kopf zu wachsen. Ich wand mich raus, so nach dem Motto, wenn man sich nicht erinnert, wie kann man dann wissen, ob man sich nicht erinnert, und rief gleich danach bei Jo an. Auch sie fand die Frage erst merkwürdig, aber das ließ sich klären, schließlich hatte ich ja lange genug mit ihr unter einem Dach gelebt. Also fragte ich sie nach ganz konkreten Dingen, wie z.B. dem Abend, an dem ich bei ihnen aufgetaucht war. Den erinnerte Jo. Von der Prügel, die mir der Alte am Vorabend ihres siebten Geburtstags verpasst hatte, so dass ich tags darauf weder zur Schule noch zu ihrem Kindergeburtstag aus meinem Zimmer konnte, war ihr dagegen nur eine vage Erinnerung an die Feier ohne mich geblieben. Und von dem hysterischen Anfall, den sie bekam, als ich irgendetwas über das grässliche Rüschenkleid geschüttet hatte, das ihr Heidrun geschenkt hatte, hatte Jo nicht mal den Hauch einer Ahnung. Ich fragte und fragte, und am Ende hatten wir beide einen Eindruck von Jos Gedächtnis und den zahlreichen Löchern darin. Das Ganze war uns beiden unheimlich, aber damit konnte ich weitermachen.

Und es schien auch bei Pater Johannes anzukommen, zumindest für eine Weile. Er fing an, etwas von Dissoziation zu erzählen, womit er meinte, dass das Bewusstsein Dinge abspaltet, die zu viel zum Verarbeiten wären. So ähnlich wie bei einem Autounfall, wenn Schmerz oder Angst erst nach ein paar Stunden, im Krankenhaus oder so, bei einem ankommen. (Das passierte mir manchmal, wenn der Alte mich verprügelte, und ich fand's ganz okay so.) Oder so wie man manche sehr schlimmen Dinge – Traumata nannte er es, und ich weiß noch, dass ich dachte, „Albtraumata" wär wohl passender – erst mal gar nicht erinnert und wenn sie dann wiederkommen, scheint die Erinnerung weit weg, wie ein Film oder so was. (Auch das kam mir bekannt vor, aber da wollte ich nicht drüber nachdenken. Sollte der Mist doch weit weg, ein Film irgendwo in meinem Hinterkopf, bleiben.) Und dass manchmal, bei kleinen Kindern, diese abgespaltenen Sachen ein Eigenleben anfangen, vor allem, wenn das Schlimme, was so versteckt wird, immer wieder und wieder passiert. Dass es so weit gehen kann, dass es schließlich so wird, als ob da mehrere Leute in einem eingesperrt sind – die einen gehen zur Schule, die anderen kriegen den Ärger, die einen sind gut drauf, die anderen haben vor allem und jedem Angst. Das klang verdammt nach Jo, also spielte ich weiter mit. Allerdings, sagte Pater Johannes, sei das sehr selten. Meist wären das Mädchen oder Frauen, denen so was passierte. Und aus irgendeinem Grund Leute mit viel Grips in der Birne. Wobei er mich komisch ansah und meinte, wir müssten weiter daran arbeiten. Was mir fast wie eine Drohung vorkam.

Aber er hatte mir Stichworte geliefert, die ich gleich in der Bibliothek ausprobierte. Die Bücher, die ich unter „Trauma" fand und die nichts mit rein medizinischem Kram zu tun hatten, waren erschreckend. Vor allem das Zeug über Kindesmissbrauch – die eine Hälfte machte mich fertig, weil selbst ich nicht gewusst hatte, was Leute alles mit ihren Kindern tun, die andere Hälfte erschreckte mich, weil ich das, was da stand, schon kannte. Ich schrieb mir die Namen von den Büchern auf, aber las nicht weiter. Unter „Dissoziation" gab's erst mal 'ne Menge Kram zur Physik, den ich nicht verstand und der mich nicht interessierte. Der nicht gerade umfangreiche Rest, in dem es um Psychozeug ging, war nicht besser als der Trauma-Kram. Aber da stand was von multiplen Persönlichkeiten und es gab Hinweise auf Bücher über Menschen, die so was hatten. „Sybil" hieß das eine, „The Three Faces of Eve" das andere, und beide waren auf Englisch, wie das meiste zu dem Thema. Ich hab erst später kapiert, was für'n Schwein wir mit Pater Johannes hatten, weil damals noch viel weniger Menschen hier irgend 'ne Ahnung von Multiplen hatten. Damals fluchte ich erst mal, bevor ich mich mit 'nem Wörterbuch hinsetzte. Selbst wenn ich nicht jedes Wort verstand, war mir schnell klar, das ist es, darum geht es, da beschreibt jemand genau dasselbe wie Jo.

Mit Pater Johannes gab es noch ein paar Sitzungen, bevor der Ärger da war. Er war von Anfang an misstrauisch gewesen, weil doch überall stand, wie selten multiple Persönlichkeiten vorkämen (was inzwischen wohl nicht nur ich für'n Gerücht oder besser 'ne Wunschvorstellung halte) und weil er mir nicht den nötigen IQ zutraute. (Ich mir auch nicht, aber beleidigt war ich trotzdem.) Ich entsprach auch nicht seiner Vorstellung von 'nem Multiplen – in seinem Büro tauchten nie andere Personen außer meiner Wenigkeit auf. Ich wusste, ich könnte das nicht durchziehen, zumal ich das von Jo und ihrer Bande kannte und da von Anfang an gemerkt hatte, das ist nicht gespielt. Als dann bekannt wurde, dass ich regelmäßig Feten mit Alkohol und Mädchen – von dem Dope erfuhr netterweise niemand – für die Berufssöhne organisiert hatte, platzte Pater Johannes der Kragen. Er hätte ja schon viel erlebt, aber dass ihm jemand eine schwere Traumatisierung vorspielte, um im Bedarfsfall ein Alibi zu haben, das wäre noch nie vorgekommen. Er machte mich richtig zur Sau, ich sollte lieber für mein Abi lernen und über Eigenverantwortung nachdenken, anstatt seine und meine Zeit zu verschwenden. Aber ich hätte jetzt jede Menge Zeit zum Lernen wie zum Nachdenken, weil ich gar nicht zu hoffen brauchte, die nächsten Monate hier raus zu kommen. Er tat mir fast leid in seiner Wut, aber ich hatte gefunden, wonach ich gesucht hatte. Und er hatte recht mit der Zeit zum Lernen: Diesmal schaffte ich die Zulassung zum Abi. Schließlich hatte ich dafür jeden Grund, ich musste hier raus und auf Dauer zurück zu Jo und dem Rest der Bande. Denn auch wenn sie nach und nach begriff, dass sie nicht verrückt, sondern multipel war: Mit diesem Luschen von einem Therapeuten, den ihr Heidrun besorgt hatte, war nicht zu rechnen. Das wollte sie auch gar nicht – aber mich, mich wollte sie schon da haben …

„Hörst du mir überhaupt zu, Mike?" Herbert klang für seine Verhältnisse geradezu wütend. Ich hatte keine Ahnung, wie lang sein Vortrag diesmal gedauert hatte, ich hör da nie zu. Er sah mich an und bemerkte im selben Moment wie ich, dass ich mich wie blöd in der linken Armbeuge kratzte. Da war nichts, ist bloß so 'n blöder Tick von mir, wenn ich das Gefühl von der Nadel da hab.

„Was hast du da?" Er beugte sich über den Schreibtisch, packte meinen Arm und drehte ihn um, damit er die Venen sehen konnte.

„Da ist nichts", antwortete ich genervt, aber er wollte auch den anderen Arm sehen. „Soll ich mich jetzt ausziehen oder was?", fragte ich wütend, weil er enttäuscht wirkte, als er da auch nichts fand.

„Nein, ist schon in Ordnung", sagte er, als er sich wieder hinsetzte, „aber ich denke, es wird höchste Zeit, dass du dich deinen Suchtgefühlen stellst."

Na prima, das konnt ich jetzt wirklich brauchen. Bloß nicht drüber reden, das machte es nur schlimmer, einfach ignorieren oder meinetwegen mit aller Kraft und jedem bisschen Gras, das ich kriegen konnte, ignorieren.

„Verdammt, darum geht es gar nicht. Jedenfalls nicht so", setzte ich an. „Alles, was ich brauche, sind Informationen. Nicht zu wissen, was passiert ist, was los ist, das hat mich damals umgehauen. Ich kann meine Schwester nicht zwingen, mir zu schreiben oder so. Aber ich muss rauskriegen, was damals gelaufen ist. Und dafür brauch ich Ihre – äh, deine Hilfe." Jetzt war es raus.

Herbert nickte erst nachdenklich, dann schüttelte er den Kopf. „Mag sein, Mike, dass du das glaubst. Mag sogar sein, dass da was dran ist. Aber ich fürchte, wir müssen erst daran arbeiten, dass du begreifst, dass weder Gewaltausbrüche noch Drogen eine Lösung sind."

Scheiße, das hasse ich an den Sozialheinis – dass sie dich wie ein Kleinkind behandeln. Wenn ich brav mitspielte, kriegte ich zur Belohnung vielleicht das, was ich wollte. Weil ich aber seinen tollen Vortrag nicht mitgekriegt hatte, gab's erst mal einen drauf. Manchmal denk ich, die Mauern, hinter denen sie einen einsperren, sind halb so wild. Die beschissenen Spiele, die du hier mitspielen musst, damit du halbwegs kriegst, was du brauchst, das sind die echten Mauern und Ketten, das ist das wirklich Schlimme hier. Also nickte ich nur, als er mir einen Termin in ein paar Tagen vorschlug.

Die Bibliothekarin blickte erstaunt auf, als die junge Frau eine halbe Stunde vor Schluss in die Stadtbücherei stürmte. „Heben Sie auch alte Zeitungen ...“, fing sie atemlos an, dann unterbrach sie sich selbst mit sanfter, sachlicher Stimme: „Archivieren Sie, heißt das“ – dann ein irritierter Blick der Frau, und schließlich sprach sie völlig gefasst und ruhig: „Archivieren Sie hier auch Tageszeitungen anderer Städte?“ „Das kommt darauf an, welche Titel Sie suchen“, antwortete die Bibliothekarin, „und außerdem ist unser Archiv am Wochenende geschlossen. Sie müssten also Montag –“ Aber in dem Moment lief die junge Frau schon wieder aus der Tür raus.

Atempause

Der *Südpol* war, wie an jedem Samstag, ziemlich voll. Das störte nicht, weil der Laden unübersichtlich und schummerig und die Musik meist so laut war, dass man schon beim Frühstück ein Megaphon brauchte, um sich mit seinem Gegenüber zu unterhalten. Hier fiel es nicht weiter auf, wenn wir unsere „Selbstgespräche“ führten, und hier kümmerte sich auch niemand um so was, weil der Besitzer nicht nur der Archetyp des Harley-

Davidson-Hardrock-Fans war, sondern darüber hinaus selbst ein paar eigentümliche Macken besaß. Deshalb zogen es die meisten Gäste dieser Szenekneipe vor, sich ausschließlich um ihren eigenen Kram zu kümmern. Und natürlich ihr Frühstück zu genießen – manche waren vielleicht der Ansicht, die vegetarische Abendkarte sei das Beste hier, aber das glaubte man nur so lange, bis man sich das erste Luxusfrühstück einverleibt hatte.

Es mag auf den ersten Blick seltsam erscheinen, aber auch ich hatte diesen Laden in den letzten Wochen schätzen gelernt. Auch ich fühlte mich hier wohl. Es war ein praktischer Zufluchtsort, wenn bei einem Ausflug in die Stadt bei uns mal wieder das Chaos ausbrach. Dann konnte man sich hierher zurückziehen und in aller Ruhe klären, was los war, oder einfach bloß einen Kaffee und einen Kakao trinken, bis wir wieder so weit waren, dass uns das Geschiebe und Gedränge der Menschenmassen draußen nichts mehr ausmachte.

An diesem Morgen jedoch war ich schockiert. Ich saß an einem der Tische am hinteren Ende, nahe den Toiletten, und starrte mich selbst im schmutzigen Spiegel an der Wand an. Die kurzen Haare standen wirr um ein ungeschminktes, ganz und gar nicht ausgeschlafenes Gesicht mit dicken Ringen unter den Augen. Das Sweatshirt, das unter dem eleganten Trenchcoat vorlugte, hatte ich vor Monaten wegwerfen wollen. Vorsichtig sah ich an mir runter – eine alte Jeans, die offensichtlich schon im Wäschekorb, aber noch nicht in der Wäsche gewesen war, und die ausgefransten Turnschuhe, an denen Tom so sehr hing, dass er sie noch jedes Mal aus dem Müll gefischt hatte, komplettierten mein absurdes Äußeres. Ich stieß einen leisen und wenig damenhaften Fluch aus, als die Bedienung mit dem Frühstück kam: Irgendjemand hatte Milchkaffee und Pfannkuchen bestellt, einen Kakao und ein Glas Orangensaft extra, dazu gebratenen Speck und einen kleinen Salat. Ich selbst hatte nichts davon ausgesucht, aber es roch ausgesprochen nach uns, also lächelte ich, als man das Zeug vor mich hin stellte.

„Was soll das?“ flüsterte ich. „Was tun wir hier?“ Inzwischen hatte sich jemand an mir vorbeigedrängelt und aß genüsslich mit den Fingern den Speck.

„Reg dich nicht auf", murmelte eine glückliche Kinderstimme. „Wir frühstücken doch bloß."

„Das seh ich", antwortete ich ärgerlich, mich gleichzeitig umblickend, ob jemand unsere seltsamen Frühstücksmanieren bemerkte. „Aber was machen wir hier?"

„Keine Ahnung", erwiderte die Kinderstimme. (Es musste Jolanda sein, niemand sonst kann mit so viel Begeisterung süße Pfannkuchen mit Speck verzehren.) „Frag doch wen anders."

Das liebe ich wirklich. Ich weiß ja nicht, wie das bei anderen Menschen ist, aber bei uns scheinen sich grundsätzlich diejenigen, die eine Frage beantworten könnten, als Letzte zu Wort zu melden. Vielleicht gibt es irgendwo auf diesem Planeten Multiple, bei denen alle so gut miteinander kooperieren, dass das anders ist, aber bei uns braucht man oft genug für die einfachsten Fragen Stunden oder am besten noch das Geschick eines Privatdetektivs.

„Darum geht es doch", hörte ich im Inneren Jos Reaktion auf meine ärgerlichen Gedanken, „genau darum. Fragen klären. Mit Detektivsinn Geheimnisse lüften. Genau deshalb sind wir hier."

„Welche Fragen könnte man wohl im *Südpol* klären, mit specktriefenden Fingern?", gab ich ätzend zurück. Ich bin nun mal ein Morgenmuffel, und wenn man mich in die unmöglichsten Klamotten steckte und hierher verschleppte, ohne Bescheid zu sagen, sah ich nicht ein, meine Energie auf Höflichkeiten zu verschwenden.

„Josephine, sie meint doch nicht diesen Ort hier", mischte sich Anna beschwichtigend ein. „Und ich denke, eigentlich sollte dir inzwischen klar sein, worum es geht. Die ganze Geschichte mit Professor M. und dem Revolver – mir macht das alles Angst. Dir etwa nicht?"

Touché. Ich sagte nichts, aber das sagte wohl mehr als genug.

„Ich hab's satt, dass du immer bis auf den letzten Drücker wartest", knurrte Jo, während sie sich den Milchbart vom Milchkaffee abwischte.

„Na und", erwiderte ich, „hier macht doch sowieso jeder, was er will, warum soll ausgerechnet ich immer das Richtige tun?" Mir war bewusst, dass das keine geniale Strategie war. Aber ich mag Probleme nun mal nicht, schon gar keine Probleme aus den Untiefen unserer Vergangenheit. Das heißt, eigentlich war es ja gar nicht meine Vergangenheit, um die es hier ging, denn das meiste lag schon hinter uns, als ich auf dem Plan erschien, um die Wellen im Außen glatt zu umschiffen, damit niemand was merkte. Und es erschien mir unfair, dass ich einerseits die nette Fassade für die Außenwelt kreieren durfte, es aber andererseits nie wirklich um mich ging. Also ignorierte ich solche Probleme erst einmal, denn meist steckte viel mehr dahinter, als man auf den ersten Blick sah, und mit dem Dahinter hatte ich ja nie selbst was zu tun. Früher hatte das noch häufiger funktioniert. Diejenigen, die ein solches Problem betraf, hatten sich manchmal zusammengetan und hinter meinem Rücken Lösungen gefunden, die nur sie selbst kannten. Aber aus irgendeinem Grund hatte ich mit dieser Taktik immer weniger Erfolg.

Als ich aus meinen mürrischen Überlegungen zurückkehrte und mich wieder umsah, stellte ich fest, dass der größte Teil des Frühstücks bereits verschwunden war. Jo hatte sich inzwischen eine Zigarette gedreht – ohne Filter, ein Glück nur, dass wir keinen Lippenstift drauf hatten, ich hasse es, wenn Tabakkrümel daran hängen bleiben – und rauchte. Sie blickte in den Spiegel, als erwartete sie etwas von mir. Ich starrte zurück. Das mit den Spiegeln ist auch so eine Sache. Ich hatte einmal Mike danach gefragt und er sagte, er würde sich auch nicht immer gleich im Spiegel erkennen. Aber selbst wenn ihm das Gesicht gerade fremd vorkam, es wäre doch nie das Gesicht eines anderen – und schon gar kein Gesicht, das ihn wiederum anblickte. Jo sah mich in diesem Moment herausfordernd an, und ich wusste, ihr würde ich nicht ewig ausweichen können.

Ich seufzte. „Also, was willst du von mir?"

„Dass du aufhörst, heile Welt zu spielen. Dass du anfängst, hinzuschaun", antwortete sie, kleine Rauchkringel ausstoßend. Innen drin kicherte eine kleine Stimme. Die Kids stehen darauf.

„Wie soll das gehen?" fragte ich. „Ich kann nicht mal Tom zwingen zu erzählen, wo der Revolver herkommt. Niemand von uns kann das."

„Da hast du wahrscheinlich recht", meinte Jo. „Aber vielleicht sollten wir anfangen, die richtigen Fragen zu stellen. Hast du dich nie gefragt, was bei dem letzten Zusammenbruch passiert ist? Oder warum bei Mikes letzter Verhaftung nichts passierte, buchstäblich nichts? Hast du dir nie überlegt, ob die Sache mit dem Revolver einfach eine verzögerte Reaktion darauf war?"

So hatte ich das noch gar nicht gesehen. Wie gesagt, ich tendiere dazu, Probleme aller Art zu übersehen. Genauso wenig machte ich mir Gedanken, wenn etwas besser als erwartet lief. Ich wollte ja den Ärger nicht herbeireden. Dennoch, selbst wenn an Jos Überlegungen etwas dran war, es half uns nicht weiter. Bloß weil man sich den Körper mit jemandem teilt, kann man ihn noch nicht dazu zwingen, seine Gedanken preiszugeben.

„Aber wir könnten gemeinsam versuchen, das, was da ist, ernst zu nehmen", versuchte Anna einzugreifen. „Ich denke genau wie Jo, wir müssen etwas unternehmen, bevor es zu spät ist. Vielleicht sollten wir doch wieder eine Therapie …"

Weiter kam sie nicht, denn an dem Punkt hatten wir es plötzlich mit einem wutschnaubenden Tom zu tun.

„Wenn du glaubst, ich red noch einmal mit so einem, dann hast du dich geschnitten", stieß er hervor, laut genug, um selbst gegen Metallica anzukommen und die Aufmerksamkeit der Kellnerin und einiger Gäste an den Nebentischen zu erregen.

Die Kellnerin des **Südpols** *schüttelte irritiert den Kopf, als die junge Frau an ihr vorbeistiefelte. Sie wollte gerade hinter ihr herrufen, weil sie noch nicht bezahlt hatte, da überlegte die Frau es sich anders. Sie stapfte zurück, kramte ein paar Geldscheine aus der Jeans und drückte sie der Kellnerin in die Hand. „Aber – das ist viel zu viel", stotterte die Kellnerin. Doch die Frau in dem seltsamen Aufzug war bereits zur Tür raus.*

Außer Atem

Tom war den ganzen Heimweg lang „draußen“ – er war es, der durch die Straßen lief und sich nicht daran störte, wenn er jemanden anrempelte, der seine Einkaufstüte nach Hause schleppte; er war es, der plötzlich in einen Plattenladen ging, um sich irgendwelche Musik reinzuziehen. Je lauter, je besser – bloß nicht mehr die Stimmen der anderen in seinem Inneren hören. Er war kein Verräter und er war nicht verrückt. Er würde mit niemandem reden, das war viel zu gefährlich. Einen Moment lang war es, als knallte sein Bewusstsein mit 100 km/h in eine innere Mauer – doch die Mauer war kein festes, solides Ding, mehr wie ein zäher Nebel. In dem Nebel verlor er den Gedanken, der einen Augenblick lang aufblitzte, und auch das Bild, die Momentaufnahme eines kleinen Raumes, verschwand. Nur das Gefühl zu ertrinken blieb. Er geriet in Panik, schlug um sich und schnappte nach Luft, was aber die Umstehenden, soweit sie es wahrnahmen, als seine Reaktion auf die Musik ansahen, die laut aus seinem Kopfhörer drang. Seine Hand schlug gegen die Theke mit den CDs vor ihm, und der Schmerz, der so gar nichts mit dem Gefühl zu ertrinken zu tun hatte, brachte ihn wieder zu sich. Er setzte den Kopfhörer ab, drehte sich um, lehnte sich gegen die Auslage und sah sich, schwer atmend, als hätte er gerade einen Ringkampf beendet, im Laden um.

Niemand hatte etwas bemerkt, alle gingen ihren kleinen, alltäglichen Beschäftigungen nach. „Idioten“, dachte Tom grimmig, und doch war er erleichtert, dass man ihn in Ruhe ließ, dass alle in ihren eigenen Welten blieben. Aus dem Augenwinkel sah er, wie einer der Verkäufer in seine Richtung kam. Er ging rasch aus dem Laden.

Die Stimmen in seinem Kopf waren für den Augenblick verschwunden, aber das bemerkte er nicht einmal mehr. Er lief weiter durch die Stadt, verließ die belebten Einkaufsstraßen mitsamt ihren Pärchen und Familien, die ihn mit ihrer penetrant guten Laune ebenso annervten wie die anderen, die Hektik und

Stress um sich herum verbreiteten, weil sie sich ärgerten, dass sie nicht bereits am Freitag alles Notwendige besorgt hatten. Allmählich ließ die Panik nach, dafür war da wieder diese tickende Unruhe, die ihn vorantrieb, weitertrieb, ohne dass er gewusst hätte, wohin. Er ging schneller, als wollte er vor dem Ticken davonlaufen, aber das nützte nichts. Also zwang er sich, stehen zu bleiben – jetzt war er wirklich außer Atem, er spürte sogar ein leichtes Stechen in der Seite. Er beugte sich vor, stützte die Hände auf den Oberschenkeln ab, um Luft zu schnappen, um nicht das Gleichgewicht zu verlieren.

„Na, wovor läufst du denn davon?" fragte eine freundliche, tiefe Stimme hinter ihm. Tom richtete sich erschrocken auf und wandte sich der Stimme zu. Er blickte in das Gesicht eines älteren Mannes, graue Haare, ein paar weiße Strähnen, guter Anzug, gepflegt – kurz, eine Erscheinung, die aus Sicht der meisten nicht zu dem kaum verhohlenen, lüsternen Ausdruck passte. Für Tom jedoch machte das Sinn, er hatte bloß nicht gemerkt, wohin er seine hastigen Schritte gelenkt hatte. Einen Moment lang überlegte er, ob er das Angebot annehmen sollte, das in den Worten und vor allem in den Augen des Freiers stand. Es schien ihm, als habe er genau das verdient – je härter, je besser – und anschließend würde er wenigstens einen Grund haben, sich richtig beschissen zu fühlen … Aber inzwischen hatte es sich der Freier bereits anders überlegt, offensichtlich gehörte er zu der Sorte, die „richtige" Jungs bevorzugten und nicht auf der Suche nach einem irritierend androgynen Wesen waren.

„Ich hoffe, es geht wieder", sagte er zu Tom, bevor er seines Weges ging.

Tom zog sich in einen nahegelegenen Hauseingang zurück und hockte sich auf einen Poller im Schatten der Mauern, wo man ihn von der Straße aus nicht so leicht sehen würde. Er saß einfach so da und hoffte, dass der Schatten, der ihn einhüllte und verbarg, die Schatten im Inneren vertreiben würde.

Der Junge auf der anderen Straßenseite betrachtete die Szene kopfschüttelnd. Woher kam der Neue, der sich in den dunklen Hauseingang verzogen hatte – und warum wies er gleich seinen ersten Freier ab? Der Oberlehrer, wie sie diesen nannten, war gar nicht so übel, ein bisschen durchgeknallt, aber dafür zahlte er gut. Und er hatte noch nie jemanden wirklich verletzt. Na ja, auch egal. Ein Auto fuhr langsam in seine Richtung, er hatte jetzt was anderes zu tun, als über den seltsam aussehenden Neuen auf der anderen Straßenseite nachzudenken.

Der Schatten

Vor und zurück, vor und zurück, wie eine Schaukel, eine Wippe, immer vor und zurück. Das Gefühl überhitzter Blasebälge, stoßweise, hastig, heftig, und doch nie genug Luft. Im Kopf explodieren kleine Sterne, Abermillionen von Lichtpunkten, das erzeugt Schwindelgefühle, ist aber besser als die Bilder, die zuvor zum Greifen nah – bloß nicht daran denken, bloß keine Bilder wecken! Vor und zurück, vor und zurück, immer heftiger, immer schneller. Bis der Atem fast in den Lungen zu explodieren droht, bloß nichts fühlen, nichts denken, alles, bloß das nicht. Innen drin ein irres Pulsieren, ist das das Herz? Wird es das aushalten? Ein seltsam klapperndes Geräusch – erschreckend nah. Nässe im Gesicht – aber es regnet doch nicht. Weiter vor und zurück, weiter atmen, weiter die Schwärze festhalten, weitermachen, es muss doch irgendwann, irgendwie aufhören. Endloses Wiegen, endloses Einsaugen und Ausstoßen von Luft, endlose Explosionen im Kopf, in der Schwärze. Und dieses Klappern –

„Tom", höre ich Jos Stimme, sie ist weit weg, muss sich erst ihren Weg bahnen durch das Klappern und Zittern, das Atmen, das Schaukeln, das Pulsieren. „Tom, wir müssen hier weg. Kannst du die Beine fühlen? Oder wenigstens mit dem Zähneklappern aufhören? Tom, hörst du mich?"

Ich nicke schwach, mehr krieg ich nicht hin. Dann das Gefühl, als ob sie ihre Arme um meine Schultern legt, mich festhält.

„Tom, alles in Ordnung, niemand will dich zu irgendwas zwingen, hier ist niemand, der dir was tun kann. Wir sind in Münster, erinnerst du dich? Die Detektei, ja?“ Ich nicke erneut, langsam dämmert es mir. Mein Herz schlägt einen Tick langsamer, das klappernde Geräusch lässt nach.

„Siehst du, Tom? Versuch, die Füße fest auf den Boden zu stellen. Fühl ihn – merkst du, er ist fest und hält?“

„Ja“, antworte ich, und meine Stimme klingt wie 'ne rostige Gießkanne. Plötzlich seh ich diesen Jungen auf der anderen Straßenseite. Er guckt so merkwürdig rüber.

„Alles okay, Tom, hier passiert schon nichts. Versuch, aufzustehen. Ja, halt dich ruhig an der Mauer fest. Sehr gut. Sieh dich gut um, Tom. Fühl den Körper – er ist groß, ja? Es ist 2004, wir sind in Sicherheit, merkst du das?“ Langsam kann ich fühlen, was sie sagt. Langsam kommt die Gegenwart zurück. Und ganz langsam machen wir uns auf den Heimweg, bis ich schließlich so weit bin, wieder jemand anders ranzulassen. Während ich nach innen gleite, krieg ich noch mit, wie Josephine ein Taxi ranwinkt. Dann versink ich erschöpft im Inneren wie in einem riesigen, alles einhüllenden schwarzen Betttuch. Aber diese Schwärze ist gut.

Als ich wieder erwache, sind wir längst in dieser Wohnung. Es ist, als ob die anderen auf mich gewartet hätten. Ich muss sie ziemlich erschreckt haben, kein Wunder, ich hatte eine Scheißangst. Anna, Jo und Josephine schauen mich besorgt an, und ich merk gleich, mir geht's wieder gut, denn das nervt.

„Scheiße, was soll das?“

„Wir müssen was unternehmen.“ Das ist Jo. Josephine und Anna nicken.

„Ich bleib dabei: Ich red nie wieder mit 'nem Therapeutenarsch. No Way.“

„Das musst du nicht“, sagt Anna beschwichtigend. „Es tut mir leid, dass dich mein Vorschlag so beunruhigt hat.“ Ich muss lachen – Anna ist der einzige Mensch, der so über 'ne ausgewachsene Panikattacke redet. Dabei bin ich sicher, sie hatte genauso viel Angst wie ich, als sie mitbekam, dass ich nicht mehr rein konnte und nur noch da hockte, mitten auf ’m Strich.

„Tom, mir ist es ernst“, setzt Anna an. Sie hat ihren Namen zwar von unserer englischen Großmutter ‚geliehen‘, aber deren Sinn für Humor hat sie garantiert nicht mitbekommen.

„Ich lach gar nicht deshalb“, pruste ich raus. Jetzt wird Josephine ungeduldig. Wenn es nicht darum geht, dass ihre Fingernägel trocknen müssen, ist das bei ihr immer so.

„Wir waren in der Bibliothek und haben was gefunden, während du … dich ausgeruht hast.“ Sie deutet auf die Kopien, die auf dem Tisch liegen. Zeitungsartikel, das Käseblatt unseres Heimatkaffs. Ja, ich weiß, Oldenburg ist offiziell eine Großstadt. Fühlt sich bloß nicht so an. Und auch ganz sicher nicht wie ‚Heimat‘, allein der Gedanke jagt mir ’nen Schauer über den Rücken. „Skandal um Familienbetrieb endet mit Konkurs“ ist eine der Schlagzeilen, „Cäcilia Josephine G. nach Zwischenfall in Bar spurlos verschwunden“ eine andere. Mir wird schlecht, die Buchstaben verschwimmen vor meinen Augen.

Jo nickt: „So ist es uns allen gegangen, und genau deshalb muss es wichtig sein.“ Ich liebe die Logik meiner Schwester – wenn was ’n beschissenes Gefühl macht, muss was dran sein. Okay, wahrscheinlich hat sie ja recht.

„Selbst ich hatte Probleme“, sagt Josephine. „Aber als ich es endlich hinbekam mit dem Lesen, fiel mir etwas auf: Alle Artikel über die Firma sind von ein und demselben. Rudolf Meerbach heißt er, ich hab ihn, glaub ich, sogar beim letzten Mal getroffen. Tom – verstehst du, was das heißt? Das ist so, als ob dieser Schreiber ein Stück unseres gemeinsamen, verlorenen Gedächtnisses ist. Wir müssen nach Oldenburg!“

Einen Augenblick lang starr ich sie alle bloß an. Ich kann’s nicht fassen, die wollen dahin zurück. Ausgerechnet dahin. Okay, die Zimtzicke, Cäcilias Mutter, lebt da nicht mehr, andere Verwandte gibt’s da auch keine mehr, aber trotzdem. Klingt doch total verrückt.

Jo hat offenbar meine Gedanken gelesen: „Nein, ist es nicht. Wir können nicht mehr wegrennen. Und Mike … Mike ist jetzt nicht da, um uns zu helfen. Wir müssen rauskriegen, was beim letzten Mal passiert ist. Wir müssen rauskriegen, was die Panik macht. Das kann so nicht weitergehen. So, wie ich es sehe, haben wir genau zwei Alternativen: Entweder ein Therapeut, der's mit uns ausgräbt, oder wir fahren hin und finden's selber raus. Alle zusammen."

Alle zusammen – die wollen tatsächlich, dass ich mitmache. Klingt für mich, als ob ich mein eigenes Grab schaufeln soll. Andererseits, die haben mich noch nie gefragt, ob ich bei was mitmachen will, haben entweder einfach gemacht oder irgendwie versucht, mich zu zwingen. Ist mal was Neues. Außerdem, ich kann ihnen nicht sagen, –

„Sollst du auch gar nicht, Tom", unterbricht mich Jo. „Das ist doch das Praktische: Wir brauchen's niemand zu sagen, niemandem draußen. Aber wir brauchen dich, wir müssen zusammenhalten, wegen der Kleinen und auch, weil sich Cäcilia wieder regt. Und wir werden nicht da bleiben. Wir fahren hin, für 'nen Tag oder zwei, vielleicht ein Wochenende. Sagen niemandem, wo wir wohnen, passen gut auf. Aber wenn du nicht mitmachst, wird es nichts."

Und damit ist es dann beschlossene Sache. Allerdings bin ich überrascht, als daraufhin Josephine aufsteht und die Reisetasche nimmt: War mir gar nicht aufgefallen, dass ich 'ne ganze Woche verpasst hab ...

Insgeheim war Rudolf Meerbach froh, den Wochenenddienst seines Kollegen zu übernehmen. Seit seine Freundin vor zwei Monaten ausgezogen war, hielt er es in seiner kahlen, leeren Wohnung nicht mehr aus. Schade nur, dass es wohl wieder eines dieser ereignislosen Wochenenden werden würde, wo er sich auf jeden betrunkenen Autofahrer und jede Ruhestörung stürzen würde, um das Blatt vollzukriegen.

3. Auf der Suche nach der verlorenen Zeit

Unterwegs

Zuerst war ich wenig erbaut, dass mir mein Kollege zuvorgekommen war und sich den einzigen Wagen, der am Wochenende nicht im Einsatz war, bereits geliehen hatte. Mit dem Auto wären wir unabhängig gewesen. Wann immer es uns in Oldenburg zu viel geworden wäre, hätten wir uns nur hinters Steuer setzen müssen – so waren wir auf Zugverbindungen angewiesen. Weil wir mehrere Streckenstilllegungen und Fahrplanänderungen lang nicht mehr „zu Hause" gewesen waren, hatte ich sicherheitshalber das, was mir für eine Übernachtung nötig schien, in die Tasche gepackt, in der sich unsere Notizen und die Zeitungsartikel befanden.

> **Steuerfahndung in alteingesessener Druckerei**
> Am Montagmorgen erlebte die Belegschaft der Druckerei Berling eine Überraschung: Die Steuerfahndung stand vor der Tür, um Akten und andere Unterlagen zu beschlagnahmen. Was dem Unternehmen vorgeworfen wird, war bei Redaktionsschluss noch nicht bekannt. Ein Firmensprecher teilte mit, man überlege, gegebenenfalls Rechtsmittel einzulegen. Die Produktion sowie die Arbeitsplätze seien aber dadurch auf keinen Fall gefährdet. *RAM*

So geschäftsmäßig, nüchtern und ganz und gar nicht aufregend las sich der erste Artikel, auf den wir am Montag zuvor gestoßen waren. Dennoch markierten diese Zeilen, als sie knapp zwei Jahre zuvor geschrieben worden waren, das Ende. Selbst wenn es damals niemand von uns mitbekam – es war das Ende der schönsten Zeit in unserem bisherigen Leben gewesen: Das Studium lief gut, Mikes Sucht war überwunden, wir fühlten uns alle wohl in unserem Leben im Ruhrpott. Jo engagierte sich im ASTA, Anna hatte Gleichgesinnte gefunden, denen so seltsame Dinge Spaß machten, wie stundenlang über Rechtsphilosophie und -geschichte zu diskutieren, und auch ich fand Anerkennung unter Kommilitonen wie Professoren. Ich wurde Mitglied in einem Debattierclub, wo man sich Wortgefechte zu fiktiven Fällen lieferte und anschließend hervorragend essen ging.

Sicher, schön war das Versteckspiel vor Heidrun nicht, aber es funktionierte. Wir riefen regelmäßig bei ihr an und verbrachten gelegentlich das Wochenende in ihrem Haus. So hatte selbst Cäcilia ihren Platz, wenn er auch sehr begrenzt war, und es uns manchmal viel Kraft kostete, sie nach einem solchen Besuchswochenende aus unserem Alltag mit Mike herauszuhalten. Sie wäre sofort zu Heidrun gerannt und hätte ihr von Mike erzählt – so aber lief es gut, und Heidrun hinterfragte nie unsere Ausreden, warum sie uns nicht an unserem Studienort besuchen könne.

Es hätte ewig so weitergehen können; sogar die Kleinen begannen, mehr und mehr am Leben teilzunehmen. Gewiss, manchmal fand ich es lästig, wenn Jolanda darauf bestand, mit Mike am Wochenende in aller Frühe zum Öko-Bauern zu fahren, um sich dort im Streichelzoo zu vergnügen, aber es war ein positives Zeichen. Selbst Tom schien es gut zu gehen; wenn Mike aus der Druckerei nach Hause kam, verbrachten sie einen Großteil ihrer Zeit damit, den uralten Citroën von Hans zu reparieren, mit dem wir im kommenden Sommer in Urlaub fahren wollten. Doch dazu kam es nicht.

Geschäftsführer der Druckerei Berling vorläufig festgenommen

Zwei Wochen nachdem die Steuerfahndung die Geschäftspapiere der Druckerei Berling überraschend beschlagnahmt hatte, wurde heute Frank D., der Geschäftsführer und Treuhänder der Familie Berling/Greschke, wegen Verdachts auf Steuerhinterziehung und Unterschlagung vorläufig festgenommen. Ein Firmensprecher teilte mit, man sei zuversichtlich, dass sich der Verdacht schnell ausräumen ließe. Die Firma sei sich jedenfalls keiner Straft*aten* seitens ihres Geschäftsführers bewusst. *RAM*

An diesem Punkt hatte ich damals zum ersten Mal bemerkt, dass Heidrun tatsächlich einen Grund für ihre besorgt-hysterischen Anrufe bei uns hatte. Normalerweise gehörte das zu den Dingen, die ich ignorierte. Sie hatte noch nie etwas von Geschäften verstanden, also gab ich nichts darauf, wenn sie regelmäßig während der Verhandlungen zu Großaufträgen der Überzeugung war, der Vertrag würde platzen und die Firma müsse Konkurs anmelden. Deshalb überließ ich Jo oder Anna dann das Reden. Sollten sie doch sehen, wie sie die panische Neurotikerin wieder so weit auf den Boden der Tatsachen zurückholten, dass man den Telefonhörer auflegen konnte, ohne dass es Sekunden später erneut klingelte. Als dieser Artikel 2002 erschien, biss ich in den sauren Apfel und kehrte die besonnene Jurastudentin raus. Solange die Firma selbst nicht in die Sache verwickelt sei, erklärte ich Heidrun, bestünde kein Grund zur Panik. Man könne das Ganze wunderbar auf den kriminellen Geschäftsführer abwälzen, schließlich gehöre die Druckerei zu den Geschädigten und man könne durchaus überlegen, ob man nicht selbst wegen Geschäftsschädigung und, ja, meinetwegen auch wegen Rufschädigung des guten Namens der Familie, klagen wolle. Aber noch hieße es, Ruhe zu bewahren und abzuwarten, wie sich die Dinge entwickelten. Heidrun beruhigte sich und beglückwünschte sich zum Abschied selbst, dass sie ihre brillante Tochter Jura studieren ließ. Ich legte auf und machte mir keine weiteren Gedanken um die Angelegenheit. Mir schien die Frage drängender, wie wir es hinkriegen sollten, dass ich angemessen gestylt zu meinem neuen Job als Hilfskraft gehen könnte, obwohl Jo gleich anschließend zu irgendeiner ASTA-Demo wollte.

Verdunkelungsgefahr: Geschäftsführer bleibt in U-Haft
Offenbar haben sich die Verdachtsmomente gegen den Geschäftsführer der Druckerei Berling erhärtet. Der Richter verfügte Untersuchungshaft, weil „Verdunkelungsgefahr bestehe".

Wie inzwischen bekannt wurde, soll Frank D., der Geschäftsführer der Druckerei, Unterschlagungen begangen und diese durch Steuerhinterziehungen vertuscht haben. Außerdem werde geprüft, inwieweit die Firma sich mit unlauteren Methoden Vorteile bei der Vergabe von öffentlichen und privaten Aufträgen verschafft habe.

Ein Sprecher der Druckerei bestätigte, dass sich sowohl die Firma als auch die Familie Greschke, die Erben von Karl Berling, inzwischen von ihrem ehemaligen Geschäftsführer distanziert haben. Man wolle prüfen, ob man gegebenenfalls auf Schadensersatz wegen Geschäftsschädigung klagen wird. Frank D. war testamentarisch als treuhänderischer Verwalter der Firma wie auch von Teilen des Privatvermögens der Familie Berling/Greschke bestellt.

Öffentliche Aufträge an die Druckerei seien, so war zu hören, jedoch nicht zurückgezogen worden, um dem Verfahren nicht vorzugreifen oder gar den Eindruck einer Vorverurteilung zu erwecken. ***Rudolf A. Meerbach***

Den Artikel wie auch den Namen des Journalisten las zumindest ich zum ersten Mal, als wir an jenem Montag in der Bibliothek in Münster saßen. Als 2002 die Lawine plötzlich über uns hereinbrach, waren wir, wie so oft, ganz und gar nicht vorbereitet. Sicher, Jo hatte darauf bestanden, dass ich mit der Kanzlei Kontakt aufnahm, die Onkel Karls Familie schon bei germanischen Thing-Versammlungen vertreten haben musste. Theoretisch wussten wir genau, für wann der Haftprüfungstermin angesetzt war, und andere wichtige Daten. Aber da wir ohnehin Schwierigkeiten haben, die Zeit im Auge zu behalten, und außerdem jemand Kaffee auf dem entsprechenden Blatt im Kalender verschüttet hatte, rechneten wir mit nichts Bösem, als urplötzlich das Telefon klingelte: Heidrun, völlig aufgelöst und hysterisch, rief vom Bahnhof an. Sie hätte es nicht mehr ausgehalten, sie habe die Zeitung am Morgen beim Friseur aufgeschlagen und dann die Blicke der Leute bemerkt. Wie die sie angesehen hätten – als sei sie eine Schwerverbrecherin! Am liebsten wäre sie gleich auf und davon, aber sie hatte Dauerwellenflüssigkeit und

Lockenwickler auf dem Kopf, also musste sie das aussitzen. Jetzt sei sie am Bahnhof und der Taxifahrer habe ihr erklärt, die Adresse meiner Studentenbude sei ein schlechter Witz, eine Straße diesen Namens gäbe es hier nicht.

Ich verschluckte mich an meinem Croissant und hätte beinahe den Milchkaffee quer über Annas Seminarunterlagen gespuckt. Natürlich hatten wir ihr nicht unsere richtige Adresse gegeben – Briefe ließen wir uns von ihr an die Universität schicken, weil angeblich unsere Nachbarn ihre langen Finger nicht aus unserem Briefkasten raushalten konnten –, aber was sollten wir jetzt bloß tun?

„Erstmal durchatmen und die Ruhe bewahren“, hörte ich innen drin Jo, während mir Heidruns Stimme im Ohr einen Vortrag über die ungebildeten Kleinstadtseelen hielt, deren einzige Unterhaltung in Klatsch und übler Nachrede bestünde. Frau Berger, zum Beispiel, von deren Mann jeder wüsste, dass er ein Verhältnis mit seiner Sekretärin hat, hätte sich als Erste echauffiert – von wegen, wie ein derartiger Skandal in einem Traditionsbetrieb, in einer sauberen Stadt wie ihrem Oldenburg passieren könne.

Ihr Gerede gab uns Zeit, über unsere nicht gerade üppig vorhandenen Optionen nachzudenken. Heidrun konnte unmöglich zu uns kommen oder gar bei uns bleiben – und das schien ihre Absicht zu sein –, wir mussten sie so schnell wie möglich wieder loswerden. Mike arbeitete noch mit Hans, es würde noch ein paar Stunden dauern, bis er nach Hause kam. Aber die Spuren dieses Mannes in unserem Leben in der Zeit zu beseitigen, die ein Taxi vom Bahnhof hierher gebraucht hätte, war unmöglich. Außerdem hatte keiner von uns Lust, nach dem Ende dieses Sturms eine neue Wohnung nebst neuer falscher Adresse zu suchen. Also verwendeten wir all unsere Kraft darauf, Heidrun zu beruhigen. Ich würde in wenigen Minuten bei ihr sein, sagte ich, einem Taxifahrer zu erklären, wie er zu mir käme, sei zu kompliziert, das hätte sie ja selbst erlebt. Zuerst war sie misstrauisch, aber schließlich willigte sie ein, in einem mondänen Café in der Nähe des Bahnhofs auf mich zu warten.

Wir schnappten uns ein paar Sachen und schrieben eine Notiz

für Mike, damit er sich keine Sorgen machte, wenn er von der Arbeit kam, dann brachen wir auf. Heidrun saß mit zwei eleganten Koffern im Café und machte ein indigniertes Gesicht. Es wäre keine Art, die eigene Mutter warten zu lassen, sagte sie, überhaupt, sie hätte erwartet, mit offenen Armen empfangen zu werden, als überraschender, aber willkommener Gast, der so lange bleiben kann, wie er will. Ob sie das wirklich für angemessen hielte, in der jetzigen Lage, konterte ich kühl. Darum ginge es doch nicht, legte sie gleich wieder los, sie könne unmöglich in der Stadt bleiben, wo ihr guter Name so in den Schmutz gezogen werde. Genau deshalb müsse sie bleiben, setzte ich an, denn wenn sie jetzt verschwände, wie sähe das aus? Die Nachbarn würden es spätestens am nächsten Tag bemerken und dann ginge das Gerede erst recht los – Flucht als Schuldeingeständnis, so würde man das am Ende sehen. Das bremste ihren weinerlichen Wortschwall und ich dachte schon, wir hätten es geschafft. Also schlug ich ihr vor, sie mit dem Wagen nach Oldenburg zu fahren, sobald sie etwas gegessen und sich wieder gefangen hatte.

„Du hast ja recht, Kind", strahlte sie mich an. „Du bist ja so gescheit. Die Familie muss zusammenhalten, wir alle müssen es dieser Bagage zeigen und den Kopf hoch tragen. Also, warum packst du nicht ein paar Sachen und kommst gleich mit?"

Ich war so überrumpelt, ich konnte gar nichts erwidern. Innen drin wütete Jo, dass das typisch wäre, ich wüsste nie, wann ich aufhören müsste. Und da war das Gefühl, als ob sich jemand im Schlaf umdreht, noch einmal umdreht, bevor er – oder in diesem Fall sie, denn das war Cäcilia, die sich da regte – tatsächlich ganz und gar erwacht.

„Mutter, du weißt doch, dass ich Ende der Woche Prüfungen habe, nicht wahr?" Das war Annas Stimme, sanft wie immer, aber sehr klar und bestimmt. „Vorher kann ich sicher nicht kommen, zumal – eine überstürzte Ankunft hat bestimmt dieselbe Wirkung wie eine plötzliche Flucht: Die Leute fangen an zu reden, nicht wahr?"

Heidrun sah uns verwirrt an, dann nickte sie langsam: „Aber du fährst mich trotzdem heute nach Hause, das geht doch, ja?

Noch einmal mit den Koffern und der Umsteigerei, das halten meine Nerven nicht aus!" Und während sie zur Toilette ging, um sich frisch zu machen, beglückwünschten wir Anna zu ihrem Einfall und uns zu Anna. Sie ist zwar die Ruhige, die Besonnene, aber wenn sie sich einmal entschlossen hat, kommt dagegen niemand an, nicht einmal Heidrun.

Dunkle Geschäfte – weiße Westen?

Obwohl sich offiziell der Verdacht wegen Übervorteilung bei der Vergabe von öffentlichen Aufträgen nicht erhärtet hat, häufen sich die Gerüchte um die Druckerei Berling. Noch wird zwar ausschließlich gegen deren ehemaligen Geschäftsführer Frank D. ermittelt, aber es werden Rufe laut, auch in den entsprechenden Behörden der Stadt Ermittlungen einzuleiten.

Frank D. soll mit nicht näher bezeichnetem Material dafür gesorgt haben, dass sowohl öffentliche Amtsinhaber als auch private Unternehmer sich „gezwungen" fühlten, lukrative Druckaufträge zum Teil zu überhöhten Preisen von der Druckerei Berling ausführen zu lassen. Die Spanne zwischen normalem und überhöhtem Preis habe der Geschäftsführer auf seine eigenen Konten abgezweigt, heißt es. Allerdings hat sich bisher kein Unternehmen gefunden, das diesen Verdacht bestätigt. Auch die möglicherweise betroffenen Ämter halten sich bedeckt. Wie dieses Material konkret aussehen soll, darüber war bei den Ermittlungsbehörden nichts zu erfahren.

Frank D. war über Michael G., den früh verstorbenen Nachfolger von Direktor Berling, in die Firmenleitung aufgestiegen. Dass der bislang unbescholtene und angesehene Geschäftsführer bereits seit einem Monat in Untersuchungshaft sitzt, lässt Spekulationen zu, dass es um nicht unbeträchtliche Summen und ebensolche Straftaten gehen muss. Der Gerichtstermin soll in Kürze festgelegt werden. *Rudolf A. Meerbach*

Dass wir über diesen Artikel erstmals am vergangenen Montag in der Stadtbibliothek gestolpert waren, war kein Wunder. 2002 hatten wir, gleich nachdem wir mit Heidrun in Oldenburg eintrafen, mit ihrer bodenständigen spanischen Haushälterin gesprochen: Maja sollte die Zeitung jeden Morgen durchgehen und den Lokalteil verschwinden lassen, wenn darin Artikel über den Firmenskandal waren. Zugleich versprachen uns die Anwälte der Kanzlei dafür zu sorgen, dass Heidrun nur das Nötigste erfuhr – und wir über wirkliche, also rechtliche Entwicklungen auf dem Laufenden blieben.

Heidrun war entsetzlich dankbar für diese Fürsorge. Ich hatte hinterher das Gefühl, mich mindestens eine Stunde lang in teurem Eau de Cologne einweichen zu müssen, um die Klebrigkeit wieder loszuwerden. In meiner Wanne, nach unserer Rückkehr in den Ruhrpott am nächsten Tag, denn an dem Abend war es zu spät dazu, und wir wollten sichergehen, dass Heidrun blieb, wo sie war. Danach gelang es uns, noch zwei Wochen mit Mike am Studienort zu verbringen, aber schließlich blieb uns nichts anderes übrig: Wir mussten zurück, zurück nach Oldenburg, wo das Grauen hinter schmucken Patrizierfassaden lauerte, zurück zu Heidrun.

Erst jetzt, zwei Jahre später und drei Stationen vor diesem Kaff, wurde mir klar, dass wir 2002 bereits seit zwei Wochen dort gewesen sein mussten, als dieser Artikel erschien. Und dass das nur wenige Tage vor dem fatalen Zusammenbruch gewesen sein muss, den wir nun zu klären versuchten. Sorgfältig las ich den Artikel noch einmal durch, Wort für Wort. Wie ein Kind, das gerade lesen lernt (obwohl ich persönlich das nie gelernt habe, es gehörte schon immer zu meinen Fähigkeiten), bedacht darauf, nichts zu übersehen und über keine verbale Tretmine zu stolpern. Dann begriff ich, dass dieser Artikel bereits genau die Fragen lieferte, mit denen wir Herrn Rudolf A. Meerbach in Kürze konfrontieren werden. Erleichtert lehnte ich mich in meinem Sitz zurück – jetzt noch die anderen Artikel lesen zu müssen, das wäre wahrlich zu viel auf einmal.

Herberts Freundin Rosa war angenehm überrascht, als er ihr ein Liebeswochenende in einem neuen, durch und durch ökologischen Hotel in der Eifel schenkte. Selten hatte sie ihn so guter Laune erlebt, dennoch, die Arbeit hinter Gefängnismauern stellte sie sich belastend vor, gerade für einen zartfühlenden Menschen wie ihren Herbert. Und Herbert hatte das Gefühl, er müsse mit ihr gemeinsam einen Durchbruch feiern, von dem sie nicht mal etwas ahnte: Diese Woche war es ihm zum ersten Mal gelungen, durch Mikes Panzer zu brechen!

Schachzüge II

Ich hätt den Kerl umbringen können, einfach erwürgen, mit meinen bloßen Händen. Aber dann hätte er erst recht gewusst, wie tief sein Treffer bei mir gelandet war. Grinste einfach in sich hinein, dieses dämliche Grinsen, das verständnisvoll aussehen soll, als ich gestern, am Freitag, in sein Büro kam.

„Ich hab mich schlau gemacht, Mike", sagte er. „Und ich denke, irgendwo hast du recht. Aber wir machen es langsam, Schritt für Schritt, und wir fangen am Anfang an." Damit schob er mir den ersten Zeitungsausschnitt aus dem Stapel Papiere hin.

> ***Familienstreit: Verhaftung nach Ruhestörung***
> *Lautes Geschrei und Hilferufe hatten die Nachbarn aufmerksam werden lassen, so dass sie die Polizei riefen. Als diese am Tatort – der Wohnung von Mike E. – eintraf, war der Familienstreit zwischen Mike E. und seiner Stiefmutter Heidrun G. bereits zu einer handgreiflichen Auseinandersetzung im Treppenhaus eskaliert. Nur mit größter Mühe gelang es den Beamten, Mike E. zu überwältigen und festzunehmen, hieß es.*

Bereits morgen soll der 23jährige Lehrling dem Haftrichter vorgeführt werden. Ihm werden nächtliche Ruhestörung, tätlicher Angriff und Widerstand gegen die Staatsgewalt (einer der Beamten brach sich beim Sturz im Treppenhaus die Hand) vorgeworfen. Ob man ihm zudem noch illegalen Drogenbesitz vorwerfen wird, ist zur Zeit unklar. Den angeblichen Fund einer größeren Menge Haschisch in seiner Wohnung hat die Polizei bislang weder bestätigt noch dementiert. RAM

Herbert beobachtete mich, während ich den Artikel überflog. Ich kannte das Ding nicht. An dem Morgen, als die Zeitung erschien, erwachte ich im Gewahrsam auf der Wache. Obwohl – viel geschlafen hab ich in der Nacht nicht. Zu viel Adrenalin im Blut, und außerdem kann ich nicht in Handschellen pennen, schon gar nicht, wenn man mich damit ans Bettgestell kettet.

„Damit du dir nicht was antust", hatte der Beamte in der Nacht gesagt, bevor er aus der Zelle ging. „Wie würde das denn aussehen, wenn du aus dem Bett fällst." Eine Antwort war nicht nötig. Wir wussten beide, dass ein paar blaue Flecken mehr oder weniger nach der Schlägerei und dem Transport zur Wache nicht auffallen würden. Er schaute noch mal zu mir rüber, ich drehte mich weg zur Wand, dann schloss er die Tür hinter sich ab. Die Schritte entfernten sich, und ich war das erste Mal in meinem Leben in einer Zelle allein. Mir war kalt und erst jetzt, in der Dunkelheit, in der Stille, bemerkte ich, wie kaputt sich meine Knochen anfühlten. Ich versuchte mich zusammenzurollen, aber das ging nicht, wegen der Handschellen. Außerdem taten mir die Rippen weh. Ich war ausgerastet, als plötzlich die Bullen im Treppenhaus standen und mich mitnehmen wollten. Hatte Rot gesehen und um mich geschlagen, wollte bloß weg. Einen Moment lang schien es auf der Treppe so, als könnte ich es schaffen. Einer der Typen verlor den Halt (wohl der, der sich die Hand brach) und der Weg war frei. Aber dann stürzte sich sein Partner auf mich, wir fielen die Treppe runter und der Kerl – ein ziemlicher Brocken – landete auf mir drauf.

„Und?" fragte Herbert. „Was hast du dazu zu sagen?"

„Was gibt's da zu sagen?" antwortete ich unwirsch. „Steht doch alles drin: Ich hab mich mit der Alten gestritten, es wurde laut, die Bullen kreuzten auf, ich bin ausgerastet und das war's dann." Herbert schaute mich traurig an. Also hielt ich meine Klappe und wich seinem Blick aus.

„Wie du meinst", seufzte Herbert und schob mir die nächste Kopie hin. Ich wollte danach greifen, da überlegte er es sich anders und las selbst vor:

Das „schwarze Schaf" einer angesehenen Familie?
Bei der heutigen Eröffnung des Prozesses gegen Mike E., der nach einem handgreiflichen Familienstreit wegen tätlichen Angriffs, Körperverletzung, Widerstand gegen die Staatsgewalt und Verstoß gegen das Betäubungsmittelgesetz angeklagt ist, stellte sich überraschend heraus, dass er nicht durch einen Anwalt der für die Familie tätigen Kanzlei vertreten wird. Der Angeklagte selbst hatte auf einem Pflichtverteidiger bestanden, machte darüber hinaus aber von seinem Recht auf Aussageverweigerung Gebrauch.

Herbert unterbrach sich und schaute mich fragend an. Der glaubte doch nicht wirklich, dass ich ausgerechnet jetzt, ausgerechnet bei ihm mein Schweigen brechen würde. Vor allem – selbst wenn ich's wollte, ich könnt's nicht. Manche Fragen von damals sind heute noch offen.

Also erwiderte ich seinen Blick und sagte bloß: „Ich wollte nichts mehr mit der zu tun haben. Und die schleimigen Anwälte von der konnt ich noch nie ausstehen." Herbert nickte wieder so vorwurfsvoll-traurig, dann las er weiter:

Seine Stiefmutter Heidrun G. sagte aus, sie habe beim Reinigen seiner Kleidung – er ging in ihrem Haus ein und aus – ein in Stanniol gewickeltes Päckchen gefunden. Weil dieses für sie verdächtig nach Drogen ausgesehen habe, sei sie am Tatabend zu ihrem Stiefsohn gefahren. Sie habe ihn konfrontieren wollen, aber Mike E. sei sofort ausfallend und aggressiv geworden. Als sie um Hilfe gerufen habe, hätten Nachbarn erst die Polizei gerufen und dann nachgesehen, was los sei. Diese Nachbarn hätten versucht, sie vor dem Tobenden zu schützen, der gedroht haben soll, seine Stiefmutter die Treppe hinunterzuwerfen. Aber erst den beiden Polizeibeamten sei es schließlich gelungen, Mike E. zu überwältigen.

„Drogen und Gewalt“, unterbrach Herbert erneut seinen Vortrag. „Merkst du nicht, Mike, es ist immer dasselbe mit dir? Sie hat versucht, es dir leicht zu machen. Sie hat nicht die Polizei gerufen. Sie wollte reden, Mike, reden.“

Klar, so stellte es der Kerl in der Zeitung dar. So hatte sie es damals in ihrem rührseligen Auftritt hingestellt – die treusorgende, verwitwete Mutter, die sich nicht nur um ihre eigene Tochter, sondern auch um ihren missratenen Stiefsohn kümmert. Keine Ahnung, ob sie von Anfang an drauf spekuliert hatte, dass ich meine Klappe halten würd. Oder ob sie eine zweite Rede vorbereitet hatte, für den Fall, dass ich auspackte. Nur reden – als ob Heidrun jemals irgendwas ohne Hintergedanken gemacht hätte!

„Du wirst mir nicht mein Kind vergiften, Mike, du nicht“, war das Erste, was sie damals sagte, als ich die Tür öffnete. Dabei wedelte sie mir mit dem Päckchen Dope vor der Nase rum, das ich zwei Tage zuvor Tom geschenkt hatte. Wie sie es bloß gefunden hat, schoss mir durch den Kopf, Tom war stets vorsichtig mit so was. Sie redete bereits weiter auf mich ein – dass sie sicher sei, das Zeug könne nur von mir stammen, dass ich nie wieder bei ihr auftauchen solle, dass ich „ihre Cäcilia“ in Ruhe lassen würde, in eine andere Stadt gehen müsse und was nicht alles. Wie verdreht „das Kind“ sei, seit ich wieder in Oldenburg wäre, dass ich schlecht für sie wäre, und nur sie wüsste, was gut für ihr Kind ist. Irgendwann platzte mir der Kragen und ich wurde laut. Sie solle aufhören, Jo wie ein kleines Kind zu behandeln, und sich ihre verdammten Intrigen sonstwo hinschieben. Solange sie nicht nachweisen könne, dass das, was sie da in Händen hielt, tatsächlich von mir käme, sollte sie sich gefälligst bedeckt halten. Jo sei meine Schwester und könne mit fast 17 sehr gut entscheiden, mit wem sie was zu tun haben wollte. Ich wollte Heidrun nur loswerden, so schnell wie möglich, und dann den Stoff, den ich in der Bude hatte, entsorgen. Ich hatte nicht damit gerechnet, dass sie hysterisch würde – wobei ich bis heute nicht weiß, ob sie's nicht ganz genau berechnet hatte. Urplötzlich fing sie ein Riesengeschrei an – „Hilfe, Hilfe, er will mich umbringen!" – lauter so ein Zeug schrie sie. Als die Nachbarn ihre neugierigen Nasen aus ihren Türen streckten, versuchte ich gerade, ihr den Mund zuzuhalten, um das Geschrei zu beenden. Was die „lieben Nachbarn" als Angriff sahen – nicht zuletzt, weil Heidrun plötzlich wie wild um sich schlug. In dem Moment war's bereits entschieden, bloß, dass ich es damals noch nicht raffte.

„Mike", erkundigte sich Herbert, „was denkst du?" Ich hatte wohl zu lang ins Leere gestarrt.

„Dass das Quatsch ist", gab ich barsch zurück. „Alles, was die Schnepfe wollte, war, mich loswerden." Herbert schaute mir in die Augen, seufzte, und las weiter:

Sie bedauerte, dass der eine der beiden Beamten dabei verletzt worden war. Sie meinte, wahrscheinlich hätte sie viel früher begreifen müssen, dass sie mit einem so aggressiven und schwierigen Kind wie Mike nach dem frühen Unfalltod ihres Mannes nicht alleine zurechtkam. Aber sie betonte auch, dass sie ihrem Stiefsohn verzeiht, mit der Verhaftung den Nervenzusammenbruch ihrer eigenen Tochter, seiner Halbschwester Cäcilia-Josephine G., mitverschuldet zu haben. Cäcilia-Josephine G. erholt sich zur Zeit in einem nicht genannten Sanatorium von ihrem Zusammenbruch.

„Nun", setzte Herbert langsam an, „ich kenne deine Stiefmutter nicht. Aber das klingt für mich nicht so, als ob du es ihr leicht gemacht hättest. Hat es dir nie leid getan, dass deine Schwester das Ganze so schlecht verkraftete?"

Was wusste der denn schon! Als ich in der U-Haft erfuhr, dass Jo zusammengebrochen war, wusste ich nicht, ausbrechen oder Schluss machen? Ich konnte an nichts anderes mehr denken, nur noch daran, dass ich es wieder richtig verbockt hatte. Ich wusste zwar nicht, was ich hätte anders machen können – hätte ich Tom das Kiffen verbieten sollen? Hätt wahrscheinlich eh nicht funktioniert. Oder hätte ich ihm nichts geben sollen, als er mich danach fragte? Bis zu der Verhaftung war nie was aufgefallen. Trotzdem fühlte ich mich wie das letzte Stück Scheiße. Und tief drinnen das nagende Gefühl, der Alte hatte recht, ich war nichts als Dreck. Bloß, als mir Heidrun im Zeugenstand mit Tränen in den Augen „verzieh", blieb mir die Spucke weg. Nicht weil ich ihr geglaubt hätte – ich bin zwar kein Einstein, aber so blöd nun auch wieder nicht.

„Und du meinst, ich sollte der Alten dankbar sein, weil sie's mir unter die Nase gerieben hat?" fragte ich Herbert wütend. „So nach dem Motto, Danke, liebe Stiefmutter, dass du mich in den Knast und meine Schwester in 'ne Nervenheilanstalt bringst?"

„Ach, dann hat sie dir wohl das Haschisch untergeschoben?" Herbert sah mich direkt an. Ich wusste gar nicht, dass der ironisch werden kann. Und weil ich auch nicht wusste, was darauf antworten, hielt ich den Mund und starrte zu Boden. Einen Augenblick lang passierte nichts, und das stank mir.

„Kann ich'n Schluck Tee haben?" fragte ich leiser, freundlicher.

„Später", sagte Herbert bestimmt und setzte seine Leserei fort:

Mike E. hatte zuerst bei seiner leiblichen Mutter gelebt. Nach deren Drogentod begann für den damals Fünfjährigen eine mehrjährige Odyssee durch Heime und Pflegefamilien, bis er 1982 überraschend bei seinem Vater in Oldenburg auftauchte. Die Familie hatte bis dahin nichts von der Existenz des elfjährigen unehelichen Sohnes gewußt, ihn aber sofort aufgenommen. Bereits kurze Zeit nach dem Unfalltod seines Vaters war Mike E. durch sein aggressives Verhalten mehrfach aufgefallen. 1987 wurde er wegen einer Schlägerei, bei der er einen Lehrer verletzte, zu einer Jugendstrafe auf Bewährung verurteilt. Um ihm dennoch eine angemessene Erziehung zukommen zu lassen, hatte seine Stiefmutter ihn in Bayern auf ein Internat geschickt, wo er 1991 Abitur machte. Anschließend hatte er die Ausbildung zum Druckvorlagenhersteller in der familieneigenen Druckerei angefangen.

Als Herbert endlich fertig war, gab's erstmal nur Schweigen, Schweigen wie Blei. Warum tat er das bloß?

„Mike", sagte Herbert, auf einmal wieder sehr freundlich, „siehst du es denn nicht? Drogen und Gewalt, das zieht sich durch, ein großes Thema, *das* Thema bei dir. Ich kann mir vorstellen, dass es schwierig für dich war – eine drogenabhängige Mutter, dann diverse Heime. Wahrscheinlich warst du gar nicht darauf vorbereitet, plötzlich eine richtige Familie zu haben, eine Familie, zu der du gehörst und die alles für dich tut, aber –"

In dem Moment passierte es. Ich wollte ihn umbringen, er sollte aufhören, die Klappe halten. Ich sprang auf und wollte mich auf ihn stürzen, bremste mich grad noch so und schlug mit der Faust in die Wand. Es gab ein merkwürdig knacksendes Geräusch und ich hörte wie von fern Herbert, der nach den Schließern und einem Arzt rief. Erst da bemerkte ich, dass meine Hand blutete und die Knöchel blau anliefen. Mir wurde schlecht. Herbert führte mich vorsichtig zum Stuhl zurück und brachte mich dazu, mich hinzusetzen.

„Manchmal tut die Wahrheit weh", sagte er noch und seine Stimme klang schleimig süß. „Aber vielleicht bringt dich das endlich weiter. Werden wir ja nächste Woche sehen. Am Montag."

„Da brauchen Sie nicht klingeln – Herr Meerbach ist in der Redaktion", sagte der Rentner Egon Verber zu der jungen Frau. „Wenn er Wochenenddienst macht, kommt er nicht mal zum Fußball rüber", fügte er mit Blick auf den Bierkasten in seinen Händen hinzu. Die junge Frau dankte ihm mit einem lächelnden Kopfnicken. Wo hatte er das Gesicht schon einmal gesehen, fragte sich Egon Verber, als er später das Bier in den Kühlschrank stellte.

Erste Reaktionen

Aus dem Zug auszusteigen war unangenehm, aber als wir den ersten Fuß aus dem Bahnhof auf die Donnerschweer setzten, wirbelte alles durcheinander. Das war jedes Mal so – ob wir aus dem Sanatorium oder zu Besuch aus dem Internat kamen, aus Amerika heimkehrten und erst recht, als uns der Skandal um die Firma hierher zurückgezerrt hatte. Zum ersten Mal zweifelte ich: Ich hatte auf diesen Punkt hingearbeitet, ich hatte hierher gewollt – aber tatsächlich hier zu sein, das war etwas anderes. Mir, und nicht nur mir, drehte sich der Magen um. Jedes nur denkbare Gefühl schien da zu sein, wie ein aufgeschreckter Schwarm Vögel flog alles durcheinander.

„Es ist okay, wir können jederzeit wieder gehen", murmelte ich vor mich hin, als ich mit zusammengebissenen Zähnen die Treppe zum Bahnhofsvorplatz runterging. Manche Leute mögen kleinere Städte, gerade diese historischen Orte, weil sich da so wenig verändert. Ich wünschte mir dagegen, es hätte eine Riesenexplosion gegeben und da wären nur neue Gebäude, unbekannte Ansichten anstelle der allzu vertrauten Architektur. Josephine wollte ein Taxi nehmen, aber dann hätten wir mit jemandem reden müssen, und da war zu viel Angst, das könnte jemand sein, der uns von früher kannte, oder, schlimmer noch, jemand, den Cäcilia wiedererkannte. Ich riss mich zusammen: Was soll's, wir hatten nicht mehr geplant als einen ersten Blick, einen Test, wie wir hier klarkommen.

Also ging ich die altvertrauten Wege. Über den Staugraben und an der Hunte entlang zum Schlosswall, den Schlosspark ignorierend, das Alte Gymnasium links liegen lassend. Heidruns Lieblingsfriseur existierte noch. Cafés, Geschäfte, Straßen, in denen Annas Schulfreundinnen gewohnt hatten, andere Straßen, auf denen sich Tom mit seinen Freunden getroffen hatte, die alte Kampfsportschule, die so lange meine einzige Zuflucht gewesen war, die einzige Chance, sich in all dem Chaos zu behaupten – all das war noch da. Manche Fassaden waren neu gestrichen, einzelne Häuser gar durch Neubauten ersetzt. Die Bäume im Park waren gewachsen, ein neues Parkhaus hatte den Kinderspielplatz weichen lassen, auf dem ich meine erste Zigarette geraucht hatte. Es war, wie durch eine Traumlandschaft zu laufen – bis ich begriff, das Gestern, mit dem ich das Heute verglich, das war das Gestern unserer Schulzeit, das Gestern unmittelbar nach dem Aufenthalt in Brown, Rhode Island, aber nicht, ganz bestimmt nicht das Gestern unserer letzten Rückkehr während des Firmenskandals 2002.

Um das schweißkalte Gefühl abzuschütteln, steuerte ich die nächste Telefonzelle an und schlug die Adresse von Rudolf A. Meerbach nach. Erleichtert stellte ich fest, dass er in einem unbelasteten Teil der Stadt wohnte, den wir zwar kannten, der uns aber nichts sagte. Als Josephine letzte Woche aus der Detektei in der Lokalredaktion angerufen hatte, war es nur darum gegangen, ob er noch in der Stadt war. War er. Wahrscheinlich war er einer dieser Typen, die nie über den Tellerrand ihres Geburtsortes hinaus kommen und glücklich damit sind. Werd ich nie kapieren, was in denen vorgeht. Selbst ohne unser Chaos kann ich mir nicht vorstellen, was uns ausgerechnet hier hätte halten sollen. Was nicht der blanke Horror war, war langweilig, spießig, miefig. Eben Kleinstadt. Jeder kennt jeden oder meint das zumindest. Was bewirkt, dass jeder jedem auf den Nerv geht. Kopfschüttelnd lief ich weiter und bemerkte entsetzt, dass ich bereits auf der Auguststraße war, wir also auf dem besten Weg waren, „nach Hause“ zu gehen! Das war der letzte Ort, wo ich hinwollte. Also ging ich eilig zum nächsten Taxistand, riss die Tür auf und ließ mich in den Sitz fallen. Und hörte nur noch, wie Josephine dem Fahrer die Adresse Rudolf Meerbachs in Osternburg gab.

Auch Egons Frau Ruth kam die ausgesprochen hübsche junge Frau bekannt vor, die im selben Moment mit dem Taxi ankam wie ihr Göttergatte mit dem Bier. Ob Egon wusste, wer sie war? Vielleicht. Aber fragen durfte sie ihn das nicht, das hatte sie in den Jahrzehnten ihrer Ehe gelernt. Früher war es sein Beruf als Chauffeur gewesen, der Diskretion verlangt hatte, heute hieß es, lass die Vergangenheit ruhen.

Quo Vadis?

Normalerweise hatte ich nichts gegen Taxifahrer. Die meisten Menschen dieser Spezies respektierten durchaus die Wünsche ihrer Fahrgäste nach Unterhaltung, Information, Klatsch oder eben Schweigen. Die meisten, nicht alle. Dieser Mensch schien wie jemand, der einen langen Marsch durch die Wüste hinter sich hat und jetzt, nach den ersten zwei bis drei Litern Wasser, seinen Retter mit einem Wortschwall beglücken will.

„Wochenendbesuch bei der Familie, häh?", wollte er wissen, nachdem ich ihm die Adresse von Rudolf A. Meerbach genannt hatte. Irgendein Ziel mussten wir ihm ja angeben. Uns einfach von ihm durch die Gegend kutschieren zu lassen, machte keinen Sinn. Manchmal gelang es so, das innere Chaos zu besänftigen, aber an diesem Ort und mit dieser Quasselstrippe im Ohr war das keine Option.

„Aber – Rudolf hat doch gar keine Schwester, Sie können also nicht verwandt … Moment, sind Sie etwa – hat er endlich wen Neues kennengelernt? Ist ja nicht mitanzusehen, wie unser rasender Rudi sich hinter der Zeitung verschanzt, dabei ist seine Freundin doch schon Monate weg", versuchte er, Konversation zu machen.

„Ach, dann kennen Sie Rudolf Meerbach persönlich?" fragte ich kühl.

„Nicht direkt. Aber hier kennt doch irgendwie jeder jeden und Rudolf als Zeitungsmann …", wich er aus und warf mir einen Seitenblick zu. Ich hoffte inständig, dass er keinem von uns je begegnet war, dass er niemanden erkennen würde. Ansonsten müsste ich leider hinterher Jo für ihre Idee, uns hierher zu bringen, den Kopf abreißen. Oder was immer mir einfallen würde, das nicht auch *mein* Äußeres ramponieren würde. Derart versunken in grimmig-undamenhafte Gedanken verpasste ich den Rest des Weges und, netterweise, auch den Rest seines Geredes. Erst als er anhielt und schon aussteigen wollte, um mir die Tür zu öffnen, wurde mir bewusst, dass wir angekommen sein mussten. Rasch stieg ich aus – auch wenn ich alles andere als eine Hardcore-Emanze bin, ich lasse mir nicht jede Tür von jedem Idioten öffnen. Einen Moment lang war ich irritiert – hatten wir schon bezahlt? –, dann ging ich auf das mehrstöckige Mietshaus zu.

Ein alter Mann in einem Trainingsanzug, der wie der Kasten Bier in seinen Händen ein Sonderangebot beim Discounter gewesen sein dürfte, kam aus der anderen Richtung auf den Eingang zu. Ich hatte bereits bei Rudolf A. Meerbach geklingelt und wünschte, der Kerl würde die Tür öffnen, bevor der geschmacklose Alte hier war. Aber so viel Glück hatte ich nicht, denke ich, denn plötzlich war da das dringende Bedürfnis, so schnell wie möglich wegzulaufen. Und das Nächste, was wieder zu mir durchdrang, war die Stimme des Taxifahrers, der wissen wollte, was mein nächstes Ziel sei.

„Die Redaktion in der Peterstraße", hörte ich Jos Stimme.

„Hatte ich Ihnen doch gesagt, er ist nicht zu Haus. Schon gar nicht an einem Wochenende", meinte der Taxifahrer. „Ist Ihnen nicht gut?"

Der Pfleger, der auf dem Krankenrevier Wochenenddienst machte, war eben eingedöst, als ihn ein Geräusch weckte. Die Wochenenden hier waren ganz in Ordnung, momentan gab's neben den chronisch kranken Alten bloß zwei, drei Darmgrippen – und den Gefangenen, der sich die Hand angebrochen hatte und nun unter Albträumen litt. Kopfschüttelnd rieb sich der Pfleger die Augen, bevor er rüberschaute in den „Glaskäfig" für besondere Fälle. Ob was an den Gerüchten dran war, dass es kein Unfall gewesen war, der zu der Verletzung geführt hatte? Schwer vorstellbar, dass jemand sich so etwas selbst zufügte. Dass jedoch ausgerechnet der schmächtige und diskutierfreudige Herbert dafür gesorgt haben sollte, konnte er sich auch nicht vorstellen. Allerdings war hier wirklich alles möglich.

Catch 22

Vier Uhr – bloß, diesmal war's nicht nachts, sondern nachmittags. Ich hatte die Nacht kaum gepennt, war immer wieder schweißgebadet aus Albträumen hochgeschreckt und hatte dank der Tatsache, dass ich im Krankenrevier statt auf meiner Zelle war, jedes Mal erhebliche Probleme, mich zu orientieren. Inzwischen hatte ich den Punkt erreicht, wo die Traumbilder mit dem Erwachen im Nebel verschwanden und nur ein Gefühlsschleim aus Panik, Hilflosigkeit und Wut an mir kleben blieb. Ich versuchte mich aufzusetzen, und stützte mich prompt auf der eingegipsten angebrochenen Hand ab. Der Schmerz vertrieb den letzten Rest von Schläfrigkeit. Mit 'nem BTM-Vermerk bekommt man hier nur bestimmte Schmerzmittel, und was immer die bewirken, dröhnen tun die jedenfalls nicht.

Der Pfleger im verglasten Schwesternzimmer war aufgestanden und schaute fragend zu mir rüber. Ich schüttelte den Kopf, alles in Ordnung, ich brauch nichts, nichts, was er mir geben würde. Die Handschelle am gesunden Arm würd er mir nicht abnehmen und das Rauchverbot ließ die praktische Frage, wie raucht man mit 'nem Gipsarm, gar nicht erst aufkommen. Dafür musste ich mir dringend was für Herbert einfallen lassen, was Plausibles, damit das alles nicht noch mehr Ärger gab, als eh fällig war.

Im Nachhinein war's beeindruckend, dass er nach meinem Ausraster keinen Affenaufstand gemacht hatte. Ich hätt nichts sagen können, wenn er's als Angriff auf seine Person gemeldet und in den Bericht zum Vollzugsablauf gepackt hätte. Dann hätte sich die Staatsanwaltschaft die Prüfung von Amts wegen, ob sie das letzte Drittel meiner Strafe zur Bewährung aussetzen, gleich sparen können. Ich wusste nicht mal, ob mein Ausraster an sich schon reichte, damit mich die Strafvollstreckungskammer nach der Anhörung in gut 'nem Monat postwendend zurück in meine Zelle schickte.

Scheiße, wieso kriegte ich's nicht gebacken, brav und angepasst meine Zeit abzureißen?! Ich musste hier raus, so schnell wie möglich. Ich hatte das dringende Gefühl, Jo und ihre Bande turnten gerade am Abgrund lang. War das erste Mal, dass sie ihre komplette Identität nach außen gewechselt hatten, obendrauf diese Geschichte von wegen Detektivin …! Das klang für mich gar nicht gut, auf jeden Fall verdammt riskant.

Bloß, das konnte ich Herbert natürlich nicht sagen. Das ging keinen was an – genauso wenig wie, dass Familie, am besten noch in der idyllischen Jacobs-Kaffee-Ausgabe, für mich ein rotes Tuch war. Ich konnt mir nach wie vor keinen Reim drauf machen, was Herbert von mir wollte – klar, irgendwas sollt ich zugeben, so sehen wie er, aber was zum Teufel? „Drogen und Gewalt", das hatte er die ganze Zeit traurig vor sich hin gemurmelt, aber dazu gab es nichts zu sagen. War mir schon aufgefallen, dass ich mir mit beidem über kurz oder lang immer wieder Probleme an den Hals gehängt hatte. Das passierte eben, unvermeidlich, mit oder ohne Drogen, egal was ich mir vornahm oder nicht. Sogar mit meinem Erzeuger war's mir früher so gegangen – wenn der mich in der Enge hatte, wenn ich mal wieder keinen Schimmer hatte, was grad los war, bin ich ausgetickt. War nicht schlau, gab's immer gleich was für aufs Maul, aber das war mir egal. Geduld ist nicht meine Stärke. Schlicht abzuwarten, bis so 'n Arsch endlich damit rausrückte, was nun Sache war, oder mir brav anzuhören, was ich für 'n Stück Dreck bin, das haute noch nie hin. Schon gar nicht, wo ich das dämliche Gefühl, da könnt was dran sein, eh noch nie für lang losgeworden war …

Rudolf A. Meerbach hatte früher die Wochenenden in der Redaktion auf schuldbewusste Weise genossen. Während die Kollegen vom Sport dann nicht wussten, wie alle Termine unter einen Hut und rechtzeitig ins Blatt kriegen, war es im Lokalteil meist ruhig. Wochenenddienst, das hieß früher im Kopf Geschichten durchspielen und den Geist als Suchhund durch potentielle Schlammlöcher des Residenzstadtlebens zu hetzen. Und das alles, ohne dass Gaby sich beschweren konnte. Schließlich war das sein Job. Heute jedoch hatten die meisten seiner Gedanken nichts mit dem Blatt zu tun und von Konzentration konnte keine Rede sein.

Erste Spuren

Auf der anderen Seite der gläsernen Schleuse stand er und schaute zu mir rüber, während er mit dem Sicherheitscode hantierte, um die Eingangstür zu öffnen. Rudolf A. Meerbach hatte sich verändert. Dass der Vollbart verschwunden war, mit dem ich halb gerechnet hatte, wirkte sich positiv aus. Ich werde nie begreifen, warum manche Männer glauben, so ein Gestrüpp ließe sie intellektueller oder sonstwie anziehender aussehen. Aber für den angeschmuddelten Dreitagebart war er nicht attraktiv genug. Wahrscheinlich hieß das lediglich, dass er heute weder mit Besuch gerechnet noch einen Außentermin geplant hatte.

„Ja, bitte?“ fragte er, als ich die Schleuse durchquert hatte und vor ihm stand. Er fuhr sich durch die braunen, kurzen Locken, dann reichte er mir mit einer entschuldigenden Geste die Hand: „Rudolf Meerbach. Waren wir etwa verabredet?“

„Josephine Baker“, antwortete ich mit meinem besten Lächeln. „Wir haben vor ein paar Tagen telefoniert.“ Zumindest die Stimme vom Telefon schien er zu erkennen, denn jetzt lächelte er und führte mich in sein Büro im ersten Stock.

„Erstaunlich, dass sich jemand – jemand von außen – nach immerhin zwei Jahren für diese Geschichte interessiert“, dachte Rudolf Meerbach laut nach, während er für sich und mich Kaffee aus dem Brühautomaten holte. „Milch und Zucker?“, wollte er, wieder zu mir gewandt, wissen.

„Schwarz – äh, Milch bitte“, kam es aus unserem Mund, also war das Jo, die im Hintergrund zu fühlen war. Besser war das, bloß, wir sollten aufpassen, ihn nicht gleich von Anfang an völlig zu verwirren. Er lachte, als er Kaffee, eine Tüte Milch und eine Packung Zuckerwürfel vor mich hin stellte:

„Geht mir manchmal auch so. Manchmal weiß man halt nicht, was man will. Aber etwas müssen Sie wollen, sonst wären Sie nicht an einem lauen Frühlingswochenende in unserer kleinen Stadt, oder?“

Ich atmete tief durch, während ich meinen Kaffee umrührte

und hoffte, niemand hätte Zucker reingetan, nickte nachdenklich. „Meine ... mein Klient, nun, Sie werden verstehen, darüber kann ich nicht reden. Mich hat eine Nebenlinie meines Auftrags hierher gebracht, eine Nebenlinie, von der ich nicht – noch nicht – sicher sein kann, ob sie überhaupt etwas mit mir ... mit meiner Arbeit zu tun hat." Ich stoppte, schaute ihn an und pustete in den Kaffee, weiter hoffend, dass ich gleich kein süßliches Gebräu im Mund hätte.

„Das ist nicht sehr viel", kommentierte der Redakteur.

„Ich weiß auch noch nicht sehr viel. Alles, was ich in den Zeitungsartikeln – Ihren Artikeln – fand, ist zwar einerseits aufschlussreich, andererseits bleiben viele Fragen offen", ich sprach rasch weiter, wollte ihn einwickeln. Warum konnte Jo nicht mit ihm reden, sie wollte doch unbedingt Detektivin spielen? „Und die erste ist hoffentlich nicht zu unhöflich: Wurde Ihre Zeitung 2002 nicht auch bei Berling gedruckt?" Dann traute ich mich endlich, den Kaffee zu probieren – kein Zucker, Gott sei Dank!

„Toll", hörte ich Jos mürrische Stimme im Inneren, „mit der Tür ins Haus fallen kann ich auch!" Ich war versucht, darauf entsprechend zu reagieren, aber ich wollte auf keinen Fall anderen Gelegenheit geben, draußen das Ruder zu übernehmen.

Rudolf A. Meerbach lachte, aber es klang nicht mal verlegen. „Genau mein Problem all die Jahre – Sie haben recht, dort wird die Zeitung, schon so lange ich denken kann, gedruckt. Selbst heute, wo das Blatt expandiert hat und die Druckerei zu einem Großunternehmen gehört, ist das so viel anders nicht. Bloß die Verflechtungen dahinter sind anders, unpersönlicher und auch unüberschaubarer."

Ich kramte derweil in meiner Tasche nach Zigaretten und zündete mir eine an. Erst danach wurde mir bewusst, dass ich nicht gefragt hatte, ob Rauchen erlaubt sei. Doch das war kein Problem, denn er zog bereits einen Aschenbecher aus der Schreibtischschublade.

„Ich habe – hatte es mir abgewöhnt, wegen meiner Freundin, meiner Ex", erklärte er. Dass an diesem Liebesdienst nicht viel dran gewesen sein konnte, bewies sein rascher Griff nach der Packung, als ich sie ihm hinschob.

„Ich möchte nicht unhöflich scheinen – das muss ich in meinem Geschäft ohnehin öfter, als mir lieb ist“, setzte ich an, „aber haben die Geschäftsbeziehungen zwischen der Druckerei und Ihrem Arbeitgeber Sie jemals …“ Ich sprach nicht zu Ende, sondern schaute ihn halb fragend, halb entschuldigend lächelnd an. Er lächelte zurück.

„Manchmal schon. Zum Beispiel, als ich noch studierte, habe ich als freier Mitarbeiter mal was zum Firmenjubiläum der Druckerei geschrieben. Oder eben nur Teile von dem, was ich gerne …“, er unterbrach sich mit einer bedauernden Geste, „aber das dürfte Sie kaum interessieren.“

Dass dem nicht so war, konnte ich ihm nicht sagen, also lächelte ich nur.

„Bei dem Skandal um die Firma war das anders. Etwas in der Größenordnung hatte es in unserem beschaulichen Oldenburg noch nie gegeben. Da gab es keine wohlmeinenden Ratschläge, was zu kürzen sei“, beendete er seine Überlegungen.

„Aber was ist mit den offenen Fragen? Woher kam der Verdacht gegen Frank D., was war das mit den angeblichen Erpressungen und wieso fielen die unter den Tisch – ich meine, wenn Sie nichts kürzen mussten, kann ich doch davon ausgehen, dass das nicht nur in der Berichterstattung, sondern auch im Prozess so war, oder?“ Anscheinend hatte ich einen Nerv getroffen, denn zum ersten Mal wich er direktem Blickkontakt aus. Er schaute auf die Schreibtischplatte, auf seine Hände, als wäre die Zigarette zwischen den Fingern ein Orakel, das ihm die bestmögliche Antwort verraten könnte.

Er atmete tief durch. „Ich gehe nach wie vor davon aus, dass jemand den Behörden einen Tipp gegeben haben muss. Soweit ich das beurteilen kann – und ich habe damals Fachleute hinzugezogen –, war der Betrug des Geschäftsführers Frank D. in den Büchern der Druckerei alles andere als leicht zu entdecken. Es war die Art von Betrug, auf die man nur über Dritte kommt, etwa wenn einer der Kunden bei einer Steuerprüfung gegenüber den Behörden gewisse Andeutungen gemacht hätte. Sie verstehen?“ Ich nickte, sagte aber nichts.

„Was die angeblichen Erpressungen angeht“, fuhr er fort, „nun, wo kein Kläger ist, da ist nichts zu machen. Außerdem, nach dem zweiten Skandal, von wegen Ex-Firmenchef als Ex-Bordellbesitzer, schien es naheliegend, aus welcher Ecke die Erpressungen … Ehrlich gesagt, es hat mich nicht überrascht, dass sich keine Schlangen von Aussagewilligen vor dem Gericht einfanden."

Rudolf A. Meerbach hatte nicht mitbekommen, wie sein Gegenüber schlagartig erbleichte. Erst als sie aufsprang, um sich in der kleinen Kaffeeküche neben seinem Büro zu übergeben, reagierte er, indem er ihr folgte. Als sie fertig war, trank sie einen Schluck aus dem Wasserhahn, bevor sie die Spüle ausspülte. Er reichte er ihr unbeholfen ein Handtuch. Dabei bemerkte er den kleinen, altmodischen Goldring mit dem dunklen Stein an ihrer Hand.

Rückzug

Wir hatten es geschafft, so ziemlich alles falsch zu machen, was wir falsch machen konnten. Zwar gelang es Josephine nach dem unrühmlichen Auftritt in der Redaktionsküche, diesen wie auch unseren überstürzten Aufbruch mit Magenproblemen zu erklären, und sie schaffte es sogar, mit dem Journalisten einen Termin fürs nächste Wochenende auszumachen – er war bereit, seine alten Unterlagen zu durchwühlen, und wir brauchten Zeit und eine neue Strategie –, aber es war peinlich und blieb beunruhigend.

Tom stand kurz davor, auszurasten und dem Typen, sollte er uns noch eine Sekunde länger aufhalten, erst mal eine reinzuhauen. Anna überlegte, in welche Klinik wir uns selbst einweisen sollten, und sogar Cäcilia reagierte: Für einen Augenblick starrte sie den Mann an und wollte den Mund aufmachen, bevor Josephine und ich sie gemeinschaftlich davon abhalten konnten. Jedenfalls nahmen wir an, dass sie das sein musste, niemand von uns hatte das Bedürfnis, sich in die Arme eines anderen Menschen zu flüchten. Mit dem unguten Gefühl, die „gute Tochter" hätte diesmal mehr von uns und unseren Aktivitäten mitbekommen, als uns lieb war, flüchteten wir uns zum Bahnhof. Als wir eine halbe Stunde später den Zug nach Münster bestiegen, hatte sich immerhin der Tumult in den inneren Untiefen wieder gelegt, der nur von denen stammen konnte, die wir mangels Wissen „die Kinder" nannten.

Den ganzen Rückweg stritten wir. Josephine war sauer auf mich, weil es meine Idee gewesen war, ich das Ganze aber überhaupt nicht vorbereitet hätte. Tom meinte nur beißend, ob es wirklich 'ne gute Idee wär, den nächsten Crash gleich selbst auszulösen, und weigerte sich ansonsten, zur Klärung der Situation beizutragen. Anna versuchte wie immer zu vermitteln, was aber zu nichts führte. Und ich … ich machte mir Vorwürfe, weil sie alle irgendwo recht hatten. So hatte ich mir das nicht vorgestellt. Ich hatte gehofft, mir würde was Vernünftiges einfallen, wenn wir erst gemeinsam das Kaff gesehen und begriffen hätten: Was immer da passiert war, war Vergangenheit. Von dieser Erkenntnis waren wir jetzt ferner denn je. Vor allem: Ich war es gewesen, die aufgesprungen war, ohne zu wissen, warum. Da war nur diese irrsinnige Beklemmung gewesen, ein würgendes Gefühl, Panik und gleichzeitig so etwas wie Wiedererkennen und eine Erregung, die mir unbekannt und unheimlich war.

„Scheiße", murmelte Tom, „du kapierst es also echt nich?" Es dauerte einen Moment, bis ich begriff, er meinte mich.

„Du hast wirklich keinen Schimmer, was beim letzten Mal …?" fragte er weiter, fast so, als ob er den Atem anhielt. Ich konnte zuerst nur den Kopf schütteln, hatte keine Ahnung, was er von mir wollte.

„Erklär's mir." Mehr kriegte ich nicht raus.

„Kann ich nich." Er schaltete gleich wieder auf stur.

„Verdammt, was ist los?" Mein Ärger über seine blöden Fragen und seine typische Weigerung, zur Abwechslung Antworten zu liefern, riss mich aus der benebelten Lethargie.

„Ich kann's nicht, nicht, wenn du selber nich ...", er unterbrach sich.

„Warum muss man dir immer die Würmer aus der Nase ziehen?" Ich kam langsam in Fahrt.

„Ich kann's nich. Das hier ist dein Ding, das kannst nur du", war alles, was er dazu zu sagen hatte.

„Das ist nicht gerecht, Tom", mischte sich Anna ein. „Wir hatten doch alle zusammen beschlossen –"

„Halt dich da raus. Oder meinetwegen auch nich, ist mir egal. Ich kann's nich, verdammt", war, was sie für ihren Vermittlungsversuch erntete. Am liebsten hätte ich ihn geohrfeigt. Anna mochte manchmal zu lieb und nett sein, aber sie hatte recht – das hier ging uns alle an und wir alle mussten rausfinden, was schief gelaufen war, noch immer schief lief.

„Wenn ich das richtig sehe – und gelegentlich soll das ja sogar bei unwissenden, netten ‚Fassaden' wie mir passieren –, hat Tom mit keinem Wort gesagt, dass er Jo oder uns nicht helfen will." Na klasse, jetzt hängte sich auch noch Josephine rein.

„Ich weiß noch nicht wie, aber wir können nicht mehr zurück, müssen also einen Weg finden, weiterzumachen, ohne dass es jedes Mal gleich kracht", setzte sie nach.

Tom machte ein Geräusch, das wie eine Art knurrendes Seufzen klang. „Genau. Wenn ich vorher gewusst hätt, dass Jo keine Ahnung ..., hätt ich nicht ... Aber wir haben die Bombe ausgegraben, aufhören is nich. Nich mehr", meinte er nur.

Herbert war stolz auf sich, als er feststellte, dass er dem Termin mit Mike höchst interessiert, aber angstfrei entgegensah. Vielleicht war er doch nicht der Feigling, für den ihn sein Vater immer gehalten hatte?

Auf heißem Blech

„Wollen Sie wirklich schon aufstehen?“, hatte der Arzt am Morgen gefragt. Als ob ich mir das Bein statt der Hand angebrochen hätte. Als ob ich eine Wahl hätte. Eingehüllt in mein Misstrauen und die Angst darunter trabte ich hinter dem Schließer her, der mich zu Herbert brachte und blödes Zeug laberte. Ich hörte nicht zu, versuchte mir klar zu werden, wie weit ich zu Kreuze kriechen müsste, wie ich aus dem ganzen Mist am besten rauskäme. Dann stand ich wieder in dem kleinen Büro. Der Schließer schaute Herbert hinter seinem Schreibtisch fragend an. Der schüttelte den Kopf.

„Ich bleibe in Hörweite“, sagte der Schließer bestimmt, „falls es Ärger gibt.“ Sein Blick im Rausgehen machte klar, wer dann Ärger zu erwarten hätte. Einen Augenblick stand ich einfach so rum, mitten im Raum. So schlecht konnte es nicht stehen, wenn Herbert auf Personenschutz verzichtete.

„Warum setzt du dich nicht.“ Herberts Stimme klang angespannt, aber genauso penetrant aufmunternd wie immer. Ich nickte, hatte keine Ahnung, was ich sagen sollte, hockte mich hin. Dabei unterschätzte ich den Abstand zwischen Besucherstuhl und Schreibtisch und schlug mit dem verdammten Gips gegen die Tischkante. Herbert, der nach dem Tee langte, blickte auf:

„Wie geht es der Hand?“

„Angebrochen, die Scheißwand war wohl doch härter –“, ich bremste mich. Ich wollte ihn nicht auf blöde Gedanken bringen.

Überraschenderweise lachte er. „Härter als mein Schädel sicher. Sieht so aus, als ob ich … als ob wir beide Glück gehabt hätten.“

Ich kapierte nichts mehr. Wenn er wusste, dass ich auf ihn losgewollt hatte, warum saß ich dann hier, allein mit ihm? „Glück?“ fragte ich vorsichtig.

Herbert hörte auf zu lachen, sah mich an, stellte mir den Tee hin: „Wenn du mich – und nicht dich – verletzt hättest, wär es kein Unfall gewesen.“ Eine schlichte Feststellung, aber aus seinem Mund ungewohnt nüchtern. Und drohend, Scheiße, ich hatte immer noch keine Ahnung, worauf er hinauswollte und wie ich kriegen sollte, was ich brauchte.

„Es tut mir leid“, setzte ich an, während ich die Tasse nahm.

„Wie gesagt, ein bedauerlicher Unfall“, winkte Herbert ab, dann seufzte er. „Und – Reden liegt dir wirklich nicht, oder?“ Er zog eine Akte aus dem Stapel hervor – meine Akte – und schob mir die zuoberst liegende Fotokopie rüber:

Das (vorläufige) Ende eines „schwierigen Falles“

Zu zwei Jahren und drei Monaten Haft wegen Drogenbesitz und -handel, tätlichem Angriff, Körperverletzung und Widerstand gegen die Staatsgewalt wurde Mike E. gestern vor dem Amtsgericht Oldenburg verurteilt. Damit hatte sich das Gericht den Forderungen der Staatsanwaltschaft angeschlossen.

Der vorsitzende Richter Steierle begründete das Urteil mit der Schwere der Taten. Offensichtlich habe Mike E. aus den milden Urteilen, mit denen er bei den Jugendgerichten nicht zuletzt wegen des Ansehens der Familie seiner Stiefmutter Heidrun G. davongekommen sei, nichts gelernt. Auch habe sich sein stoisches Schweigen im Prozess nicht positiv auf die Urteilsfindung ausgewirkt, weil das Gericht so nicht einmal einen Ansatz von Reue oder den Wunsch nach Besserung habe feststellen können.

Mike E. nahm auch das Urteil wortlos hin. Seine Stiefmutter Heidrun G. dagegen brach in Tränen aus, als der Richter zudem verkündete, die Empfehlung der Ärzte ihrer Tochter Cäcilia-Josephine G. prüfen zu wollen, jeglichen Kontakt zwischen den Halbgeschwistern zu unterbinden. Cäcilia-Josephine G. hatte nach der Verhaftung ihres Halbbruders einen Nervenzusammenbruch erlitten und befindet sich zur Zeit in einem Sanatorium, wo sie sich von ihrem Schock erholen soll. *Rudolf A. Meerbach*

Ich überflog das Ding. Herbert beobachtete mich dabei. Genau wie die Alte. Und genau wie damals wurde ich das mulmige Gefühl nicht los, ich müsste mehr wissen, als ich tatsächlich wusste.

„Na und“, sagte ich mürrisch, als ich mit dem Lesen fertig war, „es gab nichts zu sagen.“ Herbert schaute mich mit seinem Dackelblick an, auch er schwieg für einen Moment. Mal ganz was Neues, dachte ich, aber so richtig gefiel es mir nicht.

„Hast du gehofft, der Antrag würde nicht durchkommen?“ fragte er schließlich.

„Keine Ahnung“, wich ich aus, keine Lust, Fragen aufzuwerfen, die ich weder beantworten konnte noch wollte. „Aber bei dem, was Heidrun den Anwälten bezahlt hat, war's klar, dass sie's durchkriegen würde.“ Immerhin war sie die arme Witwe, die alleinerziehende Mutter und Stiefmutter, und ich konnte mir nicht vorstellen, dass ihre Anwälte sonderlichen Wert auf ihre hysterischen Anfälle legten. Mal abgesehen davon, dass es beschissen aussah – der Stoff, den sie bei ihrer Tochter gefunden hatte, war identisch mit dem Zeug bei mir in der Bude. Daran gab's nichts zu rütteln. Sieg auf der ganzen Linie für sie. Vermutlich bedauerte sie nur, dass sie nicht dabei sein konnte, als man mir das mit der Kontaktsperre sagte. Ihre Tochter zu „schützen“ – also nach ihrem Bild zu verbiegen – mag ihr Ziel gewesen sein, aber sie muss gewusst haben, dass sie mich mit der Trennung von Jo genauso traf wie mit dem Knast.

„Okay, nehmen wir an, du hast damals geschwiegen, um dich wie auch deine Schwester zu schützen“, überlegte Herbert laut, „und beim letzten Mal dasselbe, bloß, dass du da immerhin so viel ausgesagt hast, wie nötig war, um deinen Kumpel,“ – er blätterte in der Akte herum, fand aber nicht, was er suchte und sprach weiter – „den alten Drucker, aus der Sache rauszuhalten. Was war dann beim zweiten Mal? Damit konnte deine Schwester unmöglich etwas zu tun gehabt haben, oder?“ Die Richtung, in die er wollte, wurde allmählich klarer, nur was er damit bezweckte, war für mich nach wie vor ein Rätsel.

„Ist doch egal – ich hab Mist gemacht *und* hab mich erwischen lassen. War Scheiße, aber eben *meine*.“ Mehr ging ihn wirklich nichts an.

„Mike, es ist nicht egal. Das Muster ist offensichtlich und doch … jedenfalls fällt's auf, sie scheint der einzige positive Einfluss zu sein. Für dich“, stellte er seufzend fest.

„Ja und? Deshalb sitz ich hier. Damit du mir hilfst rauszufinden, was passiert ist beim letzten Mal.“ Warum kapierte der Idiot immer nur die Hälfte und zog dann irgendwelche bekloppten Schlüsse?! Jetzt schaute er wieder so verletzt, als hätte ich seinen ökologisch unbedenklichen Brombeertee mit weißem Industriezucker versaut.

„Na gut“, setzte er wieder an, bemüht ruhig und verständnisvoll, „ich kann verstehen, dass du das wissen willst. Aber vorher musst du mir ein paar Sachen erklären: Wann hast du mit den harten Sachen angefangen – und warum? Und warum hast du deine erste Bewährung im Nullkommanichts geschmissen?“ Er hielt einen Augenblick inne, aber nicht lange genug, dass ich dazwischen gekonnt hätte.

„Schließlich“, fügte er hinzu, „bin ich derjenige, der für die Stellungnahme seitens der JVA zuständig ist. *Ich* muss den Bericht über den Vollzugsverlauf schreiben. Und die Fragen kriegst *du* sicher auch in deiner Anhörung vor der Strafvollstreckungskammer zu hören.“

Der letzte Satz blieb in der Luft hängen, wie das Schwert von diesem griechischen Typen, eine verdammte Drohung. Und die Katze, die er damit endlich aus dem Sack gelassen hatte, kam mir vor wie ein hungriger Tiger.

„Aber sie erledigt ihre Arbeit hervorragend, mit vollem Einsatz“, entgegnete Herr Pilger. Markwart nickte, doch sein Gesichtsausdruck blieb besorgt. Er wusste einfach, irgendetwas stimmte nicht mit Frau Baker. Noch nie hatte er jemanden wie sie getroffen – launisch, aber präzise, geistesabwesend, doch nie hatte sie etwas Wesentliches vergessen. Vielleicht hatte sein Therapeut recht: Frau Baker, eine schöne, aber privat extrem zurückhaltende Frau, im Traum in eine geheimnisvoll-distanzierte Siamkatze zu verwandeln, war eines. Daraus eine undefinierbare Gefahr abzuleiten, etwas ganz anderes.

Lautes Schweigen

Die Tage danach waren Chaos pur. Tagsüber waren sie krampfhaft bemüht, sich auf ihre bekloppte Arbeit zu konzentrieren. Dabei fiel da schon die eine über die andere: Kaum hatte Jo angefangen, einen Bericht zu schreiben, stolperte Anna über eine Ungenauigkeit und ging nachfragen, und wenn der Rückweg zum Schreibtisch am Klo vorbeiführte, erneuerte Josephine garantiert ihr Make-Up. Zwischendrin musste selbst ich manchmal ran, weil bei irgendwelchen Wegen für die Firma vergessen wurde, wohin es gehen sollte.

Okay, dass ich jede Nacht nach dem Besuch in dem verdammten Kaff aufstand, sobald sie pennten, machte es nicht besser. Aber ich konnte nicht schlafen, wollt ich auch gar nicht, denn wenn ich mal für 'ne Sekunde wegnickte, waren sie sofort wieder da, die Bilder ... und mehr. Oh Mann, meine Schwestern hatten echt Nerven. Ich wär nicht im Traum drauf gekommen, dass Jo gar keine Ahnung hatte, was damals gelaufen ist. Dass Anna und Josephine nichts wussten, lag nah. Aber dass mich sozusagen drei Blinde dahin zurückgezerrt hatten, wo der ganze Müll herkam, um nach Tretminen aus der Vergangenheit zu suchen, wie sie's nannten, das war doch völlig verrückt. Aber logisch, ich bin der Irrationale, der Durchgedrehte, der Paranoide und was nicht alles. Obwohl, gleichzeitig bin ich der Einzige, der halbwegs 'ne Ahnung hat, was damals passiert war. Und ich bin trotzdem da hin, trotz allem. Verdammt, warum nehmen die mich nie ernst? Meinen die, ich schieb Panik, weil mir langweilig ist? Ist genau wie mit der Gier, davon bekamen sie auch nur das mit, was in ihr Bild passt – halt typisch Tom, typisch durchgeknallter Junkie. Machte es fast schade, dass sie die Nächte jetzt nicht mitkriegten. Nächte, in denen ich durch Münsters Straßen tigerte, über die Szene latschte, Angebote aller Art bekam und keines annahm. Nicht dass ich nicht gewollt hätte. Aber das noch obendrauf, das musste ich mir nicht geben – und wer weiß, ob sie nicht trotzdem ihren Mist durchgezogen hätten. Dann allerdings ohne mich, ihren „Blindenhund", dachte ich grimmig, als ich in dieser Nacht wieder in die Wohnung zurückkam.

Draußen war's noch immer zu dunkel, um sich hinzulegen, also hockte ich mich an den Tisch in der kleinen Küche. Ich vermisste Mike, den Einzigen, mit dem man wirklich reden konnte. Weil er genau wusste, wo Schluss war. Weil man mit ihm nicht die ganze Zeit reden musste, sondern einfach Sachen machen konnte. Wobei selbst das kein Muss war, mit dem konnte ich genauso gut bloß da sitzen, schweigen und abhängen. Vielleicht hätte der jetzt 'ne Idee, wie wir aus dem Mist wieder rauskämen. Wie man Jo dazu kriegte, dass sie sah, was sie eigentlich wissen musste, ohne dass ich reden musste. Und ohne dass sie gleich wieder am Rad drehte. Wenn ich ehrlich war, in dem Moment wusst ich echt nicht, wovor ich mehr Schiss hatte – was passieren würd, mit mir, wenn ich die Klappe aufriss, oder wenn sie's kapierte, einfach so. Ich konnt's mir echt nicht erklären, warum sie's nicht wusste. Das Letzte, was ich damals in dem Scheißpuff mitbekam, war, dass Jo Schneewittchen begegnete. Und danach … danach kam die Straße.

„Tom", hörte ich Jos verschlafene Stimme, „warum bist du schon auf? Ist doch noch viel zu früh." Ich hielt den Atem an – was, wenn sie schon länger zuhörte? Aber sie entdeckte was anderes, sie bemerkte die Straßenklamotten und die regendurchweichten Turnschuhe und war mit einem Mal hellwach.

„Was soll das? Wo bist du gewesen? Tom –", fuhr sie mich an, bevor sie erstarrte und ich mich verpisste. Nach 'nem weiteren überflüssigen Streit war mir nicht. Dass ich nicht pennte, hieß ja nicht, dass ich nicht müde war.

Frau Müller drehte sich noch einmal im Schlaf um. Die Tabletten, die ihr der Arzt verschrieben hatte, damit sie nachts nicht mehr imaginäre Einbrecher im Treppenhaus hörte oder sich von Telefongesprächen ihrer freundlichen Nachbarin Josephine Baker aufschrecken ließ, wirkten tatsächlich. Nur dass sie am nächsten Morgen wieder bedauernd feststellen würde, geträumt hatte sie nicht. Das war der Preis der modernen Medizin …

Vor Morgengrauen

Trotz des Schocks brauchte ich eine Weile, um mich zu orientieren. Tom war draußen gewesen, vermutlich die ganze Nacht und vermutlich nicht nur diese Nacht. Das erklärte, warum wir neben der Spur liefen, warum wir ständig Dinge vergaßen etc. Oder war es etwas anderes? Immerhin, ich hatte keine Erklärung für den Auftritt in der Küche der Lokalredaktion. Und für so viele andere Dinge auch nicht, für mehr Dinge, als mir lieb war. Seitdem wir durch Mike hinter das Geheimnis meines – oder eben unseres – löchrigen Gedächtnisses gekommen waren, war klar, dass ich nicht alles mitbekomme. Aber meist hatte ich zumindest eine Ahnung, was abging oder ich wusste wenigstens, wo mir ein Stück fehlte. Das hatte ich jedenfalls bis jetzt gedacht, bis mich der Besuch in unserer sogenannten Heimatstadt samt meinem unrühmlichen Auftritt in der Redaktionsküche eines Besseren belehrt hatte. Es war, als ob alles, was während des Firmenskandals vor zwei Jahren passiert war, spurlos an mir vorbeigegangen wäre. Oder nicht in mein Gedächtnis gelangt war. Bis zu diesem Wochenende hatte ich geglaubt, ich wäre 2002 mit von der Partie gewesen. Das wiederum bestätigten Toms dürftige Andeutungen – dass ich selbst damals etwas mitbekommen haben musste, es aber für mich schlicht nicht mehr greifbar war. Verdammt unheimlich, so was … und sich plötzlich vor Morgengrauen am Tisch wiederzufinden, in voller Montur, und keinen blassen Schimmer zu haben, was Tom auf den nächtlichen Straßen Münsters getrieben hatte, war auch alles andere als beruhigend.

„Der Mistkerl", dachte ich – aber zumindest an den Armen waren keine Einstiche zu finden. Dafür fiel mein Blick auf den Zeitungsartikel, den er – oder sonstwer – rausgekramt haben musste, und was mir dann in die Glieder fuhr, war etwas ganz anderes als Wut:

Wer hat die Tochter des ehemaligen Druckereidirektors gesehen?

In der letzten Nacht verschwand Cäcilia-Josephine Greschke aus dem Haus ihrer Mutter. Die Jurastudentin ist 26 Jahre alt, 1,72 groß, sehr hellhäutig und ebenso hellblond. Sie hat grüne Augen, langes, lockiges Haar und ist insgesamt eine auffallend schöne Frau. Über ihre Kleidung ist nichts bekannt. Wer sie gesehen hat oder etwas über ihren Aufenthaltsort weiß, wird gebeten, Kontakt zur Familie oder zur Polizei in Oldenburg aufzunehmen.

Zuletzt wurde sie am gestrigen 28. Mai 2002 im Moulin Rouge gesehen. Dorthin hatte sie ihre Mutter zum Ortstermin im Rahmen des Strafprozesses gegen Frank D., den Geschäftsführer der Druckerei Berling, der u.a. wegen Betrug und Steuerhinterziehung angeklagt ist, begleitet (wir berichteten). Wie ihre Mutter erlitt auch Cäcilia-Josephine einen Nervenzusammenbruch, als sie von der zwielichtigen Vergangenheit ihres verstorbenen Vaters als Druckereidirektor und Bordellbesitzer erfuhr. Da die junge Frau bereits in der Vergangenheit ähnliche Nervenzusammenbrüche erlitten hat, ist die Familie entsprechend besorgt und hat bereits die Behörden informiert. ***RAM***

Wären die Schlaftabletten weniger wirksam gewesen, hätte Frau Müller aufrecht im Bett gesessen und womöglich eine Herzattacke erlitten. So aber verhallte der gellende Aufschrei ungehört in der Nacht und verscheuchte lediglich einige Vögel vom Dach, die sich auf ihr Konzert im Morgengrauen vorbereiteten.

Böses Erwachen I

„Wie, ‚hier wohnt keine Frau Greschke‘? Aber das ist doch ihre Nummer in der Haareneschstraße, oder etwa nicht?“

Am anderen Ende wurde der Hörer unsanft aufgelegt. Ich starrte ins gräuliche Dunkel hinter der Fensterscheibe. Wo konnte sie nur sein? Mir kam das Stadthaus in Hamburg in den Sinn. Es hatte einer Urgroßtante aus der Berling-Linie der Familie gehört und war über Großonkel Karl schließlich als Erbteil an Mama gefallen. Der größere Teil der Villa an der Elbe war heute vermietet, aber die beiden oberen Stockwerke waren seit Großonkels Zeiten eine Art zweiter Wohnsitz für die Familie. Ob Mama dorthin geflüchtet war, weil Presse und Nachbarn sie dank der Suchmeldung – dank meines Verschwindens, oh Gott! – zu Hause in Oldenburg belästigten? Ohne Zögern wählte ich die Nummer, murmelte ungeduldig „Bitte, bitte, geh ran“ vor mich hin, bis Maja, unsere Haushälterin, endlich abhob.

„Ja bitte?“

„Maja? Sind Sie mit Mutter in Hamburg? Ich bin’s, Cäcilia!“

Sie musste geschlafen haben, ich hatte nicht bedacht, wie früh es noch war. Es tat mir leid, sie geweckt zu haben, aber ich wollte unter keinen Umständen, dass sich die arme Mama noch mehr Sorgen machte. Sie regte sich so leicht auf, und ich war leider häufig unachtsam, ganz gleich, wie viel Mühe ich mir gab. Also sagte ich Maja, dass ich wohlauf sei und sie sich keine Sorgen wegen meines Verschwindens machen sollten. Ich würde gleich den nächsten Zug nach Hamburg nehmen.

„Wie Sie meinen, Fräulein Cäcilia“, setzte Maja verwirrt an, als mir plötzlich mulmig wurde. Ich sah mich um – wo war ich eigentlich? In dieser Wohnung war ich noch nie gewesen. Also beendete ich das Telefongespräch rasch, indem ich Maja zurück ins Bett schickte, und stand auf. Der Blick aus dem Küchenfenster half mir nicht weiter. Hübsch renovierte Altbauten und einiges Grün im Morgengrauen – es hätte fast Oldenburg sein können, aber irgendetwas passte nicht an den Gründerzeithäusern.

Ich zog die nassen, schmutzigen Turnschuhe aus, ich wollte ja keinen Lärm machen. Dann wandte ich mich der Wohnung zu, ging durch die unbekannte Räume, ohne dass mir dadurch etwas klarer geworden wäre. Wo immer ich war, ich war alleine. Der Kleidung im Schlafzimmerschrank nach zu urteilen, lebte hier mindestens eine Frau, die meine Größe hatte. Da nur ein großes Bett vorhanden war, konnte es kaum mehr als einen oder zwei Bewohner geben. Jedenfalls fand ich im Kleiderschrank etwas Tragbares – ein dunkles Kostüm – und dann erschrak ich beim Blick in den Spiegel erneut: Jemand hatte meine blonden Locken abgeschnitten und die millimeterkurzen Haare rot gefärbt! Was war nur geschehen? Hatte mich jemand entführt und dann so entstellt? Hatte Mama deshalb in der Zeitung diese Suchmeldung aufgegeben?

Doch ich hatte keine Zeit zum Grübeln, mein Entführer konnte jederzeit zurückkommen. Oder, schlimmer noch, es käme jemand, der behauptete, ich gehörte hierher, in diese fremde Umgebung. Das war früher häufiger passiert, als ob ich die Irren anzog, weil mich mein Gedächtnis manchmal im Stich ließ und ich in Gedanken verloren zu den seltsamsten Orten ging. An der Garderobe fand ich einen Blazer und einen kleinen Rucksack, in dem auch ein Portemonnaie und, in einer versteckten Innentasche, mein Ausweis steckte. Ich wusste nicht, wie er dort hingekommen war, da ich die anderen Gegenstände nicht kannte. Dennoch nahm ich alles mit, weil ich ohne Geld kaum nach Hamburg kommen würde. Rasch verließ ich die Wohnung und versuchte so, meine Verwirrung hinter mir zu lassen.

Doch auf den morgendlichen Straßen wurde es nicht besser. Anfänglich erkannte ich die Stadt nicht und wunderte mich nur über die vielen Fahrradfahrer. Erst als ich hinter der Fahrradstation am Berliner Platz – so einen gibt es schließlich in jeder größeren Stadt – das Schild des Hauptbahnhofes sah, wusste ich, dass ich in Münster war. Das erklärte zwar nichts, sagte mir aber, dass ich rund drei Stunden mit dem Zug nach Hamburg fahren würde. Merkwürdig, in Münster kannte ich niemanden. Hier war ich als Kind nur einmal mit meiner Großmutter Mary-

Ann gewesen, die die Stadt und die Universität sehen wollte, wo ihr Mann einst als Student gelebt hatte.

„Lass dir bloß nichts anmerken", murmelte ich tonlos vor mich hin, als ich in den ersehnten Zug stieg. „Wenn das jemand mitbekommt, endest du wieder in so einem Sanatorium, wo sie dir lauter verrücktes Zeug einreden wollen!"

Heidrun Greschke war höchst erfreut, als Maja ihr am Frühstückstisch von Cäcilias Anruf und vor allem von ihren Plänen, sie jetzt zu besuchen, erzählte. Gut, das klang impulsiv, hatte sie doch zuletzt gesagt, sie wolle sich im Bergischen Land auf ihr Examen vorbereiten. Möglicherweise verhieß der spontane Besuch nichts Gutes, was die Studienpläne anging, aber das alles war nichts gegen den freudigen Hüpfer, den ihr Mutterherz machte: Sie würde ihre Cäcilia bald in die Arme schließen!

Between a rock and a hard place

„Was soll das heißen, da gibt's nichts zu erklären?! Ist dir eigentlich klar, in was für eine Situation du mich – und vor allem dich – damit bringst?!"

So wütend hatte ich Herbert noch nie erlebt, der rastete ja regelrecht aus. Ob ich ihm jetzt was von „Worte richten mehr aus als Gewalt" sagen sollte? Jucken tat's mich, aber Ärger hatte ich auch so genug, denn der freundliche Sozialarbeiter war John-Lennon-Brille und Baumwollhemd zum Trotz in voller Fahrt.

„Zwei Dinge werden die Strafvollstreckungskammer interessieren – ob du die Chance, die man dir geben würde, ergreifst und ob du clean bleibst. Sonst ist der Rest vorprogrammiert. Und mein Wort wird in der Waagschale liegen, mein Wort, das du dann womöglich mit Füßen treten wirst. Also erzähl mir nicht, ist doch egal, wie du angefangen hast, und geht keinen was an, warum du beim ersten Mal die Bewährung in Rekordzeit geschmissen hast!" Er tupfte sich den Schweiß mit einem Kleenex von der Stirn und sah mich wütend an. Okay, ich musste ihm wohl irgendeine Antwort liefern.

„Is ungefähr so gelaufen wie das hier jetzt", fing ich an. Herbert sah mich erstaunt an, setzte sich aber kommentarlos hin und ließ mich reden.

„Bloß, dass *ich* ausgerastet bin. Dieser Typ in der Werkstatt in Oldenburg, der ist mir ständig auf 'n Senkel gegangen. Ich mein, wenn er was gegen Knackis hat, warum hat er mich dann eingestellt? Der war nur hinter mir her. Wenn ich aufs Klo bin oder zur Kaffeemaschine, stand er immer gleich hinter mir. Hat gedacht, ich hätt meine Finger in seiner Kasse. Hat mich nur draußen mit 'm Schrott rummachen lassen, weit weg von seiner Kohle und seinen Kunden. Irgendwann hat's gelangt, irgendwann isser zu weit gegangen mit seinem Hohn und seinem scheißhohen Ross, und da hat's bei mir ausgehakt. Ich hab Rot gesehen, und plötzlich hatt ich ihn ... na ja, jedenfalls war er k.o., lag auf 'm Boden und ich wusst nur, das war's, damit is die Bewährung im Eimer. Ich wollt aber nich zurück in den Bau, ich wollt zu Josephine. Also hab ich seine Kasse geräumt und bin los."

Herbert hatte sich wieder gefasst und hörte mir interessiert zu. Verstand ich nicht, denn die Körperverletzung und den Diebstahl, die gab's doch in meiner Akte zu lesen. Weshalb ihm mein Vortrag auch nicht reichte, nehme ich an.

„Aber du bist nicht zu ihr, oder?"

„Nein. Kurz vor der Schweizer Grenze wurd mir klar, da suchen sie mich zuerst. Muss ich mir nicht antun, von wegen ohne Papiere und über die grüne Grenze. Und ihr schon gar nicht. Ich zieh sie nur in meinen Müll rein, das hat sie nicht verdient. Na ja, und weil ich so ohne alles, aber mit 'ner Fahndung am Hals, eh schon nicht mehr viel zu verlieren hatte, ging's dann eben weiter ... mit Einbrüchen und so. Steht doch alles da drin."
Herbert nickte, hoffentlich reichte ihm das jetzt. Verdammt,

warum bewegten sich die Zeiger der Uhr so entsetzlich langsam? Ich wollt nicht, dass er Zeit hatte, um auf andere Themen zu kommen, kein Bock, nicht jetzt, ich musste mir doch noch was ausdenken.

Er schwieg und sah mich nur an, also seufzte ich und machte weiter: „Verdammt, ich hatte nichts, rein gar nichts mehr – meine Schwester war weg, unerreichbar, keine Leute, keinen Rückhalt, nicht mal 'ne richtige Ausbildung, dafür jede Menge Stress."

„Und jetzt wäre das anders?", fragte er.

Vorsicht, dachte ich, pass bloß auf. „Denk schon. Wenn ich weiß, was beim letzten Mal passiert ist, krieg ich vielleicht auch ausgebügelt, was jetzt schief läuft. Mit ihr. Und Hans hat gesagt, wenn ich's mir zutrau, halt auch wegen den Kunden, kann ich die Druckerei übernehmen, für 'ne Rente für ihn. Das is schon was anderes, würd ich sagen."

Er nickte wieder nachdenklich und goss sich Tee nach. Lindenblüte, allein der Geruch machte mich halb wahnsinnig.

„Bleibt die Frage, schaffst du's, clean zu bleiben. Oder, erst mal umgekehrt, wie hat das eigentlich angefangen?" Und dann klingelte das Telefon – seine Freundin, vermutete ich, denn er schmiss mich regelrecht raus.

Rosa wusste, dass Herbert es nicht schätzte, wenn sie ihn auf seiner Arbeit anrief, aber sie konnte nicht bis zum Abendessen warten. Zwar schien er in letzter Zeit weniger melancholisch als sonst, und sie sorgte sich nicht mehr so sehr, ob er tatsächlich mit seinem schweren Beruf fertig würde, aber die Nachricht, dass sie ein Baby erwarteten, würde alles andere in den Schatten stellen!

Böses Erwachen II

Es tat so gut, in Mamas Arme zu stürzen und aus der Küche Majas berühmten Birnenkuchen zu riechen. Endlich wieder zu Hause, endlich wieder daheim, auch wenn es nur die Zweitwohnung in Hamburg war – der Gedanke erfüllte mich ganz und gar, machte mich glücklich. Dass Mama inzwischen eine weiße Strähne hatte, erschreckte mich. Sie musste sich schreckliche Sorgen gemacht haben. Der Gedanke, mein Verschwinden, also ich, könnte damit etwas zu tun gehabt haben, war der Wermutstropfen in meiner Wiedersehensfreude.

„Wie schön, dass du doch gekommen bist, Cäcilia", sagte Mama, als wir uns aus der Umarmung lösten und zu Maja in die Küche gingen. *Doch gekommen* – was sollte das heißen?

„Und ich hoffe, du bleibst diesmal ein bisschen länger, ich hatte ja schon gesagt, hier lernt es sich bestimmt viel besser für deine Prüfung. Ruhig ist es hier im ‚Witwensitz' ja", Mamas üblich-fröhlicher Redestrom. Sie klang viel besser, als ich unter diesen Umständen erwartet hätte.

„Ach ja, die Prüfung", murmelte ich verwirrt. Das Studium, natürlich, das Studium gab es auch noch. Darüber dachte ich nicht gerne nach, denn obwohl die Papiere bestätigten, dass es dieses Studium gab und ich erfolgreich darin war, so richtig stimmte das alles nicht. Einmal hatte ich versucht, mich zu exmatrikulieren. Ich ging zu dem zuständigen Professor und erklärte ihm, Jura sei nichts für mich, ich würde zu viele Seminare verpassen, also sollte ich den Tatsachen ins Auge blicken und das Studium an den Nagel hängen. Der Mann, ein Prof. M., hatte mich erst entsetzt angesehen und dann laut losgelacht. Er reichte mir eine Seminarbescheinigung, auf der mein Name stand und eine Beurteilung, die nichts zu wünschen übrig ließ. Ich hätte mich sicher darüber gefreut, wenn ich mich nicht gerade wieder blamiert hätte und da nicht dieses höhnische Lachen in meinem Kopf gewesen wäre, als ich mich stumm fragte, was wir in Wirtschaftsrecht II wohl durchgenommen hatten. Also murmelte ich eine Entschuldigung und verließ das Büro des Mannes.

„Was bist du so nachdenklich, Kind?“ fragte Mama und auch Maja sah drein, als bedrückte sie etwas. „Überhaupt, wo hast du dein Gepäck gelassen? Erzähl mir nicht, du hast es wieder im Zug stehen lassen. Oder dass du morgen gleich wieder abreisen musst.“

„Warum sollte ich das tun, Mama?“ Ich stockte einen Augenblick vor Sorge, mein Verschwinden hätte sie krank gemacht, dann platzte es nur so aus mir heraus: „Es tut mir so leid, Mama – ich weiß auch nicht, wie das alles passieren konnte. Ich habe erst heute begriffen, wirklich, Mama, ganz ehrlich, ich wollte das nicht – und wenn ich heute morgen nicht den Artikel hier –“ Verwirrt brach ich ab, schob ihr ihre eigene Suchmeldung hin, hoffend, das würde sie zur Vernunft bringen, und auch, dass sie mir dann erklären könnte, was geschehen war. Als Mama die Meldung las, wurde sie ganz bleich:

„Aber Kind, das ist doch – was treibst du für Scherze mit deiner Mutter ...! Warum wärmst du diese alte Geschichte wieder auf?!“

„Aber Mama, so lange kann ich doch nicht – entführt – verschwunden...?!“ rief ich erschrocken. Einen Augenblick schwiegen wir beide, als könnten wir die Dimension des Geschehenen gar nicht fassen.

Dann sprach Maja, und ihre Worte brannten sich in mein unzuverlässiges Gedächtnis ein wie ein glühendes Eisen: „Fräulein Cäcilia, das war vor zwei Jahren!“ Mir stockte der Atem, doch sie sprach weiter: „Und Sie haben uns seitdem, seit Ihre Mutter hierhergezogen ist, doch bereits ein paar Mal besucht!“ Das kam nur noch so eben, wie aus weiter Ferne, durch den Sturm aus Angst und Erkennen, aus Verwirrung und Gedankenfetzen zu mir durch. Zwei Jahre, oh mein Gott, echote es im Wirbel meiner schwindenden Sinne. Als ich dann meine Mutter laut schreien hörte, versank ich hilflos in der Schwärze.

Anderthalb Zugstunden entfernt durchsuchte Rudolf A. Meerbach das Dunkel seines Gedächtnisses. Die Zeitungsartikel und sein Recherchematerial von damals zu finden, war kein Problem gewesen. Die Familie Berling-Greschke hatte ihn schon früh fasziniert. Die Kollegen hatten es nie verstanden, von denen hatte er höchstens Achselzucken – „Schwarze Schafe gibt es in jeder Familie" – oder spitze Bemerkungen – „Interessiert sich unser Rudolf für neurotische Lolitas" – geerntet. Und jetzt, nach all den Jahren, tauchte auf einmal diese Detektivin auf und wollte mehr wissen. Eine Verbündete aus dem Nichts ... Aber wer kam schon aus dem Nichts?

Sozialarbeiter und Dämonen

Na gut, jetzt wusste ich also, worauf Herbert rauswollte. Mit dem Hinweis auf die Bewährung hatte er mich mit dem Rücken zur Wand. Das war alles andere als angenehm, war 'n Scheißspiel mit 'nem verdammt hohen Einsatz, aber es half – so konnte man wenigstens einen Teil des Problems aufs rein Praktische reduzieren.

> Ich mach mir Sorgen. Sorgen um Josephine, von der ich seit Wochen nichts mehr gehört hab, ohne eine Ahnung zu haben, was passiert ist. Und Sorgen um mich, weil ich es diesmal endlich schaffen will, nicht wieder abstürzen, nicht wieder das. Beides zusammen macht mich ziemlich kirre, deshalb schreibe ich Dir jetzt: Hast Du etwas von Josephine gehört? Weißt Du etwas, was mir helfen könnte? Ich muss einfach wissen, was los ist. Selbst wenn sie nichts mehr mit mir zu tun haben will, muss ich das wissen. Wie soll ich mich

```
sonst vor den Typen von der Strafvoll-
streckungskammer stellen und sagen, ja,
klar, das wird schon, ich pack das schon?
Bitte, Inez, wenn Du etwas weißt oder
Kontakt zu Josephine hast, lass es mich
wissen. Und sag ihr, ich liebe sie, ich
vermisse sie, aber was immer für sie gut
ist, was immer sie will, es ist okay, ich
werd ihr nicht im Weg stehen.
```

Briefeschreiben war zwar nicht mein Ding, aber was sein musste, musste sein. Wenn man sich dran gewöhnt hatte, dass hier immer jemand mitlas, konnte man das benutzen ... nur dass dieser Brief auch genau die Dämonen weckte, die er verbannen sollte. Es war schon schwer genug, sich daran zu klammern, dass sie schließlich wieder aufgetaucht war und ihre neue Identität auch ein Grund sein konnte, warum meine Schwester mir nicht mehr schrieb. Vom Kopf her machte das Sinn, und es passte sogar zu der Angst, die ich dank dieses abrupten Wechsels ihres Lebens hatte, aber es passte auch zu ganz anderen Ängsten.

Was, wenn sie *es* wussten? Wenn sie sich erinnert hätten? Oder bei ihren Detektivarbeiten genau darauf stoßen würden, was ich damals ...? Dann würden sie auch wissen, dass der Erzeuger recht hatte, ich war nichts als ein Stück Dreck, eine Kanalratte, bereit, alles zu tun, um am Leben zu bleiben. Damit könnte ich nicht weitermachen, so viel war klar. Das kannte ich schließlich schon. Deshalb hatte es so verdammt weh getan, als sie nach meiner zweiten Verurteilung plötzlich im Besuchsraum im Knast vor mir saß. Sie hatte gerade Abi gemacht, hätte alles hinter sich lassen können, aber sie war gekommen. Nach all den Jahren ging der Traum in Erfüllung und ich konnt ihr nicht mal sagen, durft mir nicht anmerken lassen, dass es auch ein verdammter Albtraum war.

Als ich das erste Mal eingefahren bin, war's zwar alles andere als lustig, aber da konnt ich mich erstens dran festhalten, dass sie irgendwann 18 sein würde und wir uns wiedersehen würden, und zweitens gab's da Hans, der mir beibrachte, wie man im Bau den Kopf behält. Und der mich davon abbrachte, ständig rumzugrübeln, wie Heidrun auf den Stoff gestoßen war und wie ich das hätte verhindern können. Der mir immer wieder sagte, Sachen gehen schief, manchmal läuft es Scheiße, du wolltest das nicht, es ist nicht deine Schuld, dass deine Schwester das nicht verkraftet hat. Bis ich es ihm fast glaubte, bis es damit gerade so ging. Alles andere, die Dämonen, das waren nichts als Albträume, dachte ich damals.

Vielleicht hätt ich mit der Illusion sogar das zweite Mal Bau gepackt. Man muss nicht Einstein sein, um zu wissen, ich bin als Junkie geboren, besser, ich lass die Finger davon. Selbst wenn's ziemlich bescheuert war, wie ich mir die Bewährung versaut hatte damals, ich hätt versuchen können, die Zeit abzusitzen und danach mit Jo & Co. neu anzufangen. Bis ich diesem Typen, der wie 'n Haufen anderer wegen Zuhälterei und weiteren Kleinigkeiten saß, über 'n Weg lief. Am Anfang war's nur 'n vages, beschissenes Gefühl – wieso starrte der mich an, wo hatte ich den schon mal gesehen? Ich versuchte, dem Typen aus dem Weg zu gehen, aber mach das mal, im Bau. Irgendwann war's so weit. Ging um irgend 'ne Kleinigkeit, völlig überflüssig, wusst ich alles nicht mehr so genau. Keine Ahnung, ob er's erst in dem Moment klar hatte oder ob er auf so 'ne Gelegenheit gewartet hatte. Das kalte Grinsen, als er's mir entgegenschleuderte – dass er mich kannte, dass er für meinen Erzeuger gearbeitet hatte –, bohrte sich wie Eis in meine Eingeweide. Und der lüsterne Ausdruck in seinen Augen, als er wissen wollte, wie's gewesen sei, mit meiner Schwester, die „Arbeit" hätte er liebend gerne für den Alten übernommen – das hatte sich so tief eingebrannt, es war nicht mal mit seinem Tod zu löschen.

Während sein Sturz als Selbstmord in seiner Akte landete, endete meiner vorläufig mit 'nem weiteren BTM-Vermerk in meiner. Selbst wenn meine Albträume, die keine waren, nur aus einzelnen Erinnerungsfetzen bestanden, es war nicht zu ertragen. Und es war egal. Zu wissen, mein Erzeuger hatte es geschafft; zu wissen, er hatte recht gehabt, ich war nur 'n Arsch, wie er: Das hieß, ich hatte sie verloren, ich hatte sie verraten, und was immer jetzt kam, ich hatte es verdient. Also besorgte ich es mir, wurde ich das andere, von dem er immer gesagt hatte, ich wäre es sowieso – eine Hure und ein Junkie.

Und dann war sie plötzlich wieder da. Eine wunderschöne junge Frau, die in dem kaputten Überrest meiner selbst jedes Verlangen, allen Selbsthass und die ganze Liebe, zu der ich fähig war, weckte. Sie waren einfach wieder da, als wäre nichts gewesen, und sie machten deutlich, sie wollten mich, sie brauchten mich, sie wollten mit mir neu anfangen, wenn das hier vorbei war. Wobei sie keine Ahnung hatten, was „das hier" eigentlich war. Es zerriss mich, zu lügen, sie gleich doppelt zu belügen, aber ich konnte nicht anders. So unerwartet diese Hoffnung aufgetaucht war, so überwältigend und zugleich erschreckend das Versprechen war, das darin lag, ich wollte daran glauben. Wollte glauben, dass es möglich wäre, den Albtraum zu beenden und endlich zu leben.

Die erste Lüge flog bald auf. Zwar schaffte ich es nach ein paar Anläufen, clean zu werden und die letzten, langen Monate Knast auch so zu überstehen, aber es hielt nicht. Die Lügen fraßen mich von innen auf. Ich war clean, als sie mich entließen. Ich war clean, als ich im Ruhrpott die Wohnung für uns besorgte, in der unser neues Leben beginnen sollte. Aber als es länger als erwartet dauerte, bis sie kamen, kam die Panik. Ich weiß nicht mehr, ob sie noch in Brown waren oder schon bei Heidrun ihren „Heimkehrbesuch" machten, als ich wieder anfing. Ich hielt's nicht aus, zu warten, ob sie kamen und ob sie bleiben würden. Und als sie endlich kamen, als alles endlich hätte gut werden sollen, war ich wieder drauf und zog ein beschissenes Versteckspiel durch.

Warum war es ausgerechnet Anna, die sanfte, freundliche, weltfremde Anna, die mein Besteck irgendwann fand? Ich hatte mit allem Möglichen gerechnet, aber nicht damit: Eine verletzte kleine Schwester, die sofort bereit war, große Schwester zu sein, die helfen wollte, und dafür verstehen musste. Also bin ich abgehauen, das Übliche eben. Und sie ... sie sind mir gefolgt, wieder mal, in den ganzen Dreck, bis ganz nach unten.

Nervöse Erschöpfung und eine fiebrige Infektion, beides vermutlich auf Überarbeitung zurückzuführen – schließlich waren Prü-

fungsvorbereitungen anstrengend –, lautete die Diagnose des Arztes, den Heidrun nach Cäcilias Ohnmacht sofort hinzugezogen hatte. Ruhe, bis das Fieber wieder unten war, auch Bettruhe, lauteten seine Anweisungen. So besorgt Heidrun war, sie war froh, dass ihre Tochter eine Weile bei ihr bleiben würde.

Fieberträume

„Meine arme Cäcilia", sagte Heidrun leise, „du hast mich so erschreckt, als du von der alten Geschichte angefangen hast. Cäcilia, was habe ich nur falsch gemacht? Ich habe doch versucht, dich vor allem zu beschützen. Und dann, dann passieren immer wieder solche Sachen." Vorsichtig strich sie über die heiße Stirn ihrer Tochter, schüttelte den Kopf angesichts der verunstalteten Frisur und all der anderen unverständlichen Dinge.

„So wie damals, weißt du noch? Du hattest die Drogen irgendwo in deiner Kleidung im Schrank gefunden. Du warst ganz aufgeregt und entrüstet. Ich konnte dich so gut verstehen, mein armer Liebling. Aber als die Gefahr vorüber war, als Mike in Haft war und alles nur noch seinen Gang zu gehen brauchte, da bist du plötzlich ... zusammengebrochen." Heidrun stand auf und ging zur Tür. Dort drehte sie sich noch mal um: „Bitte, lass es diesmal wirklich nur ein Fieber sein, etwas, das einfach so vorbeigeht. Schlaf dich gesund, Liebes." Leise schloss sie die Tür hinter sich.

„Liebes? Dass ich nicht lache!", hörte ich eine wütende Stimme. Woher kam die, schlief ich denn nicht?

„Verdammt, hast du's nicht gehört? *Sie* war's, Cäcilia! Sie hat Mike ans Messer geliefert!", tobte eine andere Stimme, die eines Jungen. Das durfte nicht sein, ich wollte das nicht, nicht wieder in so ein Sanatorium, bitte nicht!

„Pst", hörte ich eine dritte Stimme, die nicht bedrohlich, sondern besorgt klang, „merkt ihr nicht, sie kann uns hören."

„Soll sie ruhig", wütete der Junge weiter, „ist mir scheißegal. Sie war's, sie ist mit meinem Zeug zu der Schnepfe gerannt, und die hat dann Mike – oh, ich könnt kotzen!"

„Tom", das war eine vierte Stimme, selbstbewusst bis zur Arroganz, „meinst du, das wird besser, wenn du hier rumtobst?"

„Oh verdammt ...", stieß die erste Stimme hervor, „seht mal ..."

Und dann sah ich sie plötzlich: Ein Junge, der aussah wie einer dieser Teenager, die auf der Straße leben, eine junge Frau mit sehr kurzen Haaren und in praktischer Kleidung, eine damenhafte Erscheinung im Anzug, und eine etwas jüngere Frau, die zugleich reifer, fraulicher und vor allem sanfter wirkte als die anderen.

„Wer – wer sind Sie?", stammelte ich.

„Ich bin Anna", sagte die freundliche Frau, „und das sind Tom, Jo und Josephine."

„Ich verstehe nicht ... oder doch ... Sind Sie ... haben Sie mich – entführt?" brach es aus mir heraus.

„So, wie die Dinge liegen, würde ich eher sagen, du hast uns ‚entführt'", stellte die pragmatische Frau namens Jo fest.

„Nicht so schnell", mahnte Anna sie. „Das ist zu viel für sie." Seltsamerweise kam sie mir bekannt vor, dabei hatte ich sie nie zuvor gesehen. Obwohl ich nicht vorhatte, mit diesen Eindringlingen etwas zu tun zu haben, fing ich unwillkürlich an, diese Frau zu mögen.

„Cäcilia", sprach sie weiter, „es gibt in deinem Leben eine Menge Dinge, die du nicht verstehst, nicht wahr?"

„Oh Mann, jetzt fang nicht mit dem Therapeutengesülze an", mischte sich Tom ein. „Ich könnt sie umbringen, wenn ich nur wüsste, wie!" Die drei Frauen drehten sich zu ihm um, sahen ihn fest an.

„Klar bist du wütend", sagte Jo bestimmt, „ich bin's auch. Aber das bringt uns nicht weiter und das weißt du."

„Dann seht selber zu, wie ihr damit klarkommt", meinte er bissig, und plötzlich war er verschwunden. Verschwunden –

konnten Menschen einfach so, wie Geister, verschwinden?

„Mach dir darüber keine Gedanken“, versuchte Anna mich zu beruhigen. Aber das eben hatte ich doch gar nicht ausgesprochen, sondern nur gedacht!

„Stimmt“, lächelte Anna, „das passiert manchmal. Und ich sagte doch, du hast sicher viele Fragen.“ Ich nickte nur, gebannt zwischen Entsetzen und einem unbekannten anderen Gefühl.

„Habt ihr beide nicht etwas anderes zu tun? Sollte nicht z.B. jemand in der Detek… … im Büro anrufen?“ sagte Anna zu den beiden anderen Frauen.

„Ich hoffe, du weißt, was du tust“, sagte Jo noch, während Josephine bereits entschwand. Dann war auch sie weg und ich war mit Anna alleine.

„Wieso kennen Sie mich?“ Das alles war furchtbar verwirrend. „Was ist hier überhaupt los?“

„Alles der Reihe nach. Es ist eine sehr lange Geschichte“, sagte sie freundlich. Und dann war mir, als würden wir gemeinsam einen langen Gang hinuntergehen, an einen sicheren, schönen Ort.

Heidrun war erstaunt, ihre Tochter im Flur zu sehen. „Ich musste Bescheid sagen, dass ich … verhindert bin … war“, sagte sie, als sie den Telefonhörer auflegte, „und jetzt will ich packen.“ Mit dem Hinweis, dass Cäcilia noch Fieber hätte, kam Heidrun nicht weit, denn das Thermometer bewies das Gegenteil. Allerdings war der letzte Zug bereits weg, also hatte sie wenigstens noch den Abend mit ihrer Tochter. Vielleicht würde sie jetzt erfahren, was eigentlich los war.

Heimkehr

Obwohl ich es nicht anders kenne, frage ich mich gelegentlich, wie es wohl wäre, seinen Körper und sein Leben für sich allein zu haben – und ein Leben ohne solche Überraschungen zu führen wie jetzt. Dabei kann ich nicht mal sagen, dass ich diese Vorstellung besonders erstrebenswert finde. Schließlich muss man dann alles, aber auch wirklich alles, selber erledigen. Ich meine, wer will schon jedes Seminar in der Uni besuchen, für jede Prüfung selber lernen, zwischendrin die Einkäufe und den Haushalt nicht vergessen und, Gott bewahre, Toiletten putzen?

Trotzdem, unserem Chef eine plausible Erklärung zu liefern und anschließend Heidrun beim Abendessen nicht nur irgendwelche Ausreden zu präsentieren, sondern parallel zu versuchen, herauszukriegen, was geschehen war, fand ich ebenfalls nicht amüsant. Sicher, mich gibt es hauptsächlich, damit solche Klippen umschiffbar werden (und damit der Haufen hier nicht völlig ohne Stil durchs Leben gehen muss), also war es letztlich nicht mehr als ein praktisches Problem für mich. So etwas ist viel einfacher, als man sich das vorstellen mag. Multiple sind für die meisten „normalen“ Menschen genauso exotisch wie zweiköpfige Okapis, und anscheinend findet unsere Umwelt unsere – nun, sagen wir: kleinen Unberechenbarkeiten noch beunruhigender als wir, so dass sie selbst unbewusst nach jedem Strohhalm greifen, mit dem sie sich auch nur im allerentferntesten erklären lassen. Das vom Arzt festgestellte Fieber war ein Geschenk des Himmels, damit ließ sich das Fehlen in der Detektei entschuldigen und Heidrun hinsichtlich unserer überstürzten Ankunft und der ebensolchen Abfahrt wenigstens halbwegs beruhigen.

Allerdings waren besänftigende Erklärungen für das Außen eine Sache, die Balance im Inneren wiederherzustellen dagegen eine ganz andere. Sicher, Anna kümmerte sich um Cäcilia, das war nicht meine Aufgabe, aber ich konnte nicht mehr umhin zu sehen, wie schief die Dinge inzwischen lagen. Es funktionierte längst nicht mehr wirklich, mir selbst einzureden, eigentlich wäre alles in Ordnung. So ungern ich es zugab, ich konnte nicht mehr wegsehen und so tun, als ginge mich das alles nichts an. Jos Auftritt in der Lokalredaktion und die Gedächtnislücke, die sie anscheinend in eigener Sache, ausgerechnet den mysteriösen letzten Zusammenbruch betreffend, hatte, hätte ich zur Not unter „nicht meine Angelegenheit“ ablegen können. Aber dass Cäcilia, die seit damals höchstens ein, zwei Mal bei unumgänglichen Begegnungen mit Heidrun aufgetaucht war, sich plötzlich derart massiv einmischte, konnte ich nicht ignorieren. Es brachte das Leben von uns allen durcheinander. Und es berührte meine Aufgaben, die durch die Angewohnheit der „braven Tochter“, sich in die Arme ihrer „liebenden Mutter“ zu flüchten, nicht gerade leichter wurden. Diesmal hatte sie uns sogar gesehen – und Anna war um ihre Aufgabe, Cäcilia zu beruhigen, ihr gar das eine oder andere von uns zu erklären, nicht zu beneiden.

Da Anna mit ihr und Jo mit sich selbst beschäftigt war, war ich mit meinen Problemen und den düsteren Überlegungen, die so gar nicht meinem Naturell entsprechen, alleine. Wir hatten es geschafft, uns in eine Zwickmühle zu manövrieren. Anscheinend hatte Jo von Anfang an recht gehabt (und dass das häufiger vorkommt, muss ich ihr ja nicht direkt sagen): Eine große und unberechenbare „Tretmine“ musste in den ungeklärten Ereignissen rund um das Ende des Firmenskandals in Oldenburg begraben liegen. Vermutlich war ihre Grundidee, die zu entschärfen, indem man Nachforschungen anstellte, generell richtig. Dummerweise schien aber genau das auch ein Auslöser dieser „Tretmine“ zu sein – sonst hätte es weder Jos unrühmlichen Auftritt bei Herrn Meerbach gegeben, noch wäre Cäcilia plötzlich erwacht. Wie konnte ich das alles wieder glatt bügeln, wie sollte ich darauf angemessen reagieren?

„Biste nich allein mit, Josephine“, knurrte Tom und riss mich aus meiner Grübelei, „bin ja auch noch da. Und ich denk, hat sich nich wirklich was geändert, bloß weil die verräterische Zimtzicke wieder mitmischen will.“

„Du willst also weitermachen? Sonst bist du doch derjenige, der immer genau dann, wenn alle fragen, den Mund hält.“

Er lachte: „Was *dich* noch am wenigsten stört, stimmt's?"

Auch wieder wahr – sein Schweigen und mein Nicht-alles-so-genau-wissen-Wollen ergänzten einander hervorragend.

„Ich weiß, ist schon verrückt, dass grad wir beide jetzt hier ...", machte er weiter. „Aber aufhören ist nich mehr. Wär bloß gut, wenn wir was mehr Zeit hätten. Und das nächste Mal vorher 'nen Plan haben."

Wo er recht hatte, hatte er recht. Also beschlossen wir gemeinsam, den Termin mit unserem Lokalreporter ein wenig zu verschieben, um uns allen ein ruhiges Wochenende zu gönnen. Gleich, wenn wir wieder in Münster wären, würde ich Rudolf A. Meerbach anrufen. Schließlich war es das erste Mal, dass Tom und ich uns hundertprozentig einig waren.

Anscheinend hatte die Ausrede der Detektivin, sie sei magenkrank, tatsächlich gestimmt, jedenfalls passte das zu der Auskunft ihrer Kollegin, dass sie krank sei und vor Anfang der nächsten Woche nicht im Büro erwartet würde. Trotzdem war es mehr als berufliche Neugier und etwas anderes als Höflichkeit, das Rudolf veranlasste, sich den Nachmittag freizunehmen, um nach Münster zu fahren und ihr einen Krankenbesuch abzustatten – sorgfältig rasiert und in einem nicht zerknitterten Jackett.

4. Auf der Schwelle

Tag/Traum

„Du meinst, das ist eure – meine – Wohnung?“, fragte ich verwirrt, als Anna die Tür zu der Dachmansarde öffnete, aus der ich tags zuvor geflüchtet war. Das alles war schier unbegreiflich. Wie konnte ich erst erkrankt, dann plötzlich wieder gesund sein, und jetzt diese seltsame Begegnung haben? Vielleicht war alles ein Fiebertraum und ich lag in Wirklichkeit noch immer im Hamburger Gästezimmer?

„Nein, das tust du nicht“, hörte ich Annas Stimme in meinem Kopf, „und es ist im Grunde *unsere* Wohnung. Schließlich lebst du hier genau wie wir alle, bloß dass du bisher von uns – wie dieser Wohnung oder unserem Leben – nicht allzu viel mitbekommen hast. Willst du nicht reingehen?“ Sie schaute mich aufmunternd an. Zögernd überschritt ich die Schwelle. Ich trat in den kleinen Flur und schloss die Tür rasch hinter mir. Menschen, die Stimmen hören, sind verrückt, schizophren, manche sogar gefährlich, dachte ich erschaudernd.

Anna seufzte. „Ich habe doch bereits versucht, dir den Unterschied zwischen schizophrenen und multiplen Menschen zu erklären. Außerdem hast du selbst gesagt, du kannst uns auch fühlen und manchmal sogar sehen.“ Als wäre es beruhigender, nicht nur Stimmen zu hören, sondern auch Leute zu sehen, die gar nicht da waren! Aber Anna klang ehrlich besorgt, ich wollte ihr so gerne glauben. Vielleicht konnte sie die Freundin oder Schwester sein, nach der ich mich immer gesehnt hatte? Es schien mir unfair, sie als Halluzination abzutun – was allerdings bedeutete, die anderen Frauen und dieser Junge wären ebenfalls real.

„Genau“, Anna atmete erleichtert auf, „das ist es, was ich dir die ganze Zeit zu erklären versuche. Ich weiß, es klingt verrückt. Keinem von uns ist es leicht gefallen, sich damit anzufreunden. Am Anfang denkt jeder, das ist zu bizarr, das kann gar nicht sein."

Inzwischen waren wir mitten in der Wohnung und Anna hatte ein kleines, zerdrücktes Bärchen in der Hand. Ich erkannte es, Großmutter muss es mir geschenkt haben, als ich klein war. Und dann geschah etwas, was man eigentlich niemandem erzählen darf: Anna hielt das Bärchen in ihrer Hand, ich berührte es vorsichtig mit meiner. Ihre Hand war so real wie meine – aber im Spiegel an der Tür war nur eine einzige Frau zu sehen, die das Stofftier hielt! Ich erschrak, wollte das Bärchen wegschleudern, aber Anna ließ es nicht zu: „Jolanda würde das nicht mögen. Es ist nicht richtig, die Kleinen zu erschrecken."

Kleine? Guter Gott, hier gab es auch Kinder? „Wie ... wie viele sind es?"

„Das wissen wir nicht genau, wir kennen vermutlich noch nicht alle."

Anna sagte das, als wäre es ganz selbstverständlich. Ich dagegen hatte das Gefühl, ich müsste auf der Stelle ohnmächtig werden, als plötzlich das Telefon klingelte. Erschrocken wollte ich mich danach umsehen, aber Anna schüttelte den Kopf und nahm meine Hand.

„Besser, wir überlassen das den anderen. Du bist noch zu durcheinander. Lass uns wieder nach innen gehen, ja?" Unsicher verharrte ich einen Augenblick, bis sie erklärte, sie würde bei mir bleiben, drinnen wie draußen, bis ich mich eingewöhnt hatte. Und als wir danach wieder zu dem schönen, sicheren Ort gingen, der irgendwo im Inneren sein musste, was immer auch dieses Innere war, hörte ich nur noch, wie der Anrufbeantworter ansprang.

„Auch diesmal haben Sie nur die automatische Stimme des Anschlusses von Josephine Baker erreicht. Hinterlassen Sie Ihren Namen und Ihre Nummer, haben Sie ein bisschen Geduld, und Sie werden bestimmt zurückgerufen", hörte Fräulein Tschetar, die Sekretärin der Detektei, am anderen Ende der Leitung. Obwohl sie nichts anderes erwartet hatte, war sie erleichtert. Frau Baker wäre sicher nicht glücklich zu erfahren, dass Fräulein Tsche-

tar versehentlich einem Klienten ihre Privatadresse gegeben hatte. Aber der Journalist hatte so persönlich betroffen und besorgt gewirkt, als sie ihm von Frau Bakers Erkrankung erzählt hatte, wie hätte sie ihm seine Bitte abschlagen können?

Spot(t)light

„Ich bring die Schnepfe um!" Tom wütete sofort los. „Ihr seid ein Haufen Schafe, wie kann man nur so blöd sein, denen die Adresse von der Bude hier zu geben?!" Ich betrieb derweil präventive Schadensbegrenzung. Wenigstens unsere Legende sollte stimmig sein, also musste als Erstes das Make-up runter. So blass, wie wir nun mal sind, glauben uns die meisten Menschen sofort, dass wir gerade krank sind – ein Effekt, den die knallroten, stoppelkurzen Haare noch verstärkten. Der Schwall Wasser, mit dem ich in diesem Moment die Farbe runterwusch, unterbrach Tom fürs Erste. Allerdings bekam er Wasser in den Mund und hustete heftigst.

„Hey, willst du mich ertränken?!"

„Stell dich nicht so an", murmelte ich ins Handtuch, weil ich keine Lust auf weitere Tiraden von ihm hatte. Und weil ich fühlen konnte, dass da noch etwas anderes war, etwas wie Panik, sprach ich gleich weiter. „Das ist eine Detektei, die sind nicht so naiv wie die von der Uni. Die hätten bestimmt gemerkt, wenn wir denen eine falsche Adresse gegeben hätten. Außerdem wollen wir hier nicht für lang bleiben, und angeblich sind die sehr diskret –"

„Sehr diskret und verdammt schnell, wie mir scheint", unterbrach Tom bissig. Ich eilte derweil ins Schlafzimmer und tauschte das Kostüm, in dem uns Cäcilia nach Hamburg verschleppt hatte, gegen eine bequeme Hose und ein Sweatshirt. Nicht ganz mein Stil, aber schließlich wollte ich nicht in die Oper, sondern musste die Kranke mimen.

„Du willst den hier reinlassen?“ Tom begriff es immer noch nicht.

„Was denn sonst?“ gab ich zurück. „Du hast doch selbst gehört, wir sind – äh, ich bin krank und zu Haus. Lass mich nur machen, der verschwindet bald wieder. Und vielleicht erspart uns sein Besuch einen in unserer geliebten Heimatstadt, das wär doch was, oder?“

Grummelnd und murrend zog Tom sich zurück.

Richtig wohl war mir bei dem Ganzen auch nicht. Trotzdem, was blieb denn anderes, als gute oder eben kranke Miene zum bösen Spiel zu machen? Seufzend schnappte ich mir eine Decke vom Bett und verzog mich mit einem Stapel Zeitschriften und effektvoll drapierten Magenschonern aufs Sofa, das ich zwei Wochen zuvor auf einem Antik-Flohmarkt erstanden hatte. Dummerweise fühlte es sich genau so an – antik, aber unbequem –, doch da klingelte es bereits. Ich stand auf, warf rasch noch Jolandas Bärchen ins Schlafzimmer und öffnete die Tür.

Hinter einem Strauß Blumen vom Bahnhofsfloristen und einem Paket Zwieback kam das entschuldigende Lächeln von Rudolf A. Meerbach zum Vorschein. Immerhin war er rasiert. Er hatte sogar versucht, sich in Schale zu werfen, trug ein halbwegs ordentliches Jackett über einer sauberen Jeans.

„Es ... Ich hoffe, ich störe nicht ... Ich wollte Sie nicht überfallen, aber als man mir in der Detektei sagte, Sie seien krank – und, na ja, ich hatte gerade in der Gegend zu tun.“

Ein Oldenburger Journalist in Münster? Man sollte meinen, jemand in seinem Beruf könnte mit solchen Situationen souveräner umgehen und vor allem besser lügen. Ich bat ihn herein, wir gingen rüber zum Sofa. Er redete weiter auf mich ein – dass mein Besuch Eindruck gemacht hätte, nein, nicht der Auftritt in der Redaktionsküche, auch wenn ihn der erschreckt hätte, wobei, offensichtlich habe mich da der Virus, der mich nun voll erwischt hatte, bereits in seinen Klauen gehabt. Ich ließ ihn reden, unterbrach ihn nur kurz, um in Erfahrung zu bringen, ob er einen Tee mittrinken oder lieber einen frischen Kaffee haben wollte. Er wollte Tee, wollte mir keine Mühe machen, wo er mich doch auf meinem Krankenlager belästigte. Also stellte ich „überrascht“ fest, dass die Teekanne leer war und kochte für uns beide Kaffee. Selbst aus Teebeuteln kann ich nur ein unidentifizierbares Gebräu herstellen, das beim besten Willen niemand trinken kann. Rudolf A. Meerbach stand einen Augenblick unschlüssig im großen Zimmer rum, bevor er mir in die Küche folgte. Er legte ein paar Kopien auf den Tisch.

„Ich wusste nicht, ob Sie die alle haben“, sagte er entschuldigend, „also habe ich sie für Sie kopiert.“

Ich warf einen Blick auf den Küchentisch. Es waren die Artikel über den Firmenskandal. Rasch wandte ich mich wieder dem Kaffee zu, denn so echt, dass ich mich übergeben musste, wollte ich die Kranke nicht mimen.

„Meine Notizen, die Recherchen von damals, sind allerdings kaum lesbar“, sprach er weiter, „aber Sie wollten ja ohnehin noch einmal bei mir – in der Redaktion – vorbeischauen, oder?“

Ich nickte, während ich den Kaffee eingoss. Ich fragte mich, was er tatsächlich von uns wollte, denn dass wir einen Teil der Artikel mehr oder weniger versehentlich entsorgt hatten, konnte er ja nicht wissen.

„Sie nehmen sich auch Kaffee?“, fragte er erstaunt, aber erleichtert, eine Ablenkung gefunden zu haben, als ich mit den Tassen zum Küchentisch kam. Statt einer Antwort kippte ich Milch in meine Tasse und zündete mir eine Zigarette an, was ihn ebenfalls sichtlich irritierte.

„Ich kann Tee nicht ausstehen“, sagte ich leichthin, denn es war ja die Wahrheit. „Und wenn ich so weit wäre, dass ich nicht mal mehr rauchen würde, hätte ich Sie gar nicht erst reingelassen.“

„Oh, ähm“, stotterte er unschlüssig, während er mit der Tasse rumspielte, „soll ich lieber wieder gehen?“

„Nein“, kam es genervt aus meinem Mund, Tom hatte anscheinend genug von dem Eiertanz. „Erst will ich wissen, was Sie wollen.“ Der Reporter blickte verwirrt drein, ich hustete gespielt in der Hoffnung, das könnte meinen plötzlichen „Stimmbruch“ erklären. Mist, dachte ich, wenn wir so weitermachen, können wir es gleich sein lassen.

Aber der rasende Reporter lachte nur verlegen: „War eine dumme Idee von mir, einer Detektivin etwas vorspielen zu wollen. Vor allem, wo ich selbst – wie soll ich sagen? – noch nicht weiß, was ... was genau ich ... Sie —", er verstummte kurz, hatte sich in seinen Gedanken oder worin auch immer verheddert. Er schaute mich an, „Kann ich eine Zigarette haben?"

Ich schob ihm die Packung rüber. „So schlimm kann es doch nicht sein." Das hoffte ich zumindest, während ich ihm lächelnd Feuer gab. „Also?"

„Nun ..." Er rauchte seufzend, wich meinem Blick aus. „Ich – diese Firma, nicht nur der Skandal, sondern die Familie, der Betrieb, all das, das ist, das war schon immer so etwas wie ein Steckenpferd von mir. Etwas, was alle immer nur belächelt haben. Und dann, nach Jahren, tauchen Sie plötzlich auf und fragen danach. In der Stadt ist längst Gras drüber gewachsen – das war ja auch in jedermanns Interesse und trotzdem ..." Er geriet wieder ins Stocken. Du liebe Güte, wie schrieb der Mann bloß seine Artikel, wie schaffte er es, damit rechtzeitig zum Redaktionsschluss fertig zu werden, wenn er immer so lange brauchte, um auf den Punkt zu kommen?

„Ich sagte Ihnen bereits, es geht um einen aktuellen Fall, und solange ich nicht weiß, ob und wie das Ganze meinen Klienten betrifft, kann ich dessen Identität nicht preisgeben", wich ich aus. „Aber so etwas sollten Sie als Journalist kennen. Oder ist das ein Problem für Sie?"

„Ja – nein – ja sicher, ich verstehe das mit Ihrem Klienten schon, aber ... wie soll ich sagen? Es ist ungewöhnlich, das Ganze war damals auch ungewöhnlich. Es sind noch Fragen offen, für mich, meine ich, und ich dachte halt –" Er unterbrach sich erneut, lief diesmal sogar rot an.

Der Mann trieb mich zum Wahnsinn, und das Schlimmste war, er machte nicht nur mich nervös. Ich hoffte inständig, dieses Rumoren im Hintergrund hieß nicht, dass sich Cäcilia einklinkte, die ihn am Ende noch wiedererkennen und unsere Tarnung mit einem ihrer unnachahmlichen Ausbrüche auffliegen lassen würde.

„... so plötzlich eine ‚Verbündete' gefunden zu haben, das ist

– ich hoffe, Sie verstehen das richtig, das ist fast wie ein Geschenk", redete er inzwischen weiter. Mir war bis jetzt entgangen, wie klein der Küchentisch war und wie nah einem hier ein Gegenüber kommen konnte.

„... natürlich will ich Ihnen gerne helfen, ich war mir damals schon sicher, dass es um mehr gegangen sein muss, als offiziell zugegeben wurde, bei der Sache ..." Was redete er da? Mir wurde schwindelig, ich wollte nachfragen, ich musste doch – und dann bekam ich nur noch verschwommen mit, wie er nach meiner Hand griff!

„Wieso passieren nur immer wieder diese – diese Sachen?" Heidrun sah Maja verheult an. „Warum nur hört das nie auf?" Ihre Haushälterin, die unfreiwillig auch zur Gesellschafterin und Vertrauten geworden war, wusste keine Antwort. Schließlich hatten sie doch schon alles versucht. Dass Cäcilia trotz Sanatorien und Therapeuten keine Veranlassung sah, ausgerechnet mit ihrer Mutter über das zu reden, was sie belasten mochte, konnte Maja durchaus verstehen. Sie schob Madame ein weiteres Stück Birnenkuchen und eine neue Kleenexpackung hin. „Das wird schon wieder, sie hat sich doch noch jedes Mal gefangen", sagte sie aufmunternd.

Auf den Kopf getroffen

Eine Berührung, ein Gefühl, eine Bewegung, alles ein Augenblick, ein Blitz. Dann plötzliche, überraschende Zeitlupe – ein Körper, der in sich zusammensackt, vom Stuhl rutscht, zu Boden fällt. Fallendes Papier wie Blätter im Wind – ist das wirklich lautlos? Wenn das lautlos geschieht und langsam, was ist dann dieses Geräusch, dieses Klopfen und Schlagen, dumpf, kaum auszumachen, aber treibend wie Trommelschlag?

Eine langsame Bewegung des Kopfes und wieder so ein Blitz. Ein anderer Ort, eine andere Zeit, ein anderer Körper, der zu Boden geht. Nicht mehr die dunklen, wirren Locken des Reporters, sondern schütteres, angegrautes Haar. Kaminkacheln, drumrum Teppichboden, teures Zeug statt Küchenlinoleum. Muskeln lassen los, doch diesmal sind es meine, die meiner Hand. Neben mir fällt klirrend der Überrest einer Vase zu Boden, natürlich auf die verdammten Kacheln.

„Und jetzt zu uns", hatte das widerliche Schwein gesagt, als Josephine ihn daran erinnerte, dass er uns nach Hause fahren wollte. Schleimig gegrinst hatte er, genauso ekelhaft wie beim allerersten Mal, auf der Straße, bloß offener, triumphierender. Weil er sich so verdammt sicher war, ich könnt gar nicht anders. Mag sein, aber nicht so, nicht hier, nicht, wenn Josephine da war, sie sollte nicht … meine Schwestern dürfen nicht … – ich will nicht, dass sie das rauskriegen!

Jetzt werden sie das auch nicht rauskriegen, denke ich, während ich mich umschaue in diesem dämlichen, neureichen, stilvollen Kotzhaus. Der Professor am Boden interessiert mich nicht, ist nur Fleisch, verdammt, Fleisch eben, wie meins. Okay, ich seh nach, einen Augenblick lang wirklich, und seh, sein Brustkorb hebt und senkt sich, also lebt er noch. Ist vermutlich besser so. Jedenfalls solang ich hier raus bin, bevor der wieder zu sich kommt. Während ich mechanisch die Geldscheine aufsammel, mich wundere, wie viel das ist, versuch ich nachzudenken. Wo hat er die Fotos? Dass es sie gibt, weiß ich, aber wo sind die verdammten Dinger? Sein Arbeitszimmer – die meisten Leute verstecken Zeug, das ihre Ehefrauen nichts angeht, dort. Und wer schon Bargeld in 'ne Vase stopft, lässt die Art Fotos garantiert nicht offen rumliegen. Also, wo ist das dämliche Arbeitszimmer?

Ich kenn mich nicht im Haus aus. Ich war hier noch nie. Ich kenn nur ihn, danke, das reichte auch so. So nah an ihn ran, in sein Haus oder eines seiner Seminare wollt ich nie. Als er mich das erste Mal da erkannte – ich denk jedenfalls, dass es das erste Mal war, an der Uni war ich sonst nie, warum auch? –, da ist ihm die Visage runtergefallen. Damit hatte er nicht gerechnet. Aber er war bereit, für das, was er „unser kleines Geheimnis" nannte, fortan doppelt zu bezahlen, und ich dachte, warum nicht? Schließlich war er *mir* auf dem Strich begegnet. Bis dahin war mir nie in den Sinn gekommen, dass einer dieser Typen und obendrein einer, der auf Fotos steht, meinen Schwestern übern Weg rennen würd. Zugegeben, die Vergangenheit hätt mich lehren können, dass es überall Arschlöcher gibt und die meisten von ihnen näher dran sind, als einem lieb sein kann – aber, verdammt, darüber will ich nicht nachdenken. Jetzt schon gar nicht, das bringt nur noch mehr Ärger. Verflucht, wo sind die Scheißfotos, treib ich mich selber an, stopf die letzten Scheine – nein, nicht in die Jeans, ich steck in so 'nem dämlichen Kleid, aber immerhin, der Mantel hat Taschen. Steh auf und stell fest: Mist, Pumps, wie soll da ein Mensch drin laufen?

Fluchend zieh ich die Dinger aus, dann latsch ich los. Halb benommen, als hätt ich und nicht er den Schlag abgekriegt, beweg ich mich durch das Haus. Sieht alles ziemlich teuer aus, denk ich im Vorübergehen. Man ist echt blöd, schießt es mir durch den Kopf, die Ärsche haben Kohle satt, und Idioten wie ich, was kriegen die von denen? Einen Scheißdreck ... nicht zum Aushalten, der Gedanke, er stößt an andere seiner Art, Bilder im Hinterkopf, Gefühle, alles Müll, damit will ich nichts zu tun haben. Verdammt, ich muss mich konzentrieren, ich muss das durchziehen, muss die Fotos haben und hier raus, bevor mir eine meiner Schwestern in die Quere kommt!

Am Ende des Ganges, der mir schier endlos vorkommt, finde

ich, was ich suche – sein Büro und seinen Safe. Wieso hält alle Welt ein Bild an der Wand für 'ne gute Tarnung für den Safe? Ich mein, könnten sie gleich ein Kreuz an die Stelle malen oder das Ding offen rumhängen lassen. Und warum sind die meisten Leute so dämlich, irgendeine Zahlenkombination, die sich auf der Seite mit den persönlichen Daten in ihrem Kalender befindet, für den Safe zu nehmen? Im Safe ist nur Papierkram, keine Ahnung was, ich überflieg das alles nur, um zu sehen, ob es nicht was mit mir, mit uns zu tun hat. Hat es nicht. Dann entdecke ich im „Geheimfach" des Safes das Kästchen mit dem Revolver. In der einen Schachtel ist die Munition, die steck ich ebenso ein wie die Waffe. In der anderen Schachtel sind sie, die verdammten Fotos. Ich werf nur einen kurzen Blick drauf, dann geh ich ins Wohnzimmer zurück. Meine Pumpe schlägt wie verrückt, kein Wunder, aber mein Kopf ist merkwürdig klar. Der Kamin kommt mir gerade recht. Im Überrest des Feuers verbrenn ich die Scheißfotos, hocke da, bis sie restlos zu Asche geworden sind. Meine Pumpe hetzt nicht mehr so, auch der Atem wird langsamer. Jetzt muss ich nur noch hier weg und zwar schnell. In dem Moment stöhnt es neben mir und ich springe auf wie von der Tarantel gestochen –

– und aus dem stöhnenden Professor ist plötzlich ein benommener Reporter geworden, der auf unserem Küchenfußboden liegt!

Rudolf A. Meerbach hatte den Schlag nicht kommen sehen. Er war so beschäftigt gewesen, seine wirren Gedanken und noch viel verwirrenderen Gefühle zu ordnen, in Worte und Sätze zu packen, dass ihm weder seine unbewusste Geste – der Griff nach der Hand seines Gegenübers – noch der blitzartige, aber sehr bewusste Schlag mit der Glaskanne aufgefallen war.

Risse I

Verdammt, was war in Tom gefahren?! Ich konnte ihn gerade so zurückhalten, sonst hätte er dem Reporter gleich noch eine verpasst.

„Hätt ich nicht", schnauzte Tom mich an, aber sicher klang er nicht. Ich wollte den Mann aus dem Weg schaffen, dann die Glassplitter entfernen, doch plötzlich war sie da:

„Aber, der Mann ... ich ... diesen Mann kenne ich", stieß Cäcilia atemlos hervor. „Er ... er war dabei! Er schreibt für dieses Blättchen, die Zeitung!" Sie war völlig außer sich. Wir, also ich und Tom, trauten uns kaum zu atmen, nicht dass sie noch weiter nach vorne kommt, noch mehr Unheil anrichtet ... bitte, Anna, wo immer du steckst, bitte, sammel die Tochter ein!

Inzwischen hatte sich Cäcilia runtergebeugt zu dem Mann am Boden. Bei genauerer Betrachtung war das keine große Blutlache, sondern nur Kaffee. Sie berührte vorsichtig die dunkle Flüssigkeit und zog erschrocken die Hand zurück: In ihrem rechten Zeigefinger steckte ein Glassplitter!

„Schsch", hörten wir Annas beruhigende Stimme, „lass die Hand, lass das alles, und komm mit mir, Cäcilia."

„Aber, der Mann! Was ist hier passiert?" Sie klang verdammt hysterisch.

„Kümmer dich nicht drum, Cäcilia, alles zu seiner Zeit. Du hast mit dem Mann nichts zu tun, manchmal geht es kreuz und quer, manchmal verschwimmen die Dinge, verliert sich die Grenze zwischen Jetzt und Früher ...", redete Anna auf sie ein und bewegte Cäcilia dazu, wieder nach innen zu kommen. Bevor die beiden endgültig verschwunden waren, warf Anna mir und Tom noch einen Blick zu, weitersprechend: „... zwischen Real und Vergangen, und das hier werdet ihr in die Hand nehmen, okay?"

„Scheiße, ich dachte, die kriegt wieder so 'n Anfall." Das war Tom.

„Kein Wunder", gab ich zurück, „du hast mal wieder ein Glanzstück von einem Scherbenhaufen hingelegt! Was hast du dir dabei gedacht?!“ Tom, der sich den Glassplitter aus dem Finger saugte, zuckte zusammen. Und da wusste ich es plötzlich und begriff, wie das alles passieren konnte, denn ich sah und fühlte, was er gesehen und gefühlt hatte – wie sich die freundliche Geste des Reporters mit der Drohung (welcher Drohung nur, doch der Gedanke verschwamm gleich wieder) des Professors verband, und wie Tom halb gefangen in diesem letzten Abend im Ruhrpott die fast leere Kaffeekanne griff, nach Prof. M. schlug, aber Rudolf A. Meerbach traf.

„So war das also“, murmelte ich und sah mir des Reporters Hinterkopf an – eine Beule, eine klitzekleine Platzwunde, Gott sei Dank, nicht mehr!

„Tut mir leid, Jo“, sagte Tom tonlos. „Aber was grabscht der Idiot auch nach meiner Hand!“

Dann half er mir, die Scherben zu beseitigen, den Kaffee aufzuwischen und den Mann im Wohnzimmer aufs Sofa zu hieven. Danach blieb nichts als zu hoffen, dass Josephine eine genialcharmante Ausrede einfallen würde, der niemand, auch kein k.o. geschlagener Reporter, widerstehen konnte.

Professor M.s Frau wollte mit dem Feuer im Kamin noch etwas ganz anderes entzünden, doch es waren nicht ihre nagelneuen Strapse, die den Wirtschaftsexperten erschauern ließen: Eingeklemmt zwischen Holzkorb und Kaminwand steckte das letzte Exemplar seiner Polaroidsammlung! „Liebling, lass mich das machen“, sagte er aufspringend und schob sie vom Kamin weg. Bedauernd zündete er das Feuer mit der Aufnahme seiner Studentin G. an. Dass sie damals auf den Strich ging und sich Tom nannte, hätte er seiner Frau genauso wenig erklären können wie die Tatsache, dass das Foto seine hingebungsvolle Beschäftigung mit ihrem Hinterteil dokumentierte.

Schuld und Sühne?

„… na ja, jedenfalls nervt das mit der Hand gewaltig, aber der Arzt meint –"

„Mike, halt die Klappe."

Herbert sah mich ungewohnt bestimmt an. Schade, dachte ich, das Ablenkungsmanöver lief gerade so gut. Wir hatten beide schon eine Tasse Brombeertee hinter uns gebracht, ohne dass Worte wie „Drogen" oder „Strafvollstreckungskammer" gefallen wären. Ich kippte den Rest meiner zweiten Tasse runter und hielt ihm das Ding hin. Er nahm es mir ab und goss nach, aber er sprach trotzdem weiter.

„Hör auf, drum rumzureden. So kommen wir nicht weiter, und wenn du so vor der Strafvollstreckungskammer anfängst, kannst du's gleich sein lassen", stellte er fest, während er mir die Tasse gefüllt zurück gab. Noch 'ne Ladung von der Brühe, und das für nicht mal 'ne halbe Minute Ablenkung.

„Bin da halt so reingerutscht", setzte ich an, aber das war auch wieder nicht richtig.

„Reingerutscht? Verkauf mich nicht für dumm." Herbert schüttelte den Kopf. „Jemand wie du rutscht da nicht einfach rein."

Aber jemand wie Tom schon, dachte ich, ohne es zu wollen, zumindest wenn er 'nen Bruder hat wie mich. Ein Bruder, der erst seine eigene Schwester beklaut, um sich zuzuballern, dann abhaut, wenn's auffliegt, wie 'n Riesenarsch, 'n Feigling eben.

„Siehst du? Ich hab recht." Herbert klang triumphierend. „Versuch nicht, das zu leugnen, dein Gesicht verrät dich."

So was ähnliches hatte Anna damals im Bad auch gesagt.

„Erzähl mir bloß nicht, dass die Spritzen nicht dir gehören", damit hatte sie gleich die dümmste Ausrede, die in mein benebeltes Gehirn geplatzt war, vom Tisch gewischt.

„Und erzähl mir nicht, es war ein dummer Zufall. Was immer es ist, Mike, ich werd dir helfen, wir werden dir helfen. Aber du musst ehrlich sein, Mike, ehrlich zu dir und zu mir." Laut aufgelacht hatte ich damals, denn das war das Letzte, was ich wollte. Oder konnte. Anna hatte mich daraufhin verletzt angesehen, und ich war ausgerastet. Schleuderte ihr entgegen, sie solle sich ihr Sozialarbeitergesülze sparen, und war abgehauen, einfach so.

„Mike, wenn ich dich nicht für so blöd halte, dass du nicht wusstest, was du tust, nachdem deine Mutter an einer Überdosis gestorben war, dann halt du mich nicht für so dumm, auf so eine Ausrede reinzufallen", schob Herbert nach. Da war was dran, also nickte ich seufzend.

Aber Herbert war jetzt in seinem Sozialarbeiterfahrwasser: „Reingerutscht! Okay, wenn's nach der ersten Verurteilung gewesen wäre, dann vielleicht. Aber selbst da – ich muss dir doch nicht erzählen, dass laut Statistik Erwachsene nicht ‚einfach so' eine Spritze nach der anderen fertigmachen. Sondern dass die Mehrheit – eine überwältigende Mehrheit – einen Auslöser hat, etwas, das sie aus der Bahn wirft. Auslöser wie ..."

Auslöser ... verdammt, ja, den hatte ich damals gehabt. Schlimmer noch, ich war selber einer geworden. Ganz toll: Weil ich nicht damit leben konnte, was ich ihr als Zwölf-, Dreizehnjähriger angetan hatte, musste ich sie unbedingt da mit reinziehen. Weil ich nur so den Albtraum vergessen konnte, den mir unser Erzeuger aufgehalst hatte, vergaß ich schon wieder aufzupassen, und sie waren noch tiefer in dem ganzen Dreck gelandet.

Keine Ahnung, wie sie mich damals gefunden haben, nachdem ich mich an Anna vorbei aus dem Bad und der Wohnung, aber eben nicht, wie ich dachte, aus ihrem Leben verdrückt hatte. Sich Anna oder Josephine vorzustellen, wie sie Notschlafstellen, Krisenläden und Junkiecafés abklapperten, Leute auf der Szene ansprachen, fiel mir schwer. Aber angeblich hatten sie's genau so gemacht – nur halt, dass sie ständig eine über den andern gestolpert waren. Und nachdem sie mich das erste Mal gefunden hatten, als ich vom Klo eines siffigen Cafés auf der Szene kam, wurde ich sie nicht mehr los. Ich hätte mich am liebsten gleich wieder umgedreht, um im Klo oder sonst wo in der Kanalisation zu verschwinden. Ich wollt sie nicht sehen, wollte nicht, dass sie mich so sahen, und schon gar nicht, dass sie mit mir an diesem Ort waren.

Das war das Einzige, worüber wir uns einig waren, also gingen wir nach draußen. Auch dort blieb ihre Nähe zusammen mit dem Wissen, wie unüberwindbar weit weg sie zugleich von mir waren oder hätten sein sollen, unerträglich. Nur, als ich ihnen das sagte, sagte, sie sollten gefälligst verschwinden, mich vergessen, gingen sie nicht einfach. Sie fingen an, untereinander zu debattieren – Anna vertrat die Meinung, das sei das Beste, und dass die Bücher recht hatten, die sagten, du kannst einem Junkie erst helfen, wenn er so am Ende ist, dass er zu dir und der Hilfe gekrochen kommt. Ich wusste nicht, ob mich das oder Toms Widerspruch, dass er mich nicht fallen lassen würde, niemals, mehr aufregte, aber ich verpisste mich mitten in ihrem Streit.

So ging es ein paar Mal – ich verschwand, sie suchten und fanden mich, wir stritten und ich verschwand wieder. Ich versuchte, mich immer weiter von ihnen zu entfernen, änderte mit jedem Mal ein Stück meiner Lebensweise – außer den Kern des Ganzen. Anfangs hatte ich es mit Dealen im Kleinstmaßstab versucht, aber als da Josephine auftauchte, war's gelaufen. Ich hatte bereits das schattenhafte Äußere, das man annimmt, wenn man auf der Straße klarkommen will oder muss. Und meine Kunden auch. Da war jemand wie sie nicht nur fehl am Platz, es war, als wollte man Kakerlaken mit 'nem Scheinwerferstrahl dazu zwingen, an einem Ort zu bleiben. Außerdem, die Szene konnten sie zu leicht wiederfinden. Also versuchte ich es als Nächstes auf dem Strich. Bis sie mich auch da fanden. Am Anfang stritten wir noch, ob ich zurückkommen und mir von ihnen helfen lassen sollte. Am Ende dann darüber, ob Tom nicht bei mir bleiben könnte.

Obwohl das alle für hirnrissig hielten, lief es schließlich genau darauf hinaus. Im Gegensatz zu den andern war er einfach nur da. Er wollte nichts, wollte mich zu nichts überreden. Zu dem Zeitpunkt war ich zu Einbrüchen zwecks Finanzierung übergegangen. Tom stellte auch da keine Fragen, er kam mit und erwies sich als der geborene Einbrecher: lautlos, mit viel Gespür dafür, wo andere ihre Kohle oder sonst was Wertvolles verstecken und einem irren Instinkt, wann's brenzlig wurde. Ich hätte spätestens da die Gefahr für sie kapieren müssen. Und doch – nicht nur, dass ich außer dem nächsten Schuss meist nicht viel im Kopf hatte, tief drinnen tat's gut, dass er da war. Ich Idiot, statt mich zu fragen, wie's anging, dass nur noch er da war, von Jo, Anna oder Josephine keine Spur mehr war, redete ich mir ein, er wüsste, was er wollte, hätte alles unter Kontrolle. Und dass ich, wenn's Ärger geben würde, das Ganze auf mich nehmen könnte. Lauter beschissene Junkiehirngespinste.

Er musste sich erst bei 'nem Bruch verletzen und ich die Wunde saubermachen, bis ich sah und kapierte, dass er genauso drauf war wie ich. Bis dahin hatt ich, wenn ich mal bemerkte, dass der Stoff rascher zu Ende ging, als er meiner Meinung nach sollte, einfach angenommen, der Dealer hätt mich beschissen. Ich wär im Traum nicht drauf gekommen, dass Tom schon seit Wochen bei mir mitfuhr – und das, obwohl es nichts, aber auch rein gar nichts gibt, was'n Junkie zwischen sich und seinen Stoff kommen lassen würde. Außer Tom eben, Tom, den ich dadurch, dass ich ihm am meisten vertraute, mit reingezogen hatte. Und während Herbert mir einen erzählte, von wegen, dass nur Kinder und höchstens Jugendliche „einfach so da reinrutschten", wusste ich doch verdammt genau, dass selbst für Tom das so nicht galt. Ich seufzte, laut genug, dass mein „Seelenretter" es hören konnte.

„Okay, is ja schon gut", unterbrach ich ihn, „hab's ja kapiert. Ich … ich denk bloß, wird dir nicht gefallen, wie's angefangen hat, und deshalb … na ja … also, ich weiß auch nicht, aber–"

„Aber was?" Herbert klang interessiert, die Show hatte funktioniert. „Komm endlich zur Sache. Ich hatte nicht vor, deine Reststrafe mit dir in meinem Büro zu verbringen."

Ich grinste in mich rein, weil mir der ironische Herbert weitaus besser gefiel als der verständnisvolle. Und weil ich das Gefühl hatte, mit dem könnte ich einigermaßen umgehen, während der andere für mich nur schleimig und unberechenbar in seiner Nettigkeit war.

„Verdammt, sie hatten mich grad zum zweiten Mal verknackt. Und das ziemlich genau an Josephines 18. Geburtstag – genau da, wo alles hätte anders werden sollen. Wo sich Heidrun ihre blöden Ärzte und Richter sonst wohin schieben konnte, weil meine Schwester ab sofort selber entscheiden konnte, was gut für sie war oder nicht. Tja, und ich Idiot saß grad wieder im Knast."

„Nicht unbedingt was Neues", meinte Herbert achselzuckend.

„Eins zu Null für dich", setzte ich nach. „Aber der ‚Treffer' damals war 'n verdammter Tiefschlag und kam aus einer Ecke, von wo ich's nie erwartet hätte: Der Brief, den ich ihr zum 18. schrieb, der erste Brief, den sie von mir hätte kriegen sollen nach der ganzen Zeit, der brachte mir nicht etwa Nachricht von ihr, irgendwas, was mir gesagt hätte, zieh das durch, halt durch, wird schon wieder. Nein, der verdammte Brief kam zurück – vom Empfänger abgelehnt, stand darauf."

Ich hielt für einen Moment den Rand, wollte sehen, wie es bei ihm ankam. Er sah erstaunt aus. Gut, sehr gut sogar. Ich sprach weiter.

„Genau so hab ich auch geguckt. Ich hatte keine Ahnung, warum sie mich abschmetterte, aber so, wie die Dinge lagen, blieb kein Zweifel, dass genau das passiert war. Dass es in Wirklichkeit 'ne Datumsverwechslung war, an der Schule lag, Josephine von all dem nichts wusste, hab ich erst Jahre später erfahren. Damals bin ich durchgeknallt, mal wieder 'ne Schlägerei. Und hab mich danach nicht mehr eingekriegt, jedenfalls nicht so, nicht ohne ...", ich geriet ins Stocken, weil ich nicht sicher war, schluckte er den Köder. Er nickte, sein Gesicht war einen Moment lang wieder so verständnisvoll und traurig, als er „Drogen und Gewalt" vor sich hinmurmelte.

„Ey, musst nicht denken, dass bis dahin außer Gras nichts gewesen war. Nachdem ich die erste Bewährung versaut hatte, hab ich ziemlich rumexperimentiert. Alles außer Shore – und bis zu dem Punkt ging's ja auch gut."

An der Stelle warf mir Herbert den üblichen, zweifelnden Blick zu, den Leute ohne eigene Dope-Erfahrung kriegen, wenn 'n Junkie ihnen erzählt, dass es Sachen gab, die man nehmen konnte, ohne gleich abhängig zu werden.

„Wirklich – hat mich nicht weiter gestört, wieder im Knast, mein ich. Bloß, als ihr Brief zurückkam, kam das auch. Aber haste mal versucht, im Knast die Kohle für Koka zusammenzukriegen?“

Das verstand er. Wir quatschten noch eine Weile über Drogenprobleme im Knast im Allgemeinen – von wegen, was Preise angeht, Bezahlung und dass es in den meisten Knästen nahezu unmöglich ist, an saubere Pumpen zu kommen – und Herbert schien regelrecht glücklich, dass ich so „offen und kooperativ“ war, wie er es nannte. Am Ende versprach er, er wolle sehen, was er bis zum nächsten Mal an Infos für mich finden würde. Natürlich therapeutisch wertvoll gefiltert und unter der Voraussetzung, dass ich weiterhin mitspielen würde. Ich hatte echt Mühe, mich zu beherrschen, sonst hätt ich ihn noch versehentlich umarmt, so froh war ich, dass er’s mir abgekauft hatte.

Das Erste, was Rudolf A. Meerbach erwachend zu sehen glaubte, war ein Kind, das mit einem winzigen, alten Teddybär auf dem Fußboden spielte. Auf den zweiten, noch immer leicht benommenen Blick hin stellte er allerding fest, es war kein Kind im Raum. Er lag auf einem unbequemen Sofa und seine Gastgeberin – deren Krankenlager er besetzte, wie ihm jetzt dämmerte – stand eilig vom Fußboden auf. Das Bärchen jedoch war seltsamerweise real, es lugte aus der Känguruh-Tasche ihres Sweatshirts hervor. Verwirrt setzte er sich auf und bemerkte, sein Kopf tat weh.

Risse II

„Gott sei Dank – ich dachte schon, ich müsste den Notarzt holen."

Der angeschlagene Reporter sah mich verständnislos an, konnte aber die Finger nicht von der Beule an seinem Kopf lassen. Bestimmt nahm ich seine Hand dort weg und setzte mich ihm gegenüber auf die Kante des niedrigen Wohnzimmertisches.

„Was ist passiert? Wo kommt die Beule her?" Er sah mich fragend an.

Ich zog meine Hand zurück, lächelte ihn weiterhin an. Jetzt kam der schwierige Teil. Wer glaubt, die Fassade zu machen, sei der einfachste Job, den man in einem multiplen Haufen haben kann, irrt gewaltig. Und er schien es mir nicht leichter machen zu wollen.

„Schlagen Sie immer Ihre Gäste nieder oder gilt das nur für unangekündigte Krankenbesuche?"

Ich lachte, beschloss, es als Witz zu nehmen. „Das würden Sie mir zutrauen? Nur weil ich Trainingskleidung trage? Oder seh ich so ‚krank' aus?"

Er lachte mit, schüttelte den Kopf, was wohl keine gute Idee war. Sein schmerzverzerrtes Gesicht ließ ahnen, dass Toms Schlag kräftiger gewesen sein musste, als ich befürchtet hatte.

„Kann es sein, dass Sie noch nichts Richtiges gegessen haben heute?" fragte ich diesmal ernsthaft weiter. „Wo Männer doch viel seltener Kreislaufprobleme als Frauen haben …" Nachdenklich rieb er sich wieder den Kopf.

„Gegessen … also, ja, gefrühstückt habe ich irgendwann", sagte er unsicher und betrachtete das Blut, das zusammen mit ein paar Haaren an seiner Hand klebte. „Seit meine Freundin … seit ich alleine lebe, vergesse ich das manchmal. Aber so was ist mir noch nie passiert. Moment, Sie haben mir noch nicht gesagt, was passiert ist!" Er wischte sich die Hand an seiner Hose ab.

„Sie erinnern sich nicht?" Ich musste schließlich wissen, wie weit ich mit meiner Ausrede gehen konnte. „Sie waren gerade dabei, mir zu erklären, weshalb Sie hier sind, und da –“

„Stimmt“, unterbrach er mich, „wir saßen am Tisch, tranken Kaffee und ich – aber das war doch in der Küche. Wie haben Sie mich hierhergebracht?“

Ich winkte ab. „Sie standen auf, warum, weiß ich nicht, aber vermutlich zu schnell. Daraufhin sind Sie mitten im Satz einfach umgefallen und haben die Kaffeekanne mitgerissen. Und ich konnte Sie ja schlecht mitten in einer Kaffeelache auf meinem ungeputzten Küchenfußboden liegen lassen.“

Er schaute mich zweifelnd an. „Ich weiß nicht so recht ... so etwas ist mir noch nie passiert.“

„Das hoffe ich doch“, ich lächelte, „sonst sollten Sie sich lieber gründlich durchchecken lassen. Geht es wieder – oder sollen wir einen Arzt rufen?“

Er schüttelte den Kopf, diesmal vorsichtiger.

„Gut, das freut mich“, sagte ich und griff zum Telefon. „Wäre Ihnen Chinesisch recht? Reis kann ich mit meinem angegriffenen Magen vertragen, und Sie sollten dringend etwas zu sich nehmen.“

Als das Essen kam, hatten wir die Wohnung ein Stück weit wieder hergerichtet. Er bestand darauf, mir beim Aufräumen zu helfen, und mich störte es wenig, solange er sich vom Schlafzimmer fernhielt. Ein Restaurant wäre mir lieber gewesen, aber das war kein Ort für kranke Detektivinnen. Er schien durch die Bewegung wacher und klarer zu werden, als er es bei seiner Ankunft gewesen war. Die Überreste der Kaffeekanne im Küchenmülleimer stimmten ihn nachdenklich. Glücklicherweise klingelte in dem Moment das China-Taxi, und nach einem kurzen Streit darüber, wer zahlt, aßen wir erst einmal.

„Das hat gut getan“, stellte Rudolf Meerbach befriedigt fest und schob den Teller beiseite, bevor er nach meinen Zigaretten griff. „Darf ich?“

Ich nickte, wir hatten kaum etwas runtergebracht, aber das passte zu uns als „Magenkranke“.

„Lassen wir mal meinen ungeklärten ‚Unfall‘ beiseite“, setzte er an, als er sich und mir Feuer gab. „Es gibt auch so noch genug interessante Dinge zu besprechen." Mit einem Mal war nicht nur er ganz da. Auch Jo und Tom hörten sehr interessiert zu.

„Mir ist Ihr Besuch die ganze Woche nicht aus dem Kopf gegangen. Das hören Sie sicher öfter", sprach er weiter, „vor allem von Männern, nehme ich an. Aber darum geht es nicht. Zuerst hab ich mich gefragt, ist an anderer Stelle etwas hochgekommen, das damals in den Prozess gehört hätte? Etwas, das jetzt wiederum unter den Teppich gekehrt werden soll?"

„Ich bin Detektivin geworden, um Dinge aufzudecken." Jos Stimme klang hart aus meinem Mund. „Sollte ich bei einem Klienten unmoralische oder kriminelle Absichten vermuten, nun, ich wäre bestimmt nicht die Einzige in der Agentur, die einen solchen Auftrag ablehnen würde."

„Ich wollte Ihnen nichts unterstellen", fuhr der Nasi-Goreng-gestärkte Reporter beschwichtigend fort. „Das war nur mein erster Gedanke. Vermutlich sind Journalisten nicht anders als Kriminalisten: Man lernt, erst mal das Schlimmste anzunehmen. Ich hab es auch überprüft, soweit ich das konnte."

Überprüft, was hatte er überprüft? „Tief durchatmen, Josephine", kam es von innen, von Anna, „keine Panik, tief durchatmen." Darüber verpasste ich einen Teil dessen, was er mir hatte sagen wollen. Oder was er mich gefragt hatte, denn er sah so aus, als erwartete er eine Antwort oder wenigstens eine Reaktion von mir. Bevor ich es schaffte, durch den inneren Strudel weit genug nach vorne zu kommen, packte er das Bündel Zeitungskopien auf den Wohnzimmertisch. Er fischte einen der Artikel raus, die zu lesen wir bislang vermieden hatten. „Prozesseröffnung im Fall des ehemaligen Geschäftsführers der Druckerei Berling" sprang uns die Titelzeile an.

„Die angeblichen Erpressungen konnten zwar nicht nachgewiesen werden, aber das heißt nicht, dass da nichts dran war. Es heißt nur, dass es keine Zeugen oder Opfer gab, die reden wollten, so dass das Beweismaterial nicht ausreichte. Was aber, wenn das Erpressungsmaterial noch existiert? Wenn es jetzt jemand anders einsetzt, bloß diesmal für was anderes als für überteuerte Druckaufträge?"

Mir wurde schwindelig, ich hatte Mühe, „vorne" zu bleiben,

und hinter mir, im Inneren, herrschte Aufruhr. Nicht dass ich gewusst hätte, von was für einer Art Erpressung er sprach, aber hatte Tom ihn nicht wegen einer anderen Erpressung vorhin k.o. geschlagen? Unser rasender Reporter war so in Fahrt, dass er von all dem nichts mitbekam. Wie von fern klang seine Stimme:

„Auch das ist eine Spur, der ich folge. Aber ich glaube nicht, dass dabei mehr herauskommt als ein paar Namen von Menschen, die nach wie vor kein Interesse an Aufdeckung haben. Ich glaube kaum, dass einer der Erpressten von damals Sie zu mir geschickt hat. Wäre einer von ihnen Ihr Klient, wären Sie vermutlich zu Frank D., dem ehemaligen Geschäftsführer, gegangen. Oder zum Besitzer des *Moulin Rouge*. Hätte ich Zugang zu dem Erpressungsmaterial gehabt, wär es im Prozess aufgetaucht, da können Sie sicher sein. Oder ich hätte es mit Interviews versucht, hätte die Erpressten ihre Seite der Geschichte darstellen lassen, wenn ich denn Namen gehabt hätte. Aber vielleicht sind es diese fehlenden Namen, die Ihren Klienten interessieren? Oder sollte ich sagen: Ihre Klientin?"

Erpressung, Namen, Aufdeckung, *Moulin Rouge* – all diese Worte wirbelten durch meinen, durch unseren Kopf. War es das, was wir suchten? Konnte er uns so helfen? Oder brachte uns das nur in eine weitere Sackgasse, denn was interessierten uns die Betroffenen des Firmenskandals? Wozu sollte das gut … – Moment, hatte er Klientin gesagt?

„Wie kommen Sie darauf, dass es sich bei meinem Klienten um eine Frau handelt? Ich habe das mit keinem Wort gesagt," stellte Jo bereits fest. Sie hatte sich an mir vorbeigedrängt und versuchte, kühl und distanziert zu klingen. Ich hoffte inständig, dass er nicht merkte, wie flach sie atmete und wie sehr ihr Herz schlug.

„Ich hab mich einfach gefragt, wer könnte ein Interesse an Aufdeckung haben. Wer würde eine Detektivin engagieren – und sie womöglich zu mir schicken? Der Geschäftsführer ganz sicher nicht. Nur weil vieles ungeklärt, unklärbar blieb, kam er mit einer Bewährungsstrafe davon. Greschkes unehelicher Sohn sitzt mal wieder, wegen einer anderen Sache. Bei ihm stellt sich ohnehin die Frage, wie viel konnte er wissen, wenn überhaupt etwas, so kurz, wie er in Oldenburg gelebt hat. Greschkes Witwe lebt inzwischen in Hamburg. Sie hat die Firma verkauft, also mit der ganzen Sache nichts mehr zu tun. Außerdem war sie damals sehr bemüht, den Skandal unten zu halten. Ich wüsste nicht, wieso sich das hätte ändern sollen."

Er hielt einen Moment inne und sah mich an. Ich hielt dem nicht stand, drückte die Zigarette aus und hoffte, das wirkte nicht zu hektisch. Anscheinend hatten wir mit dem „rasenden Rudi" einen Terrier geweckt, klein, nicht gerade furchteinflößend, dafür beharrlich, wenn es um das Ausgraben von Spuren ging.

„Nun gut, das alles sind bekannte Tatsachen", ich sprach schnell, wollte verhindern, dass sich andere einmischten. „Darüber lässt sich reden, sicher, aber was bringt es?" Wenn man ihn dazu bringen könnte, die Ergebnisse schriftlich zu liefern, oder es gelänge, Cäcilia und alle anderen Unwägbarkeiten so weit abzuschirmen, dass uns seine Ausführungen nicht an den Rand des inneren Abgrunds brachten, dachte ich bedauernd, dann wäre er wunderbar geeignet, unsere Arbeit zu machen.

„Ganz einfach", er lächelte, er sah gut aus, wenn er in seinem Element war, „über eine Person haben wir noch nicht gesprochen: die Tochter, Greschkes Tochter. Als ich anfing, über die Familie, vor allem über die Tochter nachzudenken, fragte ich mich, was ist damals wirklich passiert? Auf irgendeine Weise, vielleicht, weil eine Illusion über ihren Vater, über ihre Familie zerstört wurde, hat sie das Ganze persönlich zutiefst berührt. Und genau deshalb, weil sie diejenige war, die damals am tiefsten schockiert reagierte, scheint mir Cäcilia-Josephine Greschke heute die Einzige, die als Ihre Auftraggeberin in Frage kommt."

Touché. Was sollte man dazu sagen, was könnte man darauf erwidern? Ausreden und Ablenkungsmanöver, normalerweise ein Leichtes für mich, wollten mir nicht einfallen. Er hatte ja recht und genau deshalb schwieg ich. Einen Moment lang schwiegen überhaupt alle – er, ich und alle hinter mir. Jo schien kaum mehr zu atmen und Tom hatte sich an den Rand unseres kollektiven Bewusstseins zurückgezogen. Cäcilia betrat diesen „inneren Raum“, diesen Bereich, von dem aus man das Außen im Blick hat, auch wenn man selbst gerade nicht die Handelnde ist. Jolanda missdeutete die eigenartige Stille und lugte um die Ecke, ob es was Interessantes zu sehen oder zu tun gäbe, dann bemerkte sie die gespannte Atmosphäre und zog sich wieder ins Innere zurück. Cäcilia dagegen machte Schritt um Schritt – vorbei an Tom, vorbei an Jo – und starrte durch mich hindurch auf den Mann im Außen. Langsam, aber unaufhaltsam bahnte sie sich den Weg durch unsere eingefrorenen Emotionen. Das war mehr, als ich ihr zugetraut hätte. So klar die anderen Menschen zu fühlen, mit denen man sich den Körper und damit auch das Leben teilt, kann zutiefst verunsichern, wenn man sich noch nicht an den Gedanken des Vieleseins gewöhnt hatte. Dennoch ging sie weiter – bis sich plötzlich Anna an ihr und auch mir vorbeischob.

„Ihre Argumentation hat eine gewisse Logik. Aber was wären die Konsequenzen daraus? Haben Sie das bedacht?“

Nun war es an Rudolf Meerbach, erstaunt zu sein. Anna hatte weder etwas zugegeben noch abgestritten. Dazu war sie zu klug. Aber worauf sie hinauswollte, wusste nicht mal ich, und ich war ein gutes Stück näher an ihr dran als der Reporter.

„So weit hab ich noch nicht gedacht“, antwortete er.

„Das sollten Sie aber, gerade wenn Sie glauben, diese Frau hätte aus persönlicher Betroffenheit Nachforschungen in Auftrag gegeben. Immerhin legt das die Vermutung nahe, dass sich diese Nachforschungen wiederum auf sie persönlich auswirken würden.“ Sie schaute Rudolf Meerbach mit einem Blick an, den ich beim besten Willen nicht kopieren kann: direkt, aber ohne jede Provokation, ohne sichtbare Hintergedanken oder Ironie. Er hielt dem Blick stand und zugleich veränderte sich etwas in dem seinen. Als würde er schmelzen, als würde sich ein uralter Knoten lösen. Er nickte, seufzte, zog die Nase hoch. Dann antwortete er.

„Gut, Sie haben recht. Nur, sehen Sie, genau da liegt auch mein ganz persönlicher Hund begraben. Als es zum Eklat kam, als Greschkes Tochter damals verschwand, fühlte ich mich auf eine merkwürdige Art verantwortlich. Das hört sich verrückt an, ich weiß, ich hab bei dem Ortstermin wie alle anderen auch nur meinen Job gemacht. Niemand konnte ahnen, dass es so massive Auswirkungen – dass sie einen regelrechten Schock erleiden würde. Und dennoch, die acht Tage, in denen sie wie vom Erdboden verschwunden war, waren für mich die schlimmsten meines Lebens." Er verstummte. Bei uns löste sich ein Teil der inneren Erstarrung, es blieb still, aber es fühlte sich an, als hörten nun alle Beteiligten inklusive Cäcilia zu. Dabei war gar nicht mal klar, wem wir zuhörten – ihm oder doch Anna.

„Das ... ehrt Sie auf gewisse Weise. Aber es legt auch noch eine andere Vermutung nahe: Glauben Sie, dass mich diese Frau beauftragt hat, weil –"

„– weil ich es mir wünsche? Normalerweise würde ich sagen, nein, das ist es nicht, dazu bin ich zu professionell. In diesem Fall kann ich nur sagen, alles spricht dafür, dass sie es ist. Ich hätte das gerne überprüft und mit ihr selbst gesprochen, aber –"

Seine weitere Worte gingen im inneren Aufruhr unter. Cäcilia wollte ausrufen, dass sie „so etwas" nie tun würde und sie auch nicht vorhätte, mit ihm über ihr Privatleben zu reden – aber sie kam nicht an Anna vorbei nach vorn. Anna ließ es nicht zu, und Jo war in die Bresche zwischen den beiden gesprungen.

„Wie meinen Sie das? Suchen Sie etwa nach ihr?" Woher Anna die Besonnenheit nahm, unser panisches Fragenchaos so ruhig und neutral auf den Punkt zu bringen, war mir ein Rätsel.

„Ja. Nein. Ich wollte es, aber sie ist mal wieder verschwunden. An der Universität heißt es, eine Familienangelegenheit. Aber bei ihrer Familie, also bei ihrer Mutter, ist sie nicht."

„Sie haben mit Heidrun – Frau Greschke gesprochen?" Das war hart an der Grenze, aber selbst damit kam Anna bei ihm durch.

„Keine Angst, ich habe weder direkt mit Heidrun Greschke noch über Sie und Ihre Ermittlung gesprochen. Für die Universität war es eine gewöhnliche Interviewanfrage einer Regionalzeitung, und gegenüber der Haushälterin von Heidrun Greschke habe ich mich als Kommilitone ausgegeben, der wissen wollte, ob er die Seminarunterlagen nach Hamburg schicken oder ihrer Nachfolgerin als studentischer Hilfskraft übergeben sollte.

Ich glaube nicht, dass das Verdacht erregt hat oder Staub aufwirbeln wird. Nur, Sie müssen zugeben, das alles klingt sehr danach, als sei sie ... untergetaucht. Genau das bringt mich darauf, dass sie Ihre Klientin sein könnte – vielmehr, sie es ist."

Während sie nach außen nachdenklich nickte und blickte, wandte sich Anna innerlich an uns: Was sollte sie tun? Cäcilia war noch immer, schon wieder zu verwirrt, um die Frage zu begreifen. Jo wollte auf Zeit spielen, damit wir uns unsere eigenen Gedanken machen und endlich die fehlenden Artikel, auf die der Mann sich ja auch bezog, lesen konnten. Tom zuckte mit den Achseln und ich war ratlos. Rein logisch betrachtet war der Reporter genau der Richtige, um unsere Fragen zu klären. Nur, Anna hatte recht: Wie würde sich das auf uns, also „die Klientin" auswirken?

„Danke für Ihre Offenheit", war das Erste, was Anna nach schier endlosen Sekunden in die Stille hinein sagte. „Es tut mir außerordentlich leid, dass ich Ihnen nicht sofort genauso offen antworten kann. Ich werde mich mit meinem Auftraggeber beraten."

„Aber das kann doch nur heißen, dass ich recht habe?"

„Bitte gehen Sie jetzt", fuhr Anna fort, als hätte er nichts gesagt. „Verstehen Sie doch, würde ich mich in irgendeiner Form äußern, würde ich so oder so die Absprachen mit meinem Klienten verletzen. Das kann und will ich nicht. Ich kann Ihnen nur versprechen, dass ich das klären und mich dann bei Ihnen melden werde."

Beide erhoben sich gleichzeitig. Anna brachte ihn zur Tür. Dort drehte sich Rudolf A. Meerbach noch einmal um. Er sah ihr tief in die Augen, als er uns zum Abschied seine Karte nebst privater Telefonnummer in die Hand drückte, und meinte, wir könnten ihn jederzeit anrufen. Dann fiel die Tür hinter ihm ins Schloss und wir waren wieder alleine.

Alles in allem war Rudolf A. Meerbach zufrieden mit dem Besuch bei „seiner" Detektivin. Gut, die Beule am Kopf hätte nicht sein müssen, aber was war schon so ein Kratzer gegen die Aussicht, eine Frau wie sie wiederzusehen und das vermutlich sogar mehrfach? Wobei – wiedersehen – das war ein Stichwort, das ihm mehr Kopfzerbrechen bereitete als sein mysteriöser Schwächeanfall. Denn obwohl er sich ungeheuer viel auf sein Personen- und Namensgedächtnis einbildete, konnte er Josephine Baker keiner früheren Begegnung zuordnen. Was nur eine Erklärung für sein sicheres Gefühl, sie seien einander nicht fremd, übrig ließ, und die war ihm als sachlichem Profi zu kitschig.

Verbrechen und Strafe

Mein Hoch hielt nicht lang an, es überlebte die Dunkelheit nicht. Eigentlich erlebte es nicht mal die, aber bis dahin hatte ich mir einreden können, alles sei okay. Ich war genervt vom Umschluss, zu viel Lärm, zu viele Stimmen, ging mir tierisch auf den Keks. Aber in dem Moment, wo relative Nachtruhe im Bau herrschte, ging gar nichts mehr und ich wünschte, es wär anders. Wünschte, ich hätte wenigstens 'nen Fernseher auf der Zelle, obwohl ich genau wusste, dass die's hier nicht mochten, wenn ich den zertrümmerte, weil irgendeine Drecksmeldung aus der ach-so-schönen Welt da draußen bei mir 'ne Sicherung krachen ließ. Und die verdammte Zelle war nicht mal groß genug, um ordentlich drin auf und ab zu tigern.

„Du musst aufhören, alles, was dich belastet, immer nur zu verdrängen, Mike“, hatte mir mal eine Therapeutin gesagt. Weil ich sonst platzen würde, ausrasten eben. So weit hatte sie sogar recht, nur, was sollte ich mit dem Müll stattdessen anfangen? Schön, praktisch, dass Herbert mir die Story abgekauft hat. Alles klar. Nur, so gut war ich im Verdrängen nicht, dass ich mir einreden konnte, so wär's tatsächlich gewesen. Das klappte nicht mal mit 'ner geballten Ladung Shore. Allerdings wär's mir dann egal, was war und was ist. Nach einem Schuss hab ich mal 'ne geschlagene halbe Stunde eine Fliege beobachtet, die auf meinem Arm rumlief. Hat gejuckt wie Sau und zwischendrin, je nachdem, wo das Vieh grad meinte, drüberlatschen zu müssen, auch weh getan, aber es war der Mühe nicht wert, sich zu bewegen. Es war viel einfacher, nur rumzuhängen und halb gelangweilt, halb fasziniert und zugleich völlig cool den Sechsbeiner anzustarren …

Ganz so ätzend gleichgültig war's mir nicht, als ich damals kapierte, was mit Tom los war. Ich machte sogar einen lahmen Versuch, ihm das auszureden. Woraufhin er mich verständnislos anstarrte und dann laut loslachte. Er konnte nicht begreifen, warum es mich störte, wenn er genau dasselbe machte wie ich. Wo war das Problem? War ich sauer, weil's mein Stoff gewesen war, den er …? Nein, hatte ich geantwortet und mich einen Augenblick gewundert, warum das so war. Minuten später wusste ich nicht mal mehr, was mir tatsächlich an der Sache nicht passte – ich war drauf, Tom war bei mir, wenn nicht der Stress mit der Beschaffung gewesen wär, wär's perfekt gewesen. Kaum was Besseres vorstellbar, sagte mein Junkiehirn.

Also machten wir weiter wie gehabt. Wir gingen alle paar Tage, manchmal auch nur jede zweite Woche auf Klautour, je nachdem, was dabei rumkam. Lief gut, bis es plötzlich kalt wurde. Keiner von uns beiden wollte in die Wohnung zurück. Schätze, wir hatten beide Schiss, dann tauchen unsere Schwestern wieder auf und machen Stress. Außerdem, da in der Wohnung würd ich drüber nachdenken müssen, was ich angerichtet hatte. Solange es warm genug war, dass wir im Park oder sonst wo draußen pennen konnten, störte es nicht. Bevor es richtig frostig wurde, suchten wir uns ein leerstehendes Haus, aber entweder war das Ding schon so runtergekommen, dass es dort keinen Gasanschluss mehr gab oder wir waren so daneben, dass wir den nicht mehr fanden. Kälte störte auch nicht, solang man fett drauf war, bloß mein Körper schien das anders zu sehen. Zuerst war's 'ne Erkältung, bei der der Husten nicht mehr wegging, so dass ich schließlich nicht mehr mit Tom raus konnte, auf Klautour. Und dann ging gar nichts mehr, ich bekam Fieber und war aus dem Rennen.

Keine Ahnung, wie lang das dauerte, ob es Tage oder Wochen waren. Keinen blassen Schimmer, wann Tom das erste Mal Probleme mit dem Hehler bekam, als er da allein auftauchte. Ich bekam nur noch mit, wenn er da war und meine „Medizin“ dabei hatte. Ich konnt’s zwischenzeitlich nicht mehr selbst machen, weil ich zwischen Zittern und Husten nicht mal mehr ’ne Elefantenvene gefunden hätte. Nachts spürte ich noch, wenn er zurückkam und sich neben mich legte, aber ich fühlte nicht, wie schief die Dinge lagen. Gut, es gab so Momente … In manchen Nächten dämmerte mir, dass nicht Tom neben mir lag, sondern ein anderer oder vielmehr eine andere. Weil sie sich anders an mich schmiegte, weil die Stimme anders klang, und auch, weil’s mir schien, als würd sie mich anmachen. Nur, erstens war ich noch krank und zweitens gehör ich zu den Typen, die auf Shore nahezu jedes Interesse an Sex verlieren. Was mit ein Grund war, warum das Gift so perfekt für mich war.

Wenn sie, das Mädchen ohne Namen, auftauchte, genügte es, irgendwas Undefinierbares zu murmeln, und das, was sich wie Anmache anfühlte, hörte auf. Dann war es so, als ob es nie passiert wäre, als ob es nur ein Fiebertraum gewesen war. Aber eines Nachts wachte ich schließlich auf. Ein paar Tage vorher hatte Tom mir Antibiotika besorgt, angeblich abgelaufenes Zeug aus irgendeiner Spendenkiste. Die Tabletten machten mich völlig platt und ich bekam so gut wie nichts mehr mit. Bis ich wieder diesen „Fiebertraum“ hatte, in dem sie, die Namenlose, neben mir lag. Ihre Hände waren überall und der Traum fing gerade an, mir zu gefallen, als ich plötzlich kapierte, das war real! Mit einem Mal war ich hellwach, absolut klar, als ob mir jemand einen Eimer kaltes Wasser über den Kopf geschüttet hätte.

„Was soll das?!“, motzte ich sie an. Sie starrte mich so entgeistert an, wie ich mich fühlte, dann brach sie in Tränen aus.

„Ich dachte … es tut mir leid, aber es ging nicht, ich hab’s wirklich versucht“, schluchzte sie, und ich verstand erst recht nichts mehr.

„Wer bist du und was –“, setzte ich an, aber sie fuhr mir dazwischen.

„Du erkennst mich nicht mehr?!“ rief sie aus. „Aber, ich hab’s doch versucht, ich wollte ja, aber der Typ war so schmierig, es ging nicht. Nicht mit dem, nicht mit einem von denen. Ich kann’s nur mit dir, es tut mir so leid!“

„Was hast du –“, versuchte ich erneut, bevor mich ihr Blick und ihre Hände zum Schweigen brachten. Das durfte nicht sein. Ich nahm ihre Hände weg von meinem Körper, hielt sie auf Abstand: „Du warst auf dem Strich?!“

„Ich ... ich dachte, du wolltest das. Tom hat doch auch – aber ich, ich kann's nicht. Bitte, sei nicht sauer.“ Halb bettelnd, halb heulend saß sie vor mir.

Ich ließ sie los, starrte sie nur fassungslos an. „So habt ihr – so hat Tom die Kohle rangeschafft? Wie lange geht das schon so?“

„Tom – Kohle – Stoff – was anderes interessiert dich nicht mehr, deine Josie bedeutet dir gar nichts mehr!“ Sie ließ sich schluchzend neben mich auf die versiffte Matratze fallen. Volltreffer. Ich hatte es nicht nur geschafft, Tom und mit ihm zumindest indirekt die anderen in meinen Junkiesumpf zu ziehen. Ich war auch noch, ohne dass ich es in meinem zugedröhnten Fieberschädel überrissen hätte, zu ihrem Zuhälter geworden. Das war das Letzte – *ich* war das Letzte. Ich musste mich zusammenreißen, meine Gefühle interessierten jetzt nicht. Irgendwie musste ich den Mist, den ich diesmal gebaut hatte, wieder auf die Reihe kriegen. Nur wie?

„Josie“, sagte ich leise, denn ich wollte nicht, dass sie sich ausgerechnet wegen mir die Augen ausheulte.

„Josie“, versuchte ich es noch einmal, und verstummte sofort wieder: Ich kannte den Namen, ich kannte auch sie! Der fehlende Teil meines Albtraums, der keiner war, das war sie!

„Geh zu Mike, Josie“, hatte der Alte in diesen „besonderen Nächten“ gesagt. „Mike wird mit dir spielen und es wird dir gefallen, Josie.“ Damals war sie ein Kind, jetzt lag eine junge Frau neben mir und heulte. Heulte, weil ich sie nicht „wollte“. Weil sie es nicht brachte, auf dem Strich zu besorgen, was ich brauchte, um den verdammten Albtraum loszuwerden. Ich hätt kotzen können.

„Scheiße“, murmelte ich vor mich hin, „Scheiße, Scheiße, Scheiße, wieso bin ich so ein Idiot, so ein Arschloch?“

Das weckte Tom auf, der mich verschlafen anblinzelte: „Was'n los, Alter? Kannste nich pennen?“

Also versuchte ich, mit ihm darüber zu reden, weshalb an Schlaf jetzt nicht mehr zu denken und noch ganz anderes nötig war. Aber er wollte das alles nicht hören.

„Tut mir leid, weiß auch nicht, warum's gestern Abend plötzlich sie erwischt hat", meinte er. „Aber nachdem der Hehler-Arsch mich übern Tisch ziehen wollte, so ohne dich halt, was hätt ich machen sollen? Der Strich war einfacher, viel weniger Risiko. Reg dich nich auf, haste selber schon gemacht. Leg dich lieber wieder hin oder mach sonst was, aber lass mich pennen." Dann drehte er sich um und schnarchte einfach weg. Ich saß da, starrte ins Dunkel und hasste mich selbst für das, was ich ihm und den anderen angetan hatte. Als der Morgen graute, wusste ich schließlich, was ich zu tun hatte.

Hans' Wiedersehensfreude hielt kaum zwei Minuten an. Aber zu wem hätte ich sonst gehen können? Ich hätte ihm alles versprochen, alles getan, damit er wenigstens Tom und den anderen hilft. Als ich damit ankam, sah er mich bitter an.

„Das hasse ich an Junkies, dass sie einem alles, aber auch wirklich alles versprechen, wenn's nötig ist. Also halt die Klappe, versprich nichts, was du nicht halten kannst, und lass sie uns holen gehen."

Genau das taten wir. Bevor Tom kapierte, was los war, saß er erst in Hans' altem Lieferwagen und landete anschließend in seinem Gästezimmer. Hans versprach, auf Tom aufzupassen, der gegen seinen Turkey und meinen Verrat anrandalierte, während ich den Rest organisieren und mich um mich selbst kümmern würd. Ich ging zurück in die Wohnung, die ich in einem anderen Leben für meine Schwester und mich besorgt hatte und in der seit Monaten niemand mehr gewesen war. Immerhin gab es sie noch ... wozu Daueraufträge von Treuhandkonten doch gut waren. Dann kam mein zweites Outing an diesem Tag. Ich rief Inez in Paris an und durfte der besten und einzigen Freundin von Jo & Co. erzählen, was ich diesmal verbockt hatte und sie um Hilfe bitten. Danach putzte ich zwecks Ablenkung erst mal die Wohnung.

Ein paar Stunden später klingelte es an der Tür. Ich stand gerade unter der Dusche und versuchte den Gestank loszuwerden, der mit dem beginnenden Turkey aus all meinen Poren drang. Inez stand mit ihrem Bruder draußen. Sie wollten Josephine und mich mitnehmen, nach Paris. Abstand und Therapie, Entzug und wieder aufbauen, das war ihre Idee. Ich war überrascht, kapierte nicht, warum sie mich dabeihaben wollten, aber ich war zu fertig, mich zu streiten. Und genau so lief es dann. Es funktionierte sogar, Toms Protesten und der Verwirrung von Josephine, Jo, Anna und den anderen zum Trotz. Klar waren sie wütend auf mich, zu Recht wütend, aber doch nicht so wütend, dass sie mich zum Teufel geschickt hätten. Das hab ich selbst übernommen, später, als 2002 der Skandal um die Familiendruckerei losging und sie plötzlich weg waren. Und genau deshalb konnte ich den nächsten Termin mit Herbert kaum erwarten. Ich musste endlich wissen, was damals passiert war und was sie jetzt so krampfhaft suchten. Oder was sie womöglich bereits gefunden hatten.

Normalerweise hätte Markwart seinen Arbeitgeber sofort informieren müssen, dass eine Mitarbeiterin an der Detektei vorbei einen Fall bearbeitete. Aber zum einen hatte er nur zufällig den Mann auf dem Gang gesehen und den Anruf Frau Tschetars bei Frau Baker mitgehört. Zum anderen wollte er von seinem Chef nicht hören, er sähe vor lauter Eifer – oder war es Eifersucht? – Gespenster. Als er sich kurz darauf einen Kaffee im Sekretariat holte, steckte er im Vorübergehen die Karte des Besuchers ein: ein Reporter, angestellt bei einem Regionalblatt im Norden. Was wollte er von Frau Baker – oder wollte sie gar etwas von ihm? Diese Frage verfolgte ihn die halbe Nacht.

Mit dem Rücken zur Wand

Ich hätt mir denken können, dass das mit der Privatsphäre so 'ne Sache ist in diesem Haufen. Kaum war der Reporter draußen, redeten alle durcheinander. Zuerst ging's bei jeder um was anderes: Cäcilia verstand nicht, was hier passierte, Josephine beschwerte sich, dass es unmöglich sei, ohne vernünftige Infos 'ne halbwegs glatte Fassade aufzubauen, Anna fragte sich, wie's mit Rudolf und dessen „Klientinnen-Theorie" weitergehen sollte, und Jo wollte endlich den Artikel lesen, auf dem der Typ rumgeritten war. Ich wollte meine Ruhe, also half ich Jolanda beim Puddingkochen. Sollten sich die anderen die Köpfe heiß reden. Aber kaum hatte die Kleine die braune Pampe direkt aus dem Topf verputzt und sich zufrieden nach innen verzogen, hatte ich meine Schwestern am Hals. Und das nicht etwa, weil eine von ihnen den Abwasch machen wollte.

„Wieso hast du Rudolf – also Herrn Meerbach geschlagen?" Anna war aufgebracht. „Du hättest ihn ernstlich verletzen können!"

„Wollt ich doch gar nich."

„Oh, dann waren Beule und Platzwunde wohl Halluzinationen und ich hätte mir meine krampfhaften Erklärungsversuche sparen können", kommentierte Josephine.

„War trotzdem keine Absicht."

„Absicht oder nicht, du hast ihn verletzt!" Anna schien das ziemlich mitzunehmen.

„Tut mir leid." Ich wollte nicht drüber reden, ganz sicher nicht, aber dann mischte sich Jo ein.

„Tom, verdammt, ich hab mitgekriegt, dass da bei dir was … schiefgelaufen ist. Nun spuck's schon aus."

„Ich will aber nich. Is meine Sache."

„Es ist nicht deine Sache, nicht, wenn ich's hinterher geradebiegen darf und wir alle mit den Konsequenzen umgehen müssen", meinte Josephine.

„Haste doch prima hinbekommen, der wird schon nich auf

Schmerzensgeld klagen.“ Wieso konnten die nie Ruhe geben? Wieso mussten sie an den unmöglichsten Themen rumbohren? Jo schaute mich an, aber ich schwieg.

Sie nickte langsam. „Okay, wenn's das ist, was du willst: Du hattest einen Flash. Jedenfalls hab ich das hinterher so mitgekriegt. Einen Flash mit Professor M. – das Ding mit der Vase. Irgendwie muss Rudolf das getriggert haben, dann hast du ausgeholt: Du hast nach dem Professor geschlagen, aber den Reporter getroffen.“

„Du hast Professor M. niedergeschlagen?!“ Josephine klang überrascht.

„Sag bloß, dir liegt was an dem Kerl.“

„Ich find ihn sympathisch.“ Das war Anna. Josephine bekam das erst verspätet mit, sie war zu sehr in Fahrt.

„Du kannst doch nicht einfach Leute niederschlagen – äh, wen findest du sympathisch, Anna? Ich dachte, Wirtschaftsrecht interessierst dich nicht.“

„Ich meinte ja auch nicht den Professor“, sagte Anna leise. Oha. Das war mal ganz was Neues. Aber meine Schwestern waren gerade nicht an zarten Gefühlen interessiert.

„Tom, komm ja nicht auf die Idee, dich jetzt zu verpissen!“ Jo erwischte mich auf der Schwelle. „Ich will wissen, was da gelaufen ist, mit dir und Professor M.“ Jetzt starrten sie mich alle drei an, genauso entgeistert und entschlossen wie die beiden Male in Paris. Beim letzten Mal, nach dem Zusammenbruch in dem verdammten Bordell, hatten sie mir geglaubt, dass ich keine Ahnung hatte. Das Mal davor, als es um Shore ging und den ganzen Mist, hätten sie mich vermutlich am liebsten rausgeschmissen. Mir blieb damals nichts anderes, als klein beizugeben, zumal sie's sonst am Ende noch alles in Mikes Schuhe geschoben hätten. Dann kam der Entzug und sogar 'ne Therapie. Was ziemlich bescheuert war, weil ich kaum Französisch sprech und die Therapeuten nur 'n Gemisch aus Deutsch, Englisch und ihrer eigenen Sprache draufhatten. Außerdem musst ich meinen Schwestern damals versprechen, nie wieder Drogen zu spritzen. Ich hab das Versprechen gehalten, tu ich immer, ich bin ja nicht blöd. Aber so blöd auch wieder nicht, ich find, man muss aufpassen, was man für ein Versprechen von 'nem andern verlangt. Ich nehm so was sehr wörtlich – und was in der Richtung schien Jo gerade zu dämmern.

„Moment mal, in dem Flash, da ging's um 'ne Erpressung und um etwas, was wir nicht erfahren sollten. Bist du etwa wieder drauf?"

„Du hast doch selber erst vor 'n paar Tagen nach Einstichen gesucht." Aber das reichte weder ihr noch den anderen. Sie nagelten mich regelrecht an die Wand, und dann kam's so, wie's auch in Paris gelaufen war: Ich versuchte so krampfhaft, nicht an Professor M., den Strich und was ich mir an Lines gezogen hatte, zu denken, dass mich genau diese Erinnerungen geradezu überrannten. Und zwar so, dass die andern sie mitbekamen. Anschließend war erst mal Ruhe. Alle standen betreten in der Gegend rum. Jo fasste sich als Erste wieder.

„Wieso hast du das getan?"

„Ist einfach so passiert. War nich geplant. Mike ... er hat das doch auch, früher, ihr wisst schon." Wieder betretenes Schweigen. Dass unser Bruder auch hin und wieder seinen Allerwertesten verkauft hatte, machte ihnen schon immer zu schaffen, ohne dass ich genau verstand, warum. Ich mein, Anna hat 'n halbes Psychologiestudium und vermutlich so ziemlich alles gelesen, was es zum Thema Missbrauch gibt, da sollte man meinen, sie wär'n in der Lage, entsprechende Schlüsse zu ziehen, auch und ganz besonders, was diesen Haufen und unsere Geschichte angeht. Sah aber nicht so aus, als wollten sie mal 'nen Blick in die Ecke werfen. Also sprach ich weiter.

„Eines Tages, Mike war schon wieder im Knast, wegen der dämlichen Papiere, bin ich über 'nen Typen gestolpert, 'nen Freier von früher. Und der hat, so ganz selbstverständlich halt, gewollt ..." Immer noch betretenes Schweigen. Gut, ja, wenn man das so rückblickend aussprach, klang es bescheuert. Ich mein, der Typ hätt mich zu nichts zwingen können. Ich hätt so tun können, als wüsst ich nicht, wer er ist oder was er will. Ging aber nicht und es kam mir damals nicht mal in den Sinn. Er wollte Sex. Von mir. Also bekam er den. Und ich bekam Kohle. Beim ersten Mal war's dermaßen eklig, ich hab die Kohle weggeschmissen, ab in den Gulli damit. Beim zweiten Mal fand Jo das Geld, bevor ich dazu kam, es zu vernichten. Und sie freute sich, anscheinend brauchte sie's für irgendwas, was sie sonst nicht hätte kaufen können. Dann hab ich angefangen, es drauf anzulegen, die Ärsche zu treffen, wenn ich irgendwie schräg drauf war, das Gefühl nicht los wurd, ich hätt Mist gebaut und Strafe verdient. Keine Ahnung warum, das Gefühl, schuldig zu sein, kannt ich schon so lang, das schien keinen richtigen Grund mehr zu brauchen. Meist wanderte das Geld, das so rumkam, in die Haushaltskasse. Manchmal besorgte ich was für die Kids damit. Und immer öfter brauchte ich Koka oder gelegentlich, sehr gelegentlich, 'ne Nase Shore. Das Zeug nicht in meine Venen zu knallen, hatt ich ja versprochen. Ich wollt auch nicht unbedingt wieder drauf sein, so richtig. Wegen der Angst, meine Schwestern bekämen es mit. Und auch, weil ich den Druck nicht allein, ohne Mike, ausgehalten hätt. Aber irgendwie geriet der ganze Mist mit dem Strich schon vor der Begegnung mit Professor M. außer Kontrolle und war anders nicht mehr zu ertragen. Tja, und dann hatte ich ihn am Hals – oder eigentlich am Arsch.

„Wie bitte, der hat uns – dich – dazu gezwungen, erpresst, Sex mit ihm zu haben?! Was bildet das Schwein sich ein?!" Josephine war stinksauer. „Und er hat Fotos von uns gemacht? Ich fasse es nicht!"

„Keine Angst, die Fotos gibt's nicht mehr. Die hab ich an dem Abend mit der Vase, du weißt schon, im Kamin verbrannt. Sorry, ich wollt euch da nich mit reinziehen, ehrlich nicht. Aber ich wusst nich, was ich sonst hätte machen sollen, mit dem, gegen den – ich hatt da einfach keinen Bock mehr drauf."

„Oh, wegen Professor M. mach dir mal keine Sorgen", warf Jo ein. „Nach dem, was du erzählt hast, hätt der sich noch was ganz anderes verdient als 'ne nähere Bekanntschaft mit seiner hässlichen Vase." Die anderen beiden nickten.

„Aber um dich mach ich mir Sorgen", fuhr sie fort. Ich wollte einwenden, dass das mit dem Stoff halb so wild wär, dass ich, seit wir aus dem Ruhrpott hier nach Münster gekommen waren, eh nichts mehr gemacht hätte, weder was Stoff noch den

Strich anging, aber darum ging's plötzlich nicht mehr. Nein, es ging um mich und darum, wie's mir mit all dem ginge. Ich war so baff, ich konnt gar nichts mehr sagen. Und dann musst ich zusehn, dass ich mich ganz schnell verdrückte, sonst hätt ich noch vor meinen Schwestern mit der Heulerei angefangen.

Frau Müller erschrak, als sie der junge Mann mit dem fleckigen Jackett und der Beule am Kopf auf der Treppe fast umrannte. Aber er entschuldigte sich nicht nur überaus höflich, er bot sogar an, ihr Altglas zum Container zu bringen und ihr damit einen lästigen Gang abzunehmen. Ganz nebenbei erfuhr sie, dass ihre reizende Nachbarin krank war – und Herrenbesuch gehabt hatte. Aber Frau Müller war keineswegs so altmodisch, wie ihre Nichten unterstellten. Sie freute sich für die Nachbarin und kochte Hühnersuppe für sie, das Allheilmittel schlechthin.

Night & Day I

Es tat so gut, in seinen Armen zu liegen, von ihm gehalten zu werden. Seine Hände zu fühlen, die meinen Nacken streichelten und dabei immer weiter meinen Rücken hinunterwanderten. Ich verstand zwar kein Wort von seinem Gemurmel, aber das war egal, es war seine Stimme, Mikes Stimme, und nur das zählte. Eine Ewigkeit lang, so kam es mir vor, hatte ich mich nicht mehr so wohl gefühlt, schon immer hatte ich mich genau danach gesehnt. Wie eine große Katze wollte ich schnurren, mich räkeln, an ihn schmiegen, als plötzlich zwei Dinge gleichzeitig geschahen:

„Josie", hörte ich ihn murmeln, und im selben Augenblick sah ich, wir waren beide völlig nackt!

Abrupt setzte ich mich auf und fand mich in meinem, in unserem Bett wieder, umgeben von den Kuscheltieren der Kinder und ein paar Büchern, aber ansonsten allein.

„Was ist los, Jo?" Anna klang verschlafen; ich hatte sie wohl geweckt.

„Ein seltsamer Traum, weiter nichts", antwortete ich. Mehr war es doch nicht gewesen.

Am nächsten Morgen hatte Anna bereits den Frühstückstisch gedeckt, Tee, Kaffee und frischen Orangensaft gemacht. Sie war sogar in der Bäckerei gewesen und hatte die verschiedensten Lieblingsbackwaren besorgt. Alles war blitzblank, die Küche, das Wohnzimmer, selbst das Bad. Obendrein hatte sie die Fenster geputzt und im Hintergrund hörte ich die Waschmaschine. Dabei war es gerade mal 9 Uhr. Anna bemerkte mich samt meinem Erstaunen und ließ lächelnd die Zeitung sinken.

„Guten Morgen", strahlte sie.

„Moin Anna – was – ist heute was Besonderes? Ein besonderer Tag? Einer, den ich vergessen hab? Das tut mir leid", verhedderte ich mich, bevor mir klar wurde, das konnte gar nicht sein. Annas Geburtstag, also der Tag, an dem sie zum allerersten Mal auftauchte in unserem Leben, war der erste Schultag gewesen. Und es schien mir unwahrscheinlich, dass aus dem wechselhaften Mai schlagartig ein sehr kühler August geworden sein sollte. Anna schüttelte lächelnd den Kopf.

„Mir war einfach danach. Nachdem du mich versehentlich geweckt hattest, konnte ich nicht mehr schlafen. Irgendwann hatte ich es satt, meine Gedanken im dunklen Schlafzimmer kreisen zu lassen, also bin ich aufgestanden. Und weil ich manchmal am besten Ordnung in meinen Kopf kriege, indem ich Ordnung in meiner Umgebung schaffe, hab ich halt ... – Kaffee?"

Ich nickte und beschäftigte mich die nächsten Minuten mit meinem Milchkaffee. Okay, dann waren mein Traum und mein Erwachen daraus wohl real gewesen. Das hatte ich mir nicht eingebildet. Wieso hätte ich mir auch einen Traum einbilden sollen? Irgendwas war faul an der Situation, aber mein Kopf war nicht wach genug, um dahinter zu kommen. Während Anna weiter die Zeitung las und ich meinen Koffeinspiegel erhöhte, tauchte Jolanda auf, die sich verzückt auf ein Croissant und den Saft stürzte. Nachdem sie Zeitung, Tisch, meinen Kaffee und den Rest der Küche ausgiebig vollgekrümelt hatte, verzog sie sich wieder, nicht ohne Anna zu bitten, morgen ein Schokocroissant mitzubringen.

„Was genau hat dich nicht schlafen lassen?“, fragte ich schließlich Anna. „War es mein Traum? Die Geschichte mit Professor M.? Tom? Oder hab ich geschnarcht?“

„Nichts von alledem, obwohl die Sache mit Tom und Professor M. … gut ist das nicht. Aber es scheint vorbei zu sein, oder?“

„Ich glaub nicht, dass Tom uns angelogen hat. Obwohl wir beim nächsten Mal aufpassen sollten, was für ein Versprechen wir ihm abnehmen. Verdammt, wir hätten es uns denken können!“

„Also, ich wäre im Leben nicht darauf gekommen, dass Tom sich prostituiert – und dass Professor M. derartige Dienste in Anspruch nimmt … erpresst.“ Sie verstummte.

„Das meinte ich auch nicht. Aber wir alle wissen, dass Tom verdammt vorsichtig ist mit dem, was er zusagt, was er überhaupt sagt, also hätten wir drauf kommen können, dass bei ihm einiges mehr abgeht, als wir mitkriegen. Manchmal könnt ich ihn echt an die Wand klatschen!“

„Bist du sauer auf ihn?“

„Ja – nein – nicht wirklich. Irgendwie … es fällt mir schwer, deswegen sauer auf ihn zu sein. Es muss … ekelhaft gewesen sein, das alles, das Ganze.“ Ich schaute auf das Brötchen in meiner Hand und legte es beiseite. Das war nicht das richtige Thema zum Frühstück oder vielleicht war Essen gerade nicht das Richtige. Anna wirkte immer noch sehr nachdenklich.

„Er hat sich selbst bestraft, wofür auch immer, das alte Lied der Schuld der Überlebenden wohl. Dafür kann man ihm nicht böse sein, finde ich. Aber er bringt uns in Gefahr, uns und jetzt auch noch andere.“ Sie wartete einen Moment auf eine Reaktion von mir. Aber ich wusste nichts zu sagen, also sprach sie weiter. „Ich bin immer noch der Meinung, eine Therapie wäre das Beste für ihn und für uns alle. Ich weiß, das will er nicht, und manchmal glaub ich, du willst es auch nicht.“

Zuerst wollte ich widersprechen, aber dann ließ ich es. Ich hatte schon Ewigkeiten nicht mehr über eine Therapie nachgedacht, schon gar nicht überlegt, wo, wie, unter welchen Umständen das Sinn machen könnte. Anna hatte vermutlich recht. Ich bin den Therapeuten, denen wir in unserem Leben begegnet sind, für vieles dankbar, auch, wenn vieles, was wir von ihnen gelernt haben, nicht gerade das war, was sie uns lehren wollten. Im Gegensatz zu Tom und Mike war ich nicht generell gegen die ‚Psychofritzen' eingenommen. Aber ich bin skeptisch und ich bin vorsichtig.

„Anna, du weißt, dass gute Therapeuten nicht auf Bäumen wachsen und dass man selbst bei den besten erst mal jede Menge Zeit braucht, um Vertrauen zu entwickeln?" Sie blickte gekränkt, natürlich war ihr das klar. „Und uns läuft die Zeit jetzt schon davon. Das sieht man gerade bei Tom, aber auch an meinem Auftritt in der Redaktion oder an Cäcilias Auftauchen."

„Aber für Cäcilia wäre das sicher hilfreich."

„Mag sein. Das Problem ist bloß – hier gibt's niemanden, mit dem wir 'ne Krisenintervention machen könnten. Wir kennen niemanden in Münster, niemanden, der dafür geeignet wär. Und was eine reguläre Therapie angeht, sozusagen alles noch mal von vorn aufrollen – unser Alltag ist grad alles andere als stabil, therapieförderlich, oder? Ich möcht gar nicht wissen, was allein die Therapeutensuche mit uns anstellen würde …"

Anna nickte seufzend.

„Hör zu, sonst bist du doch immer die Optimistin in diesen Dingen. Könnte es nicht sein, dass Cäcilia aufgekreuzt ist, weil sie jetzt so weit ist? Genau wie Tom mehr mit uns redet und wir mehr mit ihm, weil das langsam dran ist? Und könnte es nicht ebenso sein, dass unsere Nachforschungen jetzt an der Reihe sind? Ich mein, dieser Meerbach, der scheint sich doch als unser Verbündeter zu sehen, oder?"

Plötzlich war mir, als würde Anna rot anlaufen. Oh nein, was war ich nur für ein Trottel – meine liebe, meine gute, meine stets höfliche und zurückhaltende Schwester, sie war verliebt!

„Na, hast du's Jo schon erzählt?", platzte Josephine in diesem Moment in meine Gedanken.

Anna errötete noch etwas mehr und schüttelte den Kopf. „Ich … ich hab heute früh – also, als ich mit der Putzerei durch war, wollte Josephine baden, und da haben wir uns unterhalten. Schließlich … ich meine, du musst zugeben, Josephine hat die meiste Erfahrung in solchen Dingen. Wie man mit Menschen umgeht und all das. Und wie man das auf … auf unsere Situation und Herrn Meerbach anwenden könnte. Also … ja, du hast recht. Wir sollten weitermachen, den Weg weitergehen, und zwar mit ihm zusammen. Und dafür werde ich ihm sagen –"

„Dass du dich verliebt hast?!" Ich konnte es nicht fassen, das ging alles ein bisschen sehr schnell. Dann bemerkte ich, das einzig zu Schnelle hier war mein Mundwerk. Anna schwieg verletzt.

„Entschuldigung, so war das nicht gemeint. Ich … ich freu mich für dich, wirklich." Keine Ahnung, ob sie mir das glaubte. Ich selbst war noch nie verliebt, vielleicht liegt mir Romantik einfach nicht. Oder Erotik. Oder dieses ganze Zeug. Wie mein Traum heute Nacht, an den ich aber lieber nicht denken wollte.

„Genau deshalb solltest du dich auch aus *dem* Teil der Angelegenheit raushalten", meinte Josephine. „Annas Gefühle sind ihre Sache. Das Problem ist vielmehr – wenn wir den von dir vorgeschlagenen angefangenen Weg weitergehen, müssen wir Rudolf wohl sagen, dass er mit seiner Vermutung richtig liegt und Mademoiselle Greschke unsere ‚Klientin' ist. Oder wie siehst du das? Vor allem – schaffst du das? Nach deinem Auftritt in der Redaktion bin ich mir da nicht so sicher …"

Noch ein Thema, das mir alles andere als fürs Frühstück geeignet schien.

„Hör mal", mischte sich nun auch noch Tom ein, „ich denk, sie haben recht. Der Reporter ist nich das Problem. Dumm ist er nicht – sonst wär er gar nicht erst auf die Frage nach der ‚Auftraggeberin' gekommen. Auch wenn Anna bei ihm voreingenommen und kein Stück neutral ist – er will uns nix, im Gegenteil. Schließlich – na ja, meine Aktion gestern, das wär die Vorlage gewesen für ihn, hätt er uns eine reinwürgen wollen. Hat er aber nich."

„Dein Wort in Meerbachs Ohr", versuchte ich es mit Ironie.

„Nach nicht mal 24 Stunden wär ich mir nicht so sicher, wie er womöglich noch reagiert."

Erstaunlicherweise reagierte jetzt erstmal Josephine: „Lenk nicht ab, Jo. Selbst wenn er das tun sollte, ich krieg das hin, zusammen mit Anna ist das sicher kein Problem. Also?" Sie schaute aufmunternd von mir zu Tom, der solche Freundlichkeiten nicht gewohnt war, wie seine roten Ohren verrieten. „Jedenfalls ... ich gehe davon aus, dass er helfen will. Bloß – wär das auch eine Hilfe für uns? Verträgst du das, zusammen mit ... na ja, was immer bei dir ‚schiefgelaufen' ist, wie du es nennst?"

„Habt ihr hinter meinem Rücken eine Versammlung abgehalten oder was?" Ich wusste nicht, warum ich darauf so heftig reagierte oder warum ich ausgerechnet heute morgen Himbeermarmelade aß, die ich seit Jahren nicht mehr mochte. Dummerweise bestätigte das (wie der Traum, wie vieles andere), dass sie recht hatten: Sicher waren Toms Unberechenbarkeit und sein noch vorhandener Hang zu gewissen Substanzen nicht ungefährlich, natürlich war nicht vorherzusehen, wie Cäcilia reagieren würde – aber selbst den Gedanken konnte ich nicht zu Ende denken.

„Ich weiß, ich verstehe nicht viel von dem, was hier passiert oder wie das alles funktioniert. Es tut mir auch leid, dass ich mich dabei so ... so dumm anstelle", begann Cäcilia nun ihrerseits laut nachzudenken. „Aber ich sehe, dass alle hier Probleme haben – Probleme sich zu erinnern, Probleme, Dinge zu Ende zu führen, und all das. Und du – ich darf doch ‚du' sagen? – auch."

Was hatte ich mir mit der Detektivgeschichte bloß eingebrockt? Plötzlich wurde ich, die Praktische, die Handfeste, die mit beiden Beinen auf dem Boden der Tatsachen steht, zum Sorgenkind dieses exotischen Haufens stilisiert. Josephine schob mir eine der Kopien hin, die unser rasender Reporter gestern mitgebracht hatte.

„Das war doch das, was du gestern schon tun wolltest – wenigstens einen der ausstehenden Artikel lesen und sehen, was passiert. Gut, gestern hatten wir anderes zu tun." Josephine blickte zu Tom, der schuldbewusst den Blick senkte, es sich aber anders überlegte, als er bemerkte, dass Cäcilia dadurch auf ihn aufmerksam wurde. Während er die „gute Tochter“ provozierend anstarrte, sprach Josephine weiter: „Aber wäre das nicht jetzt ein guter ‚Test‘, ob eine weitere Zusammenarbeit mit Rudolf A. Meerbach funktionieren könnte?“

Bevor noch irgendjemand mit weiteren Aufmunterungen daher kam und damit nichts weiter tat, als auf meinen, sagen wir: derzeitigen und hoffentlich vorübergehenden Unzulänglichkeiten herumzupochen, schnappte ich mir den Zeitungsartikel.

Prozesseröffnung im Fall des ehemaligen Geschäftsführers der Druckerei Berling

Heute wurde der Prozess wegen Betrug, Unterschlagung, Erpressung und Steuerhinterziehung gegen Frank D. vor dem Amtsgericht Oldenburg eröffnet. Frank D. soll in den über zehn Jahren seiner Tätigkeit als Geschäftsführer der Druckerei Berling und als testamentarischer Treuhänder der Familie Greschke (der Berling-Erben) wiederholt Aufträge unter der Hand angenommen und das Geld sowohl an den Geschäftskonten wie dem Finanzamt vorbei in seine eigene Tasche gesteckt haben.

„Das wissen wir doch alles bereits“, sagte ich, um mich durch den Klang meiner eigenen Stimme zu beruhigen. Völlig grundlos hatten wir wohl kaum erst die entsprechenden Kopien aus der Stadtbibliothek im Zug vergessen und dann Rudolfs nachgereichte Versionen erst mal in den Hausmüll befördert, aus dem sie nun wieder gerettet worden waren. Ich zündete mir eine Zigarette an, vielleicht konnte ich mich daran festhalten. Cäcilia rümpfte die Nase, Anna blickte verständnisvoll und ich las, den Rauch ausblasend, weiter.

Des weiteren wird ihm vorgeworfen, in mehreren Fällen Aufträge zu überteuerten Konditionen angenommen, aber nur die regulären Beträge mit der Firma und der Steuer verrechnet zu haben.

In der Zwischenzeit war auch der Verdacht aufgetaucht,

> dass er, wie vermutlich sein 1985 verstorbener Freund und damaliger Druckereidirektor Michael Greschke, Besuche von Druckerei-Kunden in dessen Bordell zur Erpressung besonders lukrativer und überteuerter Aufträge benutzt habe. Bis zur Prozesseröffnung war es der Staatsanwaltschaft jedoch nicht gelungen, neben entsprechenden Indizien auch Zeugen oder Nebenkläger für diesen Verdacht zu finden – was angesichts der pikanten Natur der Anschuldigungen nicht überrascht.

„Was soll das bitte heißen? Ich mein, endlich kommt er zur Sache mit den Erpressungen und dann so ein Gewäsch aus Andeutungen!" Innerlich zitterte ich. Ich hasse es, wenn das passiert, ich kann Schwäche an mir selbst nicht ausstehen. Ich stand auf, öffnete das Fenster.

„Bitte nicht!" rief Cäcilia entsetzt. „Das ist entsetzlich, so sehr entsetzlich alles, aber bitte, spring nicht!" Schön, dass sie begriffen hatte, wir teilen alle den selben Körper. Allerdings sollte sie sich abgewöhnen, von sich auf andere zu schließen. Ich sog begierig die Stadtluft ein, ließ den Lärm auf mich einströmen. Einfach ein Stück Realität, ein Stück Jetzt … etwas, das plötzlich eine unbändige Lust aufs Leben aufflackern ließ. Am liebsten hätte ich alles hingeschmissen, um mich in der Stadt umzusehen, zu erkunden, was Münster zu bieten hatte – Moment, wieso kam mir jetzt so was in den Sinn und wieso dachte ich an Boutiquen, wo ich Shopping hasse? Von Josephine kamen diese Gefühle nicht, wie ich im selben Augenblick erkannte, sie wartete, genau wie die anderen drei, auf irgendeine Reaktion auf den Artikel von mir.

„Lies weiter, wenn es dir nicht zu viel ist", hörte ich Annas Stimme. Unwillig den Kopf schüttelnd ging ich zurück zum Tisch und wandte mich wieder dem Artikel zu.

> Deshalb hat der Richter für morgen einen Ortstermin im *Moulin Rouge* angesetzt. Ob man sich dadurch neue Beweise erhofft oder glaubt, Frank D. so zum Eingeständnis zu bewegen, dass ihm Michael Greschkes Eigentümer-

schaft an dem Bordell *Sexy Cats* (heute *Moulin Rouge*) bekannt war, wurde nicht mitgeteilt.

Anwälte der Familie Greschke gaben unterdessen bekannt, man wolle den Ausgang des Strafprozesses abwarten, bevor man gegebenenfalls Privatklage wegen geschäftsschädigendem Verhalten und Vertrauensbruch einreiche.

„Bitte sehr. Seht ihr, ich kann ganz alleine einen Zeitungsartikel lesen." Ich sprach laut, hoffte, mein Zynismus würde die anderen ablenken, würde mich selbst aus dem beginnenden Schwindel ziehen. Plüschig rotes Licht, gedämpft, alles dreht sich, mir wird schlecht – und dann fühlte ich nur noch, wie mich Tom auffing und etwas knurrte, was sich wie „Tut mir leid, hab doch gesagt, das ist deins" anhörte.

Herbert redete sich ein, eine weitere „Mutprobe" habe er gar nicht nötig, dennoch kam ihm genau dieses Wort in den Sinn, als er vor der Hinterhofdruckerei stand, in der Mike einst die gefälschten Papiere hergestellt hatte und von der er hoffte, sie könnte bald der Weg in ein besseres Leben sein. Ging es tatsächlich um Mikes Zukunftsaussichten oder doch darum, sich vor Lügen zu schützen, fragte er sich, als ihm Hans F., der Druckermeister, entgegenkam, um herauszufinden, wer der Neukunde war, der sich hierher verirrt hatte.

Das Ende vom Anfang

Ich hätt nie gedacht, dass ich mal erleichtert wär, Herbert zu sehen. Aber ich hatte auch nie erwartet, dass er mal zu spät zur Arbeit und damit zu ’nem Termin käm. Es kostete mich jede Menge Nerven, ruhig zu bleiben, als mir klar wurd, es ist Zeit, aber der Schließer kam und kam nicht, um mich zu holen. Ich malte mir alle möglichen Horrorszenarien aus – hatte Josephines Freundin Inez bereits eine Antwort auf meinen Brief geschickt und sich darin irgendwie verplappert? War Herbert krank oder hatte er sich entschlossen, meinen Angriff als solchen weiterzumelden? Oder war etwas mit Josephine passiert und sie überlegten, wie sie’s mir beibringen sollten? Lauter wirres Zeug raste durch mein Hirn – und es entwirrte sich keineswegs, als der Schließer eine halbe Stunde später auftauchte und vorgab, nichts zu wissen.

Herbert murmelte eine Entschuldigung, weil er mich hatte warten lassen. Er wirkte abwesend, als hätte er so viel in seinem Schädel zu sortieren wie ich in meinem. Immerhin lag oben auf der Akte ein kleiner Stapel neuer Kopien. Ich erkannte den Kopf der Oldenburger Zeitung und wollte danach greifen, aber Herbert ließ das nicht zu. Ich sollte mich setzen, er müsse noch den Tee für uns fertig machen.

„Was soll das? So schlimm kann’s doch nich gewesen sein, was ich dir beim letzten Mal erzählt hab.“ Ich musste mich zusammenreißen. Er wandte mir den Rücken zu und hantierte mit der Teekanne.

„Sind das die Artikel, das Zeug, das ich haben wollt?“ Er nickte, drehte sich aber immer noch nicht um.

„Machst du jetzt einen auf Freudianer – ich red, du schweigst? Komm schon, Herbert, spann mich nicht auf die Folter!“ Endlich war er mit dem Tee fertig. Mit zwei dampfenden Tassen kam er zum Schreibtisch und stellte eine vor mich hin, setzte sich aber selbst nicht. Über seine dampfende Tasse hinweg sah er mich an. Ich wurd nicht schlau aus seinem Blick, und das machte mich total rappelig.

„Scheiße, rück schon raus, was hab ich diesmal verbockt?“ Mir fehlte die Geduld für solche Situationen. Das wurde jetzt, wo's doppelt wichtig war, dass es gut lief für mich, nicht grad besser.

„Du hast gar nichts angestellt. Jedenfalls nichts, von dem ich wüsste.“ Er wollte einen Schluck Tee trinken, stellte aber rechtzeitig fest, dass das Gesöff noch zu heiß war und blies stattdessen in seine Tasse. Fing er jetzt mit meinen Ablenkungsmanövern an?! Ich machte den Mund auf, aber er war schneller: „Bevor ich dir den Artikel zu lesen geb, musst du mir noch eine Frage beantworten: Was genau ist aus deiner Sicht passiert, als deine Schwester vor rund zwei Jahren zurück in ihre Heimatstadt Oldenburg fuhr?“

„Hab ich doch schon gesagt. Da war was mit der Firma, ging um Betrug, Unterschlagung, die üblichen Weiße-Kragen-Verbrechen halt. Und sie dachte, sie könnte oder müsste helfen. Heidrun ist 'ne hysterische Kuh, von Geschäften verstand die noch nie was.“

„Und dann?“

„Dann hat sie sich eines Tages nicht mehr gemeldet. Bei mir. Bis dahin schien's okay zu laufen. Es war eindeutig der Geschäftsführer, der sich die Taschen voll gemacht hat, die Firma hatte nichts damit zu tun. Ich hab von der Art juristischem Kram keine Ahnung, aber es hörte sich alles – den Umständen entsprechend an.“ Ich konnte und wollte Herbert nicht sagen, dass ich von Anfang an ein beschissenes Gefühl bei der Sache gehabt hatte. Jo & Co.'s Reaktionen auf das Heimatkaff nebst Heidrun waren schon immer haarig gewesen, egal, wie sie das darstellten. Und mich machte das jedes Mal hilflos.

„Ich konnt ja nichts tun. Heidrun hat 'nen Hass auf mich, wir haben ihr nie auf die Nase gebunden, dass wir zusammenleben. Aber als sich Jo nicht mehr meldete, hab ich trotzdem angerufen. Fehlanzeige. Heidrun hat aufgelegt. Also bin ich da hin, wollt meine Schwester sehen, mit ihr reden. Und als Heidrun meinte, das sei unmöglich, bin ich ausgerastet. Aber das hab ich dir alles schon gesagt – oder hast du's vergessen?“

Herbert schüttelte den Kopf: „Und danach bist du hierher zurück und hast dich zugeknallt. Weil du geglaubt hast, du hast sie verloren, stimmt's?“

„Ja, genau. Wenn du's weißt, warum fragst du dann?"

„Was war danach? Irgendwann war sie doch wieder da. Wie lief das? Wie habt ihr wieder zusammengefunden? Und wann?"

„'n paar Wochen, zwei, drei Monate später schätz ich. Willst du jetzt echt die Story von meinem Abstieg No. 2 hören?" Ich seufzte entnervt, aber er schaute nur auffordernd. „Hans war unterwegs, Verwandtenbesuche, so lang hatt ich freie Hand in der Druckerei und konnt, na ja, du weißt schon, die gefälschten Papiere halt. Aber als er zurückkam – er ist weder blöd noch blind. Also hab ich mich vom Acker gemacht, bin abgehauen, bevor er mich hätt rausschmeißen können. Wie lang ich auf der Szene rumgeturnt bin, keine Ahnung, aber da haben mich Hans und meine Schwester irgendwann gefunden. Und mich wieder aus dem Sumpf gezerrt ..."

Reichte ihm das jetzt endlich? Keine Lust, drauf rumzureiten. Das war nur noch eine meiner ach-so-tollen Aktionen, die ich mir besser gespart hätte. Wie die beiden damals plötzlich vor mir standen – ich hätt alles gegeben, im Boden zu versinken, ein für allemal. Ich hätt ihr vertrauen müssen statt abzuhauen. Hätt Hans' Vertrauen nicht missbrauchen dürfen. Hans war sauer, Jo & Co. entsetzt, aber all das stellten sie hintenan, um mich wieder auf den Boden der Tatsachen und vor allem erst mal clean zu kriegen. Danach ... Scheiße, danach hatte ich zu viel Schiss, sie würden mich doch rausschmeißen, wenn ich anfing, Fragen zu stellen. Ich traute mich nicht, ich war heilfroh, dass sie wieder da waren und dass Hans mir nicht den Kopf abriss oder sonstwas.

Herbert schien das endlich zu reichen, jedenfalls setzte er sich nun hin. Erst wollte er was sagen, aber dann fischte er eine Kopie aus dem Stapel und reichte sie mir. Mir war, als murmelte er „Tut mir leid" dabei.

Endlich gefunden – Direktorentochter in Paris aufgetaucht

Acht Tage, nachdem sie verschwand, ist sie wieder aufgetaucht: Heute hat sich Cäcilia-Josephine Greschke bei ihrer Mutter aus Paris gemeldet. Offensichtlich hatte sie nach der für sie schockierenden Erkenntnis, dass ihr geliebter verstorbener Vater ein Bordellbesitzer war, erst einen Nervenzusammenbruch erlitten und dann ‚instinktiv Abstand' gesucht, mutmaßte einer ihrer ehemaligen Ärzte. In Paris sei sie vor zwei Tagen bei einer Schulfreundin aufgetaucht. Jetzt wolle sie sich dort erst einmal ausruhen.

Die Familie teilte mit, man sei überglücklich, dass es Cäcilia-Josephine den Umständen entsprechend gut gehe, und man habe volles Vertrauen zu ihrer Freundin Inez, einer französischen Diplomatentochter, die selbst im Begriff ist, eine diplomatische Laufbahn einzuschlagen.

Was mit der von der Familie ausgesetzten Belohnung von 10.000 Euro geschehen wird, steht noch nicht fest. Die Freundin der Direktorentochter teilte mit, sie brauche das Geld nicht und wolle, wenn es Cäcilia-Josephine besser gehe, mit ihr beraten, an welche Stiftung oder gemeinnützige Organisation der Betrag gehen soll.

Ich starrte das Stück Papier an, unsicher, was ich daraus schließen sollte, könnte, müsste. Herbert beobachtete mich, und diesmal war er es, der mit dem Schweigen nicht klarkam. Er räusperte sich:

„Ist es das, was du gesucht hast?"

Gute Frage. Ich kannte die Antwort nicht und zuckte nur mit den Achseln.

„Mike, was ist los, was geht in deinem Schädel vor?"

„Heidrun hat nicht gelogen", sagte ich lahm und tippte auf das Datum, an dem der Artikel erschienen war. „Vier Tage vorher, als ich vor der Stadtvilla randaliert hab, wusste sie selbst nicht, wo meine Schwester war." Aber wo war sie wirklich gewesen? Und was war tatsächlich passiert?

„Nun lass dir die Würmer nicht aus der Nase ziehen. Wusstest du vom Doppelleben deines Vaters?"

„Meine Mutter war 'ne Hure, schon vergessen? Was glaubst du, wie ich den Typen gefunden hab? Nach 'nem Druckereidirektor hab ich jedenfalls nicht gesucht, als ich mit elf aus dem Heim weg bin."

Herbert nickte, und schon wieder gelang's mir nicht, seinen

Gesichtsausdruck zu deuten. War er zu blöd gewesen, den Schluss selber zu ziehen? Hielt er mich für beschränkt? Oder hatte er 'n Problem mit der Erkenntnis, warum ich nicht auf die Heile-Familien-Scheiße steh?

„Und deine Schwester?“ fragte er leise. „Ahnte sie etwas vom Doppelleben eures Vaters?“

„Oh Mann“, seufzte ich, „keine Ahnung. Kann sein, kann auch nicht sein. Aber ich glaub, eher nicht.“ Schließlich war's bei Jo & Co. stets die Frage, wer von ihnen möglicherweise was wusste. Und niemand konnte vorhersagen, was passierte, wenn es einen „Hüllenbruch“ gab, also Wissen oder Erinnerungen, die nur ganz bestimmte Leute betrafen, plötzlich auch bei den anderen landete. Herbert legte seine Hand auf meine verbundene Hand, als wollte er mich beruhigen.

„Dann kann es sein, dass die Spekulation über den Nervenzusammenbruch hier stimmt?“

Ich nickte und ich hatte Schiss.

„Nur, wie kommst du darauf, dass es einen Zusammenhang gibt zwischen diesem ... Ereignis und der Tatsache, dass sich deine Schwester jetzt nicht mehr bei dir blicken lässt?“

„Inez“, stieß ich hervor, „wir könnten Inez fragen. Vielleicht hat Josie ... Josephine ihr was gesagt?“ Scheiße, das durfte nicht sein. Alles, nur das nicht.

Insgeheim bewunderte Frau Müller ihre Nachbarin. So viel Disziplin, sich von einer unerfreulichen Krankheit mit Putzen abzulenken, hatten die junge Leute heute sonst kaum mehr. Und das, obwohl sie noch nicht ganz wiederhergestellt war. Sie war sehr bleich, als Frau Müller ihren Suppentopf abholte und sich erkundigte, ob sie noch etwas für sie tun könnte.

The Day after

Nachdem Tom mit Jo nach innen verschwunden war, wo sie sich ausruhen sollte und er auf sie aufpassen wollte, war es vorne so still, so merkwürdig still, dass man hätte meinen können, die Zeit wäre stehen geblieben. Ich habe nichts gegen Stille, im Gegenteil. An meinem ersten Tag im Leben, der unser erster Schultag war, war das noch nicht abzusehen, aber ich glaube, ich bin die, die ich bin, weil ich die Stille liebe. Und Lernen, Schulaufgaben, später das Studium, all das waren stille Dinge. Jedenfalls für mich. Wenn ich mich auf geistige Probleme gleich welcher Art konzentrierte, wurde es ganz still in meinem Inneren und um mich herum. Ich vermute, das liegt daran, dass meine Konzentration alles andere ausblendet – die Welt um mich herum wie auch die Stimmen, die Bewegungen, die Gefühle, ja sogar die Existenz der anderen in diesem Körper. Deshalb bin ich nicht besonders gut darin, mit Menschen umzugehen. Soziale Kontakte fallen mir schwer. Dabei muss man auf verschiedene Impulse gleichzeitig reagieren und es geht nicht um Logik, um Lösungen. Es geht um – Gefühle, nehme ich an, und um Beziehungen zwischen Menschen. Natürlich habe auch ich Gefühle, aber bis jetzt, bis zu Rudolf Meerbachs Besuch bei uns, bezogen die sich nicht auf andere Menschen. Von Mike einmal abgesehen, aber Mike ist nun mal auch mein Bruder.

„Alles in Ordnung, Anna?“ Josephine klang besorgt, obwohl sie versuchte, locker zu wirken. Natürlich war sie besorgt, das war ich auch, wie wir alle. Jo ist nicht so stark, wie sie selbst gerne glaubt. Das war mir schon länger klar. Aber nun mit Josephine und Cäcilia im Vordergrund am nicht abgeräumten Küchentisch zu sitzen und zu überlegen, wie es weitergehen sollte, während ausgerechnet Tom an Jos Seite wachte, das war neu.

„So neu, ganz neu, noch nie da gewesen neu ist es auch nicht“, warf Josephine ein. „Erinnerst du dich, wie es war, als Großmutter Mary-Ann starb? Es kommt mir typisch vor für Jo – sie steckte die Vergewaltigung durch Toms sogenannte Freunde weg, obwohl sie mehr als jede andere davon ab- und mitgekriegt haben muss. Ihr habt das alle zusammen überstanden, das und die Eröffnung, dass ihr viele seid, obendrein. Selbst als der Zusammenbruch kam, bei Mikes erster Verhaftung, hat Jo weitergekämpft. Erst als Mary-Ann starb, und die Ärzte Jo zur Beerdigung aus dem Sanatorium ließen, konnte sie nicht mehr."

Das stimmte. In manchen Büchern über Multiple Persönlichkeiten heißt es, jedes Individuum in so einem System entsteht in einer Situation, die als lebensbedrohlich erlebt wird. So fängt es wohl jedes Mal an. Aus Langeweile oder innerer Einsamkeit wird kein Mensch multipel. Es gibt immer zwingende Gründe, überlebenswichtige Gründe. Aber unsere jeweiligen „Geburten", also wann und wie jede und jeder von uns ins Leben geworfen wird, seine Existenz als eigenständiges, von den anderen getrenntes Wesen beginnt, sind eine andere Sache. Ich bezweifle, dass irgendjemand von uns, eine von denen, die es schon vor mir gab, an unserem ersten Schultag Todesangst erlebte oder dass die Schultüte an sich bedrohlich war. Ich glaube vielmehr, dass mein Ich, eben ich, Anna, da das erste Mal spürte, hier gehöre ich hin, hier kann ich sein, denn ich kann das, was ihr – ihr anderen Menschen da draußen – von mir verlangt. Und während ich nur vermuten konnte, dass die Umstände von Jos oder Toms Geburt, selbst der erste Moment Jolandas dramatischer oder vielmehr traumatischer Natur waren, muss es bei Josephine etwas anderes gewesen sein. Als sie auf den Plan trat, waren wir – alle, die es damals gab –, schon vollkommen überfordert: dank der Vergewaltigung, dank der Trennung von Mike, und sicher tat auch das Sanatorium sein übriges. Ich habe unsere Großmutter genauso geliebt wie Jo und Jolanda es taten, und vielleicht wäre unter anderen Umständen Cäcilia die Richtige gewesen, um zur Beerdigung zu gehen. Natürlich hatte Jo den größten Drang danach, denn es war ja Mary-Ann, die Mike nach der Vergewaltigung, von der außer ihm nie jemand etwas erfuhr, zu uns holte. Sie ebnete damit den Weg, der zu der Erkenntnis führte, wir sind viele, und der uns letztlich darauf brachte, es wäre besser, wir arbeiten zusammen oder versuchen es zumindest, anstatt uns gegenseitig zu bekämpfen oder in ständiger Angst vor dem Wahnsinn zu leben.

„Wieso habt ihr mir das nicht gesagt“, fragte Cäcilia schüchtern, „damals, in dem Sanatorium, meine ich?“

„Wir haben es versucht, Jo hat es versucht“, erklärte ich. „Jo hat versucht, an so viele von uns wie möglich heranzukommen und das Wissen, dass wir viele sind und dass wir zusammengehören, im System zu verbreiten. Manche, wie die Kinder oder doch ein Teil von ihnen, haben es einfach gespürt, sie mussten es gar nicht verstehen. Nur, es kam nicht bei allen an und sie kam auch nicht an alle heran. Du warst noch nicht so weit, denke ich. Selbst mir fiel es anfangs schwer, mit dem Gedanken umzugehen. Und du – du hast nur immerzu nach Heidrun verlangt und nach einem Medikament, das die Stimmen aus deinem Kopf verdrängt und die ‚Vergesslichkeit‘ bekämpft.“

Cäcilia schaute mich an, nickte dabei traurig. Und für einen Moment konnte ich spüren, dass selbst jetzt die Vorstellung, multipel zu sein, für sie alles andere als leicht war. Allein die mehrfachen Ebenen der Wahrnehmung sind gewöhnungsbedürftig. Es sagt sich leicht ‚Cäcilia schaute mich an und nickte traurig‘. Und wenngleich es genau meine Wahrnehmung, mein Erleben beschrieb und Josephine das in diesem Moment mit mir teilte, so wusste ich doch auch, das ist „nur“ eine innere Wahrnehmung. Außen war da immer nur ein Körper und es spielte für unser Zusammenleben keine Rolle, ob der gerade nickte, traurig blickte oder ob sich vielleicht inzwischen jemand anderes nach vorne gedrängt hatte und ein Kinderlied pfeifend auf dem Weg zur Toilette war. Aber mit diesen scheinbaren Paradoxien zu leben, obendrein zu akzeptieren, dass Cäcilia selbst verwirrt war, während Josephine erste Zeichen von Ungeduld zeigte und ich mich zugleich müde wie auf Wolken schwebend fühlte, das musste man erst lernen. Und manchen fiel das leichter als anderen.

„Genau“, warf Josephine ein, „deshalb werd ich doch so leicht ungeduldig. Im Gegensatz zu euch war mir immer klar, vom ersten Augenblick an, ich bin nicht alleine in diesem Körper.“ Dafür war sie geboren worden, dafür hatte Jo sie zusammen mit mir ins Leben gerufen. Nicht bewusst, denke ich. Als die Ärzte im Sanatorium versuchten, uns schonend die Nachricht von Mary-Anns Tod beizubringen, stand alles auf der Kippe. Das war mehr, als wir ertragen konnten, mehr auch, als Jo und ich uns hätten gemeinsam aufladen können, ohne daran zu zerbrechen. Hinzu kam: Während Jo und ich uns zaghaft aneinander annäherten, obendrein erste Kontakte zu den anderen herstellten, die damals zumeist noch nicht mal ihre Namen preisgeben wollten, baute Cäcilia mehr und mehr ab.

„Das ist mir so peinlich, so unangenehm, ich kann dir gar nicht sagen, wie dumm ich mir vorkomme", seufzte Cäcilia. Josephine rollte mit den Augen und hätte vermutlich etwas Verletzendes gesagt, wäre ich nicht schneller gewesen.

„Das muss es nicht. Du warst damals noch nicht so weit. Aber wir brauchten dringend jemanden, die sowohl mit uns, mit unserer Vielzahl, umgehen kann als auch nach außen eine Fassade herstellen, dem Ganzen ein Gesicht geben kann. Und so entstand Josephine." Sie machte eine ironische Verbeugung.

Cäcilia blickte nachdenklich. „Wisst ihr von allen, unter welchen Umständen sie … sie geboren wurden?"

„Ich nicht", antwortete Josephine. „Wie sieht's mit dir aus, Anna?" Ich schüttelte den Kopf.

„Aber wie ist es mit einem selbst? Wusstet ihr von Anfang an, seit wann und warum es euch gibt?" Cäcilia fing an, sich ein eigenes Bild zu machen. Das war gut.

„Wie Anna schon erklärt hat – dass wir viele sind, wusste ich schon immer. Nicht wie man Dinge weiß, die man irgendwie lernt oder die man erklären kann", antwortete Josephine. Was Cäcilia nicht reichte, also setzte ich hinzu:

„Auch das ist für jeden anders, wenigstens ein bisschen. Mir ist irgendwann in der dritten Klasse klar geworden, die anderen Kinder können sich an Ereignisse vor ihrer Einschulung erinnern. Bei mir ist da nur ein vager Nebel, Ahnungen. Warum das so ist, habe ich erst verstehen können, als ich anfing, mich mit der Tatsache auseinanderzusetzen, dass wir multipel sind. Jos Erinnerungen reichen weiter zurück als meine, aber sie scheint nicht zu wissen, wo sie beginnen oder wo sie selbst begonnen hat. Und dass Tom nicht gerade gesprächig ist, ist dir sicher aufgefallen …"

„Aber was ist mit den Lücken?“ insistierte Cäcilia. „Die habt ihr alle oder hattet sie, früher zumindest. So eine Lücke scheint doch das zu sein, wo Jo gerade – wie soll ich sagen? – hineingefallen ist, oder?“

„Lücken“, seufzte Josephine. „Lücken gibt es jede Menge. Nicht alle sind wichtig, manches ist einfach Privatkram. Manche mag ich, ich meine, entschuldige, Anna, aber ich finde Rechtsgeschichte wirklich nicht spannend. Also verzieh ich mich und überlasse dir das Feld. Oder auch wenn du, Cäcilia, mit Heidrun verabredet warst, das ist nicht mein Ding. Ich muss nicht alles mitbekommen, ganz, ganz sicher nicht.“

Natürlich hatte sie prinzipiell recht, selbst, wenn nichtmultiple Menschen sich oft schwer tun, das zu begreifen. Sich in die Außenwahrnehmung ein- und ausklinken zu können, hat nicht nur im Zusammenhang mit traumatischen oder anderen, belastenden Dingen Vorteile. Es ist auch im Alltag angenehm. So hatte ich bisher nie lernen müssen, wie man soziale Kontakte pflegt oder was bei gesellschaftlichen Ereignissen, die mich persönlich wahlweise langweilen oder überfordern, angemessen wäre. Ich hätte nie mit einer Maklerin verhandeln oder einen Umzug organisieren können, wie Jo das ganz selbstverständlich gemacht hatte. Und dass ich das nicht musste, gefiel mir ausgesprochen gut an meinem Leben. Es reichte vollkommen, über die wesentlichen Dinge – beispielsweise den Umzug, die neue Adresse, den neue Namen, das Büro etc. – informiert zu sein.

„Das mag ja alles sein“, unterbrach Cäcilia meine Gedanken. „Das will ich gar nicht in Abrede stellen. Vielleicht kann ich mich daran sogar mit der Zeit gewöhnen und es wäre schön, wenn ich mich nicht mehr wie eine Lügnerin fühlen muss, weil mich jemand für etwas lobt, das ich nicht gemacht habe und nie hätte tun können. Aber eure Nachforschungen und das, was vorhin mit Jo passierte, das ist was anderes – oder bin ich die Einzige, die das beunruhigt?“

„Sicher nicht.“ Josephine hatte sich eine Zigarette angezündet und stand ausnahmsweise rücksichtsvoll am Fenster. Mit Cäcilia hatten wir schließlich eine weitere Nichtraucherin an Bord oder vielmehr „auf der Brücke“. „Normalerweise kümmere ich mich nicht um diese Art von Lücken. Dahinter verbergen sich selten angenehme Dinge, und sie gehen aus meiner Sicht meist nur die anderen etwas an. Aber das hier ist anders, das muss selbst ich zugeben. Jo hat wohl recht, wir müssen versuchen, zusammen rauszufinden, was 2002 passiert ist."

Cäcilia blickte nachdenklich von Josephine zu mir. „Ich weiß gar nicht, wie ich das sagen soll", fing sie an. „Aber es geht doch auch um die Zeit, die ich verpasst habe? Sicher, anscheinend verpasse ich sehr viel Zeit – allein der Gedanke daran, das so klar zu sehen, ist erschreckend. Aber es geht um den Punkt, um den auch diese Suchmeldung in der Zeitung ging, ja?"

Ich nickte und versuchte, ihr auf die Sprünge zu helfen: „Genau. Das war das letzte Mal, dass wir bei Heidrun in Oldenburg waren. Als es Ärger in der Firma gab. Erinnerst du dich daran?"

„Das ist alles so verschwommen. Wenn ich das richtig verstehe, dann verging in all den Jahren, seit wir auf dem Internat waren, sehr viel mehr Zeit zwischen den einzelnen Besuchen bei Mama, als ich mitbekommen habe." Sie verstummte, und es war deutlich zu spüren, wie sie versuchte, sich an ihren eigenen, inneren Nebel heranzutasten, in dem nicht nur die Erinnerungen, sondern vor allem die Zeitlücken verborgen waren. Das gehört bei Multiplen, bei Menschen, die immer wieder größere und kleinere Amnesien haben, dazu. Die Amnesien entstehen, wenn jemand anders vorne, auf der Brücke, am Ruder war oder wie immer man die bewusste eigene Außenwahrnehmung nennen wollte. Ursprünglich verbergen diese Black Outs Traumata, später dann auch ganz allgemein das Handeln der anderen im System. Die Amnesien wie auch die Existenz der anderen müssen vor einem selbst verborgen bleiben, sonst würde man viel zu rasch darauf stoßen, dass etwas nicht stimmt und die Traumata würden über einen hereinbrechen. Co-Bewusstsein, also die Fähigkeit, das Außen wahrzunehmen, während eine andere agiert, dabei womöglich deren Denken mitzubekommen und mit ihr oder ihm kommunizieren zu können, erfordert Übung und die Akzeptanz, multipel zu sein. Wenn man anfing, sich damit zu beschäftigen, konnte es leicht passieren, dass man sich auf der Suche im Nebel verlor. Aber Cäcilia fand diesmal den Weg aus sich selbst allein heraus. Ihre Fortschritte waren beachtlich.

„Ich krieg den Zusammenhang nicht hin, zu der Begegnung mit Heidrun davor, und es fühlt sich immer noch so an, als wär das alles höchstens vor drei, vier Wochen passiert, aber ansonsten: Ja, ich erinnere mich. Der Betrug des Geschäftsführers, der gefährdete Ruf der Firma und des Familiennamens, all das hat Mutter sehr mitgenommen. Aber ich weiß weder, wie dieser Besuch begann noch wie er endete."

„Der Anfang ist nicht das Problem", warf Josephine ein. „Das war der Firmenskandal und dass das in der Zeitung stand. Am liebsten hätte Heidrun sich zu uns ins Ruhrgebiet geflüchtet, aber das ging nicht wegen –" Sie unterbrach sich, schaute zu mir, und ich dachte nur, nicht jetzt, noch nicht. Sie sprach weiter. „Egal, es ging nicht, genauso wenig, wie wir direkt zu ihr konnten, weil es noch Prüfungen an der Uni gab. Danach fuhren wir zu ihr, um sie … zu unterstützen. Irgendwie muss der Reporter damals schon eine Rolle gespielt haben, nicht umsonst sind alle Artikel dazu von ihm. Nur …"

„Nur du erinnerst dich nicht?" kicherte Cäcilia. „Ich schon. Mutter schimpfte auf den ‚Schmierfinken'. Dabei dachte ich, er kann doch nichts dafür, er berichtet nur, was andere tun oder getan haben." Interessant. Ich war, wie alle anderen, davon ausgegangen, dass Cäcilia als gute Tochter stets einer Meinung mit Heidrun war. Aus dem Kichern wurde Gelächter: „Ich liebe meine Mutter, aber ich bin doch nicht blind. Ich weiß sehr wohl, dass sie oft eigenartig und nicht immer klug reagiert. Ich streite mich bloß nicht mit ihr darüber. Das bringt nichts, das regt sie nur noch mehr auf. Am besten, man wartet ab. Entweder verlieren sich ihre hochfahrenden Gefühle von selbst oder man probiert es später noch einmal durch die Blume."

So war sie also in all den Jahren mit Heidrun umgegangen. Wir hatten sie unterschätzt.

Josephine war schon einen Schritt weiter. „Du liebst sie wirklich? Warum?"

„Sie ist meine Mutter – oder unsere Mutter. Ich weiß nicht, warum ich sie liebe. Weiß man das, warum man einen Menschen liebt?"

Nein, dachte ich, natürlich hatte sie recht. Ich hätte jedenfalls nicht sagen können, warum ich meinen Bruder Mike liebte. Oder woher das Gefühl, dieses warme, flatternde Gefühl in der Herzgegend kam, das mich zu Rudolf A. Meerbach hinzog.

Seine Kollegen hatten die Beule sofort bemerkt. „Ein Unfall", sagte er leichthin und wunderte sich über sich selbst. Anscheinend klang die Geschichte mit dem vergessenen Essen und dem Kreislaufproblem für alle plausibel, auch wenn man dabei die verstörend attraktive Detektivin nicht erwähnte. Kopfschüttelnd stellte Rudolf A. Meerbach fest, dass ihm seine nagenden Zweifel am Hergang dieses „Unfalls" keineswegs zu schaffen machten. Solange die Frau sich bei ihm melden würde, wäre das nebensächlich.

The Dark Side of the Moon

Eigentlich fand ich's ganz gut, hier drinnen auf Jo aufzupassen. Besser, als sich mit Anna, Josephine und Cäcilia abzugeben, war's allemal. Ja, ich weiß, alle, die sich in so 'nem Haufen rumtreiben, gehören da hin. Es teilen sich immer genau so viele Leute einen Körper, wie's gebraucht hat, um zu überleben. In dem Punkt hatten die ollen Seelenquacksalber sicher recht. Deshalb musste es mir noch lang nicht gefallen, dass wir diesen Körper auch mit Cäcilia teilten. Nicht dass ich früher viel von ihr mitbekommen hatte. Früher, bevor Mike Jo und dann mir und den andern klargemacht hatte, was Sache ist, waren's höchstens die Ätzkleider und Heidruns Getue, die auf so was wie 'ne brave Tochter, eben Cäcilia hinwiesen. Dann war sie die hysterische Kuh, die's beinahe hingekriegt hätte, dass sie uns in der Klapse behalten hätten. Aber jetzt obendrein zu wissen, sie war diejenige, die mit meinem Dope Heidrun das geliefert hatte, was die brauchte, um Mike aus dem Weg zu räumen, das war echt zu viel. Darüber durft ich nicht nachdenken, sonst wurd mir ganz anders. Es war fast so, als hätt ich ihn selbst verraten, als hätt ich es wenigstens wissen oder verhindern können müssen. Und ich konnt das nicht mal rächen. Weil das in ein und demselben Körper leicht nach hinten losgehen kann. Und weil's meine Schwestern kaum zugelassen hätten. Mal ganz abgesehen davon, dass ich nach wie vor baff war, weil sie keinen Stress wegen Prof. M., dem Strich und dem ganzen Mist gemacht hatten.

Jo drehte sich im Schlaf um. Irgendwas war mit ihr, fühlte sich an, als würd sie träumen. Genauer wollt ich's lieber nicht wissen ... Gut, dass ich wach war. Manchmal, wenn wir alle schliefen, passierte es, dass man sich in 'nem fremden Traum wiederfand. Meist war's einfach nur bizarr, manchmal auch bedrohlich, und wenn man raffte, das ist nicht mein Traum, sondern der eines anderen, dann war's wie Kinogucken, nur gefühlsecht. Dabei konnte man so einiges über den jeweils anderen erfahren. Jos Traum konnte kein richtiger Albtraum sein, das hätt ich gemerkt, dann hätt ich sie geweckt. Dafür war ich ja unter anderm hier. Sie schien von einer zweiten Person zu träumen, jemand, an den sie näher rückte. Merkwürdig, dacht ich da noch, denn Jo ist überhaupt nicht der Typ, der andere Menschen nah an sich ranlässt, nicht so jedenfalls.

Die Drei im Vordergrund laberten und laberten, aber für mich war das nichts als Hintergrundrauschen. Ich fand's viel interessanter, mich in Jos Reich umzusehen. Normalerweise waren die ganz privaten Orte der Leute hier für alle anderen tabu. Jedenfalls für die Erwachsenen. Die Kids geisterten oft genug durch die Innenwelten und statteten einem Besuche ab, wenn man sie am wenigsten erwartete. Dabei hätten grad sie theoretisch mehr als genug eigene Innenräume gehabt. Die verschiedenen Psychoheinis, mit denen wir im Lauf der Zeit zu tun bekommen hatten, standen alle ungemein auf „sichere Orte". Keine Ahnung, wie viele Therapiestunden auf den Bau solcher Dinger verschwendet worden waren, wo einem angeblich nichts passieren konnte, wo das Außen nur ein fernes Etwas und der Vergangenheitsmüll unendlich weit weg wär. Ich glaub, die Psychoheinis konnten nicht kapieren, dass für mich und auch für andere in diesem Haufen Sicherheit bestenfalls sehr relativ und schlimmstenfalls ein Lügenwort war. Flashbacks erreichten mich an jedem Ort drinnen wie draußen, das war ja grad das Problem an den Dingern. Und offensichtlich war ich auch nicht bei der Wiederbegegnung mit Prof. M. auf die Idee gekommen, ich könnt mich in meine Privatecke verkriechen. Was hätte das gebracht, außer, dass meine Schwestern ein paar unangenehme Wahrheiten 'nen Tacken früher rausgefunden hätten?

Jo schien auch nicht viel von dem ganzen Kram mit den „sicheren Orten" zu halten. Ich konnt mir nicht vorstellen, dass einer der Quacksalber ihr geraten hatte, die Kampfsportschule aus unserem geliebten Heimatkaff als Vorbild für ihr Innenreich zu nehmen und zusätzlich zum martialischen Sportgerät die Fenster mit Gitterstäben auszurüsten. Woher die Landschaft davor kam, konnt ich nicht sagen. Erinnerte ans Moor oder an schottische Highlands, aber da war ich noch nie gewesen. Manche Gegenstände hier drin kannte ich, die gab's auch in unserem Leben außen oder hatte es mal gegeben. Wie den alten Schreibtisch aus dem Internat oder den Schaukelstuhl, dessen reales Gegenstück die Studentenbude in Amerika geziert hatte. Ich wollt mir grad die Bücher anschauen, die teils in Regalen standen, teils gestapelt auf dem Boden lagen, als Jo sich auf ihrem Futon (der stark an den in unserer letzten Wohnung erinnerte) bewegte und dabei leise stöhnte. Sie sah merkwürdig aus, nicht ganz sie selbst. Gut, ich hatt mal irgendwo gelesen, dass Menschen im Schlaf anders aussehen als im Wachzustand, aber ich hatte bislang geglaubt, das würd sich höchstens auf die Mimik beziehen. Konnte der Schlaf aus einer athletischen Frau ein fast elfenartiges Wesen machen, dünn wie 'n Insekt? Sie zitterte ein bisschen, also deckte ich sie zu (und fragte mich 'nen Moment lang, ist das ihre oder meine Wahrnehmung oder etwas Drittes, etwas dazwischen?). Sie lächelte im Schlaf und griff nach meiner Hand, murmelte Mikes Namen dabei und dass ich, also er, näher zu ihr kommen sollte. Hatte sie sich wirklich gerade Josie genannt? Kaum war der Gedanke in mein Hirn geplatzt, schob meine Schwester meine Hand mit einiger Kraft und gar nicht mehr elfenzart weg.

Josie ... den Namen kannte ich. Normalerweise verbannte ich jeden Gedanken an sie und sprach auch nicht über sie. War kein gutes Omen, sie zog den Ärger nur so an und war selber nicht greifbar, jedenfalls nicht für mich. Allein den Namen zu denken, fühlte sich an, wie in ein Hornissennest zu stechen. Also nannte ich sie für mich Schneewittchen, und hoffte, sie würd in ihrem gläsernen Sarg oder wo immer sie sich im Inneren befand, einfach weiterschlafen. Wegen ihr hatte damals Mike unsere gemeinsame Zeit auf Shore beendet. Klar, das hatte nicht ewig gut gehen können. Es war weder gesund noch legal und 'ne Menge Stress obendrein – so hirnverbrannt, das nicht zu kapieren, war ich nicht. Außerdem hatte Mike recht gehabt, ich hätt besser aufpassen müssen. Es hätt nie passieren dürfen, dass sie (oder sonstwer) mir ausgerechnet auf dem Strich dazwischen funkte. Wenn's eines der Kids erwischt hätt, ich weiß echt nicht, wie ich damit hätte weitermachen sollen. Und den Ärger, den's gegeben hätt, wenn sich Jo oder Josephine mit 'nem Freier wiedergefunden hätten, hätt ich auch nicht haben wollen. Dass es Schneewittchen getroffen hatte, machte die Sache vermutlich nicht besser. Es passte zu gut zu dem, was ich immer verdrängen musste, mit aller Macht, wenn mir ihr Name zufällig begegnete. Vermutlich sollte sie mir leid tun, denn das konnte nur bedeuten, dass sie ähnliche Scheiße erlebt hatte wie ich. Und wie Mike, der allem Anschein nach noch weniger Lust hatte als ich, über sie zu reden. Damals, als ich mich bei Hans ausgetobt hatte, kurz bevor meine ach-so-sauberen Schwestern wieder das Ruder übernahmen, hatte Mike mir eingeschärft, auf Schneewittchen aufzupassen, sie gut vor allem und jedem zu beschützen. Ich wusste bis heute nicht genau, wie das gehen sollte und warum das so wichtig war für ihn. Trotzdem hab ich's natürlich versucht.

Überwiegend ging's, weil sie meist Lichtjahre von uns und der Realität entfernt schien. Deshalb nannte ich sie ja Schneewittchen – sie kam mir in dem Zustand vor wie die Märchenprinzessin, schlafend in 'nem gläsernen Sarg. Doch tot war sie nicht. Gelegentlich bekam ich mit, dass sie was wollte – Kaugummi, Musik, Klamotten und so'n Zeug. Damit es den anderen nicht auffiel, hatte ich für sie 'nen eigenen Discman besorgt und ihn samt CDs in Mikes und meinem Werkzeugkasten versteckt. Dem mit den Autowerkzeugen, dem Spezialzeug für den alten Citroën und so, denn an den normalen Kram ging Jo schließlich auch ran. Die Klamotten ließen sich nicht so gut verstecken, aber da musst ich auch keinen Schiss haben, dass sie wahlweise Erinnerungen oder eben Schneewittchen selbst weckten. Die anderen schüttelten höchstens den Kopf über die Miniröcke, die bauchfreien T-Shirts und den anderen schrillen, knallbunten Teeniekram. Ich selbst stand auch nicht auf das Zeug, sah das aber wie die Wünsche der Kids nach Spielzeug, Buntstiften oder neuen Kuscheltieren – wenn's sie glücklich macht, wen stört's?!

Allerdings hatte Schneewittchen noch 'ne andere Seite, und nicht alles davon lag im Dunkel der Vergangenheit verborgen. Dann brachte sie mich und die anderen gleich mit in die unmöglichsten Situationen. Es war, als würd ein Schalter in ihrem Kopf umgelegt, und dann ging sie auf Männerfang. Sie flirtete nicht wie Josephine, die das Spiel von Nähe und Distanz mit den Kerlen perfekt beherrschte, und sich zu verkaufen oder mit irgend'nem Arsch von Freier selbst zu bestrafen, wie ich's gemacht hatte, war auch nicht ihr Ding. Warum sie auf Männerjagd ging, was das auslöste, hatt ich nie begriffen. Ich bekam in den Momenten nur mit, wie sie an mir vorbei einen Typen wahrnahm und es „klick" bei ihr machte. Bevor ich reagieren konnte, schob sie sich an mir vorbei und mein Film riss. Anschließend stand ich jedes Mal vor 'nem anderen Scherbenhaufen. Denn so hartnäckig sie die Typen anmachte, so wenig war sie bereit, die Sache durchzuziehen. Manche Kerle ließen sie gleich abblitzen – dann stand ich da und fühlte ihr heulendes Elend im Inneren verschwinden, während ich mich Entschuldigungen murmelnd zurückzog. Andere sahen dieses erst Hü, dann Hott nicht ein und holten sich, was sie überdeutlich angeboten hatte, mit Gewalt – meist gleich von mir, was auch besser war, denn sonst war nach diesen Aktionen ihr verzweifeltes Schluchzen erst recht nicht zu ertragen. Blieb die große Grauzone derer, die auf ihre Anmache angesprungen waren und nach ihrem Absprung dumm dastanden. Ich konnt mir Erklärungen aus den Rippen leiern oder musste mir irgendeinen Sermon von ihnen anhören. Schön war's nie, nur da ich nicht an Schneewittchen selbst rankam, konnt ich höchstens versuchen, den Schaden zu begrenzen.

Als das Chaos mit dem Firmenskandal über uns hereinbrach, ging nicht mal mehr das. Mich hatte damals eh niemand gefragt, was ich davon hielt, in die verdammte Heimatstadt zu fahren, um Heidruns Patschhändchen zu halten, während die Bullen in der ollen Druckerei vor sich hin ermittelten. Ich bekam's erst mit, als wir schon da waren; Mike musste mir bei einem der heimlichen Telefonate den ganzen Mist erklären. Er hielt's für 'ne genauso bescheuerte Idee wie ich, aber anscheinend hatten sich die Mädels die Suppe selbst eingebrockt und die Flucht nach vorn war das Einzige, was Heidrun aus unserm Leben mit Mike raushielt. Da ich die hysterische Ziege nicht ausstehen kann, hielt ich mich bedeckt und blieb im Hintergrund, soweit das möglich war. Schien das Beste zu sein, und ich hatt mit meinen eigenen Panikattacken und dem anderen Müll, der in Oldenburg vorzugsweise hochkommt, echt genug zu tun. Dann muss etwas furchtbar schief gelaufen sein, das was mit dem Bordell, wie sie den Laden unseres Erzeugers in den Zeitungsartikeln nannten, zu tun hatte. Plötzlich bekam ich nur noch mit, wie die Leute bei uns reihenweise umkippten, Panik um sich griff und in all den Flashs und Erinnerungsfetzen kaum mehr zu erkennen war, was draußen grad los war. Ein Riesenwirbel, der auch Jo ergriff, so viel war klar. Oder schien klar. Denn sie erinnerte sich ja nicht an ihre Begegnung mit Schneewittchen in dem verdammten Puff, und ich wusst nicht, was das Ganze losgetreten hatte.

Auf den Wirbel damals folgte ein großes schwarzes Loch, gar nicht mal unangenehm, was für mich auf 'nen offiziellen Nervenzusammenbruch mit entsprechenden Medikamenten deutete. Danach waren's bei mir nur noch Fetzen, das konnten Träume sein, mussten es aber nicht. Und dann stand ich in Belgien in 'ner Telefonzelle. Der Körper fühlte sich voll zerschlagen an. Im Ohr hatte ich den Anrufbeantworter in unserer Wohnung im Pott. Niemand ging ran, Mike war nicht da. Wieder ein Filmriss, dann so 'ne Kiste mit 'nem Typen, den Schneewittchen aufgerissen haben musste und den ich nur mit Mühe davon überzeugen konnte, dass ich grad keinen guten Fick abgeben würde. Nächster Filmriss. Der nächste Typ, jedes Mal ein anderer Ort. Immer wieder Versuche, Mike zu erreichen, die allesamt scheiterten. Endlich gelang's mir irgendwie, Schneewittchen oder wer noch mit drinhing, reinzuzerren und mich am Ruder festzukrallen. Mike war immer noch unerreichbar, wir waren inzwischen in Charlesroi – also schien's am besten, nach Paris zu Inez zu trampen.

„Du bist das damals gewesen", ließ mich Jos Stimme zusammenzucken.

„Seit wann bist du wach?", wollt ich vorsichtig wissen.

„Lang genug, um mich zu fragen, wer Schneewittchen ist."

Systematisch, wie er war, überprüfte Markwart den Reporter. Aber seine diskreten Nachforschungen zur Person – als Ex-BNDler hatte er die nötigen Kontakte – ergaben nichts. Ein paar Geschwindigkeitsübertretungen, die üblichen Haschischexperimente als Jugendlicher, Parkscheinvergehen, nichts weiter. Dann stieß er auf Rudolf Meerbachs Trennung von seiner langjährigen Lebensgefährtin, aber auch das erwies sich als Sackgasse. Weder hatte sie Forderungen gegen ihn, noch belästigte er sie mit eifersüchtigen Anrufen oder spionierte ihr hinterher. Es musste also um seine Arbeit gehen, dachte Markwart seufzend, was angesichts der Tatsache, dass der Reporter nicht minder fleißig und gründlich schien als sein Beobachter, einigen Aufwand bedeuten würde.

Ende vom Anfang II

Inez hatte seit drei, vier Wochen nichts von Jo & Co. gehört. Was nicht weiter ungewöhnlich war, aber in diesem Fall hieß, sie wusste auch nichts Genaueres, denn beim letzten Telefonat der beiden war es um die Lernerei fürs juristische Staatsexamen gegangen. Und ich konnte ihr nicht mal die richtigen Fragen stellen, weil Herbert neben mir saß.

Dass er sofort in Paris anrufen würde, weil meine Schwester sich mitten im Chaos des Firmenskandals vor zwei Jahren genau dorthin geflüchtet hatte, hatt ich nicht erwartet. Okay, es beruhigte meine Panik. Es hieß aber auch, dass ich so nicht weiterkam. Ich wollte das Gespräch beenden, als mir noch was einfiel. Offiziell hatte Hans mir die Detektivin Josephine Baker hergeschickt – er dürfte also vor kurzem Kontakt mit Jo & Co. gehabt haben. Vielleicht konnte Inez durch ihn mehr über meine Schwestern und das, was bei ihnen gerade abging, rausfinden? Inez versprach, nichts unversucht zu lassen.

„Merci beaucoup", verabschiedete ich mich, „au revoir – mit Glück vielleicht schon bald ganz real." Dann legte ich auf und starrte den Hörer an. Inez war mir ein Rätsel. Dass sie Josephines beste Freundin war, passte – aber dass sie obendrein immer wieder bereit war, auch mir zu helfen, ging mir nie wirklich in den Schädel. Als ich sie damals anrief, während Tom bei Hans gegen seinen Turkey randalierte, fiel sie aus allen Wolken. Sie wusste von nichts, für sie war's ein doppelter Schock zu erfahren, dass Josephines Bruder nicht nur ein Knacki war, sondern auch ein Junkie, der gerade einen Rückfall gebaut und Tom mit reingeritten hatte. Ich hatte erwartet, sie würde Jo & Co. helfen und mich zur Hölle schicken. Als sie es nicht sofort tat, dachte ich, sie wollte mich dabei haben, weil's bei 'nem Multihaufen immer die Frage ist, wer was mitbekommen hat, und dann eine Außensicht hilfreich sein kann. Oder dass sie, als sie Toms heftige Reaktion auf meinen „Verrat" bei unserer Ankunft bei Hans mitbekam, dachte, anders käme man nicht an ihn heran.

Dann zog Inez' Anwesenheit meine Schwestern nach vorne und das Chaos war komplett: Ihnen fehlten Wochen am Stück, zum ersten Mal in ihrem Leben wohl, aber die Spuren dieser verlorenen Zeit waren überdeutlich. So deutlich, dass ich in dem Moment kurz davor war, zu heulen. Es war, als ob ich sie plötzlich durch Inez' oder auch Hans' Augen sah, und das sah alles andere als gut aus. Anna reagierte ungläubig und verwirrt auf den Zeitverlust. Josephine war erschreckend sprachlos angesichts ihres heruntergekommenen physischen Zustands. Jo steckte zwischen Schock und Wut – wie hatte ich ihnen allen das antun können und mir selbst obendrein auch?! Das Letzte verstand ich erst, als Inez mich vor den Spiegel in Hans' Flur schubste.

„War wohl doch 'ne Lungenentzündung", stammelte ich. Hans war kurz davor, mir eine reinzuhauen. Inez wiederholte ihr Angebot, uns alle nach Paris mitzunehmen, wo wir im Haus ihrer Familie bleiben sollten, bis sie die beste Klinik für Entzug und Therapie gefunden hatte. Ich widersprach noch einmal, sie sollten ohne mich fahren, mich vergessen. Nur, wenn ich Tom bei mir behalten würde, fauchte Jo mich an, ich sollte bloß nicht daran denken, mich schon wieder zu verpissen. Josephine fand die Sprache wieder, auch Anna wollte sich einmischen, aber Inez ließ das nicht zu. Sie bestand darauf, dass weder Tom noch ich in der Verfassung wären, nur für uns selbst zu wissen, was wir brauchten, weswegen wir jetzt die Unterstützung unserer Schwestern nötig hätten. Wenn sie mich aus ihrem Leben rausschmeißen wollten, okay, das wär ihre Entscheidung, aber keine, die hier und jetzt getroffen werden müsste und könnte. Erst stünden Entzug und Therapie an, alles andere müsse warten.

„Erde an Mike", hörte ich Herbert. „Was ist los, was hat sie gesagt?"

„Sie weiß nichts Genaues. Josephine konnte oder wollte damals nicht sagen, was passiert war, und Inez hat sie nicht gedrängt. Aber sie will sehen, was sie rausfinden kann." Ich verstummte erneut. Eben noch hatte diese Aussicht eine gewisse Erleichterung gebracht, jetzt warf sie Zweifel auf. Sicher wär es gut, wenn Inez und Hans ein Auge auf Jo & Co. hätten – falls sie das zuließen. Nur ob es tatsächlich sie oder mich weiterbringen würde, war 'ne andere Frage. Das Innere eines multiplen Haufens ist 'ne komplexe Angelegenheit. Wenn man mit dem Falschen sprach oder sie auf das Falsche ansprach, konnte es bestenfalls im Nichts enden – buchstäblich im Nichts, weil die Worte schlicht nicht ankamen. Schlimmstenfalls löste man eine innere Lawine aus, Flashbacks, Panikattacken und dergleichen. Okay, Anna hatte immer wieder erklärt, so dramatisch, wie das von außen aussah, sei's selten. In Sachen Selbsterhaltung seien Multiple Experten, also könnten wohlmeinende Fragen nur eine grenzwertige Situation erzeugen, wenn bereits eine innere Bereitschaft bestand, sich den dazugehörigen schmerzhaften Antworten zu stellen. Eine wirkliche Grenze würde nicht überschritten, es wäre stets so viel, wie auszuhalten wäre, nicht mehr. Zusammenbrüche der gefährlichen Art würden nur durch erneute traumatische Ereignisse ausgelöst. Selbst wenn das stimmte, was bedeutete das für den Augenblick?

„Mike, nun sitz nicht da wie'n begossener Pudel. Du hast gerade mit der besten Freundin deiner Schwester gesprochen, und sie ist bereit zu helfen, was willst du mehr?!“ Herbert schaute aufmunternd und schob mir eine frische Tasse Johanniskrauttee hin.

Ich nahm sie, war wenigstens was, um sich dran festzuhalten, und zuckte mit den Achseln. Wie hätte ich ihm sagen sollen, dass ich mir nicht um eine Schwester Sorgen machte, sondern um einen ganzen Geschwisterhaufen, der sich in den Kopf gesetzt hatte, ausgerechnet mit einem meiner gefälschten Pässe als Detektivin sonst was aufzuklären?

Aber irgendwas musste ich tun, also deutete ich auf die restlichen Zeitungskopien neben Herberts Tasse: „Bitte. Ich glaub zwar nicht mehr, dass darin 'ne Erleuchtung versteckt ist, nur, was anderes können wir hier kaum tun, oder?!“ Herbert seufzte, fischte aber dennoch einen der Artikel heraus.

Skandal um ehemaliges Bordell: Ehefrau wusste nichts
Der gestrige Ortstermin im *Moulin Rouge* half nicht, den Erpressungsverdacht gegen Frank D., den ehemaligen Geschäftsführer der Druckerei Berling, zu erhärten. Dennoch war dieses Etablissement auch bei der heutigen Fortset-

zung des Prozesses im Gericht wieder Thema: Die Anwälte von Michael Greschkes Witwe, der Berling-Erbin Heidrun Greschke, legten heute Beweise vor, dass sie nichts von seiner Eigentümerschaft am damaligen Bordell *Sexy Cats* (heute *Moulin Rouge*) wusste.

„Ach, sie weiß nichts, kann das aber beweisen“, unterbrach ich meine Leserei. Ironie war die beste Waffe, wenn einem was zu nah zu kommen drohte. Herbert sagte nichts, also machte ich weiter.

Sie hätte zu seinen Lebzeiten lediglich den Verdacht gehabt, dass er ihr untreu gewesen sei, und entsprechende, diskrete Nachforschungen über die Anwaltskanzlei eingeleitet. Das Ergebnis dieser Nachforschungen sei, wie auch entsprechende Protokolle belegen, eben die Eigentümerschaft am *Sexy Cats* gewesen. Heidrun Greschke habe davon jedoch erst nach der Verhaftung von Frank D. erfahren. Man habe der trauernden Witwe nach dem tödlichen Unfall ihres Mannes nicht einen weiteren Schock versetzen wollen, sagten die Anwälte, und deshalb das Wissen über ihren Gatten bis jetzt geheim gehalten. Das schien auch insofern sinnvoll, als das *Sexy Cats* aufgrund einer Vertragsklausel mit dem Ableben Michael Greschkes automatisch an den offiziellen Geschäftsführer Harry K. überging und somit nichts mehr mit der Familie Greschke zu tun hatte.

„Typisch“, murmelte ich, „organisiert bis ins Letzte.“

„Wieso typisch?“, mischte sich Herbert ein. „Soweit ich weiß, hatte dein Vater einen Unfall. Mit 40 oder 41, da rechnet niemand mit seinem Tod.“

„Erstens war der Typ megaparanoid, zweitens ist das Rotlichtmilieu nicht mal im niedlichen Oldenburg ’n lebensverlängerndes Pflaster.“

Herbert schaute mich nur an und nahm mir die Kopie aus der Hand, um das Nächste selbst laut vorzulesen.

Weitere Untersuchungen habe es nach dessen Tod nicht gegeben, weil man, insbesondere mit Rücksicht auf die damals 14 und 9 Jahre alten Kinder, keinen unnötigen Staub aufwirbeln wollte.

„Also wussten nur die Anwälte von dem Bordell, als dein Va... dein Erzeuger starb", unterbrach sich Herbert nachdenklich. „Seltsam nur, dass sie dieses Wissen nicht weitergegeben haben."

„Steht doch da – trauernde Witwe, arme Kinder." Ich zuckte mit den Achseln. Wer weiß, woher die Anwälte wirklich von der Bordellverbindung wussten. Herbert las inzwischen weiter vor.

Erst durch die Ermittlungen und den Prozess gegen Frank D., den testamentarisch bestimmten Treuhänder und letzten Geschäftsführer der familieneigenen Druckerei, seien Zweifel aufgekommen und man habe diese Heidrun Greschke wie auch dem Gericht mitgeteilt. Unmittelbar darauf sei es zum Ortstermin im *Moulin Rouge* gekommen, wo Heidrun Greschke einen Nervenzusammenbruch erlitt. Der Ortstermin und die Konfrontation mit Egon V., dem ehemaligen Fahrer ihres Mannes,

„Moment", unterbrach diesmal ich, „Ortstermin? Was, wenn meine Schwester auch dabei war?" Herbert ratschte als Antwort den Rest des Artikels runter, während ich versuchte, die wieder aufflackernde Panik unten zu halten. Darüber verpasste ich einen Teil seiner Leserei und bekam nur das Ende des Zeitungskrams mit:

... ‚Ich ahnte, dass mein verstorbener Ehemann mehr Vergangenheit hatte, als gut für ihn war. Aber ich habe ihn aufrichtig geliebt und stets an das Gute in ihm geglaubt, deshalb lagen mir solche Gedanken fern,' so Heidrun Greschke, ‚ich bedauere jedoch zutiefst, dass meine Tochter nun in diese Geschichte hineingezogen wurde.

Ich hoffe nur, dass sie bald gefunden wird.' Cäcilia-Josephine Greschke wird seit dem Ortstermin, den das Gericht angeordnet hatte, vermisst. Die Familie hat eine Belohnung von 10.000 Euro für Hinweise ausgesetzt, die zum Auffinden der verschwundenen Jurastudentin führen.

„Sie war also dabei", sagte Herbert, „und hat ganz unmittelbar und unvorbereitet die Wahrheit erfahren." Die Frage war nur, welche Wahrheit. Und wie viel davon jetzt wen in dem Haufen erwischt hatte. Wir schwiegen beide einen Moment betreten. Nur das Ticken der Wanduhr war zu hören.

„Mike, was ist wirklich los, was weißt du von dem Bordell und deinem Vater?", setzte Herbert an, dann wurde er plötzlich hektisch, kramte in seinem Schreibtisch und holte eine Packung Kleenex hervor, die er mir hinschob. Zuerst verstand ich nicht, dann fühlte ich das nasse Zeug im Gesicht.

„Ich weiß es nicht, verdammt." Meine Stimme hörte sich nicht gut an, aber so konnt ich die verdammten Tränen runterwürgen.

Mein anschließendes Schneuzen überlagerte nur teilweise, was Herbert nachschob, bevor er unsern heutigen Termin beendete: „Was immer euer Vater getan hat, es ist vorbei, er ist tot und begraben."

Rudolf A. Meerbach hatte zig Mal den Hörer abgehoben und wieder aufgelegt. Konnte, sollte, musste er die Detektivin anrufen, sie noch einmal von ihrem Krankenlager aufscheuchen? Er hatte ja keine Neuigkeiten für sie. Aber an Arbeit war nicht zu denken, seine Gedanken kreisten ständig um Josephine Baker und ihre geheimnisvolle Klientin. Als plötzlich sein Telefon schrillte, kippte er vor Schreck fast mit dem Schreibtischstuhl um. Und dann bestätigte sie seine Vermutung: Cäcilia-Josephine Greschke war tatsächlich die Auftraggeberin der Ermittlungen. So nah war er ihr noch nie gekommen. Seine Hand zitterte, als er den Hörer auflegte.

Night and Day II

„Himmelherrgottnochmal, warum hast du das getan?"

Tom grinste breit, ich konnte das Lachen gerade so unterdrücken. Josephines „damenhafte Flüche" waren meist unfreiwillig komisch, aber es besserte ihre Laune nicht, wenn man sie allzu deutlich darauf hinwies.

„Ich hätte so eine Trotzreaktion nicht von dir erwartet, Jo." Anna sah mich kopfschüttelnd an. „Gut, ich persönlich bin froh über die Entscheidung zur Zusammenarbeit mit Rudolf … – Herrn Meerbach. Aber, Jo, bist du sicher, dass dein inneres Gleichgewicht das verkraftet?"

„Es geht nicht um mich. Und ihr alle wisst genau, wie wenig bei uns ‚sicher' ist. Aber das hat uns nicht dran gehindert, 28 Jahre alt zu werden, ein Jurastudium halb zu beenden und 'nen Haufen anderer Dinge zu tun."

„Was soll das heißen, es geht nicht um dich?" Toms Grinsen gefror bei Annas Frage. Dabei wusste er als Einziger, worum es hier ging. Er hatte mich darauf gebracht, dass es bei „meinem" unrühmlichen Auftritt in der Redaktion gar nicht um mich gegangen war, sondern um jemand, den er ‚Schneewittchen' nannte. Sie steckte hinter meinen Zeitlücken wie auch hinter den seltsamen Träumen, die mich seit der Stippvisite in unserem Heimatkaff verfolgten, hinter meinem eigenartigen Verhalten in der Oldenburger Redaktion wie vermutlich auch dem untypischen Drang nach orangefarbenen T-Shirts und Himbeermarmelade.

Okay, für einen nichtmultiplen Menschen mag das keine Erklärung sein. Für so jemanden wäre die Erkenntnis wahrscheinlich erschreckend, *da ist noch jemand in oder hinter mir und dessen Gefühle, Bedürfnisse, Eigenschaften vermischen sich mit den meinen*. Für mich dagegen war das beruhigend. Es erklärte die verdeckten Amnesien und mein unerwartetes Verhalten, und es war viel angenehmer, eine andere dahinter zu entdecken, als mir meiner selbst unsicher zu werden. Schließlich gehörte es für mich seit langem dazu, immer wieder unerwartet über andere, über Unbekannte in diesem Haufen zu stolpern. So was stellte die innere Ordnung des Haufens jedes Mal vorübergehend auf den Kopf, aber, wie gesagt, es passierte nicht zum ersten und vermutlich auch nicht zum letzten Mal. Dass eine Unbekannte sich zunächst durch eine von uns regte, bevor sie sich zu erkennen gab und sie selbst so erkennen konnte, dass wir viele sind, war nicht ungewöhnlich. Damit umzugehen war schlicht ein praktisches Problem, während an unheimliche Veränderungen in mir selbst zu glauben, Untiefen ungeahnter Art in mir selbst zu vermuten, zutiefst verunsichernd gewesen war.

„Noch eine andere!“ Josephine seufzte. „Prima, erst Cäcilia und nun dieses Schneewittchen. Vielleicht sollten wir eine Quarantänestation einrichten?“ Sie hatte Humor und Ironie wiedergefunden, das war gut.

„Weißt du, warum sie ausgerechnet an dir dran hängt?“, fragte Anna.

Ich schüttelte den Kopf. Niemand wusste das. So was konnte auf eine Verbindung aus der Vergangenheit deuten, es konnte aber auch schlicht Zufall sein. Ich vermutete Letzteres, wahrscheinlich war ich mit meinem Detektivspiel, in dem ich uns nach Oldenburg zurückbrachte, an etwas gestoßen, was sie berührte. Genauer konnte man das erst sagen, wenn wir sie besser kennen gelernt hatten und sie uns. Bislang war sie anscheinend nur Tom begegnet, hatte aber nicht begriffen, was da passierte. Auch das gab's häufiger – als ob man selbst akzeptiert haben musste, dass da noch andere sind, um sie sehen zu können. Erinnerte an die Einwegspiegelfenster bei der Polizei. Mit dem Gedanken kam ein leises Zittern, das Anna sofort bemerkte.

„Was war das, Jo?“

Ich atmete tief durch, das Zittern verschwand. Und weil es sich nicht anfühlte, als hörte ich auf zu zittern, musste es von ihr gekommen sein. Ich wollte genau das sagen, aber aus meinem Mund kam etwas anderes. Mehr noch, es kam aus *unserem* Mund und die Stimme klang nur entfernt bekannt:

„Josie“, einen Herzschlag Schweigen, dann sprach ich mit meiner Stimme weiter, „sie heißt Josie, nicht Schneewittchen!“ Wir kamen ihr also näher. Oder sie uns.

„Schade", warf Tom bissig ein. „Schneewittchen gefiel mir besser. Das ließ die Illusion, sie würd meist schlafen."

„Offenbar tut sie das nicht mehr", bemerkte Josephine kühl. „Ich verstehe allerdings immer noch nicht, warum Jo deshalb ausgerechnet jetzt unseren rasenden Reporter angerufen und obendrein gleich einen Termin mit ihm ausgemacht hat. Wäre das Auftauchen dieser Neuen nicht ein Grund, erst recht auf Zeit zu spielen?"

Mist. Manchmal war ihre Trefferquote unheimlich, wenn's darum ging, Schwachpunkte in meinen Strategien zu finden.

„Vielleicht ist es nicht schlecht, der Neuen den Weg zu ebnen, indem wir weitermachen und dabei in Rudolf einen Verbündeten haben? Das wäre eine Möglichkeit, ihr zu zeigen, die Gegenwart ist anders als die Vergangenheit – eben viel weniger gefährlich –, und dass wir nicht allein sind?"

Annas Argumentation überraschte mich. Sie hatte etwas für sich, aber normalerweise war sie die Vorsichtige. Sah man die Welt und die Menschen anders, wenn man verliebt war? Plötzlich war Mikes Bild in meinem Kopf und ein sehnsuchtsvolles Ziehen im Körper. Anscheinend kannte „die Neue" ähnliche Sehnsüchte und Gefühle wie neuerdings Anna.

„Das hoff ich", sagte ich rasch, und damit verschwanden die fremden Gefühle. „Mal abgesehen davon, dass Tom und ich nun gemeinsam auf sie aufpassen können. Und dann ist da noch was." Ich ging ins Schlafzimmer und hob den Zeitungsartikel auf, der mir vorhin als Test meiner Theorie gedient hatte: Jetzt, wo klar war, nicht ich reagierte so heftig auf diese Dinge, war es viel leichter geworden, dieses Zeug zu lesen!

„Stopp!", sagte Josephine. „Gut, ich glaube dir, dass du diesen Artikel gelesen hast. Dennoch, bevor hier irgendetwas weiter passiert und womöglich noch eine dritte und eine vierte bislang Unbekannte auftauchen, bin ich dafür, dass wir in kleinen Schritten weitermachen. Soweit das geht, wo wir nur eine knappe Woche bis zum Termin mit Rudolf A. Meerbach haben."

Ich wollte einwenden, dass die Artikel doch zur Vorbereitung darauf gehörten, aber Tom war schneller: „Gute Idee. Ich kann

Zeit brauchen. Vielleicht krieg ich's jetzt endlich hin, 'ne direktere Verbindung zu Schneewittchen zu basteln. Und vor allem, 'ne sauberere Trennung zwischen ihr und Jo einzurichten."

Schon wieder lag mir Widerspruch auf der Zunge, doch ich sagte nichts. Vielleicht hatte er recht. Ich hatte sicher nichts dagegen, mein Bewusstsein, meine Gefühle und meine Wahrnehmung wieder so weit für mich allein zu haben, wie das in einem multiplen Haufen möglich ist. Allerdings hatte ich keine Lust auf einen Ausflug ins Kosmetikstudio, wie Josephine vorschlug, und für eine Juraprüfung zu büffeln, wie Anna anregte, wenn nicht abzusehen war, ob und wann wir sie antreten würden, dafür konnte ich mich erst recht nicht begeistern.

„Wie wär 'ne Runde Joggen am Aasee? Haben wir ewig nicht mehr gemacht, dabei pustet das am besten den Kopf frei", schlug ich vor. Die „Damen" in unserm Verein rümpften die Nase, doch Tom fand, das sei hervorragend geeignet, um ihm im Inneren die nötige Luft für sein Vorhaben zu verschaffen.

Herbert war diese Sitzung unangenehm. Erst kam er zu spät, dann beendete er das Treffen mit Mike vorzeitig, obwohl es ihn, seinen Schützling, sichtlich mitgenommen hatte. Aber er wollte so schnell wie möglich in Paris anrufen, und nicht Gefahr laufen, mit einer Haushälterin, einem Butler oder wer sonst im Haushalt einer jungen Diplomatin den Hörer abheben würde, sprechen zu müssen. Dafür hätte sein Französisch nicht gereicht. Aber er war sich nicht sicher, ob Mike der besten Freundin seiner Schwester die Dringlichkeit der Lage wirklich klargemacht hatte. Und Herbert lief die Zeit davon, wenn er seinen Justizvollzugsbericht pünktlich abliefern wollte.

Legendenblues

Sehr eigenartig. Natürlich musste ich, wenn ich mit oder ohne vorherige Absprache mal wieder die „Fassade“ spielen durfte, des öfteren auch eine Legende erfinden, die es so aussehen ließ, als sei Cäcilia-Josephine Greschke ein real existierendes Einzelindividuum wie 95 Prozent der Weltbevölkerung. Das gehörte zu meinem Leben wie Schönheitspflege oder Shoppen. Allerdings musste im Normalfall eine solche Legende nicht haltbarer oder tiefgehender sein als Maniküre oder Make-Up. Nur, diesmal brauchten wir eine ganz neue Art Legende, eine, die dem kritischen Blick eines Reporters standhalten würde, der anscheinend schon seit langem ein Faible für uns hatte. Sie musste im Notfall von allen Leuten im System vertreten werden können und obendrein durfte sie weder Rudolf A. Meerbachs noch unsere eigenen Ermittlungen zum Thema „Wie kam es zum Nervenzusammenbruch im Zusammenhang mit dem Firmenskandal?“ behindern. Das ließ sich nur in direkter Zusammenarbeit mit allen Beteiligten – oder wenigstens allen wesentlichen, kooperationsbereiten und -fähigen Beteiligten – auf unserer Seite erreichen. Da ich in dieser Angelegenheit selbst nur mittelbar betroffen war, hatte ich nun den Vorsitz in einer internen Konferenz, bei der mehr Leute denn je zusammenkamen. Neben mir, Jo und Anna saßen Cäcilia und Tom, der auch für Josie sprechen würde. Oder vielmehr für Schneewittchen, wie er sie nannte und wir sie nennen sollten, um es ihr zu erleichtern, sich aus Dingen rauszuhalten, die für einen „Neuling“ womöglich zu viel wären. Sie hatte inzwischen eine grobe Vorstellung von uns und dem, was wir vorhatten. Genaueres hatte Tom nicht gesagt. Aber da Jo versicherte, sie fühle sich wieder wie sie selbst, musste er tatsächlich einen Deal mit Schneewittchen hinbekommen haben.

„Nun gut“, sagte ich, „offiziell hat uns also Cäcilia-Josephine Greschke beauftragt, die Umstände näher zu untersuchen, die im Zusammenhang mit dem Firmenskandal zu ihrem Nervenzusammenbruch führten. Unser rasender Reporter ist mehr als kooperationsbereit, weil er sich dafür indirekt verantwortlich fühlt. Das dürfte manches erleichtern, zumal er ahnt, was wir bereits wissen: Dass diese persönliche Sache eine heikle Angelegenheit ist oder werden kann."

„Er befürchtet etwas Ähnliches wie diesen Nervenzusammenbruch hinter unserem, äh, Cäcilia-Josephines derzeitigem Abtauchen", ergänzte Anna. „Er wird sie kaum überfordern wollen, er will ihr helfen, so scheint es mir."

„Klar will er das", brummte Tom. „Nur glaubt er, dass er das tut, wenn er mit der Detektivin zusammenarbeitet, die ihr – wir – ihm vorspielen. Was wir aber nicht sind, nicht, wenn's um uns geht, oder?"

„Ganz genau, darum geht es." Vorsitzende zu spielen fiel mir erstaunlich leicht. Ich machte eine mentale Notiz, für den Fall des erfolgreichen Studienabschlusses eine Richterrobe doch nicht, wie ursprünglich gedacht, prinzipiell abzulehnen.

„Na ja, dafür hat Tom den Deal mit Schneewittchen gemacht." Jo zuckte mit den Achseln. „Unser Auftrag als Detektivin ist klar: Finde heraus, was C-J G damals aus der Kurve schmiss. Dabei soll der Reporter uns helfen, und zwar am besten so, dass wir uns nicht versehentlich selbst abschießen."

„Wie können wir denn sicher sein, dass das funktioniert?", gab Cäcilia zu bedenken. „Ich meine, gut, vielleicht war es dieses Schneewittchen, das Jo so irritiert hat. Aber was machen wir, wenn wieder so etwas passiert wie in der Redaktion? Oder bei uns in der Küche, mit der Kaffeekanne und so?"

„Ich hau dem keine mehr rein, das hab ich versprochen." Tom klang genervt. „Und glaub's mir, die Mädels haben zig Tricks drauf, um sich Luft zu verschaffen, wenn sie das brauchen."

Anna nickte. Sie hatte Fachliteratur gewälzt und Internetrecherchen betrieben: „Zuerst sorgt man dafür, dass alle wissen, worum es geht, und diejenigen, für die das zu viel werden könnte, geschützt im Inneren bleiben. Das betrifft bei uns vor allem die Kinder und Schneewittchen. Dann macht man sich klar, vorher und in der Situation, wie man physisch jederzeit wieder aus ihr herauskommt. Sprich: Kein Mensch findet es ungewöhnlich, schon gar nicht bei einer Frau, wenn sie urplötzlich zur Toilette muss. Dort kann eine Krisenkonferenz einberufen werden, und man entscheidet, kann man sich erden und weitermachen oder sollen wir abbrechen und einen vergessenen Termin oder etwas anderes, was wir uns vorher ausdenken, vorschieben. Manche Multiple schreiben im Internet, dass ihnen Codewörter helfen. Wenn die intern fallen, ist eine Unterbrechung angesagt. Außerdem sollen vertraute Ansprechpartner im Außen, außerhalb der Situation, hilfreich sein."

„Und wer soll das bitte sein?" Jo klang gereizt. „Sollen wir Inez aus einer internationalen Konferenz zerren oder hoffen, dass das Telefon Hans' Druckmaschinen übertönt? Mir fällt jedenfalls sonst keiner ein, den man anrufen könnte. Ich denk, das mit dem Klo und 'nem Codewort muss reichen."

„Ich könnte Mutter anrufen", schlug Cäcilia vor, und ich musste streng in die Runde blicken, damit weder Jo noch Tom sie unterbrach. „Oder ist es wichtig, dass die andere Person weiß, was wir tun? Es müsste doch reichen, dass sich wenigstens die vorne dann sicherer fühlt."

„Vorschlag angenommen", würgte ich Einmischungsversuche von welcher Seite auch immer ab. „Wenn Cäcilia vorne ist und Hilfe braucht, ruft sie Heidrun an und spricht mit ihr, bis sie sich beruhigt hat oder Kontakt zu uns kriegt. Ansonsten ab aufs Klo und als Codewort ‚Codewort' gedacht, damit wir uns beraten können. Außerdem bin ich dafür, das Treffen mit Rudolf an einen neutralen Ort zu legen, damit man sich im Bedarfsfall hierher zurückziehen kann und nicht irgendwen rauswerfen muss." Die anderen nickten. Es wurde Zeit, zur Sache zu kommen. Ich griff nach dem Zeitungsartikel, der in meinen Augen die meisten Informationen enthielt.

„Okay, der offizielle Lebenslauf von Cäcilia-Josephine Greschke, geboren und aufgewachsen in Oldenburg, Abitur in der Schweiz, Studienaufenthalt in Amerika, Fortsetzung des Jurastudiums im Ruhrgebiet etc. pp. dürfte uns allen genau wie Rudolf A. Meerbach klar sein. Unabhängig von der Frage, ob er auch von eurem ersten Sanatoriumsaufenthalt weiß, macht diese Vita zusammen mit dem letzten Nervenzusammenbruch klar: Diese Frau ist schön und intelligent, aber nervlich labil. Mit dem Ermittlungsauftrag an die Detektivin Josephine Baker dokumentiert sie den Willen, sich ihren Dämonen zu stellen, ohne sich selbst unmittelbar in Gefahr zu begeben – klug, aber vorsichtig." So weit klang die Legende unserer vermeintlichen Auftraggeberin nicht schlecht. Kein Wunder, schließlich hatte ich mir das ausgedacht.

„Das Labile klingt sehr nach mir", mischte sich Cäcilia erneut ein. „Also frage ich mich, wäre ich darauf gekommen, eine Detektivin zu engagieren? Und wenn ja, wie hätte ich sie gefunden?"

„Branchenbuch?" Jos Vorschlag kam prompt. „Ich weiß, Anna favorisiert die persönliche Variante, ehemalige Studienkollegin oder so, aber das ist heikel und –"

„Aber wieso nimmt man dann niemanden vor Ort?" Cäcilia ließ sich nicht mehr so leicht einschüchtern. Aber auch darauf hatte Jo eine Antwort:

„Okay, dann eben die Empfehlung eines Juraprofessors oder einer Kommilitonin, die aus Münster kommt. Ist räumlich näher an Oldenburg dran, was spesentechnisch günstig ist, aber nicht zu nah – 'ne Detektei aus dem Heimatkaff käm für C-J G nicht in Frage, da könnte sie nie wissen, ob's nicht irgend 'ne alte Verbindung zum ursprünglichen Fall gibt. Aber die Detektivin sollte keine Freundin oder so sein. Je persönlicher der Kontakt, umso mehr müssten wir wissen und mithin preisgeben können." Anna nickte nachdenklich, was Cäcilia mehr als Jos Worte zu überzeugen schien. Damit wäre das auch geklärt, dachte ich erleichtert.

„Gutes Stichwort", lobte ich rasch. „Unser Reporter wird naturgemäß davon ausgehen, dass wir von unserer ‚Auftraggeberin' mindestens das wissen, was er in der Zeitung geschrieben hat. Und ich finde, aus diesem Artikel hier ergibt sich so einiges an Informationen wie auch an Fragen."

Die ‚kreativen Geschäftsmethoden' des Michael G.

Beim Ortstermin in der Erotik-Bar *Moulin Rouge* erlitt gestern Heidrun G., die Haupterbin der Druckerei Berling, deren Geschäftsführer Frank D. z.Zt. wegen des Verdachts auf Unterschlagung, Steuerhinterziehung und Betrug angeklagt ist, einen Nervenzusammenbruch.

Das Gericht hatte zum Ortstermin geladen, um den Vorwurf der Erpressung gegen Frank D. zu klären, der Besuche mit Geschäftskunden im einstigen Bordell *Sexy Cats*, der heutigen Erotik-Bar, entsprechend eingesetzt haben soll.

„Ja“, rief Cäcilia aus, „das ist der Termin, der Mama so schrecklich aufregte! Ich wusste nicht genau, worum es ging, aber ich wusste doch, ich kann sie da nicht allein hinlassen.“

Damit erinnerte sich immerhin eine von uns an das Ereignis an sich. Jo und ich hatten bislang nur vermutet, den Beschluss dazu am Tag davor im Gerichtssaal gehört zu haben, aber nicht mal in dem Punkt waren wir sicher gewesen. Auch jetzt folgte daraus erst mal nichts Weiteres: Tom schüttelte mit starrem Blick den Kopf, er wusste wohl von nichts, hatte aber wahrscheinlich alle Hände voll zu tun, die Barriere zu Schneewittchen aufrecht zu erhalten. Ich blickte zu Jo, die ebenfalls den Kopf schüttelte. Wir lasen weiter.

Unter den Augen von Polizei und Staatsanwaltschaft kam es zu einem filmreifen Auftritt: Konfrontiert mit Egon V., dem ehemaligen Fahrer des Druckereidirektors Michael G., stieß Heidrun G. wütende Verdächtigungen gegen ihren toten Ehemann aus. Offenbar hatte Michael G. im *Sexy Cats* nicht nur vor seiner Einheirat in die Familie Berling gearbeitet, vielmehr gehörte ihm das damalige Bordell sogar. Nur zum Schein sei es von einem „Kumpel“ geführt worden, so Egon V.

„Für mich sind das nur Worte“, sagte Anna. „Bilder, Erinnerungen habe ich dazu keine.“ Mir ging es ähnlich. Der biologische Vater war längst tot, als ich auf dem Plan erschien. Ich wusste nur, dass es ihn gegeben haben musste und dass er bei einem Unfall starb, als wir neun waren. Das schien zu erklären, warum er keine große Rolle für uns spielte. Er war zu weit weg, dachte ich bisher. Allerdings warf Heidruns beschriebenes Verhalten einige Fragen auf.

„Das finde ich nicht", antwortete Cäcilia in vorauseilendem Gehorsam. „Für Mutter war der gute Name der Familie immens wichtig und sie hat das alles furchtbar aufgeregt. Auch nur an einen solchen Ort geführt zu werden und dann von diesem impertinenten Menschen zu hören, dass ihr verstorbener Mann ein Bordell besessen hat, das war einfach zu viel."

„Meine Güte, der Typ war 'n Arsch", meldete sich Tom nun doch.

„Ja, aber genau darum geht es", regte sich Cäcilia auf. „Mama ahnte das gar nicht, deshalb war es doch so furchtbar für sie!"

„Dann muss sie blind –", setzte Tom nach, wurde aber sogleich von Anna unterbrochen, mit der ich zuvor alle Artikel gemeinsam durchgegangen war.

„Muss sie nicht, Tom. Einen Tag später stand in der Zeitung, dass nur die Anwälte darüber Bescheid wussten, es Heidrun aber nicht gesagt haben. Bitte, lies doch mal den nächsten Abschnitt."

> Die Familie von Michal G. hatte nach dessen Unfalltod seinem Fahrer Egon V. wegen Trunkenheit und Unzuverlässigkeit gekündigt. Dieser hatte gegenüber der Redaktion bereits kurz nach der Verhaftung des Geschäftsführers Frank D. auf die Verbindung zwischen dem *Sexy Cats* und der Druckerei hingewiesen. Ähnliche Hinweise hatten auch die Anwälte der Berling-Erben inzwischen dem Gericht übergeben. Nun haben die Anschuldigungen der Witwe – ‚Mein Mann hat mich betrogen und belogen, er hat den guten Namen der Familie und der Firma mit seinen Schweinereien in den Dreck gezogen' – dem neues Gewicht verliehen.

„Wieder mal typisch für unsere kleine Stadt", fasste Jo zusammen. „Da gibt's jemand, der Bescheid weiß, eben diesen Egon, und der hält die Schnauze. Bloß nicht an der Fassade kratzen, bloß nicht der Erste sein, der was sagt. Nein, erst muss anderweitig Dreck aufgewirbelt werden, dann hängt man sich sensationsgeil dran. Und die Zeitung wartet ab, bis die Staatsanwaltschaft selbst das Ganze per Papierkram nachweisen kann." Sie deutete auf den nächsten Abschnitt.

Auch in den Übernahmepapieren des *Moulin Rouge* finden sich Hinweise darauf, dass es als *Sexy Cats* dem ‚braven Familienvater' Michael G. gehört hatte. Nur: Selbst wenn Egon V.s Anschuldigungen stimmen und die Vermutung naheliegt, Frank D. könnte z.B. ‚Geschäftsessen' im *Moulin Rouge* dazu benutzt haben, öffentliche wie private Aufträge zu ‚Sonderkonditionen' zu erpressen – bewiesen ist damit noch nichts. Wenn sich in den verbleibenden Prozesstagen keine Zeugen, also keine Erpressten, zu Wort melden, muss dieser Anklagepunkt vermutlich fallen gelassen werden. Frank D. bestreitet nach wie vor, auch nur von der Eigentümerschaft Michael G.s am *Sexy Cats* gewusst, geschweige denn das spätere *Moulin Rouge* selbst in erpresserischer Weise benutzt zu haben.

„Ich finde, du machst es dir etwas zu leicht, Jo. Hätte Rudolf Meerbach Gerüchte verbreiten sollen? Oder in ein laufendes Verfahren mit Vorabberichten über Verdächtigungen eingreifen sollen?" Anna verteidigte den Reporter für ihre Verhältnisse geradezu mit Zähnen und Klauen.

„Schon gut", wiegelte Jo ab. „Das ist eh nicht so wichtig. Viel wichtiger ist doch, was hat das Ganze mit uns zu tun? Ich mein, wir waren neun, als Michael abkratzte. Die Art Doppelleben, um die's hier geht, wieso hat die uns so umgehauen? Josephine hat ihn nicht mal kennen gelernt. Tom hat seine Meinung über ihn deutlich kundgetan. Aber was ist mit euch beiden?" Sie schaute von Anna zu Cäcilia.

„Tut mir leid, ich kann dazu nichts sagen", war Annas Antwort. „Sicher, es gab ihn, das weiß ich, aber ich erinnere mich mehr an das Bild von ihm mit dem Trauerflor, das bei Heidrun im Flur stand, als an ihn selbst. Vermutlich hat ihn Schule nicht interessiert, so dass wir kaum Berührungspunkte hatten."

„Berührungspunkte!", raunzte Tom. „Verdammt, die waren meist blau und grün!"

Betretenes Schweigen. Anscheinend war ich nicht die Einzige, die die Beschäftigung mit gewissen Aspekten der Vergangenheit vermied.

„Deshalb mochte ich ihn also nicht, selbst bevor Mike auftauchte." Jo klang erschüttert. „Was sind wir für Idioten, was bin ich für ein Idiot! Ich mein, *mir* hat er nichts getan, irgendwo war er mir sogar lieber als Heidrun, weil er nicht immer einen auf besorgt machte und mir alles verbieten wollte, was Spaß machte, so wie sie. Dennoch –"

„Mama hat sich gesorgt", unterbrach Cäcilia, die noch nicht die Dimension des Ganzen begriff, „aber sie wusste sicher nichts von seinem Doppelleben."

„Ach ja?" Tom wurde langsam sauer, ich musste aufpassen. „Und wieso hat sie's dann 'nen Scheißdreck interessiert, wenn er mal wieder ausgerastet ist? Sie hat's doch regelrecht drauf angelegt, dass er Mike verprügelte."

„Davon weiß ich nichts", sagte Cäcilia. „Aber Mama hätte sich sofort scheiden lassen, hätte sie gewusst, dass er mit einem Bordell zu tun hat!"

Tom war kurz davor zu explodieren. Wie es Jo ging, war nicht zu sagen. Dafür warf mir Anna einen Blick zu, der sagte, das Thema Mike sollten wir vorerst raushalten, und der mich an meine Pflichten als Vorsitzende dieser Veranstaltung erinnerte. Ich räusperte mich.

„All das mag sein, es klärt aber nicht die Ausgangsfrage. Ich lese den Artikel so, dass Frank D. bei den nicht nachgewiesenen Erpressungen möglicherweise auf das Bordell unseres Erzeugers zurückgegriffen hat. Was wiederum heißen dürfte, dass der bereits mit ähnlichen Methoden gearbeitet haben muss und Frank D. davon wohl von Anfang an, also noch zu Michaels Lebzeiten, wusste. Nur, was hatte das mit uns zu tun? Da hat Jo völlig recht: Hier sitzt niemand, der ein Vaterbild mit Heiligenschein im Hinterkopf hatte, das da zerbrochen sein könnte und uns in den Nervenzusammenbruch getrieben hat. Was aber war dann der Auslöser? Cäcilia würd ich zutrauen, dass sie aus reinem Mitgefühl mit Heidrun umgekippt ist. Aber dann hätte jemand anders von uns übernehmen können. Warum ist das nicht passiert?"

Ich schaute in die Runde, aber niemand schien die Antwort zu kennen. Wir drehen uns im Kreis, dachte ich, aber immerhin waren wir auf keinen Auslöser von Flashbacks oder dergleichen getreten. Zum ersten Mal war ich bereit, daran zu glauben, dass uns die Zusammenarbeit mit Rudolf A. Meerbach wirklich weiterbringen könnte. Er hatte bei diesem Ortstermin sicher mehr gesehen und gehört, als in der Zeitung zu lesen stand. Genau dazu schien Anna etwas sagen zu wollen, als plötzlich das Telefon klingelte.

Im Gegensatz zu vielen Geschlechtsgenossinnen hasste Inez es, den ganzen Tag zu telefonieren. Sie sagte häufig nur halb scherzend, das Beste am diplomatischen Dienst wären die zahlreichen Sekretärinnen, die diese Arbeit gern übernahmen. Aber heute blieb ihr nichts erspart. Erst der Anruf von Mike, dann von seinem Sozialarbeiter aus der JVA, gefolgt von dem Umweg über ein Telefonat mit Hans, bis sie schließlich unter der neuen Nummer und dem ebensolchen Namen Josephines Stimme hörte. Doch, Mike hatte recht. All das war besorgniserregend.

Marmor, Stein und Eisen ...

„Ach du Scheiße, das haben wir völlig verschwitzt."

„Das kannst du laut sagen, Jo, aber noch könnt ihr's geradebiegen. Habt ihr euch den Termin aufgeschrieben? In alle Kalender?" Man musste Inez gut kennen, um herauszuhören, dass sie besorgt und wütend war. Jo antwortete ironisch, aber zustimmend. Das war ihr Umgangston untereinander.

„Gut, dann gib mir jetzt bitte Anna." Jo widersprach, aber Inez bestand darauf, mit mir zu reden. Für mich ist sie eine so gute Freundin und die geborene Diplomatin, weil sie nie verletzend wird, aber auf ihren Standpunkt zu bestehen weiß. Trotzdem musste ich schlucken, als sie nun auch von mir wissen wollte, was wir uns dabei gedacht hätten, einfach so unterzutauchen und weder ihr noch Mike vorher Bescheid zu sagen.

„Es ging nicht anders“, setzte ich an, aber sie unterbrach mich sogleich.

„Das haben Josephine und Jo auch gesagt, ohne dass ich verstanden hätte, warum. Deshalb frage ich jetzt dich.“

„Es war so nicht geplant, es passierte einfach.“ Als ich das sagte, wusste ich im selben Augenblick, dass sie das weder glauben würde noch als beruhigend empfände. Wieso versuchte ich, mich für etwas zu rechtfertigen, das nicht zu rechtfertigen war? Wir konnten nichts dafür, dass Professor M. mit seinem unmöglichen, unethischen und unprofessionellen Verhalten die Lawine von Ereignissen losgetreten hatte, die unser Leben in den letzten Wochen auf den Kopf gestellt hatte. Dennoch scheute ich mich, allzu sehr ins Detail zu gehen. Ich wollte sie nicht weiter beunruhigen und aufgebracht war sie für ihre Verhältnisse ohnehin schon.

„Sicher wäre es das Beste gewesen, wir hätten wieder eine Therapie angefangen. Gleich nach Mikes Verurteilung wäre das dran gewesen. Aber du weißt, wie skeptisch Jo ist, und wie wenig Lust Josephine hat, sich nur im Entferntesten mit unserer Vergangenheit auseinanderzusetzen, und du kennst Toms Einstellung dazu vermutlich besser als jeder andere.“

„Soll das etwa heißen, ihr hättet mich gebraucht, damit ich dem Jungen klar mache, er braucht Hilfe? Warum habt ihr euch nicht gemeldet?“

Damit traf sie einen wunden Punkt, der, so ungern ich es zugebe, mich genau wie die anderen hier betrifft: Hilfe … sie einzufordern, anzunehmen oder nur das Bedürfnis danach zu fühlen, all das war für uns schier ein Ding der Unmöglichkeit. Dabei war es naheliegend, wenn man Inez hörte. Natürlich wussten wir, dass sie immer für uns da wäre, nur, das Wissen in Taten umsetzen konnten wir nicht. Als ich ihr das sagte, seufzte sie.

„Ich weiß. Genau dafür braucht ihr Mike. Aber er braucht euch auch, wie konntet ihr das nur vergessen?“

„Aber wir haben ihn doch besucht, so schnell es ging.“ Das war wieder Jo. „Verdammt, was hätten wir denn tun sollen? Wir saßen in der Klemme. An der Uni konnten wir nicht bleiben, nicht nach der Aktion mit dem Professor. Und was hätten wir ihm schreiben sollen? Die Wahrheit ist kaum was für die ‚Mitleser' der JVA. Und irgendwelche Lügen hätte er uns nicht abgekauft."

„Dann nutzt diese Gelegenheit, bitte. Wenn schon nicht für euch, dann für ihn. Ich weiß, das ist alles nicht toll und es ist nicht mal sicher, ob es was bringt, ob seine Bewährung durchgeht. Dieser Sozialarbeiter ist jedenfalls sehr bemüht. Behauptet, ihr wart krank oder so in die Prüfungsvorbereitungen involviert, dass ihr nicht zum Schreiben gekommen seid. Irgendwas Harmloses halt. Das werdet ihr doch wohl hinbekommen." Theoretisch hatte sie recht, praktisch würde sie nicht locker lassen, bis wir ihr genau das versprachen. Also taten wir es, und dann konnte ich unsere Freundin durchs Telefon lächeln hören:

„So, und jetzt erzähl mir alles über den neuen Mann in deinem Leben, liebe Anna, denn da reichen mir Josephines Andeutungen und Jos Ausflüchte sicher nicht." Offenbar hatten sie meine Schwestern glauben machen, dass Rudolf eine reine Herzensangelegenheit und kein heikler Selbsttherapierungsversuch war.

„Die beiden sind unmöglich", sagte ich und merkte: Meine Wangen glühten plötzlich. „Ich weiß doch selbst noch gar nicht, was das alles soll. Ich bin so was nicht gewöhnt."

„Aber es fühlt sich gut an, stimmt's?" So wurde es zum Schluss doch noch ein sehr schönes, sehr privates Gespräch zwischen ihr und mir, das mich fast alles andere vergessen ließ.

Markwart verfluchte den Arbeitseifer des Journalisten und seine eigene Neugier. Nachdem er sich die Oldenburger Chronik des 20. Jahrhunderts von Meerbach sr. besorgt hatte, erschienen ihm die Artikel des Sohnes nicht mehr so, als seien sie für jede x-beliebige Stadt denkbar. Erste Muster zeichneten sich ab. Dennoch würde es Tage dauern, wenn nicht Wochen, bis er das alles durchhätte. Tage, in denen der Mann neue Artikel produzierte, die der Ex-BNDler druckfrisch las, rein zur Sicherheit. Wenn ihm nur eine brauchbare und unverfängliche Frage einfiele, mit der er Frau Baker selbst nach ihrer Rückkehr aus dem Krankenstand zu seiner unwissentlichen Informantin machen könnte. Aber er kam ja nicht mal auf einen Vorwand für einen Krankenbesuch. Irgendetwas stimmte ganz entschieden nicht mit ihm.

Girls just wanna have fun

So wie sie jetzt drauf war, war Schneewittchen echt in Ordnung. So hatt ich das Gefühl, mit ihr könnt ich in vielem besser leben als mit meinen ach-so-vernünftigen, oh-so-erwachsenen Schwestern. Okay, auch die hielten sich inzwischen an Deals mit mir und verlangten nicht nur, dass ich gefälligst machte, was sie richtig fanden. Vielleicht war's doch nicht so blöd, mit ihnen zu kooperieren, wie sie das nannten? Wenn nicht Cäcilia gewesen wär und der ungeklärte Mist mit dem Zeitungsfritzen, hätt das Leben schön sein können.

Schneewittchen lachte, als sie jetzt das x-te T-Shirt in der winzigen Umkleide anprobierte und sich vor dem Spiegel hin und her drehte. Sie war vorn, ganz vorn, ich nur bei ihr. Ich ließ sie machen, passte aber auf. Das hatten wir so abgemacht. In nächster Zeit würd ich sie nicht allein lassen, und die andern würden uns in Ruhe lassen, wenn sie Zeit vorne wollte.

Gut so. Denn je näher ich ihr kam, um so weniger wusste ich, was ich von ihr halten sollte. Und was die anderen von ihr halten würden – und von Mike und mir, wenn sie mit ihnen reden würd statt mit mir. Noch hatte sie kein Bedürfnis in die Richtung. Kein Wunder, ich hatte unsere Schwestern nicht grad in vorteilhaftem Licht für sie gezeichnet, sondern sie als verknöcherte Tussen beschrieben, die alles richtig machen und nirgends anecken wollten. Womit sie kaum die geeigneten Partner für ein lebensgeiles Wesen mit Macken und Kanten wie Schneewittchen waren. Naheliegend, dass ihr ein Bruder mit 'nem Drogenproblem und 'nem Faible für Comics, laute Musik und ein paar andere Dinge lieber war. Vor allem einer, der versprochen hatte, im Bedarfsfall dafür zu sorgen, dass sie bekam, was sie wollte, auch wenn's das „genehmigte Budget" überstieg. Ob ich's ihr beibringen oder gleich selbst für sie klauen würd, hatten wir noch nicht abgemacht. Heute spielte das keine Rolle, heute durfte sie ganz offiziell shoppen. Aber heute war auch 'n besonderer Tag.

„Welches gefällt dir am besten?“ Sie sah in den Spiegel und sah mich an. In den Händen hielt sie drei Variationen eines Batikshirts: ultraorange, giftgrün und irgendwas zwischen lila und türkis. Ich zuckte mit den Achseln, sie wedelte auffordernd mit dem Zeug vorm Spiegel rum.

„Orange oder grün“, sagte ich schließlich, „das andere sieht mit den Haaren scheiße aus.“ Sie hielt das lila-türkise Teil hoch, schaute kritisch und nickte, als sie es auf den Boden fallen ließ.

„Hab mich noch nicht dran gewöhnt“, meinte sie, dann hob sie abwechselnd die beiden übrig gebliebenen T-Shirts vor die Brust. „Welches würd Mike besser gefallen?“

Keine Ahnung, ich hatt noch nie mit ihm über Klamotten oder so’n Zeug geredet. „Du weißt schon, dass du das heute eh nicht anziehen kannst, weil sonst die Damen hier Amok laufen?“

„Klar, aber bald wird er wieder da sein, und dann …“, antwortete sie. „Ich glaub, das grüne ist besser. Wer weiß, wie das andere mit seinen Haaren aussieht.“ Komische Art, Klamotten auszuwählen.

Immerhin hatte sie kapiert, dass Mike im Knast saß. Für mich schon wieder, aber hoffentlich nicht mehr für lang, für sie immer noch und doch schon wieder. Das war der Punkt gewesen, an dem ich fast bei ihr gescheitert wär. Mike hatte ihr zwar schon vor ’ner Weile klargemacht, was multipel bedeutet und was das für sie heißt, aber ihr Zeitgefühl war voll für’n Arsch, noch seltsamer als Cäcilias. Während die Zeit in Bezug auf Heidrun wahrnahm, war Mike für Schneewittchen das (Zeit)Maß aller Dinge. Nur wenn er da war, bei uns war, hatte sie im Ansatz längere Zeiträume mitbekommen – und es gab verdammt viele Zeiten, in denen es gar keinen Kontakt gab, nichts, nada. Die ersten beiden Male, als er im Knast war, zum Beispiel. Danach … na ja, ich hatte nicht nachgehakt, aber es lag auf der Hand, dass für sie die Zeit, in der er und ich drauf waren, bestenfalls zwiespältig war und noch zwiespältiger endete. Seine letzte Verhaftung dagegen hatte sie gar nicht gerafft. Das war wie alles, das nach dem Ende des Firmenskandals passiert war, nicht wirklich bei ihr angekommen. Für sie sah es zuerst so aus, als ob Mike für den Mist einsaß, den wir zusammen gebaut hatten, als wir beide drauf waren. Als ob Mike entweder für sie oder für mich in den Knast gegangen wär, was sie anfänglich wahlweise verzweifeln oder stinkwütend auf mich werden ließ. Ihr klarzumachen, dass inzwischen Jahre vergangen waren, war alles andere als leicht. Dummerweise war sie bei der Gelegenheit drauf gekommen, dass ich nicht wollte, dass unsere Schwestern Genaueres über Einbrüche und Hehler, Strich und anderen Kram rund um Mikes und meinen Drogenkonsum erfuhren. Weshalb ich ihr versprechen musste, im Fall des Falles Budgetlöcher für sie mit Klautouren zu stopfen …

Nun ja, es gab Schlimmeres. Und obwohl wir heute durch einige Geschäfte gezogen waren, blieb alles im Rahmen, wie mir der Blick ins Portemonnaie zeigte, als sie jetzt an der Kasse das giftgrüne Batikteil und ein schwarzes Kapuzenshirt bezahlte. Ich erschrak, weil ich das Shirt gar nicht mitbekommen hatte. Sie lachte. Das Ding war als Überraschung für mich gedacht. Ein Friedensangebot und eine Bündnisbekräftigung, wie sie's nannte. Weil wir damit beide etwas hatten, was wir heute nicht anziehen durften. Heute musste es der seriöse Kram sein, der sich in den Kaufhaustüren beim Rausgehen spiegelte. Sollte wohl Eindruck machen. Aber für Mike hätten wir beide noch ganz andere Sachen getan.

Herbert war sprachlos. Auf seine zögerliche Eröffnung, dass er bei Hans gewesen sei, ja, auch um in Erfahrung zu bringen, ob der seinen Schützling tatsächlich nach der Haftentlassung wieder einstellen würde, hatte Mike ungehalten reagiert. Jetzt umarmte er schon zum fünften Mal seine Schwester, als müsse er sich versichern, dass sie wirklich hier wäre. Und als wäre sie nicht einmal, sondern mehrmals in das Büro seines Sozialarbeiters getreten.

Sechs Personen (be)suchen einen Bruder

Ich konnt's kaum fassen. Sie waren wirklich hier, live und in Farbe. Gut, in geliehener Farbe, was ihren Kopf betraf. Übers Haar streichen sollte ich ihnen nicht zu intensiv. Sonst hätten sie die blonde Perücke womöglich verloren, unter der sich ihre neuerdings roten Stoppelhaare verbergen mussten. Aber anfassen musst ich sie immer wieder, selbst nachdem wir uns alle umarmt hatten und schließlich vor Herberts Schreibtisch saßen. Das brauchte ich einfach. Zu sehr hatt ich sie vermisst, zu unerwartet kam dieses Geschenk.

„Wow", sagte ich zum dritten Mal. Mehr wollt nicht aus meinem Mund kommen. Meine Schwestern wie mein Bruder waren auch noch zu sehr durch den Wind, um große Worte zu machen. Sie lächelten, sie grinsten, sie lachten mit den Augen, hinter denen ein regelrechtes Gedränge herrschte, weil immer jemand anders nachschauen wollte, was los war. Wie hatte ich sie vermisst!

Herbert räusperte sich. Ihn hatt ich über dem Wiedersehen mit Jo & Co. fast vergessen. Vor wenigen Minuten war ich stinksauer auf ihn gewesen, weil er hinter meinem Rücken zu Hans gegangen war. Ich mein, was sollte das? Okay, gut, ich konnt verstehen, dass er wissen wollte, ob das mit dem Job in der Druckerei so stimmte, wie ich es gesagt hatte. Ich selbst war sogar ein bisschen beruhigt, dass Hans ihm das nochmals bestätigt hatte. Dennoch, mir einen von Ehrlichkeit und direkten Auseinandersetzungen erzählen und dann so was!

„Wenn ihr … Sie – beide jetzt fertig sind mit dem … Begrüßen, also, erst mal herzlich willkommen und ebensolchen Dank, dass Sie so kurzfristig gekommen sind, Frau Greschke."

Sie nickten und strahlten, in ihren Augen spiegelte sich noch immer das Durcheinander dahinter. Sie griffen meine Hand, oder vielmehr eine von ihnen tat das, denn es ließ mich erschauern.

„Oh, es kommt mir vor, als hätt ich dich schon ewig nicht

mehr gesehn, ich bin so froh, ich kann's gar nicht fassen." Eine mädchenhafte Stimme, aber kein Stück kindlich. Und ihre Augen ... Oh Mann, mit Josie hatte ich viel zu klären, ganz sicher, aber nicht hier und jetzt. Ich zog meine Hand weg und griff zu Herberts Teekanne, der guten, zur Feier des Tages wohl.

„Möchtest du Tee, Jo?" Das war nicht fair, zugegeben. Den Namen konnte Josie nicht ausstehen. Aber es wirkte. Bevor Herbert etwas sagen konnte, ergriff Jo das Wort.

„Ja, danke. Ganz im Ernst Herr – wie war noch gleich Ihr Name?"

„Herbert, wenn es für Sie in Ordnung ist." Sie streckte ihm die Hand hin, während ich mit den Teetassen hantierte.

„Jo. Was ich sagen wollte: Mike, es tut mir wahnsinnig leid. Ich hab's verschwitzt, aber hoffentlich nicht versaut. Ist nicht zu entschuldigen, ich weiß, aber die Prüfungsvorbereitungen und der Job an der Uni, das war schon ziemlich viel. Dann hat mich ein bescheuerter Virus erwischt und alle Pläne durcheinander gewirbelt. Deshalb: Danke, Herbert. Die Einladung war eine dringend benötigte Erinnerung, dass es Wichtigeres als den Unikram gibt."

Sie nahm die Tasse und lächelte mich drüber hinweg an, während sie am Inhalt schnupperte. Brombeertee, das dürfte klargehen.

„Keine Ursache. Mike hat sich Sorgen um Sie gemacht. Und ich mir um ihn." Er blickte zu meiner bandagierten Rechten. Die Hand heilte schneller als mein Kopf, schien es.

„Wegen der Hand? Was ist passiert?", wollte Jo wissen.

„Halb so wild ..." – „Nein, deshalb nicht ..." legten Herbert und ich gleichzeitig los. Dann stockten wir beide, Jo lachte, nein, es war Josephine, das war allein an der Art, wie sie die Beine übereinander schlug, unübersehbar. Auch für Herbert, der plötzlich zu registrieren schien, dass in dem Designeranzug eine Frau samt Beinen steckte. Josephine kümmerte das nicht, sie setzte die Teetasse ab und zog ein Zigarettenetui aus ihrem Jackett:

„Meine Herren, immer der Reihe nach. So viel Zeit muss sein. Also, wenn es erlaubt ist, zünde ich mir jetzt eine an, und dann möchte ich wissen, was mit Mikes Hand passiert ist und warum genau ich hier bin. Nicht dass ich was dagegen hätte, meinen Bruder zu sehen, aber die Umstände" – sie ließ den Blick über Herbert und durch sein Büro gleiten – „sind etwas ungewöhnlich."

Herbert wurde rot und tauchte hinter seinem Schreibtisch ab.

„Also, dein Besuch war schlicht und ergreifend 'ne Überraschung für mich. Aber das mit der Hand ist nicht der Rede wert und bald überstanden. Angebrochen bei 'nem Unfall. Meine Schuld." Sie glaubte mir nicht, ließ es aber so stehen. Inzwischen kam Herbert mit einem angestaubten Aschenbecher wieder hinterm Schreibtisch vor, den er mit einem Kleenex säuberte, bevor er ihn vor sie hinstellte.

„Eigentlich soll hier möglichst nicht geraucht werden", begann er entschuldigend, „aber wie Sie schon sagten: ungewöhnliche Umstände. Und die erfordern vielleicht auch ungewöhnliche Maßnahmen." Er versuchte ein charmantes Augenzwinkern und ich musste mir ein Grinsen verkneifen. Josephine war eine Klasse für sich und für die meisten Männer ein paar Klassen zu hoch. Sie dankte mit einem königlichen Kopfnicken und hielt erst ihm, der ablehnte, und dann mir, der ich das Angebot annahm, das geöffnete Zigarettenetui hin. Während sie mir und sich Feuer gab, versuchte Herbert, seine Hormone mit einem Schluck Tee in den Griff zu kriegen.

„Wie ich schon sagte, ich hab mir Sorgen um Mike gemacht, weil er heftig reagierte, als Sie aus seinem Leben … als Sie sich nicht mehr gemeldet haben. Und der Zeitpunkt ist prekär: Sehen Sie, es sind nur wenige Wochen, bis die Strafvollstreckungskammer entscheidet, ob Mike auf Bewährung entlassen wird oder seine Reststrafe vollständig verbüßen muss. Dafür muss ich einen Bericht schreiben, samt Prognose. Deshalb … – Mike, sag doch auch mal was."

Super. So sehr ich mich freute, dass sie da waren, so wenig wusste ich mit der Situation umzugehen. Ich seufzte und hob die Hände. „Was soll ich denn sagen? Offensichtlich hab ich mir völlig ohne Grund 'nen Kopf gemacht. Sonst wär sie ja nicht hier, oder?"

„Worüber hast du dir einen Kopf gemacht?" fing Anna an. Der

Rest ging im Husten unter, weil Josephine zwar inhaliert, aber den Rauch noch nicht ausgeblasen hatte, als Anna sie ablöste. Herberts Blick ließ sich nicht deuten, unwahrscheinlich, dass er kapierte, was bei ihnen vor sich ging. Anna parkte die Zigarette im Ascher und schaute von mir zu Herbert und wieder zu mir.

„Ich … ich hatte Schiss, du wolltest nichts mehr mit mir zu tun haben."

„Was'n das für 'ne saublöde Idee?" knurrte Tom, unüberhörbar und zumindest für mich auch unübersehbar. Verdammt, irgendwie musste es hinzukriegen sein, dass sie hier nicht weiter Drehtürwettrennen spielten!

„Ich weiß, Jo, ich weiß doch …", innerlich betete ich, dass sie nochmals wie gerufen käme. Herbert sah aufmunternd zu mir. Sie schien mehr Zeit zu brauchen, also musste ich weiterreden. „Frag nicht, wie ich darauf gekommen bin. Du kennst mich. Ich vertrau dir, aber nicht unbedingt mir selber. Manchmal … – Verdammt, du weißt, wie ich bin, manchmal isses so, als ob sich 'n Schalter in meinem Hirn umlegt und plötzlich kann ich nichts, rein gar nichts mehr glauben, was irgendwie gut wär. So wie damals nach der Sache mit der verdammten Firma, du weißt schon." Jetzt war es raus. Jedenfalls so weit es unter den gegebenen Umständen rauskonnte. Herbert nickte anerkennend, Jo atmete tief durch und schaute mir fragend in die Augen. Ich schüttelte den Kopf, nur ein bisschen, und hielt ihrem prüfenden Blick stand.

Dummerweise bekam Herbert heute mehr mit, als mir lieb war. „Bitte? Wollten Sie etwas sagen?"

„Nein, nicht nötig", antwortete sie ihm, während sie mich weiter ansah. „Oder?"

Herbert würde nachfragen, also konnt ich's genauso gut selbst sagen. „Nein, kein Rückfall. Nur Schiss davor, eben wegen … na ja, du weißt schon."

Sie atmete auf. War sie gerade eine Spur blasser geworden?

„Also, Ihr Privatleben geht mich nichts an, aber verstehen Sie bitte – ich möchte sicher, wenigstens so sicher wie möglich sein, dass Mike seine Bewährung diesmal durchhält. Offensichtlich sind Sie *der* stabilisierende Faktor in seinem Leben. Deshalb: Meinem Gefühl nach sollten Sie sich irgendwann, möglichst bald hoffentlich, darüber austauschen, ganz offen, was damals, bei seinem letzten Rückfall passiert ist." Herbert schaute von mir zu ihr, Annas schwaches Kopfnicken gab ihm recht. Mich beunruhigte das, aber das konnt ich nicht sagen. Musst ich auch nicht, denn Herbert war noch nicht fertig. „Wie gesagt, mich geht das streng genommen nichts an, aber für Sie beide dürfte das wichtig sein."

„Es war eine schwierige Zeit", antwortete Anna sanft wie immer. „Und Sie haben selbst miterlebt, wie sehr sich mein Bruder um mich sorgen kann. Deshalb – nun ja, es ist nie leicht, über einen Nervenzusammenbruch zu reden, schon gar nicht für mich, aber Sie werden schon recht haben." Sie stockte, Jo schob sich wieder dazwischen, diesmal allerdings so, dass man ihre Worte für die Fortsetzung von Annas Satz halten konnte:

„Das dürfte auch eine Sache sein, die wichtiger als die Uni und all das ist. Das wurde uns … mir während meiner Krankheit kürzlich klar." Sie blickte zu mir. „Ehrlich gesagt, ich suche zur Zeit nach Mitteln und Wegen, mir über diesen Nervenzusammenbruch klar zu werden. Und ich bin optimistisch, dass das erledigt sein wird, bis Mike hoffentlich auf Bewährung entlassen wird."

Wie bitte? Dass sie eine neue Therapie angefangen hatten, glaubte ich nicht eine Sekunde. Was war es dann, was sie mir sagen wollten? Verdammt, warum hatte ausgerechnet ich einen Sozialarbeiter, dessen Blase dank Strömen von Tee so trainiert war, dass der nie zum Klo zu müssen schien?!

„Oh, das ist gut, sehr gut, nicht wahr, Mike?"

Klar, Herbert stand ja ungemein auf Vergangenheitsbewältigung der persönlichen Art. Shit. Ich nickte natürlich trotzdem: „Aber pass auf dich auf, ja? Das ist nichts, was du übers Knie brechen musst. Und wenn's dir hilft, hey, wenn das hier klappt und du das willst, noch immer willst, dann bin ich bald wieder bei dir und wir können zusammen –"

„Kekse?", strahlte Jolanda unvermittelt. Herbert blickte einen Augenblick verwirrt und bot ihr dann die Keksdose an. Sie stopfte sich eine Handvoll Gebäck in den Mund.

„Klar, piece of cake, alles kein Problem, okay?" Was Schlaueres fiel mir nicht ein. Jolanda war vollauf damit beschäftigt, die

Kekse zu verspeisen, während sie mich fröhlich anschaute. Das war sicher besser so; Fragen, wann wir das nächste Mal in den Zoo gehen oder dergleichen, konnte jetzt niemand brauchen. Einen Augenblick schwiegen wir alle.

Dann pflückte Josephine, als sei es das Selbstverständlichste auf der Welt, elegant die Krümel ab, die Jolanda auf ihrer Kleidung hinterlassen hatte, und beugte sich zu Herbert vor.

„Gehe ich recht in der Annahme, dass wir damit bei dem Grund unseres Zusammentreffens angekommen sind? Wenn das so ist, kann ich Sie beruhigen – und dich, Mike, hoffentlich auch: Natürlich stehen wir alle zu dir. Unsere gemeinsame Wohnung ist nach wie vor da und steht dir offen. Wenn es mit der vorzeitigen Haftentlassung funktioniert, was ich sehr hoffe, werden wir gemeinsam daran arbeiten, die Vergangenheit hinter uns zu lassen und die Zukunft anzugehen. Es tut mir sehr leid, wenn durch meine Schuld für Mike wie auch für Sie, Herbert, der Eindruck entstanden sein sollte, dem wäre nicht so. Mein Bruder ist der wichtigste Mensch in meinem Leben – und genau da hätte ich ihn liebend gerne wieder, auch wenn ich Ihre Bemühungen um ihn natürlich sehr zu schätzen weiß."

Erwartungsgemäß errötete Herbert bei ihrem letzten Kommentar. Sie konnte alle um den kleinen Finger wickeln. Vermutlich sollte ich aufhören, mir 'n Kopf zu machen. Bei allem Durcheinander waren sie verdammt gut organisiert. Und offensichtlich war es Anna, Jo und Josephine gelungen, Tom auf ihre Seite zu ziehen. Denn er war nun derjenige, der ihre Ausführungen fortsetzte. Okay, das lief nicht so glatt wie vorhin bei Anna und Jo, und Herbert hatte plötzlich das Gefühl, er wär meiner Schwester zu nah gekommen. Er lehnte sich hastig zurück, als Tom grinsend meinte: „Schließlich brauch ich dich. Allein krieg ich Hans' Oldtimer nie wieder ans Laufen."

Herbert blickte erstaunt, aber er war zufrieden. Das Eingemachte war erledigt, der Rest dieser „Sondersitzung" war easy. Nur schade, dass ich keine Chance hatte, sie für 'n paar Minuten alleine zu sprechen. Ich hätt gern gewusst, was sie mit dem Klarwerden über den Nervenzusammenbruch gemeint hatten. Aber das Wichtigste war jetzt glasklar: Sie lebten und sie wollten weiterhin mit mir leben. Was brauchte ich mehr – außer 'nem gnädigen Richter, der über meine Bewährung entschied?

Der Abschied nach der viel zu kurzen Zeit war hart. Ich wollt sie nicht loslassen, selbst nachdem sich so ziemlich jeder von ihnen von mir verabschiedet hatte. Sie war es schließlich, die sich etwas steif aus meiner Umarmung löste und mir die Hand reichte. Ich stutzte, wer war denn das?

„Vielleicht war es falsch, mit … damals … als wir noch in Oldenburg in der Villa … halt dass ich zu Heidrun gegangen bin und die … zur Polizei. Es … tut mir leid.“ Das Letzte war kaum hörbar gewesen, so leise hatte Cäcilia gesprochen. Cäcilia?!

Frau Müller horchte auf und ging zum Spion. Wer kam die Treppe raufgestapft wie ein Bauarbeiter, polternd und Flüche murmelnd? Der ältere Herr im Erdgeschoss saß im Rollstuhl und das Ehepaar aus dem ersten Stock war verreist, also konnten die es nicht sein. Sie öffnete die Tür einen Spalt breit. In dem Moment kam die Gestalt im Anzug um die Ecke. Ach so, nur ihre Nachbarin aus dem Dachgeschoss, die sie freundlich begrüßte und dann, eine blonde Perücke schwenkend, den Rest der Treppe nahezu hinaufschwebte.

Eine Frage der Ehre

„Sie hat sich entschuldigt, was willst du mehr?“

„So leicht machst du's ihr, Jo? Is nich dein Ernst“, Tom sah mich an, als hätte ich seine Lieblingscomics als Schmierpapier missbraucht. „Mal ab davon, dass ich's ihr nicht abkauf.“

„Was kaufst du Cäcilia nicht ab?“ Mike und sie, ihr Zutun und damit unsere Mitverantwortung für seine allererste Verhaftung waren nicht gerade meine Lieblingsthemen. Aber es war nötig, darüber zu reden, so viel war spätestens seit dem Gefängnisbesuch klar. Wir würden unser Leben mit ihm nicht mehr vor Cäcilia verbergen können, also musste sie mit ihm leben lernen und wir, das hieß vor allem Tom, mit ihr.

„Dass es ihr leid tut, glaub ich ihr nicht. Und ich vertrau ihr nicht – was, wenn sie zu Heidrun rennt, sobald Mike irgendwas macht, was ihr nicht passt?!“ Genau deswegen führten wir doch diese leidige Diskussion, dachte ich, aber überzeugende Argumente wollten mir keine einfallen.

„Aber sie ist doch meine – unsere – Mutter“, rechtfertigte sich Cäcilia. Bevor Tom ihr dafür an die Kehle gehen konnte, griff ich lieber selber ein:

„Und er ist unser Bruder. Er ist wichtig für uns, versteht du das?“

„Ja, schon“, kam die Antwort. „Und ja, ich kenne ihn nicht so gut wie ihr. Das gebe ich zu. Aber ihr müsst doch zugeben, dass er tatsächlich kriminell ist. Ich meine, die Drogen damals, die ich gefunden hab in meinen – unseren Sachen, die waren von ihm. In seiner Wohnung wurde schließlich noch mehr von dem Teufelszeug gefunden.“

„Teufelszeug! Das war Dope, nichts weiter“, warf Tom ein. „Mein Dope. Und ich bin nicht der Einzige in diesem Laden, der kifft.“ Er schaute mich an, Cäcilia blickte halb fragend, halb erschrocken. Ich nickte seufzend.

„In dem Punkt hat Tom recht. Das ist halb so wild, egal, was Heidrun oder sonst wer sagen mag.“ Wieso mussten wir jetzt darüber reden? So kamen wir nicht weiter, denn Cäcilia brachte das alles nur noch mehr aus der Fassung.

„Halb so wild? Das ist illegal. Das ist gefährlich. So was tut man nicht!“

„Du vielleicht nicht. Musste ja auch nicht. Aber hast du ’ne Vorstellung, was du ihm und uns damit angetan hast?!“ Tom war immer noch stinksauer. Cäcilia suchte nach Worten. Und mir fielen keine ein.

„Was hätte ich denn tun sollen? Ich hab mich furchtbar erschrocken, als ich dieses Zeug fand. Ich konnte mir nicht erklären, wie es in meine Sachen gekommen war. Ich wusste nichts von euch. Als ich es Mama zeigte, war ihr sofort klar, das konnte nur von Mike kommen. Sie wollte mich beschützen!"

„Beschützen. Super. Sie hat Mike in den Knast gebracht. Und wir sind in der Klapse gelandet." Tom holte tief Luft, doch jetzt mischte sich Anna ein.

„Moment, Tom, das konnte Cäcilia wirklich nicht ahnen, oder glaubst du, sie hat es darauf angelegt?" Er schwieg trotzig, sie sprach weiter. „Aus meiner Sicht war das Ganze ein tragischer Unfall. Cäcilia hat das sicher nicht gemacht, um dir zu schaden. Sie wusste ja nichts von dir oder von uns." Stimmt. Zu ihr war ich bei meinen ersten Versuchen, das Wissen um unser Vielesein im System zu verbreiten, nicht durchgedrungen. Hatte ich mir nicht genug Mühe gegeben, weil ich keinen Wert auf die Mitarbeit der „guten Tochter" legte? Hätte es etwas geändert, wenn sie so zumindest geahnt hätte, dass das Dope einem andern von uns gehörte? War das Ganze meine Schuld? Plötzlich sahen mich alle betreten an. Mist, mit den „Konferenzschaltungen" konnte ich noch nicht richtig umgehen. Ich vergaß ständig, wie leicht es dabei passierte, dass die Gedanken des einen auch zu den anderen gelangten.

„Dann bin ich genauso schuld", meinte Tom. „War ja schließlich mein Dope. Ich hätt was sagen können, hätt zu den Bullen gehen können, versuchen können, Mike irgendwie zu entlasten."

„Was hätt das gebracht?" Ich hoffte, mit der Ablenkung käme ich durch. „Schlimmstenfalls hätten die uns auch eingesperrt, je nachdem, wie viel es war. Bestenfalls ... ich weiß gar nicht, was bestenfalls dabei hätte rauskommen sollen. Mike muss noch 'ne Menge von dem Zeug gehabt haben, sonst wär er nicht wegen Dealerei angeklagt worden. Obendrein waren wir da schon aus dem Rennen. Ich glaub kaum, dass die uns für so was aus dem Sanatorium gelassen hätten." Einen Augenblick lang schwiegen wir alle. Keine Ahnung, worüber die anderen nachdachten, ich war zu sehr mit meinen eigenen Gedanken beschäftigt. Verantwortung, ob juristisch oder moralisch, halt gegenüber anderen Menschen, ist eine spezielle Sache bei Multiplen. Einerseits kann keiner von uns einen anderen wirklich an etwas hindern oder zu etwas zwingen. Andererseits ist das keine Ausrede fürs Außen.

Wenn einer von uns im Außen Mist baut, müssen nun mal alle dafür gradestehen.

„Du meinst, wir hätten vielleicht auch ins Gefängnis gemusst, ich auch?“ Cäcilia begriff allmählich. „Aber warum hat Mike nichts gesagt? Vor Gericht?“

„Weil er uns schützen wollte, was denn sonst? Mensch, klar macht Mike Sachen, die nicht immer schlau sind. Und auch Sachen, die illegal sind. Hat er zumindest. Aber Mike würd nie was tun, was uns schadet. Nicht absichtlich. Selbst wenn ... verdammt, ihr wisst ganz genau, wenn Mike mich nicht dazu gezwungen hätt, ich wär nie auf die Idee mit 'nem Entzug gekommen. Nicht freiwillig jedenfalls.“ Tom schaute uns an und kapierte im selben Moment, dass er zu viel gesagt hatte. Jedenfalls für Cäcilia.

„Was für ein Entzug, um Himmels willen?“

„Das ist jetzt nicht wichtig“, versuchte Anna die Wogen zu glätten. „Wichtig ist, dass du verstehst, dass Mike in unser Leben gehört. Und dass das Heidrun nichts angeht.“

Ich hielt den Atem an, genau wie Tom. Seine verdammte Drogengeschichte wollte ich nicht aufrollen, und dabei ging's mir nur am Rande um Cäcilia. Ich war zwar nicht mehr entsetzt und wütend über das, was er damit auch uns angetan hatte, aber das war und blieb ein Reizthema. Ich weiß, das ist nicht fair. Mike gegenüber empfand ich deswegen schon lange keine Wut mehr. Vielleicht, weil er zwar nah, aber doch nicht so bedrohlich nah an mir dran war wie Tom. Logisch war das nicht, aber ändern konnt ich meine Gefühle in der Hinsicht nicht. Offensichtlich vernebelten die mein Bewusstsein ganz gewaltig, denn darüber verpasste ich einiges von dem, was gerade passiert sein musste. Als ich meine Aufmerksamkeit wieder den anderen zuwandte, waren die mitten in einer Diskussion über Mike, Tom und das, was man so „harte Drogen“ nennt.

„Moment, ich komme da nicht ganz mit“, sagte Cäcilia in dem Moment. „Als wir aus Amerika wiederkamen, seid ihr mit Mike zusammengezogen, der da gerade aus der Haft entlassen worden war. Anna hat dann bemerkt, dass er Drogen spritzt, was im Endeffekt dazu führte, dass wir, also Tom, das auch getan haben … hat … – wie auch immer. Aber wie und wann Mike angefangen hat, weiß niemand. Er hat das irgendwie beendet, es gab eine Art Therapie, und dann habt ihr weiter mit ihm zusammengelebt?!“

„Ja“, mischte sich jetzt auch Josephine ein. „Natürlich war niemand glücklich darüber, aber es war vorbei. Tom hat versprochen, nie wieder eine Spritze anzufassen. Und ihn hätten wir kaum rausschmeißen können. Wieso hätten wir also Mike rauswerfen sollen?“

„Weil … aber … Er war doch schuld daran!“, rief Cäcilia aus.

„Schuld, Blödsinn“, warf Tom ein, der entschieden weniger sauer als zu Beginn klang. „Das war mein Ding. Mike hat 'ne Weile gebraucht, bis er's kapiert hat, und hat sogar probiert, es mir auszureden. Das kannste ihm wirklich nich vorwerfen. Sieh's mal andersrum: Als ihm klar wurd, was so richtig abgeht, hat er Inez dazu gebracht, uns – mir – zu helfen. Er hat versucht, zu retten, was zu retten war. Sogar gegen meinen Willen. So wie damals, als du mit meinem Dope zu Heidrun gelatscht bist – sich konnt er nicht mehr retten, er konnt nur uns raushalten und alles auf seine Kappe nehmen. Also erzähl mir nicht, dass Heidrun nur ‚helfen‘ wollte. Ihm wollt sie ganz sicher nicht helfen. Ihn wollt sie loswerden.“

„Ich … sie … also, Mama – als sie an dem Abend von Mikes Wohnung nach Hause kam, war sie ganz aufgelöst. Sie hat mich in den Arm genommen, ein bisschen geweint, mir über den Kopf gestrichen und gesagt ‚jetzt kann er dir nichts mehr tun, jetzt kann er dir nicht mehr schaden. Er ist genau wie sein Vater, aber jetzt sind wir beide frei‘.“

„Mike ist kein Stück wie unser Vater“, sagte Tom hart, aber Anna unterbrach ihn.

„Cäcilia, es kommt nicht darauf an, was Heidrun von Mike hält oder er von ihr. Es geht darum, wie wir alle am besten zusammenleben können. Für dich ist Heidrun ein Teil deines Lebens. Das will dir niemand nehmen. Aber sie muss nicht alles erfahren. Oder glaubst du, es täte ihr gut, wenn sie erfährt, dass wir bald wieder mit Mike zusammenleben werden? Oder dass wir multipel sind?“

„Um Himmels Willen, nein, das würde ihr Herz brechen. Sie würde das nicht verstehen und ich, ich könnte es ihr wahrscheinlich noch nicht mal erklären.“ Das hörte sich an, als hätten wir doch den einen oder anderen Fortschritt erzielt. Ich seufzte erleichtert.

„Siehst du, also kannst du ruhig weiterhin mit ihr telefonieren, und wir können es sicher hin und wieder einrichten, dass du sie besuchst. Und wenn dich das mit Mike beunruhigt – du hast alle Zeit der Welt, ihn so gut kennen zu lernen, wie du möchtest, wenn er wieder da ist. Oder auch eben dich aus unserem Leben mit ihm rauszuhalten, das kriegen wir ganz sicher hin.“ Anna konnte überzeugend klingen, wenn sie das wollte.

„Gut, dann wäre das geregelt“, meinte Josephine. „Jetzt sollten wir uns noch ein paar Gedanken über unser morgiges Treffen mit Rudolf A. Meerbach machen. Ich bin dafür, dass wir den Nadelstreifenanzug anziehen.“

Oh nein, wollten die jetzt etwa jeden Kleinscheiß zum Gegenstand allgemeiner Diskussionen und basisdemokratischer Entscheidungen machen?!

Inez blieb auch nach einem weiteren Gespräch mit Josephine und den anderen unruhig. Sie kannte sie schon so lange und wurde doch nie recht schlau aus ihnen. Jahrelang hatten sie sich geweigert, sich auch nur im Ansatz mit ihrer Vergangenheit zu beschäftigen. Weder akute Krisen und Zusammenbrüche noch Therapeuten hatten daran etwas ändern können. Einerseits hatte Inez den Willen von Jo & ihrer Bande, im Jetzt zu leben, immer bewundert. Andererseits war ihr schon lange klar, wie viele Tretminen der unerforschte Kontinent ihrer kollektiven Vergangenheit verbarg, von der jede nur schmale Ausschnitte kannte. Und jetzt, wo sie nicht aus Paris wegkonnte und Mike darauf wartet, in ein paar Wochen mit Glück freizukommen, ausgerechnet jetzt brachen Jo & Co. zu einer Reise dorthin auf …

5. Durch die Wand

Inkognito am Südpol

Wir waren überpünktlich, und das war erstaunlich, obwohl wir es genau so geplant hatten. Ich blinzelte in das Halbdunkel, das im *Südpol* zu jeder Tageszeit herrschte. Die meisten Tische waren frei, das passte gut. Ich wählte einen aus, der einerseits direkten Blick auf den Eingang bot, andererseits nicht weit von den Toiletten und dem Münzfernsprecher entfernt war. Jo nickte anerkennend, während sie mir über die Schulter blickte. Doch als ich den Trenchcoat, auf dem Josephine bestanden hatte, an der Garderobe aufhängen wollte, schüttelte sie den Kopf – stimmt, man wusste nie, wer von uns was wo verstaute und wann man es brauchen würde. Also legte ich den Mantel über den Stuhl neben dem meinen und setzte mich. Ich strich Josephines Anzug glatt. In einem Rock hätte ich mich wohler gefühlt, aber das kam weder für Tom noch für Jo in Frage, also blieb es bei den Nadelstreifen – mit weniger Make-Up, als Josephine gewollt hatte, dafür in bequemen Schuhen, falls jemand es plötzlich eilig haben sollte.

„Kann ich nich doch einen Pfannkuchen haben, Anna?“, quengelte Jolanda, während ich Notizbuch, Kugelschreiber, Tabak und andere Utensilien aus dem kleinsten und saubersten unserer Rucksäcke zog und auf dem Tisch arrangierte.

„Nein“, murmelte ich leise in mich hinein. „Das haben wir doch alles besprochen. Das hier ist nur was für Große und furchtbar langweilig für dich. Dafür darfst du heute Abend die Pizza aussuchen. Und morgen gehen wir Eis essen.“

„Aber nich vergessen, okay?“ Jolanda schmollte noch ein bisschen. Ich nahm an, das tat sie aus Prinzip. Als ich nickte, winkte sie mir zu und verzog sich nach innen. Ich atmete tief durch. Vielleicht hätte ich doch Josephines Angebot annehmen und ihr die vorderste Front überlassen sollen? In der Öffentlichkeit ganz vorne zu sein war ungewohnt für mich. Aber ich wollte es versuchen, wollte sehen, ob ich damit klarkam und mir zugleich Klarheit über meine Gefühle verschaffen. Außerdem waren Jo und Josephine direkt hinter mir, ganz nah, jederzeit bereit zu übernehmen. Dennoch, ich kam mir vor, als hätte ich eine lange Krankheit überwunden und wäre nun das erste Mal aufgestanden. Alles war so neu, so anders und trotzdem wie von ferne vertraut. Die Kellnerin kam und ich bestellte einen Milchkaffee und ein Glas Wasser, genau wie ich es mir vorgenommen hatte. Es geht also, dachte ich und war ein bisschen stolz auf mich. Dann sah ich ihn durch das große Fenster am anderen Ende des Raumes. Gehetzt stürmte er auf den Eingang zu, stoppte kurz, sah nach oben, als wollte er sich vergewissern, dass er am richtigen Ort war. Sekunden später wogte und wand sich der schwere Vorhang bei der Tür, schließlich teilte er sich, und da war er, Rudolf A. Meerbach. Ich spürte, wie das Blut in meine Wangen schoss und sah rasch nach unten auf die Tischplatte, arrangierte Stift und Papier neu. Aus dem Augenwinkel beobachtete ich, wie er sich umsah, erst ein bisschen verwirrt, dann erfreut, als er mich erblickte. Ich lächelte ihn an, er stürmte auf meinen Tisch zu und rannte fast die Kellnerin um, die meine Bestellung brachte.

„Oh, äh, Entschuldigung“, setzte der Reporter an, „ähm – ach, bringen Sie mir einfach dasselbe.“

Kopfschüttelnd verschwand die Kellnerin und ich stand kurz auf, streckte ihm meine Rechte entgegen. „Schön, dass Sie gekommen sind.“ Jos Bemerkung, dass das auch in seinem Interesse sei, und Josephines Kommentar über seine Ungeschicklichkeit überhörte ich.

„Schön, dass Sie da sind!“ Er strahlte mich an, dann sah er sich im Raum um. „Obwohl, hier hätte ich Sie nicht unbedingt vermutet.“ Er wollte sich setzen, bemerkte dann, dass er noch in der Jacke steckte und obendrein meine Hand festhielt. Abrupt ließ er sie los, ich setzte mich. Er kämpfte mit der Jacke, bevor er es mir nachtat.

„Wie wär's mit einer Antwort?“, munterte mich Josephine auf.

Er hatte doch gar keine Frage gestellt, dachte ich, dann fühlte ich, wie sie den Kopf schüttelte. Ich musste noch einiges im Umgang mit Menschen lernen. Rudolf saß inzwischen und schaute mich erwartungsvoll an, da kam die Kellnerin mit seiner Bestellung und schenkte mir ein paar Sekunden Zeit zum Nachdenken.

„Ich hoffe, der Ort stört Sie nicht“, sagte ich schließlich, unsicher, ob das nun angemessen wäre.

Er schüttelte lachend den Kopf. „Soll mir recht sein. Also, wo fangen wir an? Wollen Sie mir erzählen, worum es bei Ihren Ermittlungen geht, oder soll ich lieber Fragen stellen?“

Grundgütiger, wieso war es so schwer, mit fremden Menschen zu sprechen? Woher wussten andere, was wann angemessen war? Welche Antwort war die bessere in diesem Fall? Bevor ich mich versah, hatte ich mich in meinen Fragen verheddert und war auf den zweiten Platz gerutscht.

„Vielleicht sollten wir zu Anfang sicherstellen, dass wir beide auf dem selben Informationsstand sind, was den Hintergrund unserer, äh, meiner Klientin angeht“, warf Josephine ein. Rudolf wurde schlagartig nervös, er räusperte sich, rutschte auf dem Stuhl hin und her und wusste nicht mehr, wohin er schauen sollte. Wieso wirkte meine Schwester auf nahezu jeden Mann so und wieso störte mich das diesmal? Jo setzte innen zu einer Antwort an, die ich nicht hören wollte.

Draußen nickte der Reporter. „1976 in Oldenburg geboren, nicht mal ein Jahr, nachdem ihr Bruder Thomas dem plötzlichen Kindstod zum Opfer gefallen war. Vermutlich behütet aufgewachsen, die Familie der Mutter hatte dank der Druckerei Geld und Ansehen in ‚unserer kleinen Stadt‘. 1982 tauchte ihr Halbbruder Mike auf. Ein kleiner Skandal, aber nichts für unsere Zeitung, die sich für solche Geschichten als zu seriös ansah. Mitte der Achtziger starb ihr Großonkel, der Druckereidirektor Karl Berling, bei einem Autounfall. Kurze Zeit später kam ihr Vater Michael Greschke ebenfalls bei einem Unfall ums Leben. Fast zehn Jahre später wurde ihr Halbbruder wegen einer Drogengeschichte verhaftet und verurteilt, sie erlitt einen Nervenzusammenbruch. Danach war sie nur noch sporadisch in Oldenburg. Abitur auf einem Internat in der Schweiz, gefolgt von einem Studienaufenthalt in den USA. Wann sie genau nach Deutschland zurückkam, um an der Ruhruni Jura zu studieren, müsste ich nachschlagen. 2002 kehrte sie während des Betrugsskandals in der Druckerei nach Oldenburg zurück. Das endete mit einem weiteren Nervenzusammenbruch, in dessen Verlauf sie für eine Woche verschwand. Ihre Mutter verkaufte nach Ende des Prozesses die Firma und zog nach Hamburg, die Tochter erholte sich und setzte ihre Studien fort. Das dürfte es so ziemlich sein. Habe ich bestanden?“

„Beeindruckend“, lachte Josephine. „Sie müssen ein ausgezeichnetes Gedächtnis haben. Oder haben Sie diese Daten extra für unser Treffen auswendig gelernt?“

Er lachte wieder, und damit war zumindest eines klar – in sein Lachen hatte ich mich definitiv verliebt. Ausgerechnet ich … Josephine schubste mich lächelnd nach vorne, während er bereits antwortete.

„Weder noch. Ich hab mir schon früher den Kopf über sie zerbrochen. Fragen Sie nicht warum, ich weiß es nicht. Sie haben all das für mich, nun sagen wir: wiederbelebt. Was hält Ihre Auftraggeberin eigentlich davon, dass Sie nun mit mir sprechen, so ganz offen? Und worum geht es ihr genau mit diesen Ermittlungen?“

„Sie weiß, dass wir uns treffen und dass Sie uns helfen wollen. Ihre Zustimmung war die Bedingung, erinnern Sie sich?“ Ich lächelte und konnte gleichzeitig fühlen, wie die Muskeln im Gesicht sich verspannten: Was, wenn er mich gar nicht leiden konnte, sondern lieber seine Zeit mit Josephine verbracht hätte? Er nickte, ich musste wohl weitersprechen. „Sie hatten recht mit Ihren Vermutungen. Dieser Ortstermin hat in meiner Klientin etwas ausgelöst, das sie bis heute nicht versteht, sie aber immer noch verfolgt. Ich – oder, wenn Sie mögen, wir – sollen ihr dabei nun helfen.“

„Gerne, ich will Ihnen gerne helfen. Nur, wobei genau? Was ist es, das Ihre Klientin nicht versteht? Seien Sie nicht so geheimnisvoll.“

Ich spürte Jos Drängen hinter mir, also antwortete ich hastig.

„Sie weiß nicht genau, was passiert ist. Sie erinnert sich nicht, verstehen Sie?“

„Was soll das heißen? Hat sie eine Amnesie?“

„Ja, etwas in der Art. Sie erinnert sich an den Nervenzusammenbruch, aber nicht daran, was ihn ausgelöst hat. Das kann auch an den Medikamenten liegen, die man ihr danach gab. Aber für sie ist das sehr beunruhigend, zumal es, wie Sie bereits festgestellt haben, nicht die erste derartige Krise war.“

Rudolf A. Meerbach hatte nachdenklich zugehört, jetzt trank er einen Schluck Kaffee. „Ist sie in Behandlung? Bei einem Psychologen, meine ich?“ wollte er schließlich wissen.

Hinter mir regte sich inzwischen mehr als nur eine wissbegierige Jo. Ich atmete tief durch, nein, noch wollte ich nicht zur Notlösung greifen und mich zu den Toiletten zurückziehen. Er deutete mein Kopfschütteln fälschlich als Antwort auf seine Frage.

„Hm, ich hätte gedacht, das wäre die Hilfe, die man in so einer Situation sucht ...“ Er kratzte sich am Kopf und schaute mich ratlos an.

„Das sehe ich genauso. Aber für sie ist das keine Option. Jedenfalls nicht jetzt, nicht bevor sie mehr weiß. Anscheinend verliefen frühere Therapieversuche nicht zu ihrer Zufriedenheit. Womöglich befürchtet sie, man könnte ihr etwas einreden, was natürlich kein verantwortungsvoller Therapeut tun würde. Dennoch, ich verstehe und respektiere ihr Bedürfnis nach mehr Wissen, das wir ihr hoffentlich gemeinsam verschaffen können. Und danach, na ja, ich hoffe, dann überlegt sie sich das mit der Therapie noch mal.“

Rudolf A. Meerbach nickte anerkennend. „Klingt fast, als wären Sie Freundinnen. Woher kennen Sie sich eigentlich?“ Cäcilia hatte also recht gehabt, dass diese Frage unvermeidlich wäre. Oder war das Jo gewesen?

„Empfehlung einer Studienkollegin, hieß es“, antwortete Letztere prompt an mir vorbei. „Sie wollte jemand Kompetenten, gern näher an Oldenburg dran, aber nicht wirklich von dort.“ Wieder nickte der Reporter und trank nachdenklich einen weiteren Schluck Milchkaffee. Jo griff nach dem Tabak, um sich eine Zigarette zu drehen.

So hatte ich mir das nicht vorgestellt. Mit sanfter Gewalt legte ich den Lederbeutel zur Seite und sprach weiter: „Sehen Sie, das ist eine sehr persönliche Angelegenheit. Sie sind für sie so etwas wie ein neutraler, aber als Journalist geübter Zeuge. Und ich diene als ihre Augen und Ohren. Immerhin, als sie das letzte Mal selbst vor Ort war, gingen die Dinge fürchterlich schief. Finden Sie ihr Vorgehen denn nicht nachvollziehbar?"

„Doch, durchaus", antwortete er zögernd, während er sich den Milchbart abwischte, was Jolanda mit einem Kichern im Inneren quittierte. „Ich stelle es mir nur schwierig vor. Für Sie, meine ich. Schließlich – woran werden Sie erkennen, dass Sie gefunden haben, was Ihre Klientin sucht, ohne bei der Gelegenheit die nächste Seelenkrise auszulösen?" Er war wirklich gut – oder war unser Plan so offensichtlich verrückt?

„Darüber habe ich mehrfach mit ihr gesprochen. Auch wenn wir uns nicht hundertprozentig einig sind, was das Risiko für sie angeht, so ist sie doch entschlossen, sehr entschlossen." Ich spielte auf Zeit, hoffte, eine der anderen hätte eine brauchbare Idee für mich. Nichts. Also trank ich einen Schluck Kaffee, wobei er mich beobachtete. Nicht störend, nicht anstarrend, es war mir ganz und gar nicht unangenehm. Einen Moment lang sahen wir einander über unsere Tassen hinweg an. Ein Augenblick, der eine Ewigkeit zu dauern schien, und ein Blick, der sich wie eine Berührung meiner Seele anfühlte. War es das, was die Dichter beschrieben? Meine Gedanken schweiften ab, bekamen Flügel. Ich hätte ewig so sitzen und schauen können, da brach er unser Schweigen:

„Hat sie Ihnen gesagt, wie es zu dem ersten Zusammenbruch kam? War es die Verhaftung des Bruders oder steckte etwas anderes dahinter? Ging es um Familie, Familienehre, Familienbilder, was auch immer – eben erst um den Bruder und dann um den Vater? Ihre Mutter legte großen Wert auf Ansehen, den guten Ruf. Da lässt vermuten, dass es bei ihr ähnlich sein könnte."

Innen tobten sie los. Cäcilia verteidigte „Mama", Tom war kurz davor, deswegen auf sie loszugehen. Jo versuchte sich an mir vorbeizudrängen, um „dem Kerl mal die Meinung zu sagen". Ich verschluckte mich am Kaffee und musste husten. Rudolf sprang auf und klopfte mir unbeholfen auf den Rücken. Augenblicke später war der Husten weg und im Inneren war es ruhiger oder die Unruhe war weiter von mir weggerückt. Rudolf sah mich besorgt an und strich mir vorsichtig über den Rücken. „Geht es wieder?"

Ich nickte noch etwas außer Atem. Er setzte sich hin oder wollte es vielmehr, als sein Blick an meiner Hand hängen blieb.

„Ja, danke", erwiderte ich. „Entschuldigung, Sie haben ganz recht, der erste Zusammenbruch war eine Reaktion auf die Verhaftung von Mike, dem Bruder. Das war ein Schock. Wir – sie – die Geschwister standen sich sehr nahe. Der Vater jedoch – er starb, als sie neun Jahre alt war. Und sie war 26 bei ... als sie ihre Mutter zum Ortstermin ins *Moulin Rouge* begleitete, wo Sie dann zum Zeugen des ... der Ereignisse wurden." Er starrte immer noch auf meine Hand, als hätte er gar nicht zugehört. Ich nahm meinen Mut zusammen, wollte endlich die Frage stellen, um die es uns allen ging. Vielleicht war das jetzt leichter, wo er mir gerade nicht ins Gesicht sah und mich seine warmen, braunen Augen nicht ablenkten?

„Was glauben Sie, was in diesem Bordell, dieser Bar passiert ist? Sie waren dabei, Sie haben es gesehen. Was haben Sie gesehen?" Ich hielt den Atem an. Einen Augenblick lang passierte nichts, ihn interessierte nur meine Hand. Was ist da nur, dachte ich. Die Finger waren sauber, ganz ohne Blessuren, und es hatte sich niemand an einer exzentrischen Maniküre versucht. Der Stein aus Mary-Anns Ring war dort, wo er hingehörte, wurde nicht mal durch Kindermodeschmuck nebendran erschlagen. Nichts Ungewöhnliches zu entdecken.

Rudolf schüttelte langsam den Kopf und blickte auf, mir direkt in die Augen und doch fast durch mich hindurch. „Diesen Ring, ich habe diesen Ring gesehen. Vor zwei Jahren. Ich habe ihn im *Moulin Rouge* aufgehoben, nachdem der Notarzt die beiden Frauen weggebracht hatte. Er gehört Cäcilia-Josephine Greschke, das hat mir jedenfalls ihre Mutter versichert, als ich den Ring zu ihr brachte."

Urplötzlich sprang die Frau auf und eilte zu den Toiletten. Dabei rannte sie beinahe die Kellnerin um, die sich erst lautstark beschweren wollte, weil man sie schon wieder übersah, dann aber erschrocken in die Küche lief. Ließ sich saure Milch aufschäumen? Erklärte das das geisterhaft bleiche Gesicht der Frau und die Eile obendrein, mit der sie Unverständliches murmelnd im Damenklo verschwand?

Strafgefangener E., Mike, geb. am 25.05.1971

Prüfung nach § 57 Abs. 1 StGB, Az: 23 Vrs 723/84
Anlage(n)
1 Vollstreckungsübersicht
1 Erklärung

zuständiger Sozialarbeiter: Herbert Zenter-Vrocik

Den Vollstreckungsstand und die Angaben zur Person und deren Vorstrafen entnehmen Sie bitte der anliegenden Vollstreckungsübersicht.
Mike E., geb. 25.05.1971, wurde am 05.02.2003 von der Polizei in … festgenommen und der hiesigen JVA zugeführt. Am 23.5.2003 wurde er vor dem Landgericht … wegen Fälschung amtlicher Papiere in vier Fällen zu einer Freiheitsstrafe von zwei Jahren verurteilt. Zwei Drittel der Strafe sind am 04.06.2004 verbüßt.
Er ist im Umgang mit Abteilungsbediensteten wie Mitinhaftierten weitgehend höflich, aber distanziert. Von sich aus nimmt er nur in Ausnahmefällen Kontakt auf, obwohl er regelmäßig am Umschluss teilnimmt. Eine Arbeit, die sich möglicherweise positiv auf seine Kon-

taktscheu ausgewirkt hätte, konnte ihm trotz entsprechender Anträge seinerseits nicht zugewiesen werden. Am 02.03.2004 kam es zu einer handgreiflichen Auseinandersetzung zwischen ihm und einem Mitinhaftierten, die rasch und ohne weiteren Widerstand durch das Eingreifen der JVA-Bediensteten beendet werden konnte. Nach den temporären disziplinarischen Maßnahmen ist er zu seinem vorherigen, ruhigen und höflichen Umgang mit seiner Umwelt zurückgekehrt. Außerdem suchte er anschließend Kontakt zu mir, um sich über seine Situation in der Haft und darüber hinaus klar zu werden und an persönlichen Problemen zu arbeiten.
In dieser Zusammenarbeit, die in Form von regelmäßigen Gesprächen (bis zu drei Mal in der Woche) stattfand und auch weiterhin stattfindet, zeigt er sich außergewöhnlich offen und kooperationsbereit. Weitaus offener, als ich nach der Aktenlage insb. bezüglich vorheriger Haftstrafen von ihm erwartet hätte. Er ist sich seiner emotionalen Probleme bewusst, die zum Teil Nachwirkungen seines bereits vor der Verhaftung eingestellten Suchtmittelkonsums sind, zum Teil auf Verzögerungen im Reifeprozess durch seine schwierige Kindheit und Jugend zurückgehen dürften. Außerdem ist er bereit, sowohl an den entsprechenden Verhaltensmustern wie auch den Hintergründen zu arbeiten. Dabei ist hervorzuheben, dass sein Suchtmittelkonsum zwar während der Verbüßung seiner letzten Haftstrafe in der JVA Bremen begann, er aber während seiner derzeitigen Haftzeit keinen Versuch unternommen hat, wiederum zu Suchtmitteln zu greifen. Insofern besteht die berechtigte Hoffnung, dass ihm auch langfristig ein drogenfreies Leben möglich sein wird.
Dies ist im Hinblick auf einen strafrechtlich relevanten Rückfall von großer Bedeutung, spielten doch Suchtmittel vorder- wie hintergründig jedes Mal eine Rolle, wenn er bislang straffällig wurde.

Hinzu kommt, dass ihn nach der Haftentlassung eine feste Anstellung im Beruf seiner Wahl und sozusagen unter Aufsicht eines befreundeten, Drogen gegenüber sehr kritisch eingestellten Menschen erwartet. Dies ist insofern bemerkenswert, als Hans F., sein zukünftiger Arbeitgeber, zugleich einer der Geschädigten bei Mike E.s letzter Verurteilung war – es war Herrn F.s Druckerei, die der Inhaftierte während der Abwesenheit und ohne Wissen des Besitzers für seine Fälschungen benutzt hatte. Dass sein Motiv dafür ausschließlich die Finanzierung seines damaligen Suchtmittelbedarfs war, steht für mich aus unseren Gesprächen wie auch aus Gesprächen mit dem ehemaligen und zukünftigen Arbeitgeber sowie der Schwester des Inhaftierten zweifelsfrei fest. Man mag es eigentümlich finden, dass er diesen Umstand im Prozess vor dem Landgericht … verschwieg; da er aber ansonsten geständig war und vor allem seitdem drogenfrei lebt, sehe ich darin keinen Widerspruch zu meiner positiven Prognose.
Diese wird auch durch die Tatsache unterstützt, dass seine Halbschwester – Josephine G., eine unbescholtene Bürgerin und Jurastudentin mit unabhängigem Einkommen – ihm nach der Haftentlassung in jeder Hinsicht zur Seite stehen wird. Die Bindung zwischen den Geschwistern ist außerordentlich stark, wobei die Schwester selbst nie straffällig wurde, aber stets zu ihrem Bruder stand. Nach der Haftentlassung planen die beiden, am Ort seiner zukünftigen Arbeit, der zugleich ihr Studienort ist, in einem gemeinsamen Haushalt zu leben. Nach meinem Dafürhalten ist dies ein erfolgversprechender Ansatz, da sich beide füreinander verantwortlich fühlen und sich auch so verhalten. Beide haben in meiner Gegenwart glaubhaft versichert, dass sie die Punkte in ihrer Vergangenheit, die sie bislang aus (gut gemeinter, aber falsch verstandener) Scham vor- und/oder Rücksichtnahme aufeinander nicht thematisierten, und die aufgrund einer Verket-

tung unglücklicher Umstände für den Inhaftierten die Ursache seines letzten Rückfalls sowohl in die Suchtmittelabhängigkeit als auch in die Straffälligkeit darstellen, nun gemeinsam und ggf. in professioneller Begleitung bearbeiten wollen. Natürlich werde ich, solange der Inhaftierte in der hiesigen JVA seine Strafe verbüßt, meinerseits versuchen, diese schmerzliche Auseinandersetzung mit der belastenden Vergangenheit und dem resultierenden, scheinbar entlastenden Suchtmittelkonsum nach besten Kräften zu unterstützen. Allerdings stellen nach meinem Dafürhalten seine Schwester und ein stabiles Umfeld außerhalb der JVA eine viel bessere Voraussetzung für das Gelingen dieses Verarbeitungsprozesses dar.

Insofern befürworte ich ausdrücklich eine vorzeitige, bedingte Haftentlassung. Eine Durchschrift meiner Stellungnahme ist dem Inhaftierten ausgehändigt worden. Mit einer vorzeitigen Entlassung wäre er einverstanden.

Meine Hände zitterten, als ich Herberts Schrieb weglegte. Es hatte geklappt, ich hatte ihn überzeugt. Nein, *wir* hatten ihn überzeugt, denn ohne Jo & Co., ohne Inez und Hans wär das wohl nichts geworden. Okay, gut, da stand auch drin, dass ich weiter mit ihm labern sollte. Na ja, warum nicht? Es vertrieb die Zeit, die hoffentlich nur kurze Zeit, die mir noch in der JVA blieb. Verrückt. Ich hatte mir den Arsch aufgerissen dafür, Ströme von Brombeer- und anderem Kräutertee in mich reingekippt, mir die Hand lädiert (was er nicht mal andeutete, kein Wort dazu, ich war beeindruckt), und was nicht alles sonst noch. Und es hatte geklappt. Stand da Schwarz auf Weiß. Wieso bekam ich dann jetzt die große Flatter? Warum hatte ich plötzlich mehr Schiss denn je vor der verdammten Strafvollstreckungskammer? Wie blöd, dass Jo und die andern Handys hassten, weil die einen sich angebunden fühlten dadurch, die andern mit der Technik und den PINs nicht klarkamen und wieder andere das Teil ständig verlegten! Ich hätt so gerne angerufen, einfach ihre Stimmen gehört ... So gesehen war's vielleicht gar nicht blöd, weiter mit Herbert zu quatschen. Vielleicht half mir das, ihnen und dem, was in dem Puff vom Alten mit ihnen passiert war, wenigstens vom Kopf her näher zu kommen. Und wenn nicht, na ja, dann lenkte es mich davon ab, warum ich mich nicht mal traute drauf zu hoffen, die würden mich gehen lassen. Denn tief drinnen hatte ich eine Scheißangst, das Drahtseil, auf dem Tom und meine Schwestern herumturnten, wär 'n ganzen Tacken schwankender und dünner, als sie ahnten.

Heidrun freute sich über den spontanen Anruf ihrer geliebten Tochter. Allerdings hätte sie hinterher nicht mehr sagen können, was der Grund dafür gewesen war und worum es ging. Wahrscheinlich war es überwältigende Tochterliebe. Und so hatte das Mutterherz alle Freiheit der Welt, sich über Klatsch und Tratsch aus der Hansestadt und anderen Unsinn zu verbreiten. Nur das Ende kam etwas abrupt. Schade, sie hatte sie doch noch zu dem Kommilitonen befragen wollen, der nach Majas Aussage so überaus höflich und zuvorkommend bei seinem Anruf gewesen war.

Plan B

Tom hatte recht gehabt. Wir waren ein durchschnittlich chaotischer Multihaufen und kein diszipliniertes Schauspielensemble. Und wir hatten den Journalisten unterschätzt. Das heißt, hatten wir das? Hatten wir nicht uns, hatte nicht ich mich überschätzt, und das sicher nicht zum ersten Mal? Merkwürdigerweise hatte ich auch Cäcilia unterschätzt. Es funktionierte tatsächlich. Sie sprach mit Heidrun, hinter ihr beruhigte und sortierte sich der aufgebrachte Hühnerstall. Schließlich legte sich das Geflatter und Gegacker und Ratlosigkeit machte sich breit. Ich gab Tom das Zeichen und wir übernahmen. Okay, das war nicht die feine englische Art und es entsprach auch nicht basisdemokratischen Abstimmungen. Aber es war effektiv und nur darum ging's jetzt. Ich legte den Hörer auf, machte einen kurzen Abstecher zur Toilette und kehrte zu unserm Tisch und Rudolf A. Meerbach zurück. Er sah mich halb besorgt und halb erleichtert an. Vermutlich hätte er wieder eine langatmige Entschuldigungs- und Erklärungsarie von sich gegeben, aber mein energisches Kopfschütteln bremste ihn. Mich setzend griff ich nach dem Tabak – ein Blick zu ihm und ich wusste, ich müsste zwei Zigaretten drehen.

„Nennen Sie mich Jo", so fing ich an, so steckte ich die Grenzen ab. Tom hatte mir versichert, das würde es ihm erleichtern, die Position gleich hinter mir zu halten, ohne dass wir damit Schneewittchen an die Oberfläche zerrten. Anscheinend verabscheute sie diese Kurzform, meinen Namen, genau wie Cäcilia, während es den anderen signalisierte: Jetzt war ich dran. Zumindest für eine Weile sollte uns das den Rücken frei halten.

Ich beglückwünschte den Journalisten zu seinem Scharfsinn, mit dem er erkannt hatte, wer da vor ihm saß. Liebe Güte, der Mann wurde glatt rot! Dann bat ich ihn um Verständnis, dass ich in dieser heiklen Angelegenheit hatte sichergehen müssen, bevor ich mein Inkognito lüftete. Zu lügen sei sonst nicht meine Art, beteuerte ich, worauf er so heftig seinen Kopf zur Bestätigung schüttelte, dass mein Zippo fast verlöschte, mit dem ich ihm Feuer geben wollte. Ich hoffte nur, Toms breites Grinsen, das ich förmlich hinter mir sehen konnte, zeichnete sich nicht auch auf meinem Gesicht ab.

„Alles andere entspricht der Wahrheit. Klassischer Schock gefolgt von einer verdammt langen Amnesie: Ich weiß nicht, was in diesem *Moulin Rouge* geschah. Ich kann mich nicht mal erinnern, dort gewesen zu sein. Zwischen dem Tag im Gericht, wo der Ortstermin angesetzt wurde, und meinem Auftauchen in Paris klafft eine riesige Lücke in meinem Gedächtnis. Damit kann und will ich mich nicht abfinden. Ich habe genug Erfahrung, um zu wissen, dass mich eine neue Therapie nicht nur Geld, sondern auch viel Zeit kosten würde, ohne dass damit ein Ausgang in meinem Sinne garantiert wäre. Therapeuten tendieren wahlweise dazu, ihre Klienten in Watte zu packen, was außer ihrem Konto und womöglich ihrem Ego niemandem etwas bringt, oder aber die Therapie wird so intensiv, dass ein normales Leben vorübergehend undenkbar wird. Die paar zu finden, die es anders handhaben, kostet so viel Zeit wie eine Therapie selbst, wenn man Pech hat. Ich habe lange über Alternativen nachgedacht, und dann fielen mir Ihre Artikel in die Hände. Sie waren dabei, Sie können wenigstens einen Teil meiner Gedächtnislücke füllen. Deshalb sitzen wir jetzt hier." Ich verstummte. Er starrte mich an, rauchte, versuchte einen letzten Schluck Milchkaffee zu ergattern.

„Ich war nicht als Einziger dort. Staatsanwaltschaft, Richter, Verteidiger, Protokollführer, verschiedene Zeugen – wieso also ich?", wollte er wissen, als er einsah, ohne Staubsauger ließe sich nichts mehr aus seiner Tasse holen.

„Ich will weder eine Staatsaffäre daraus machen noch zum Gespött meiner Kollegen in spe werden. Sie als Journalist interessieren sich für Menschen, so lese ich Ihre Artikel, so erlebe ich Sie – also können Sie mich vermutlich am besten und diskretesten bei meiner Suche unterstützen."

„Was ist mit Ihrer Mutter? Und mit Ihrer Freundin in Paris?" Er kam aus dem Fragen nicht mehr heraus.

„Inez weiß nichts. Ich muss sie angerufen haben, als ich in Paris ankam. Sie las mich an einer Raststätte vor den Toren der Stadt auf, also bin ich wohl getrampt. Auch daran erinnere ich mich nicht", ich hielt kurz inne, denn Tom wandte ein, dass er den Punkt klären könne, also vervollständigte ich meinen Satz mit „oder erinnere ich mich nur verschwommen. Sie kam, ich brach zusammen, diesmal physisch. Zu wenig Flüssigkeit, zu niedriger Blutzucker. Meine Erinnerungen setzen so richtig erst am nächsten Morgen wieder ein, als ich bei ihr erwachte. An das Davor bin ich nie wirklich herangekommen."

Er sah nachdenklich aus, aber nicht so, als ob er mir nicht glaubte. Vermutlich ist es für normale Menschen schwer, sich eine Amnesie vorzustellen, und noch schwerer zu begreifen, wie man mit so etwas lebt.

„Könnte es nicht sein, dass das eine Art Selbstschutz ist?", fragte er nach.

„Klassische Therapeutenfrage." Ich musste lachen. „Klar macht das Bewusstsein so was nicht zum Spaß. Nur, es geht um mehr als um ein paar aus meinem Gedächtnis gelöschte Tage. Anfangs war's tatsächlich nur das, nur ein Zeitverlust. Ich erholte mich und nahm mein Leben wieder auf. Was ein paar Schwierigkeiten mit sich brachte, die meine Aufmerksamkeit erforderten." Aber auf Mike und seinen Rückfall samt nachfolgendem Ärger wegen der gefälschten Papiere würde ich nicht eingehen, das gehörte nicht hierher. Das war einfach nur typisch – wir wurden gebraucht, also waren wir da und funktionierten. So ticken multiple Menschen nun mal. Das ist der Trick an der Sache. Dissoziation und Amnesien lassen sich zumindest vorübergehend wunderbar instrumentalisieren. Man kann sich mühelos, übergangslos von einer Sekunde auf die andere ganz auf ein als lebenswichtig empfundenes Problem konzentrieren. Alles andere tritt nicht nur in den Hintergrund, es verschwindet regelrecht von der Bildfläche, als ob es nie existiert hätte. Bis die aktuelle Krise oder was auch immer zu meistern ist hinter einem liegt …

„Dennoch, wie können Sie sicher sein, dass das, was damals den Schock auslöste, heute nicht etwas Ähnliches verursachen wird?" Er war hartnäckig, aber genau deshalb war er einen Versuch als Verbündeter auf Zeit wert.

„Ich kann nicht sicher sein. Ich weiß aber, dass es mich nicht mehr loslässt. Im ersten Moment war die Amnesie ein Schutz. Inzwischen gleicht sie einem schwarzen Loch: Sie saugt alles Mögliche an, frisst Energie in rauen Mengen. Und sie verunsichert mich. Stellen Sie sich vor, ich mache mit dieser Lücke und dem Nichtwissen weiter. Ich mach mein Examen, geh ins Referendariat. Ich werde zwangsläufig auf Verbrechen stoßen, kann aber nie wissen, ob mich irgendein Verfahrensdetail oder eine der dazugehörigen Geschichten nicht nur berührt, sondern gleich aus den Schuhen holt. So wie damals. Und sagen Sie jetzt nicht, ich solle mir einen anderen Job suchen. Ich bin nicht bereit, vor etwas Unbekanntem zu kapitulieren, bevor ich auch nur versucht habe, den Kampf aufzunehmen."

Das schien er zu verstehen, jedenfalls nickte er. Danach ging es erst mal um praktische Fragen: Was wollte ich genau von ihm, wie sollte das vonstatten gehen, wollte ich jetzt gleich seine Erinnerungen an die ganze Chose hören oder brauchte ich dafür Vorbereitungen, eine andere Umgebung, eine Rückkehr zum Ort des Geschehens gar? Und was war mit meiner Mutter? Ich begriff nicht, nicht sofort, warum er dermaßen auf Heidrun rumpochte.

„Nun“, sagte er, „das liegt doch auf der Hand: Sie war dabei und sie hatte auch einen Nervenzusammenbruch. Oder wenigstens einen wirklich gut gespielten hysterischen Anfall. Sie ist mit Ihnen nach Hause gefahren und sie sollte Sie besser kennen als ich. Also muss sie nicht nur selbst im *Moulin Rouge* auf etwas Schockierendes gestoßen sein, was möglicherweise in direktem Zusammenhang mit dem von Ihnen gesuchten Auslöser steht, sie könnte auch mehr von Ihren Reaktionen mitbekommen haben. Also, und jetzt wohl nur noch als rhetorische Frage: Sie haben nicht mit Ihrer Mutter über dieses Thema gesprochen, oder?“

Ich wollte zu Erklärungen ansetzen, ihm sagen, dass man Heidrun nicht so weit trauen darf, wie man sie schmeißen kann (es sei denn, man ist Cäcilia oder The Incredible Hulk), dass sie einfach eine hysterische Zicke sei, obendrein unseren Bruder hasste und was nicht alles. Aber alles, was ich hinbekam, war ein Kopfschütteln. Und das nicht etwa, weil es Cäcilia gelungen wäre, Tom und mich aus unseren Positionen ganz vorne zu verdrängen. Nein, mir dämmerte in diesem Moment, dass er recht hatte: Es war verdammt noch mal an der Zeit, Heidrun ein paar Fragen zu stellen. Antworten waren das Mindeste, was die Frau uns schuldete, die sich auf ihre Mutterrolle so viel einbildete wie andere auf einen Oscar, einen Golden Globe, die Palme d'Or und was es an Preisen für Schauspieler mehr geben mochte.

„Das hatte ich mir fast gedacht.“ Er seufzte und sah traurig drein. „Und genau aus der Ecke kam und kommt meine Vermutung, dass in Ihrer Familie viel mehr Sprengstoff liegt, als die glatte Fassade ahnen lässt.“ Recht hatte er: Tom war kurz vorm Explodieren; hinter ihm konnte ich das Durcheinander der anderen spüren. Ich musste handeln, solange es noch ging.

„Einverstanden“, war das Erste, was ich wieder herausbrachte. Er schaute irritiert, klar, er hatte das, was in unserm Inneren vorging, ja nicht mitbekommen. „Ich bin mit Ihrem Vorschlag, *auch* mit Heidrun zu reden, einverstanden. Aber ich brauche dafür etwas Zeit und ich brauche Ihre Hilfe. Eben Informationen. Und Sie werden mich zu Heidrun begleiten, wenn es so weit ist.“

Schlagartig war es hinter mir still. Alle waren fassungslos, dass ich, ausgerechnet ich, gerade zugegeben hatte, etwas nicht alleine zu können. Nur Tom grinste still vor sich hin. Rudolf A. Meerbach war sofort einverstanden, ja, geradezu begeistert. Mir war's gleich, ob er in eine von uns verschossen war oder die Gelegenheit ergriff, nachträglich sein eigenes schlechtes Gewissen wegen der Affäre zu bereinigen. Es war zwar nicht ganz so gelaufen, wie unser Plan B gedacht war, aber das Ergebnis war okay. Und so ließ ich es zu, dass der Rest des Abends ihm und Anna gehörte. Natürlich abgesehen von Jolandas Pizzabestellung. Und ein paar anderen Kleinigkeiten.

Rudolf war es nicht gewohnt, auf rosa Wolken zu schweben. Merkwürdig, dachte er, eigentlich hatte das Treffen ja auf rationale Weise sein irrationales Gefühl erklärt, Josephine – oder vielmehr Jo – und er seien sich bereits zuvor begegnet. Die ganze Geschichte war verrückt, tragisch und vermutlich überhaupt nicht für die Zeitung zu verwerten, aber das störte ihn nicht. Vielleicht hatte Gaby ihn nie verstanden. Jo zu treffen erzeugte jedes Mal einen Energiekick und obendrein das Gefühl, es könnte doch so etwas wie ein Privatleben für ihn geben.

Venus im Bad

Normalerweise war ein Bad genau das Richtige für mich, um vollkommen abzuschalten. Kein Besuch beim Friseur, keine Maniküre, nicht mal eine Fußmassage, nichts konnte mithalten. Ins duftende Schaumwasser gleiten, die wohlige Wärme spüren, fühlen, wie nach und nach jeder Muskel entspannt, dazu einen Sekt oder einen Tee griffbereit am Badewannenrand, leise Musik – was könnte es Schöneres geben? Aber nein, sie redeten alle immer noch in meinem Kopf durcheinander. Dabei hätte Entspannung und Ruhe uns allen gut getan.

Jolanda griff nach dem Quietscheentchen und ihrem Bade-Ernie. Ich wollte dazwischen, aber es war zu spät: Das Weinglas lag in der Wanne. Mit spitzen Fingern fischte die Kleine das Glas aus dem Wasser und wandte sich wieder ihrem Spielzeug zu.

„Hey!" Ich versuchte den Körper zurückzuerobern. „Das war mein Wein!"

„Na und? Alles blöder Großenkack, jetzt bin ich dran, basta!" Gut, sie hatte recht, den ganzen Tag und den ganzen Abend war es nur um Erwachsenenthemen gegangen. Dennoch, das war mein Schaumbad!

„Josephine, hör auf! Wenn wir's jetzt nicht klären, kommt die ganze Nacht niemand zum Schlafen und du musst mit Augenringen zur Arbeit gehen." Ausgerechnet Jo. Sie hatte uns doch die Sache eingebrockt. Der Journalist wusste nun, wer wir waren, und wir müssten obendrein zu Heidrun fahren. Ehrlich, da wär mir jedes noch so langweilige Repetitorium lieber! Bevor mir jemand aus diesem Gedanken einen Strick drehen konnte, ließ ich mich nach innen gleiten. Sollten sie selber sehen, wie sie Schlamassel und Bad wieder in Ordnung bekamen!

Doch so leicht war das nicht. Sicher, ins Bad in meiner Welt im Inneren drang niemand einfach so ein, so viel Respekt vor meiner Privatsphäre gibt's in diesem Haufen schon. Aber ich konnte die Gedanken nicht ausblenden, nicht mal so. Und die

Gefühle schon gar nicht. Das ist der Nachteil an Entspannung, finde ich. Entspannt verdrängen, das kann selbst ich nicht.

Ich war wütend. Wütend auf Tom und Jo, die im *Südpol* das Ruder an sich gerissen und schon wieder Tatsachen geschaffen hatten, mit denen auch ich würde umgehen müssen. Nur, wie? Es war eine Sache, sich von dem Journalisten erzählen zu lassen, wie er den denkwürdigen Ortstermin in diesem *Moulin Rouge* erlebt hatte, und eine ganz andere, Heidrun dazu zu befragen.

„Ist es nicht", hörte ich Anna vor der Tür meines Badezimmers in meiner Welt innen. „Darf ich reinkommen?" Ich seufzte bejahend. Hier konnten wir es zu zweit besprechen, das war besser als der Tumult vorhin. Anna setzte sich vorsichtig auf den Wannenrand. Ich weiß, das ist schwer vorstellbar für jemand, der seine innere Welt nur aus Träumen kennt und seinen Körper nicht mit anderen teilt. Für mich und Anna fühlte es sich wie eine besondere Art der Nähe an. Und die Nähe nutzte meine Schwester sogleich.

„Es ist logisch, zu Heidrun nach Hamburg zu fahren. Da haben Rudolf und Jo hundertprozentig recht. Wir hätten viel früher auf die Idee kommen müssen. Und das Gespräch heute war besonders …", Anna verlor sich in ihren Gedanken.

Besonders, so konnte man es auch ausdrücken. Gut, unsere Vorsichtsmaßnahmen hatten im Prinzip funktioniert. Die Eröffnung oder vielmehr das Eingeständnis, die zu sein, für die uns Heidrun und viele andere hielten, hatte tatsächlich einiges erleichtert. Und vermutlich war es ein gutes Zeichen, dass uns abgesehen von Jolandas und Rudolfs Pizzaschlacht keine weitere Zeit zu fehlen schien, trotz der heiklen Themen, zu denen er und Anna neben ihrem Geturtel vorgedrungen waren. Allerdings konnte ich nicht beurteilen, ob seine Beobachtungen hilfreich für uns und unsere Suche nach Antworten waren.

Laut seiner Aussage waren Heidrun und Cäcilia-Josephine Greschke, also wir, damals als Letzte vor Ort erschienen. Die anderen – Richter, Anwälte, Protokollführer, Ermittlungsbeamte sowie Frank D. und er selbst – hatten vor der Bar auf uns gewartet. Wir seien sehr still gewesen. Heidrun habe besorgt gewirkt, vermutlich um ihre Tochter (was ich bezweifelte), dann hätten wir alle das Etablissement betreten, wo wir bereits von dem ehemaligen Fahrer der Firma, diesem Egon Verber, erwartet wurden. Der Staatsanwalt stellte die Anwesenden einander vor und erörterte den Zweck des Treffens – die Klärung der Besitzverhältnisse des *Moulin Rouge* und der Frage, wer gewusst habe, dass dieser Laden unserem Herrn Vater gehört hatte, wem dieses Wissen genutzt hätte etc. Gerade als sich Rudolf nach Cäcilia-Josephine Greschke umschaute, die „unnatürlich still und merkwürdig abwesend" gewesen sei, brach der Ärger los. Heidrun lieferte sich eine verbale Schlammschlacht mit Egon Verber. Sie warf ihm vor, aus Rache den guten Namen der Familie und der Firma zu beschmutzen, weil man ihm nach Michaels Unfall wegen seiner ständigen Trunkenheit gekündigt habe. Er konterte mit Vorwürfen gegen unseren Herrn Vater, nannte ihn einen Zuhälter, einen karriere- und geldgeilen Machtmenschen, der sich dank Heidrun in die feine Gesellschaft hochgeschlafen hätte. Dem Staatsanwalt gelang es nur vorübergehend, das Ganze auf ein sachlicheres Niveau zu bringen. Anscheinend hatte sein Verweis auf irgendwelche Übernahmepapiere, die bewiesen, dass Michael Greschke die Bar besessen hätte, als sie noch ein regelrechtes Bordell namens *Sexy Cats* war, und der Hinweis, dass diese Besitzerschaft erst mit seinem Tod geendet hatte, die Lawine losgetreten. An der Stelle sei Heidrun hysterisch geworden, was dazu geführt hatte, dass sich alle auf sie konzentrierten. Nun ja, wer Heidrun einmal in diesem Zustand erlebt hatte, verstand das sofort. Cäcilia-Josephine Greschke – also irgendjemand von uns – sei zur Toilette gelaufen, um Wasser zu holen, aber in der Tür erstarrt. Rudolf bemerkte das damals als Erster, er wollte helfen, nachfragen, aber von uns kam nur Gestammel. „Hör auf, hört auf damit – Mutter! – Was ist mit Michael? Daddy?" und eben immer wieder „Hör auf, halt die Klappe, halt bloß den Mund, hör auf". Bis wir umkippten. Danach sei Heidrun erst recht ausgerastet und nur durch eine Spritze des herbeigerufenen Notarztes zu beruhigen gewesen.

Das waren die Fakten oder eben die Dinge, so, wie Rudolf sie erlebt hatte. Ob wir noch etwas Deutlicheres, Verständlicheres von uns gegeben hatten, als sich Heidrun theatralisch nach unserem Kreislaufkollaps über uns geworfen hatte, wusste er nicht. Und wir, wussten wir jetzt wirklich mehr?

„Ich denke schon“, unterbrach Anna meinen Gedankengang. „Wir haben ein Stück roten Faden mehr, an dem wir uns entlanghangeln können. Wir haben uns nie mit der Frage nach Michaels Rolle beschäftigt und ich vermute, da kommt Schneewittchen ins Spiel. Ich bin fast sicher, er hat sie missbraucht. Alles deutet darauf hin, wenn man den Gedanken zulässt. Der Ort dürfte purer Zufall gewesen sein; aber Heidruns Hysterie ausgerechnet in dem Moment mitzuerleben, in dem wir womöglich auf das Trauma hinter den ersten Splits stießen, das war zu viel. Und es wirft die Frage auf: Was wusste Heidrun? Selbst wenn Cäcilia recht hat und sie weder etwas von der Geschichte mit dem Bordell ahnte, noch von dem, was mit uns passierte: Heidrun hätte es sehen müssen. Das wäre ihre Aufgabe als Mutter gewesen.“

Mir wurde kalt und ich bemerkte, dass ich zitterte. Nein, nicht ich – denn als ich nun nach vorne glitt, stellte ich fest, dass es Cäcilia war, die auf der realen Wannenkante unseres realen Badezimmers hockte und dem flauschigen Bademantel zum Trotz fror. Oder lag es daran, dass sie weinte?

„Ich kann das alles nicht glauben“, schluchzte sie. „Mama kann nicht so herzlos gewesen sein. Ich bin sicher, es gibt eine vernünftige Erklärung. Wir müssen mit ihr reden, bitte, bitte Josephine, komm mit, mach mit, ich muss es einfach wissen.“

Na prima. Jetzt hatte ich den Schwarzen Peter, ich, die mit all dem nichts zu tun hatte, die doch nichts wollte, als für uns die Wogen zu glätten. War ich etwa die Einzige, die ahnte, dass wir dabei waren, unser Leben von Grund auf umzukrempeln, dass wir uns auf eine Reise mit sehr ungewissem, zumindest unvorhersehbarem Ausgang begeben hatten?

Keine Reaktion, weder Protest noch Bestätigung. Anna kümmerte sich inzwischen um die heulende Cäcilia, die mich bittend ansah. Jo war ohnehin besessen von der Idee, und selbst Tom zuckte nur mit den Achseln.

„Gut“, seufzte ich, „aber morgen lasst ihr mich in der Detektei mit all dem zufrieden, und ich werde weder mit Jolanda Eis essen noch jetzt ihre Überschwemmung beseitigen." Das war das Mindeste, dachte ich, dann sah ich, das Bad war bereits geputzt. Manchmal ist dieser Haufen höchst seltsam ...

Markwart hatte das ganze Wochenende gegrübelt, wie er sich verhalten sollte, wenn Frau Baker am Montag wieder zur Arbeit erschien. Zig Versionen des Gesprächs hatte er im Kopf durchgespielt, x subtile Varianten vor dem Spiegel geprobt. Doch als er das Büro der jungen Kollegin betrat, stand dort bereits Frau Tschetar mit ihrer ewigen Begleiterin, der Kaffeekanne, und fragte ganz direkt nach dem „netten jungen Journalisten, der so besorgt um Frau Baker gewesen sei". Frau Baker errötete und lachte, das sei nichts Geheimnisvolles. Der Mann sei der Bruder einer Schulkollegin, der eine Reportage über ihren Abschlussjahrgang auf dem Schweizer Internat plante.

Die Spitze des Eisbergs

„Mehr Schokostreusel oder lieber die bunten Zuckerdinger?" Schneewittchen hielt beide Streuteile über das Pizzaeis, das Jolanda bestellt hatte. Die Kleine überlegte nicht lang, sie wollte beides. Schoko-bunter Hagel regnete auf die Sahnehaube, das Eis, den Teller, den Tisch. War mir recht. Hier würd ich nicht putzen müssen, und jetzt hatt ich erstmal Zeit für mich. Zwanzig Minuten würden die beiden sicher brauchen, um den kalten Süßkram und den heißen Kakao zu verputzen.

Hab nie kapiert, warum die andern sich meist davor drückten, auf die Kleinen aufzupassen. Mag sein, dass ihre Aktionen nach außen meist weder damenhaft noch in irgend'ner Form erwachsen aussehn, aber wen kratzte das?! Seit wir vorzugsweise in Großstädten hausten, musste man nur darauf achten, wo man wann mit wem hin ging. Dann bedeuteten solche Ausflüge vor allem eins: Zeit zum ungestörten Nachdenken. Meine Schwestern würden sich nicht blicken lassen, bis wir wieder zu Hause waren oder ich auf der Toilette der Eisdiele wenigstens die Eis- und Sahneflecken aus unserem Gesicht und unsern Klamotten entfernt hatte. Jolanda und diesmal auch Schneewittchen waren vollauf mit ihrer Bestellung beschäftigt …

Fand ich gut. Auf Dauer hätt ich mit Schneewittchen jemand, der sich Kinderkram und anderes Zeug mit mir teilte. Mal ab davon, dass Jolanda verdammt gut darin ist, die Dinge in 'ne andere Sichtweise zu rücken. Keine Ahnung, wie die Kleine es schaffte, aber ihre meist unbekümmert gute Laune war ansteckend. Noch 'n Grund, Zeit mit ihr und den anderen Kindern zu verbringen, die sich meist nicht aus der Deckung hinter ihr raustrauten.

Das eben noch platte Pizzaeis verwandelte sich in 'nen matschigen Eisberg. 'n gutes Bild für Heidrun, die unter der Zuckersauce der Wohlanständigkeit 'ne eiskalte Schlange war. Ich wusste zwar nicht genau, welche Rolle sie bei dem Termin in dem Scheißpuff gespielt hatte, aber dass es 'ne Rolle war, bezweifelte ich keine Sekunde. Wie hätte sie's sonst nicht mal vierundzwanzig Stunden danach hinkriegen sollen, dass die Anwälte dem Richter ihre Unschuld bzw. ihr Unwissen beibogen? Und wieso war bislang keine meiner ach-so-bemühten Schwestern drauf gekommen, dass man auch diese Kerle mal 'ner kleinen Befragung unterziehen sollte? Die mussten zumindest einen Teil des Krams Schwarz auf Weiß haben, zum Nachlesen und Mitnehmen. Warum hatte Heidrun sie auf den Alten angesetzt? Passte kein Stück zu ihr. Von wegen, sie hatte Schiss gehabt, dass er sie betrog. Sie hat ja angeblich nicht mal gesehen, was sich unter ihrer Nase und zum Teil auch in ihrem Prachthaus abspielte. Die hatte schon immer alles ausgeblendet, was ihr nicht in den Kram passte. Dann Außenstehende drauf anzusetzen, Beweise für so was Unangenehmes wie 'nen Seitensprung zu finden, nee, das glaubte ich kein Stück. Wieso überhaupt Seitensprung? Und wie waren die Anwaltsfritzen – ob von ihr auf wen auch immer angesetzt oder aus anderen Gründen – auf den Papierkram zum Bordell gestoßen?

Die Antworten auf diese und andere Fragen interessierten mich brennend. Ich wusste bloß nicht, ob wir die ausgerechnet von Heidrun kriegen würden. Und was passieren würd, wenn's dazu käm. Ob's ein Schock für Cäcilia wurd, war mir schnurz. Hatte sie sich in meinen Augen verdient. Wenn's einer der heilsamen Sorte wär, umso besser. Dass der Alte mehr gemacht hatte, als Mike zu verprügeln, begannen die anderen allmählich zu begreifen. Nur, würd's dabei bleiben? Würd's ihnen reichen, zu wissen, das Schwein hat nicht nur, aber auch Schneewittchen gefickt? Anna würd das wissenschaftlich-therapeutisch angehn und außerdem hatte sie grad 'ne rosarote Brille wegen diesem Rudolf auf. Die würde bei der erstbesten Erklärung, die sie auch aus ihren Büchern kannte, dankbar stehen bleiben und höchstens noch was von „Therapie" murmeln. Josephine würd's auf ihre übliche Art regeln: Das war vor ihrer Zeit, also hatte es nichts mit ihr zu tun. Schneewittchen wartete auf Mikes Rückkehr und würd sich bis dahin von mir vertrösten lassen. Das war unser Deal. Grad, weil sie wusste, was mit ihr passiert war, war's wohl einfacher für sie. Es war beschissen, aber es war vergangen und für sie war der Alte tot und begraben. Sagte sie zumindest. Jo war die Einzige, der ich zutraute, dass sie kapierte: Das war nur die Spitze des Eisberges. Nur, so weit muss sie bereits bei dem Zusammenbruch im Bordell vor zwei Jahren gewesen sein, und genau das – ihre Begegnung mit Schneewittchen – hatte sie komplett verdrängt. Was würde passieren, wenn Jo mehr von dem „Eisberg", vom kollektiven Müll unserer Vergangenheit mitkriegte? Und wie viel könnte ich abfangen, wie auch immer, wo ich selbst ja längst nicht alles wusste?

Tja, und dann war da noch dieser Rudolf, bei dem ich überhaupt nicht wusste, was ich denken sollte. Schneewittchen fand ihn langweilig, das war gut. Jo hielt ihn für schlau, aber ungebildet, was Multiple anging. Und Anna war verliebt. Sollte ich echt hoffen, dass Liebe blind macht? Meine Gedanken gerieten ins Stolpern, als mir bewusst wurde: Das Gefühl kannt ich nicht. Klar, ich liebe Mike, er ist mein Bruder. Und so ungern ich es zugeb, mir sind nicht nur die Kids in dem Haufen hier wichtig, wichtiger als fast alles andere. Aber verliebt oder gar Liebe ...?

Schneewittchen lachte laut auf. Erstaunt sah ich mich um: Wir waren im Südpark, fast zwei Kilometer entfernt von der Eisdiele, und saßen auf einer Schaukel. Jolanda grinste mich an, als sie sich nach innen verzog, mal wieder etwas wie „Großenkack" vor sich hin murmelnd.

„Ähm, ihr habt doch bezahlt, oder?"

Schneewittchen ließ das Kichern und fragte spöttisch nach: „Wieso ist dir das wichtig? Du bezahlst doch auch nicht alles, oder?"

„Mensch, gelegentlich mal in 'nem Laden was mitgehen lassen, das is was anderes. Die Zeche prellen ist 'ne Scheißidee – ich mein, überleg mal, was passieren würd, wenn nächste Woche Anna oder Cäcilia einen Erdbeerbecher wollen oder Josephine unbedingt dort ihren Cappuccino trinken will?!"

Sie schüttelte lachend den Kopf. „So viel hab ich auch schon kapiert. Keine Angst, Kleiner, ich hab bezahlt. Sogar samt Trinkgeld. Und die Hände gewaschen, sonst wären wir noch irgendwo kleben geblieben. Aber dass du – ausgerechnet du! – glaubst, nichts von Liebe zu verstehen ...!" Sie kicherte schon wieder und ich kam mir ziemlich dumm vor. „Das ist echt der Brüller. Bei deiner Erfahrung!"

Ich verstand kein Wort. Welche Erfahrung? Was hatte der Strich, was hatte Sex damit zu tun? Sie wurd ein bisschen ernsthafter und hörte auf zu schaukeln. Gut so, ich konnt fühlen, wie Eis, Kakao und was nicht alles noch im Bauch Karussell fuhren.

„Alles und nichts", fuhr sie fort. „Liebe ist, alles für einen Menschen tun zu wollen, egal was. Du liebst Mike genau wie ich, und für mich hast du auch immer wieder 'ne Menge getan. Glaub nicht, dass ich das nicht mitgekriegt hab. Ich wusst vorher nur nie sicher, wer du bist."

„Du meinst ... deine Männerjagd ... diese Kerle?", fragte ich vorsichtig.

Sie nickte. „Ja. Wobei die eher unter verliebt fallen. Nun guck nicht so, ich hab mich nie in jemand anders als Mike verliebt, ich hab höchstens Teile von ihm in 'nem andern gesehen. Für 'nen Moment. Mehr nicht."

Darum war's also bei ihr gegangen. Das musste ich erst mal verdauen, deshalb stellte ich die andere Frage, die ich nicht aus dem Kopf bekam: „Und was ist das mit Anna und diesem Reportertypen? Weißt du, was sie in ihm sieht? Von Mike hat der doch gar nichts."

„Nicht direkt, nein. Vielleicht hat er was von ihr." Sie verstummte und stand von der Schaukel auf. Eine Gruppe Mütter mit Kindern näherte sich dem Spielplatz im Park. Erinnerten an Gänse mit ihren Küken. Wachsam. Und lebendig. Mir wurde kalt, trotz der Maisonne.

„Was hältst du wirklich davon, mit dieser Heidrun, dieser Mutter zu reden?", wollte sie plötzlich wissen, eine Härte in der Stimme, die ich so noch nie bei ihr gehört hatte.

„Die Tuss ist mir völlig egal, und das ist noch das Beste, was ich über sie sagen kann." Nur nicht zu viel sagen, dafür kannte ich Schneewittchen noch nicht gut genug, dafür war das Eis, auf dem wir uns seit Wochen bewegten, viel zu dünn. Sie nickte nachdenklich, dann sah sie am anderen Ende der Wiese einen Jongleur.

„Das will ich sehen!", rief sie und rannte los. Meinetwegen.

Normalerweise übergab Herbert seine Vollzugsberichte im Gespräch mit dem jeweiligen Häftling. Bei schlechten Prognosen hielt er das für seine Pflicht, selbst wenn diese Treffen selten angenehm verliefen. Positive Prognosen mit den Gefangenen zu besprechen, gehörte dagegen zu den wenigen uneingeschränkt freudigen Momenten seiner Arbeit hinter Gittern. Warum er in Mikes Fall einen wichtigen Termin vorgeschoben hatte, wusste er selbst nicht so genau, und das beunruhigte ihn auch jetzt noch ein wenig.

„Danke.“

Ich stand vor dem Schreibtisch, genau dort, wo der Schließer mich vor zwei Sekunden abgeliefert hatte, und streckte Herbert meine Hand entgegen. Er starrte mich an wie einen Geist oder wenigstens jemand, den er nicht erwartet hatte. Seltsam. Ich starrte auf meine Hand runter, sah, dass sie noch verbunden war, und wollte sie zurückziehen, als Herbert aufstand und sie vorsichtig ergriff. Er schaute mich an, als käm ich von ’nem anderen Stern.

„Für den Vollzugsbericht. Den Papierkram, der mich hoffentlich bald hier raus bringt. Du weißt schon, das, was meine Akte abschließen soll“, erklärte ich, um die seltsame Stimmung zu durchbrechen.

Herbert zögerte noch, dann nickte er und machte eine unbestimmte Geste, als er meine Hand wieder losließ. „Ach das. Das war nur die Wahrheit. Setz dich doch.“

Ich tat’s, er drehte sich um, griff nach den Teetassen und der Kanne. Ich sah mich um, alles war beim Alten. Die Bücher in den billigen Regalen, die Postkarten an den Wänden, der Kalender aus der Dritten Welt, das Durcheinander auf dem Schreibtisch. Ein Teil der Akten war wieder auf dem zweiten Stuhl gelandet, dort, wo sie das letzte Mal gesessen hatten. Ich schüttelte die Erinnerung daran ab und blickte wieder zu Herbert. Dann sah ich es, genau in dem Moment, als er mir die Tasse hinhielt.

„Ach, deshalb konntest du nicht kommen und mir den Bericht selber geben! Herzlichen Glückwunsch!“ Ich grinste ihn an. „Wann ist es so weit?“ Ich deutete auf das Ultraschallbild, das auf dem Tisch vor ihm lag. So was konnte einem schon über den Kopf wachsen. Herbert lief rot an.

„Ähm, ja, also, entschuldige, ähm …“, stotterte er los, „das war so nicht geplant. Also das mit dem Bericht. Die Kinder – die sind ein Traum.“ Er nahm das Ultraschallbild so vorsichtig in die Hand, als wär’s das Original und nicht das Abbild, und steckte es in seine Brieftasche.

„Kinder? Zwillinge?“ Ich trank einen Schluck Tee. Herbert war wirklich nicht ganz bei sich, das war Beuteltee, schwarzer obendrein, und nicht mal richtig heiß. Egal.

Herbert nickte. „Ein Mädchen und ein Junge. Glauben sie. Ich kann's noch gar nicht glauben.“ Er verstummte.

Was war mit ihm los? Okay, ich war noch nie in dieser Situation gewesen. Abgesehen von der üblichen Panik, wenn eine meiner Freundinnen zu Teenagerzeiten glaubte, 'n paar Tage mehr PMS gleich als Schwangerschaft deuten zu müssen, kannte ich so was nicht. Und ich würd's nie kennen lernen, dafür hatte ich nach der zweiten Haftentlassung gesorgt, noch bevor ich mich daran machte, die Wohnung für Jo & Co. und mich zu renovieren. Nicht, weil ich was gegen Kinder hätte. Ich traute schlicht meinen Genen noch weniger als mir selbst. Aber ich hätte gedacht, dass 'ne geplante Schwangerschaft 'ne tolle Sache sein müsste.

„Hey, was ist los? Du bist der Kerl, der glaubt, dass man den größten Scheiß bauen, von vorne anfangen und immer noch 'n sinnvolles Leben führen kann. Man sollte meinen, die bevorstehende Ankunft eines nagelneuen Zwillingspärchens auf diesem Planeten knallt dich auf Wolke sieben!“

„Das tut es“, sagte er lahm, „aber es bedeutet auch eine Menge Verantwortung. Für ein ganzes Leben und eben nicht mehr nur für das eigene. Wolltest du nie Kinder?“

Ich schüttelte den Kopf.

„Warum nicht?“ Er sprach eindeutig lieber über anderer Leute Sorgen. Oder auch Nichtsorgen.Wie gesagt, ich mag Kinder, ich konnte gut mit den Kleinen in Jos Bande und ich hätt vermutlich nicht mal 'n Problem, mit Außenkindern, eben „richtigen“ Kindern zusammenzuleben. Ich wollt bloß keine eigenen. Ich wusste einfach zu viel über die verdammte Verletzlichkeit von Kindern. Und zu viel über die ungeheuren Möglichkeiten von Erwachsenen, ihre Nachkommen zu verbiegen, zu verdrehen, kaputt zu machen und am Ende wie altes Spielzeug wegzuwerfen. Aber das sagte ich ihm nicht.

„Meine Familie reicht mir.“

„Und deine Schwester?“ Was war das für 'ne Frage? Was hatte sie damit zu tun? Keine von ihnen hatte je über Kinder gesprochen. Klar, Josephine hatte die eine oder andere Beziehung gehabt. Meist oberflächliche Affären, nur der Professor an der amerikanischen Uni war ihr näher gekommen, weil er zumindest einige aus der Bande kannte. Was wiederum dazu führte, dass Josephine auf Distanz ging. Jo hatte eine Zeitlang in engem Kontakt mit Inez' Bruder gestanden, doch als bei ihr ankam, der sieht mehr in ihr als einen Kumpel und die beste Freundin seiner Schwester, zog sie einen Schlussstrich. Ob Cäcilia sich tatsächlich mit den Söhnen aus den besseren Familien unserer kleinen Stadt getroffen hatte, wie Heidrun immer wieder stolz verkündete, wusst ich nicht. Und Anna war am intellektuellen Austausch mit dem US-Prof interessiert gewesen – aber hieß das auch, sie war verliebt gewesen und hatte Sex gehabt? Noch ein Thema, über das wir nie sprachen.

„Soweit ich weiß, geht's meiner Schwester ähnlich. Gleiche Familie – oder fast die gleiche, du weißt schon", antwortete ich ausweichend, ich hatte keine Ahnung, worauf er raus wollte. Er schaute betreten. „Was ist denn los? Ist der Richter etwa 'n begeisterter Opa, der mich nur gehen lässt, wenn ich versprech, zig Kinder in die Welt zu setzen?"

„Blödsinn. Du musst dem gar nichts erzählen, wenn's nicht stimmt. Ich hab vollstes Vertrauen, dass du das hinkriegen wirst. Sowohl die Anhörung in nicht mal drei Wochen als auch die Bewährung. Also belaste dich nicht mit meinen Problemen, die gehören hier nicht hin."

Drei Wochen. Ich musste mich zusammenreißen, hätte mich am liebsten auf meine Hände gesetzt. Aber Herbert achtete nicht auf mein Zittern oder was sich in meinem Gesicht an Angst und Hoffnung spiegelte. Er war vollauf damit beschäftigt, in dem Papierwust auf seinem Tisch rumzuwühlen.

Ich versuchte mich von der Flatter abzulenken. „Hey, wow ...! Ist doch super. Was spricht dagegen, dass wir zur Abwechslung mal nicht über mich quatschen?"

„Meine Professionalität. Und dann – ah, da ist es ja: Das ist der zweite Teil eines der Artikel, wo's um den Prozess mit der Druckerei und den Zusammenbruch deiner Schwester geht." Aufblickend schob er mir die verknitterte Kopie eines Zeitungsartikels rüber. „Lies das. Und sag mir, was du denkst."

Betrachtet man die Geschichte von Michael G., so scheint das Ganze stimmig: Elf Jahre vor seinem tödlichen Unfall tauchte er quasi aus dem Nichts in Oldenburg auf. Vom Chauffeur des alten Berling stieg er durch die Heirat mit dessen Nichte kometenhaft in der Gesellschaft wie auch der Druckerei auf. Bereits vorher hatte es Gerüchte über seinen für einen Chauffeur extravaganten Lebensstil gegeben. Als nur sieben Monate nach der Heirat der kleine Thomas geboren wurde, der kurz darauf tragisch dem plötzlichen Kindstod zum Opfer fiel, schien sich dieser Lebensstil radikal zu wandeln und Michael G. wurde – zumindest nach außen hin – zum vorbildlichen Familienvater.

„Jos Bruder kenn ich nur aus verbalen Schlammschlachten von Heidrun und Michael. Und aus den obligatorischen Friedhofsbesuchen an seinem Todestag." Mir wurd ganz anders. An diesem Tag waren beide immer furchtbar schräg drauf gewesen, noch unberechenbarer als sonst. Man wusste nie, was geschah: Würd Heidrun in Tränen ausbrechen und sich ohne Pillen nicht mehr beruhigen? Würd er sie daraufhin beschimpfen, sich betrinken oder gleich den nächstbesten Vorwand nehmen, um Jo auf ihr Zimmer zu schicken oder mich fertigzumachen? Und warum ging mir erst jetzt auf, dass sich Tom nach diesem anderen Bruder, den er nie gekannt hatte, benannt haben musste?

„Der Rest ist Quatsch – oder schlicht genau so, wie der Schreiberling andeutet: Michael war nach außen der perfekte Vater und Ehemann, zu Hause ein Monster."

Herberts Blick traf mich bis ins Mark. Keine Ahnung, ob er sich selber als Vater zu sehen versuchte oder etwas in mir erkannte, was er bisher nicht gesehen hatte und nicht sehen sollte. Tief durchatmen, befahl ich mir selber, bloß keine Panik oder sonstigen Gefühlsmüll hochkommen lassen. Und weiterlesen – bring's hinter dich, ermahnte ich mich.

So gab das Auftauchen seines unehelich geborenen Sohnes Mike Anfang 1982 nur noch wenig Anlass zu Spekulationen, so weit hatte sich Michael G. inzwischen in der guten Gesellschaft etabliert. Hätte man damals genauer hingeschaut, hätte man festgestellt, dass Mikes Mutter vor seiner Geburt im *Sexy Cats* als Prostituierte gearbeitet hatte – und dass Michael G. dort neben seiner Arbeit als Druckereidirektorenchauffeur als Rausschmeißer arbeitete.

Ich geriet ins Stocken, mein Mund wurde trocken. Ein Schluck lauwarmer Tee half. „Das Thema hatten wir schon, oder?" Herbert zuckte mit den Achseln. Ich las weiter, das schien einfacher.

Aber selbst nach Michael G.s tödlichem Unfall Ende 1985 wurden keinerlei Spekulationen in diese Richtung laut. Das könnte wiederum dafür sprechen, dass er tatsächlich die „kreativen Geschäftsmethoden" angewandt hatte, derer ihn Egon V. beschuldigt und die nun seine Witwe zumindest indirekt bestätigt hat: dass er nämlich nachts in seinem „Etablissement" Mitglieder der „guten Gesellschaft" unterhielt, denen das Bekanntwerden ihrer Vorlieben nicht gut getan hätte, so dass sie vermehrt und womöglich zu überhöhten Preisen Aufträge an die Druckerei Berling vergaben …

Womit genau hatte er die Idioten erpresst? Die Frage drängte sich in meinen Kopf und rüttelte an Türen, durch die ich ums Verrecken nicht gehen wollte. Nicht, wenn ich's nicht musste. Nicht hier, nicht jetzt, bloß nicht. Herbert beobachtete mich genau. Was sah er? Also redete ich los:

„Wär typisch für ihn – jede Seite seines Doppellebens bis ins Letzte zu nutzen und auszukosten. Und es ist typisch für Heidrun, dass sie darüber erst zu reden anfing, als es sich nicht mehr vermeiden ließ. Für uns Kinder brach Michael 1985 zu irgend'ner Geschäftsreise auf. Und als er nicht zurückkam, sondern den Unfall hatte, waren alle Streitereien vergessen. Heidrun wurde die Bilderbuchwitwe, die um ihren Bilderbuchgatten trauerte. Wir sollten auch trauern. Nur, *mir* war eher nach Feiern zumute. Und Jo war auch nicht grad todunglücklich. War halt was anderes als Onkel Karls Tod kurz vorher." Ich hielt den

Rand und schaute zu Herbert.

„Was hältst du von den Vorwürfen? Wie fühlt sich das an?"

„Klingt ebenso passend für ihn wie für diese verkappte Kleinstadt und Heidrun: stilecht geschönte Fassade, dahinter nur Dreck. Der Dreck ist nicht wichtig, solang ihn niemand sieht. Ekelhaft." Was sollte ich sonst antworten? Zumal's wahr war, wenn auch nicht die ganze Wahrheit, jedenfalls nicht die ganze Wahrheit meiner Angst. Wer von den Stadtärschen hatte damals mitgekriegt, was mit mir und Jo lief? Und wie tot war Michael wirklich, wenn die Angst vor ihm mich wieder einholte? Wieder musste ich mich zwingen, weiterzuatmen und weiterzulesen.

> Insofern bleibt abzuwarten, wie sich der unerwartete Skandal – seine Witwe beschimpfte bei dem Ortstermin ihren toten Gatten und attackierte Egon V. verbal – auf den weiteren Verlauf des Prozesses gegen Frank D. wegen Unterschlagung, Übervorteilung und Steuerhinterziehung im Zusammenhang mit seiner Tätigkeit als Geschäftsführer der Druckerei auswirken wird.

Puh, geschafft. Frank D. spielte keine Rolle für mich. Der Prozess gegen ihn war mir egal, er berührte mich nur da, wo er Jo aus den Schuhen geholt hatte.

„Dir ist das von Grund auf zuwider?" fragte Herbert nach. „Kein bisschen Bewunderung für seinen Coup, wenn die Anschuldigungen stimmen, nur Abscheu?" Merkwürdige Frage. Ich nickte. „Man könnte doch sagen, dass zu einer Erpressung immer zwei Seiten gehören: ein skrupelloser Erpresser, zu allem bereit, und ein Erpresster, der genau das zulässt, und das Spiel mitspielt."

Ich war überrascht, dass Herbert das so klar überriss. „Ich bin kein Erpresser. Ich hab kein Talent für und keinen Drang nach derart linken Touren."

Herbert nickte langsam und lächelte fast erleichtert. „Das wollte ich hören. Und ich wollte, dass du das sagst: Du bist nicht dein Vater. Du bist nicht mal *wie* dein Vater. Genauso wenig, wie ich meine Kinder so erziehen werde, wie mein Vater mich erzogen hat."

Ich war einen Moment lang völlig baff, bis ich begriff, was er wirklich gesagt hatte. Er konnte nicht wissen, dass ich Schiss hatte, viel zu viel von meinem Alten geerbt zu haben – nein: Er hatte Schiss, er hätte zu viel von seinem geerbt. Er wusste nichts, rein gar nichts von mir. Erleichtert hob ich meine fast leere Tasse zum Toast: „Auf das neue Leben. Das deiner Kinder und meins, hoffentlich."

Rudolf schaute verstohlen zu seiner Beifahrerin. Je näher sie Hamburg kamen, um so stiller wurde sie. So still, dass er inzwischen froh war, in seinem Auto hinterm Steuer und nicht in einem Zug zu sitzen, wo das Schweigen womöglich unangenehm geworden wäre. „Bringen wir's hinter uns; mit Heidrun zu reden, ist nie ein Vergnügen", hatte sie am Telefon gesagt. „Ich hatte keine besonders glückliche Kindheit, egal, was meine Frau Mutter behaupten wird", als sie ins Auto einstieg. „Mama wusste sicher nichts", war das Letzte, was sie vor einer halben Stunde gemurmelt hatte. Plötzlich wandte sie sich ihm wieder zu: „Nimm die Seitenstraße. Da gibt's mehr Parkplätze". Fast wie gebellt klang das. Er setzte den Blinker.

Kalte Wut

Auf der Treppe hatte dieser Rudolf noch einmal gefragt, ob sie das wirklich tun wollten. Was für ein Idiot. Erst belaberte er sie, und als es so weit war, bekam er kalte Füße. Dabei war klar, dass er nur zu gern den „Verlobten" spielte. Anna hatte was sagen wollen, aber Jo kam ihr zuvor und drückte den Klingelknopf. Dann standen sie im käfigartigen Aufzug und schwiegen. Doch oben an der Tür gab es kein Halten mehr.

„Mama, liebe Mama“ rufend stürzte sich diese Cäcilia in die Arme der alten Ziege. Tränenreich, liebreich, einfach zum Kotzen. Bis sich wieder eine andere durchsetzte, Josephine wohl. Oder war es Anna, die Rudolf als neuen Freund vorstellte? Der erste Treffer, denn natürlich erkannte die Ziege den Reporter von damals. Für meine „Schwestern“ war's eine Klippe, die sie zu umschiffen hatten; mir gefiel's, dass Heidrun das nicht mochte. Aber Anna war nicht so blöd, so zahm, wie ich gedacht hatte. Sie erzählte etwas von einer Selbsthilfegruppe, in der sie Rudolf kennen gelernt hätte. Ich wusste zwar nicht, was Bindungsstörungen sein sollten, aber Ziege Heidrun hatte damit die erste Nuss zu knacken: Ihre Tochter war beschädigte Ware und bekannte sich dazu. Natürlich versuchte sie abzulenken. Sie schleppte alle zur „Kaffeetafel“ ins Esszimmer und schwärmte von Majas Kuchenkünsten. Noch 'ne Hürde, denn natürlich hatten die Kleinen Lust auf Kuchen. Aber das hatten wir vorher lang und breit besprochen. Dieser Kuchen wär so was wie der vergiftete Apfel aus dem Märchen. Garantiert nichts für Kinder. Das hatt ich mir mit Tom ausgedacht. Und jetzt war es ausgerechnet Cäcilia, die zum Thema kam.

„Mama, wir müssen reden. Über das, was damals bei diesem Prozess, bei diesem Ortstermin in Oldenburg passiert ist.“

Heidrun fiel das Gesicht runter. Sie wich aus: Das sei für alle zu viel gewesen, man müsse die Vergangenheit ruhen lassen. Aber sie ließen nicht locker. Das sei wichtig, erklärte ihr Anna ruhig, wichtig für ihre Heilung, ihren Seelenfrieden.

„Ich weiß doch selbst nicht, was da geschehen ist, Kind, ich weiß nur, am Ende brauchten wir beide einen Arzt und dann warst du verschwunden. Was habe ich mir Sorgen gemacht!“ Heidrun versuchte auf die Tränendrüse zu drücken. „Mein armes Mutterherz!“ Anna reichte ihr ein Taschentuch. Rudolf blickte interessiert. Niemand sagte etwas. Gute Strategie – das konnte sie nicht ertragen.

„Erst zieht dieser Prozess den guten Namen der Firma in den Schmutz und dann werde ich in dieses Etablissement verschleppt. Was für eine Demütigung, in aller Öffentlichkeit zu erfahren, dass mein verstorbener Gatte, dein Vater, ein Bordellbesitzer war! Das war für dich genauso ein Schlag wie für mich, Kind!" Sie griff nach unserer Hand. Jemand wollte sie wegziehen, aber Cäcilia ließ das nicht zu.

„Aber Mama, ich war neun, als Vater starb. Und du hast kaum ein gutes Haar an ihm gelassen. Wenn du über ihn gesprochen hast, dann meist abfällig, als ob es gut wäre, dass er weg ist. Außer, wenn es um Mike ging. Nur da hast du manchmal gesagt, du vermisst ihn, denn Mike würde die strenge Hand seines Vaters brauchen. Ich hatte keinen Grund zu glauben, mein Vater sei ein Heiliger gewesen. Wieso hätte mich das in einen Nervenzusammenbruch treiben sollen? Druckereidirektor oder Bordellbesitzer – in meinem Leben kam Vater kaum vor."

„In deinem Leben vielleicht nicht, Kind. Sei froh. Meines hat er fast ruiniert und Onkel Karls Firma obendrein."

„Wie hat er das denn angestellt?" Das war Jo, die mit ihrer Wut kämpfte. So wie ich, stellte ich erstaunt fest, so wie ich und auch Tom.

„Eben mit diesem Skandal. Nicht genug, dass er mir seinen Bastard ins Haus schleppte, dieses undankbare, kriminelle Gör. Nein, er musste unbedingt den guten Ruf von uns allen zunichte machen!"

„Soweit ich mich erinnere", schaltete sich der Reporter ein, „war das Frank D. Seinetwegen gab es den Betrugsprozess. Ihr Mann war da schon lange tot."

„Was wissen Sie denn schon, Sie Schmierfink!", regte sich Heidrun künstlich auf. „Mein Mann hat mich belogen und betrogen. Ich bin eine Frau aus gutem Haus und habe in gutem Glauben aus Liebe einen Mann ohne Stammbaum, ohne Herkunft geheiratet. Einen Mann, der mit einer Hure ein Kind hatte, es aber nicht für nötig befand, mir das vorher zu sagen. Nein, wenn die Rede auf die Gerüchte kam, dass er tagsüber für die Druckerei, nachts aber für zwielichtige Kunden fuhr, hat er alles abgestritten. Bis sein Sohn vor meiner Tür stand. Selbst da hat er nur das zugegeben, was unbedingt nötig war. Wenn Onkel Karl nicht gewesen wäre ..."

„Hättet ihr beide Mike rausgeschmissen, zurück auf die Straße oder ins Heim geschickt, stimmt's? Tu nicht so, als ob du meinen Bruder mit offenen Armen empfangen hättest. Du hast ihn gehasst. Schon als Kind. Nur weil Karl darauf bestand, hat Michael ihn adoptiert. Und dagegen konntest du nichts mehr sagen." Jo atmete tief durch. Unser Herz raste.

„Dein Großonkel Karl war ein Heiliger!", sagte Heidrun. „Er hat mich und meine Mutter Mary-Ann aufgenommen. Er hat dich geliebt. Die Familie war sein Ein und Alles. Aber Mike ist in dem Punkt wie sein Vater. Ihn interessiert die Familie nicht. Ihm ging es immer nur um sich selbst."

„Was für 'n Scheiß", warf Tom ein. „Mike ist meine Familie. Und dass er nicht zu deiner wurde, is ja wohl klar. Oder dachtest du, du biegst das hin, indem du unsern Erzeuger dazu bringst, die Familie in ihn reinzuprügeln?" Die alte Ziege rettete sich in ihre Heulerei. Tom versuchte, noch mehr zu sagen, aber die anderen hielten ihn zurück. Josephine ergriff die Gelegenheit.

„Lassen wir das Thema Mike für einen Moment beiseite. Deshalb sind wir nicht hier. Was mich vielmehr wundert, sind diese Widersprüche: Einerseits hat Michael dich ‚schon immer belogen und betrogen', wie du sagst. Andererseits warst du bei diesem Ortstermin schockiert, weil da die Tatsache ans Licht kam, dass ihm früher das Bordell gehört hat, womit er womöglich den Grundstein für Frank D.s unsaubere Geschäftspraktiken gelegt hat. Zugleich wusstest du, dass Mikes Mutter eine Hure war. Und dann sind da noch diese ‚Beweise' der Anwälte. Diese Ermittlungsergebnisse in Sachen Michael und Bordell, von denen du aber bis zum Ortstermin nie etwas erfahren haben willst. Das passt alles nicht zusammen – oder viel zu gut zusammen, meinst du nicht?" Treffer. Die alte Ziege starrte uns mit offenem Mund an.

„Woher weißt du das mit den Anwälten?" Heidrun hatte sich wieder gefangen und versuchte es mit Ablenkungsmanövern. „Als es vor Gericht darum ging, warst du doch verschwunden!"

„Das stand in der Zeitung", sagte Josephine mit einem Seitenblick zu Rudolf. „Nur, ich verstehe das nicht so ganz: Wie bist du zu dem Verdacht gekommen, dass er dir untreu war? Warum hast du die Anwälte mit den Ermittlungen beauftragt, ohne je nach dem Ergebnis zu fragen?"

„Ich … dein Vater … der Unfall damals, das war alles so schrecklich“, setzte sie an, dann rief sie mit schwacher Stimme nach Maja, die ihr die Beruhigungstropfen brachte. Bühnenreif, obwohl sie so dick auftrug, als wär’s ein Stummfilm.

„Geht es wieder, Mama?“, fragte Cäcilia besorgt. Heidrun nickte, das sollte vermutlich tapfer aussehen. „Mama, ich will dir doch nichts. Es ist nur so: Ich verstehe das alles nicht. Ich kann mich nicht erinnern, was dort passiert ist. Und du hast nie darüber geredet. Bitte, sag es mir: Habe ich in diesem Bordell oder danach, als wir wieder zu Hause waren, irgendwas gesagt, hast du irgendeine Ahnung, was dort mit mir war? Was glaubst du, warum ich danach fort bin?“ Heidrun hielt ihrem, unserem Blick nicht stand. Sie schüttelte den Kopf und murmelte Unverständliches. Sie schien kurz davor, aufstehen zu wollen, als sich der Reporter räusperte.

„Bitte, Frau Greschke, das sind Sie Ihrer Tochter schuldig. Es quält sie, nicht zu wissen, was mit ihr passiert ist und sich nicht zu erinnern. Helfen Sie ihr, verdammt. Nachdem sie umgekippt ist, haben Sie sich auf sie gestürzt und niemanden zu ihr gelassen, bis der Notarzt eintraf. Für mich sah es aus, als sprächen Sie miteinander. Also, was war da?“

Heidrun blickte von ihm zu uns und dann sprach sie mit dem Kuchenteller vor ihrer Nase. „‚Du lügst‘. ‚Lügnerin‘ – so hat sie mich genannt, mein eigen Fleisch und Blut, wieder und wieder.“ Sie seufzte schwer, dann fasste sie sich, oder vielmehr, sie fand eine neue Rolle. „Aber das Kind war da jenseits von Gut und Böse. Sehen Sie, Herr Meerbach, meine Tochter ist schön und intelligent, aber auch hypersensibel. Das war nicht ihr erster Nervenzusammenbruch. Und auch nicht das erste Mal, dass sie Dinge sagte, die sie hinterher nicht mehr wusste. Hässliche Dinge, furchtbare Dinge, verrückte Dinge.“ Sie schaute den Mann verständnisheischend an, und mir wurde kalt, eiskalt. Dann blickte sie zu mir, mitleidig, und streckte die Hand nach mir aus. Ich schlug sie weg und spuckte ihr ins Gesicht.

„Meinst du solche Dinge wie, dass mein Vater, dein Mann, mich gefickt hat? Und dass du es gesehen hast, wenigstens einmal gesehen hast, es dich aber einen Scheiß interessiert hat?!“

Sie schrie auf. Im Inneren brach ein Sturm los, ein Strudel, der mich wegtrug. Ich ließ es geschehen. Mehr hatte ich dieser Frau nicht zu sagen.

Egon Verber erwachte von seinem eigenen Schrei. Als seine Frau Ruth erschrocken den Kopf durch die Wohnzimmertür steckte, rappelte er sich auf dem Fußboden vor dem Sofa hoch. Er winkte ab, nichts passiert, das Sofa war halt schmal, während er im Alter zulegte. Sie ging ohne ein weiteres Wort zurück in die Küche. Manchmal hätte er gerne Fragen beantwortet, aber die hatte er ihr schon vor langer Zeit abgewöhnt. Allerdings hätte sie seine Angst vor einem Toten und seiner gewissermaßen wiederauferstandenen Tochter vermutlich nur belächelt.

Mother Dear

Darum war es also gegangen. Das hatte damals den verdammten Nervenzusammenbruch ausgelöst. Hatte ich das geahnt, als ich mitten in dem Tumult im Bordell vor zwei Jahren für einen Augenblick Josie wahrgenommen hatte? Sicher schien, genau das war zu viel für mich gewesen – ich, die „starke, pragmatische Jo“ hatte nicht mal den Hauch der hässlichen Wahrheit ausgehalten. Auch jetzt, an Heidruns Kaffeetafel in der Hamburger Villa, nahm ich die Dinge noch wie durch eine Glasscheibe wahr. Ein Stück entfernt, gedämpft, nicht ganz real und doch erschreckend klar. Draußen unternahm Cäcilia den vergeblichen Versuch, unsere hysterische Mutter zu beruhigen. Bis Rudolf sie sanft am Arm nahm und zurück in ihren gediegenen Gründerzeitstuhl am Esstisch schob. Er selbst ging zum Vertiko und holte Schnaps samt Gläsern raus. Maja, die den Kopf zur Tür reinsteckte, um nachzuschauen, was der Tumult bedeuten mochte, schickte er wieder weg. Dann schenkte er drei Gläser ein und setzte sich zu uns. Wenigstens einer, der vernünftig reagierte. Ich nahm das Glas an Cäcilias Stelle und stürzte den Birnenschnaps runter. Scheußlich, aber wenigstens vertrieb er die Kälte aus meinem Inneren.

„Mama“, setzte Cäcilia erneut an, aber Rudolf war schneller. Er nahm unsere Hand, was seltsamerweise gut tat; vermutlich war Anna in der Nähe, auch wenn ich weder sie noch einen der andern innen fühlen konnte.

„Frau Greschke, reißen Sie sich zusammen! Das ist sicher nicht leicht, aber glauben Sie mir, in diesem Raum ist niemand, dem das gerade leicht fällt. Wollen Sie nicht etwas zu den Vorwürfen Ihrer Tochter sagen?“

Was könnte sie schon sagen, das noch irgendetwas bedeutete? Es war nie um sie oder um Michael gegangen und schon gar nicht um uns. Michael hatte uns, hatte Josie vergewaltigt. Obwohl mir längst klar war, dass nur massive Verletzungen multiple Persönlichkeiten hervorbringen können, hatte ich mich bislang – wie wir alle – geweigert, über die Art dieser Verletzungen nachzudenken. Aber das war nicht alles: Uns hatte nicht nur ein ungeliebter, alles andere als liebevoller Vater vergewaltigt, uns hatte auch noch unsere Mutter verraten. Nicht dass ich ihr das nicht zutraute. Im Gegenteil, aber auch daran hatte ich noch nie gedacht. Mir wurde zum ersten Mal bewusst, wie ausweglos unsere Situation als Kind gewesen war. Ein Elternteil war der Täter, der andere hatte es vorgezogen, wegzuschauen statt uns zu helfen.

„Ich wusste nicht, was ich damals sah. Du warst doch noch ein Kind, und er war dein Vater. Ich dachte, das kann gar nicht sein. Michael hat mich in der Tür gesehen, er hat mich angegrinst. Ich konnte es nicht glauben. Und danach war er wie immer und du, du hast auch nichts gesagt, zu mir. Also dachte ich, es war nichts, ihr beide habt gespielt, geschmust, eine ganz normale Vater-Tochter-Sache eben.“

Ganz normal war bei uns zu Hause nichts. Und es gab keine Rettung. Nicht mal Mike konnte uns retten, der war selbst noch ein Kind und hatte bereits so mehr als genug Ärger mit unseren sogenannten Eltern. Ich griff nach der Flasche, aber ich erreichte sie nicht. Vor mir saß noch immer Cäcilia, die Heidrun wie erstarrt anblickte.

„Du hast es gewusst, Mama? Und du hast nichts getan?“ Wenigstens schien sie noch denken und fühlen zu können. In mir war nichts mehr, nur die Kälte und die Klarheit. Heidrun schüttelte den Kopf.

„Ich habe nichts gewusst, Kind, nichts.“ Sie wollte nach Cäcilias Hand greifen, aber die zog sie zurück, als hätte sie sich verbrannt.

„Nun stell dich nicht so an, Kind. Ich bin deine Mutter. Was immer Michael getan haben mag, es ist vorbei. Es kann nicht so schlimm gewesen sein, sonst wärst du doch zu mir gekommen.“ Wenn ich nicht so müde und so weit weg von den Dingen gewesen wäre, hätte ich sie allein dafür umbringen können. Halb erwartete ich, das würde Schneewittchen übernehmen, aber sie hatte sich nach ihrem Vernichtungsschlag nach innen verzogen. Wohl zu Tom, denn zuerst schüttelte nur Cäcilia traurig den Kopf, und dann sprach Anna aus, was wir alle dachten.

„Du hast eine Tochter geboren. Das macht dich noch nicht zur Mutter. Dazu gehört mehr, viel mehr. Du hast keine Ahnung, wie es in uns aussieht. Aber du wusstest, was Michael getan hat. Bei deiner Tochter hast du weggesehen, wenn es um deinen Stiefsohn ging, hast du die Prügelorgien provoziert. Dagegen ist die Frage, warum du von der Bordellgeschichte nichts gewusst haben willst, harmlos und bedeutungslos. Und nichts davon qualifiziert dich als Mutter.“

Ich weiß nicht genau, was danach passierte. Heidruns Ausflüchte und Beteuerungen interessierten mich nicht mehr. Wir hatten die Frage geklärt, die zu klären wir gekommen waren. Ich war so furchtbar müde und erschöpft, als hätte ich gerade einen Langstreckenlauf hinter mich gebracht. Ruhe, ich brauchte unbedingt Ruhe, dachte ich noch und wollte mich nach innen fallen lassen, als mir auffiel, dass ich zweierlei noch nicht wusste: Was sollten die plüschig-roten Bilder in meinem Kopf und warum hatte ausgerechnet mich dieser Teil unserer Geschichte wiederholt umgehauen, wenn Michael Schneewittchen und nicht etwa mich vergewaltigt hatte?

„Ihr wart früher eine“, hörte ich Tom, der mich innen auffing, „bis zu dem Tag, an dem der Alte dann Josie … Schneewittchen ... gef... du weißt schon, Jo." Ich wollte entgegnen, dass ich das nicht wusste, als plötzlich die Bilder in meinem Kopf auftauchten. Ich war wieder ein Kind, vier, vielleicht fünf Jahre alt. Und er war riesig. Panik mischt sich mit Wut. Dann Schwärze. Dann plüschiges Rot, das des *Moulin Rouge*, nehme ich an. Denn dort, inmitten der Anwälte, Richter, Zeugen, dort hatten mich die Bilder von Michael, meinem Vater, und mir zum ersten Mal erwischt. Dort hatte ich die überwältigende Hilflosigkeit gefühlt und gesehen, wie ein anderes kleines Mädchen aus mir heraustrat. Ein anderes kleines Mädchen, auf das sich mein Vater legte, während ich weit weg an der Decke schwebte. Und das kleine Mädchen, Schneewittchen, Josie, sie hatte mich beim Ortstermin in diesem *Moulin Rouge* ebenfalls gesehen. Genau in dem Moment, als Heidrun, die unsere Mutter hätte sein sollen, schon wieder mal behauptete, nichts gesehen und nichts gewusst zu haben.

Tom nickte. Er hielt mich fest. Und zum ersten Mal in meinem Leben war's mir egal, dass ich heulte, und ich ließ es geschehen.

Maja war entsetzt. Für diese Frau hatte sie auf ihre eigene Familie verzichtet. Ihre Tochter, inzwischen erwachsen und verheiratet, nannte Majas Schwester Tina „Mutter" und ihr Enkel kannte sie kaum. Eigentlich hatte sie nur zwei, drei Jahre in Deutschland bleiben wollen, aber dann war ihre Arbeitgeberin plötzlich Witwe und Heidrun wie die beiden nun vaterlosen Kinder schienen sie so viel dringender zu brauchen. Und nun das. Als Maja Cäcilia-Josephine zum Abschied umarmte, hatte sie keine Worte, weder deutsche noch spanische, um ihren Schmerz und ihr Mitgefühl auszudrücken. Aber der Kuss der jungen Frau besiegelte ihren Entschluss. Sie würde kündigen, noch heute. Oder spätestens morgen.

Wahlverwandtschaften I

Ohne Rudolf hätte ich nicht gewusst, wie es weitergehen sollte. Er nahm mir alle praktischen Entscheidungen ab, war mein Schutzschirm gegen die Welt da draußen und steuerte mein, unser Schiff sicher wieder in ruhigere Gewässer. Normalerweise hätte Jo das Praktische übernommen und Josephine die Fassade gestellt, aber von beiden gab es zunächst keine Spur. Cäcilias Erschütterung ließ mich innerlich vibrieren, ansonsten fühlte ich mich beinahe einsam. Oder ich hätte mich einsam gefühlt, wäre Rudolf nicht gewesen.

Er schien instinktiv zu wissen, was ich brauchte. Zuerst war es die Außenalster, ein Spaziergang an der frischen Luft, um die bloßliegenden Nervenenden zu beruhigen. Schweigend liefen wir nebeneinander her; manchmal nahm er mich sacht am Arm, wenn ich gedankenverloren kurz davor war, einen Hund, einen Passanten oder einen Poller zu übersehen. Es gab so viel zu bedenken, und obwohl mich in dem Moment kein Stimmengewirr im Kopf, kein fremdes Gefühlschaos im Bauch behinderte, kam ich nicht weit damit. Nichts von dem, was wir bei Heidrun gehört und gesehen hatten, wäre für einen erfahrenen Therapeuten ungewöhnlich gewesen. Es liegt nahe, dass der engste Familienkreis auf die eine oder andere Art am Missbrauch beteiligt ist, wenn es um Multiple und damit um zu Beginn des Missbrauchs kleine Kinder geht. In unserem Fall waren dabei nicht einmal schützende Illusionen über eine wunderbare Familie oder wenigstens eine völlig ereignislose, langweilige und deshalb in „Vergessenheit" geratene Kindheit zerplatzt. Außer Cäcilia hatte niemand geglaubt, dass auch nur einer unserer beiden Eltern diese Bezeichnung verdiente. Für mich war es, als sei ein Rätsel gelöst, als seien scheinbar unzusammenhängende, unpassende Puzzleteile wie in einem Kaleidoskop endlich so zusammengefallen, dass das Ganze sichtbar wurde. Dieses Ganze war nicht schön, aber damit hatte ich auch nicht gerechnet. Dazu wusste ich zuviel über Traumatisierung, über Dissoziation, über Psychologie. Es gab nur zwei Dinge, mit denen ich nicht gerechnet hatte: Das eine war Rudolfs Anwesenheit und das andere meine eigene Ruhe.

Letzteres sprach er schließlich an, als wir eines der Cafés an der Alster betraten. Ihn hatte die Begegnung mit Heidrun aufgewühlt; es war ihm unbegreiflich, wie ich so ruhig sein konnte, als ob mich das alles nichts anginge.

„Streng genommen trifft das zu", sagte ich, ohne darüber nachzudenken, dass dies die Eröffnung war, ihm mehr Einblicke zu geben, die ihn womöglich noch tiefer verwirren und berühren würden. Ich wusste nicht genau, ob ich noch unter Schock stand, so wie wir alle unter Schock zu stehen schienen, oder ob es tatsächlich mir und meiner Aufgabe in diesem multiplen System entsprach, ganz ruhig, fast analytisch, auf die Ereignisse zu reagieren. Aber ich wusste auch, dass ich nicht mehr lügen, mich und uns nicht mehr verstecken mochte. Jedenfalls nicht vor Rudolf, der schon bei Heidrun die Lage gerettet und mir nun so umsichtig zur Seite gestanden hatte, wie es Mike nur in seltenen Momenten gekonnt hätte. Also erklärte ich es ihm – wie sich ein Kind vor überwältigenden Traumatisierungen mit Hilfe der Dissoziation selbst rettet, wie aus diesen Rettungsversuchen nach und nach immer mehr Persönlichkeiten entstehen können, und dass all das ein höchst effektiver Überlebensmechanismus der Psyche ist.

„Aber wenn ich Sie – wenn ich dich richtig verstehe, dann heißt das, du wusstest bis vorhin auch nichts von …", setzte er vorsichtig an.

„Von der Vergewaltigung durch meinen, unseren Vater?", vervollständigte ich. „Nein, nicht genau, nicht so. Das ist einer anderen von uns passiert, die wir Schneewittchen nennen. Sogar als bei mir vorhin ein Teil der Bilder von damals, ein Teil des Flashbacks dieser Vergewaltigung ankam, war klar: Das ist nicht meine Erinnerung. Das ist nicht mir selbst passiert." So fühlte es sich wirklich an. So war es immer, egal, wessen Flashback, wessen Erinnerungen es sein mochten. Natürlich wusste ich, dass all das, was irgendeiner oder einem von uns passiert war, von außen betrachtet dem Körper und damit potenziell auch mir widerfahren war. Aber es fühlte sich so an, als sei es einer mir sehr nahestehenden Person geschehen. Als hätte man z.B. Mike verletzt. Das traf mich ja auch, aber eben nicht bis ins Mark. Und ich war dankbar dafür.

Rudolf konnte sich das nicht vorstellen, obwohl er die Veränderungen in der Stimme, der Haltung, der Ausstrahlung bei unseren Wechseln durchaus wahrgenommen hatte. Er hatte zwar bislang noch nie mit einer Multiplen zu tun gehabt, aber unsere Vielfalt an sich schien nicht sein Problem zu sein. Es waren meine Emotionen, die ihm, der er immer er selbst und nur er selbst war, ein Rätsel blieben.

„Ich weiß nicht, wie ich das vermitteln soll“, suchte ich nach Worten. „Es hat etwas davon, einem Mann zu erklären, wie es sich anfühlt, Frau zu sein. Vielleicht wäre es leichter für dich, wenn Jo oder eine andere da wäre.“ Tom erwähnte ich noch nicht. Ich wollte ihn nicht völlig verschrecken.

„Wo sind sie alle jetzt?“

„Irgendwo tief im Inneren. Auch wenn du es mir nicht auf den ersten Blick ansiehst, wir alle stehen unter Schock. Sie ruhen sich aus, denke ich. Normalerweise bin ich nicht diejenige, die nach so einem Ereignis vorne wäre, ganz alleine. Wenn praktische Dinge zu regeln sind, übernimmt meist Jo diese Aufgabe. Aber diesmal ist sie wohl unmittelbarer betroffen. Sie war es, die darauf bestand, dass wir diese Fragen klären müssten, rausfinden müssten, was den letzten Zusammenbruch verursacht hat. Warum Josephine nicht hier sitzt, ist mir ein Rätsel. Mit ihr haben all diese Dinge am wenigsten zu tun und sie ist perfekt darin, wenn es darum geht, der Welt eine attraktive Fassade zu präsentieren.“ Ich verstummte. Wieso waren sie wirklich nicht da, nicht mal mehr spürbar für mich? Was würden sie sagen, wenn sie erführen, dass ich Rudolf von uns erzählt hatte? Was würde er sagen, wenn er ihnen das nächste Mal begegnete? Es war verrückt. Heidrun hatte soeben gestanden, dass sie schon lange zumindest geahnt hatte, dass ihr Mann uns missbrauchte. Cäcilia hatte damit ihre Mutter verloren. Ich konnte nur hoffen, dass Jo und Schneewittchen sich selbst helfen konnten und es ihnen dort, wo sie jetzt waren, gut ging. Und Tom … die Kinder … es gab so vieles, um das ich mir hätte Sorgen machen können. Statt dessen unterhielt ich mich mit dem Mann, der Zeuge dieser Ereignisse geworden war, und hatte Angst, jetzt, nach dieser Klärung, könnte das unsere letzte Begegnung gewesen sein.

„Josephine – ist das diejenige, die eine Selbstgedrehte so rauchen kann, dass man glaubt, sie müsse eine unsichtbare Zigarettenspitze aus Ebenholz in der Hand halten?“ Ich nickte, besser konnte man das nicht ausdrücken. Der Mann war ein hervorragender Beobachter, schade, dass er sein Talent bei einer Regionalzeitung verschwendete. Er lachte und nahm meine Hand.

„Dann bin ich froh, dass du hier bist und nicht sie.“ Er holte tief Luft und sah mir in die Augen. „Ihr könnte ich das nicht sagen, was ich dir zu sagen habe, und das liegt nicht daran, dass dies möglicherweise der dümmste Zeitpunkt ist, den man sich dafür vorstellen kann. Liebe – wie heißt du eigentlich? Du hast doch einen Namen, einen eigenen Namen, meine ich?“

„Anna“, flüsterte ich verwirrt.

„Liebe Anna, ich glaube, ich habe mich in dich verliebt. Ich habe keine Erfahrung mit multiplen Menschen und ich hatte noch nie mit einer … missbrauchten … einer Missbrauchsüberlebenden so nah zu tun. Ich will dich nicht zu irgendetwas drängen, aber wenn ich darf, möchte ich dein, möchte ich euer Freund sein. Aber vor allem deiner.“

Das war vor zehn Tagen und zwei Stunden. Und ich kann mein Glück immer noch nicht fassen.

Heidrun sah vom Fenster aus, wie ihre Tochter mit diesem Mann das Haus verließ, um die Ecke bog und aus ihrem Blickfeld verschwand. Es schnürte ihr regelrecht die Kehle zu, so endgültig wirkte dieses Bild. Dann erinnerte sie sich an die Launenhaftigkeit ihres Kindes. Sicher würde auch diese Laune vorübergehen. Sie musste nichts tun, als abzuwarten und sich die Zeit mit Maja und ihren Bekannten in der Alstermetropole schön zu machen.

Wahlverwandtschaften II

Ich legte den Hörer auf, noch bevor ich die letzte Ziffer gewählt hatte. Gleich darauf hob ich erneut ab. Diesmal blieb meine Hand gleich bei der ersten Ziffer in der Luft hängen. Ich konnte es nicht. Alles in mir sehnte sich danach, die vertraute Stimme meiner Mutter zu hören, mit ihr zu plaudern, zu scherzen. Früher hatte ich das gekonnt, und es hatte keine Rolle gespielt, an welchen absonderlichen Orten ich mich befand oder ob ich nicht die geringste Ahnung hatte, was eine Minute, eine Stunde, eine Woche zuvor geschehen war. Mit Mama zu reden, war mein Leben lang Seelenbalsam gewesen, es verband mich mit mir selbst ebenso sehr wie mit ihr. Wie eine Nabelschnur hatte ich ihre Stimme benutzen können, indem ich mich an ihr entlang aus jedem schwarzen Loch des Nichtwissens und der Angst vor der Unwirklichkeit zurück ins helle Licht des Tages gehangelt hatte. Es hatte keine Rolle gespielt, ob ich meine Sorgen und Nöte ansprach oder verstand, über welche Nachbarin sie mir ein Gerücht erzählte oder ob sie über ein Buch redete, das sie gelesen hatte. Es war darum gegangen, mit ihr verbunden zu sein, fernmeldetechnisch wie emotional. Mama war meine Familie, mein Ein und Alles gewesen. Jetzt wusste ich nicht mal mehr, wie ich sie ansprechen oder nur in meinem Kopf nennen sollte. Diesmal wusste ich nur zu genau, was an ihrem Kaffeetisch geschehen war – und was sie dort nicht nur mir, sondern auch dem Journalisten gegenüber schließlich zugegeben hatte.

Ich hatte bis zu dieser Begegnung in dem Glauben gelebt, meine Mutter würde mich bedingungslos lieben und vor allem Unbill der Welt schützen. Ganz gleich, was passierte, sie war immer für mich da gewesen. Manchmal war sie übervorsichtig und überfürsorglich, aber das hatte mich nicht gestört. Ich brauchte sie doch, ich brauchte ihre Liebe und ihren Glauben an mich, denn mir war es oft so schwer gefallen, an mich selbst zu glauben. Mir fehlte so viel und ich verstand so wenig, so war es mir wenigstens erschienen. Aber Mama hatte immer wieder klargemacht, das alles wäre nicht so schlimm, ich wäre ein kluges, wunderschönes Mädchen, eine intelligente junge Frau, die nur leider die Feinnervigkeit ihrer Mutter geerbt hatte. Damit, mit diesem Wort, hatte sie mich immer wieder beruhigt: Ich war eben zu sensibel, deshalb erinnerte ich mich nicht daran, wenn Mike sie aufgeregt hatte, wenn in der Schule etwas schief gegangen war, wenn ich nicht wusste, was passiert war. Ich war mir nie sicher gewesen, ob das stimmte, denn offensichtlich entgingen mir auch Dinge, bei denen ich nicht verstanden hatte, was daran beunruhigend sein sollte. Es war doch nicht schlimm, Klassensprecherin gewesen zu sein, jedenfalls an sich – mir hätte so eine Funktion viel zu viel Angst gemacht. Dennoch stand in einigen Jahrbüchern des Alten Gymnasiums, dass ich eine hervorragende, wenn auch manchmal aufbrausende Klassensprecherin gewesen war. Es gab keinen Grund, sich der Schulnoten zu schämen, außer eben, dass ich mich nicht daran erinnerte, die Arbeiten und Klausuren geschrieben zu haben, für die man mich lobte. Ganz sicher hatte ich keine Mathearbeiten mit Bravour gemeistert und von Kunst hatte ich noch nie etwas verstanden. Ich erkannte ja damals nicht einmal die Bilder, unter denen das Kürzel meines Namens in einer merkwürdigen Schrift stand.

Sicher, es gab auch meine eigenen Erinnerungen, meine Vorlieben, mein Leben. Freundinnen hatten ebenso dazugehört wie die Musik. Mutter hatte mich zum Ballett geschickt, dort hatte ich andere Mädchen kennen gelernt. Ich war keine gute Tänzerin gewesen, aber ich liebte den Tanz und die Musik. Also saß ich bald nicht nur zu Hause und im Musikunterricht, sondern auch im Ballettsaal am Klavier. Das war eines meiner kleinen Geheimnisse gewesen. Mutter hatte das erst erfahren, als ich beim jährlichen Bühnentanz der Ballettschule vor meinen Gefährtinnen hocherhobenen und hochroten Hauptes zum Flügel geschritten war. Sie war schockiert und ich war stolz gewesen, mich durchgesetzt zu haben.

Natürlich hatte es gelegentlich auch Misstöne zwischen ihr und mir gegeben. In welcher Mutter-Tochter-Beziehung gab es die nicht? Manchmal hatte auch sie mich beschuldigt, dass ich etwas getan hätte, an das ich mich nicht erinnerte. Manchmal hatte ich freier sein wollen, nicht so belastet von ihrer Angst um mich. Ich hatte doch selbst mehr Ängste, als ich zugeben konnte, und sie war sonst immer diejenige gewesen, die mich mit ihrer Liebe und ihrem Glauben an mich besänftigt hatte. Ich hatte ihr so sehr vertraut, dass ich ihr liebend gern geglaubt hatte, alles sei in Ordnung, auch wenn mich die schrecklichsten Zweifel geplagt hatten.

Schreckliche Zweifel, wie das klingt. Noch vor ein paar Wochen wären das diffuse Ängste um meinen Verstand oder vielmehr mein Gedächtnis gewesen. Doch da war ich mir noch tief drinnen sicher gewesen, mein Problem, das Problem dahinter, könne nur ein Übermaß an mütterlicherseits ererbter Hysterie und Sensibilität sein. Dann hatte die Begegnung mit Anna und den anderen meine Welt erschüttert oder eben das, was ich für meine Welt hielt. Einerseits beantwortete die Erkenntnis, sich Körper und Geist mit anderen zu teilen, multipel zu sein, einen Teil meiner bangen Fragen. Mein Verstand und mein Gedächtnis waren an sich vollkommen in Ordnung, sie waren nur nicht vierundzwanzig Stunden am Tag, sieben Tage die Woche präsent. Andererseits weckte all das neue Zweifel, die mir schrecklich erschienen. War es nicht doch verrückt, konnte es möglich sein, sich mit anderen Persönlichkeiten, anderen Menschen einen Körper und ein Leben zu teilen? Anna hatte eine Engelsgeduld bewiesen. Sie setzte alles daran, um mir begreiflich zu machen, dass multiple Menschen Realität sind, dass es Erklärungen dafür gibt und andere wie uns, und dass man damit leben kann. Aber wie konnte ich das alles einordnen, selbst damit leben lernen? Die anderen gaben sich Mühe, doch sie schienen mir so viel voraus zu haben. Ich stolperte ständig über neue Puzzleteile von dem, was mein Leben hätte sein sollen, es aber eben nicht war. Großer Gott, ich rauchte nicht einmal, wie wäre ich dazu gekommen, Drogen zu nehmen? Wie gefährlich war es, sich den Körper mit einem mir feindselig gesonnenen, ehemaligen Abhängigen zu teilen? Sicher, es gab keine Alternative, ausziehen konnte ich nicht. Immerhin hatten sie mir, trotz allem, wie ich jetzt sagen muss, meine Mutter gelassen.

Ich hatte nicht verstanden, warum die anderen sich freiwillig mit Vergangenem beschäftigen wollten. Ich konnte ja nicht anders, als mich mit unserem gemeinsamen Leben auseinanderzusetzen, wenn ich meinen Platz darin finden wollte. Sie aber hatten bereits ihr Leben – ihr eigenes wie auch ihr gemeinsames –, sie schienen gut klarzukommen. Wieso wollten sie in der Vergangenheit wühlen? Es lag doch nahe, dass das Ergebnis schmerzlich sein würde, selbst wenn sie vielleicht recht hatten und Wissen für die Zukunft Befreiung bedeutete. Zugleich war ich froh, dass ich mitreden durfte. Und ich war sicher, absolut sicher gewesen, ich würde ihnen beweisen, dass Heidrun nicht nur meine, sondern unsere Mutter war.

In diesem festen Glauben war ich mit ihnen und Rudolf, dem Reporter, nach Hamburg aufgebrochen. Mama würde mit Glanz und Gloria allen zeigen, was für ein wunderbarer Mensch und was für eine gute Mutter sie war, wenn man nur hinsah. Vor wenigen Tagen noch hatte ich so denken und fühlen können, jetzt erschien dieser Glaube absurd, geradezu verrückt.

Ich griff erneut nach dem Telefonhörer, hob diesmal aber nicht einmal mehr ab. Was hätte sie mir sagen können? Jetzt konnte ich mich nicht mehr von ihrer Stimme einhüllen lassen. Sie würde vermutlich nicht mal reden wollen. Schließlich kannte ich sie gut, besser als jede andere hier. Bisher hatte ich ihre Fähigkeit, die Wirklichkeit nach ihrem Wunsch umzudeuten, als meine Rettung und ansonsten als eine liebenswerte Marotte angesehen. Was war dabei, wenn sie eine totgepflegte Orchidee vom Fensterbrett schubste, weil sie lieber ungeschickt als eine schlechte Gärtnerin sein mochte? Was machte es, dass sie gegenüber Fremden ihren verstorbenen Gatten pries, während sie ihn zu Hause entweder totschwieg oder für alles Übel ihres Lebens verantwortlich machte? Es tat niemandem weh und ihr gut, so hatte ich das bisher gesehen. Dabei hatte sie ihre Tochter vor langer Zeit auf dem Altar ihres guten Rufes und ihres tadellosen Familienlebens geopfert. Es tat nichts zur Sache, dass ich mich an keine Vergewaltigung erinnerte, die Bilder dazu aus den Untiefen unseres kollektiven Unterbewusstseins kamen. Es war ganz gleich, dass es sich für mich anfühlte, als hätte sie eine

Schwester – meine Schwester – geopfert, um ihr Bild von sich selbst nicht ändern zu müssen und mich weiterhin als ihr Aushängeschild zu benutzen. Das verletzte mich zutiefst: Ich war nicht wirklich ihre geliebte Tochter, und das nicht etwa, weil ihre Tochter eine kleine Menschenansammlung war. Nein, sie hatte in mir nie etwas anderes als ihren Spiegel gesehen und nur das Bild geliebt, das dieser Spiegel zurückwarf: ihr eigenes Bild.

Ich vermutete, dass sie das nie zugegeben hätte, sondern mir mit Ausflüchten und Ablenkungsmanövern gekommen wäre, bis ich vergessen hätte, warum ich wirklich mit ihr sprechen wollte. Und da begriff ich, dass ich das gar nicht wollte – mit ihr sprechen. Denn das Einzige, das noch schlimmer als Ausreden und falsche Beteuerungen gewesen wäre, wäre ihr Geständnis gewesen. Das hätte ich nicht verkraftet, nicht jetzt.

Es klingelte und ich griff schon wieder nach dem Telefon, das nichts außer dem Freizeichen von sich gab. Verwirrt schaute ich den Hörer an – doch kein Anruf von Heidrun? Langsam dämmerte mir: Das wäre auch gar nicht möglich. Sie glaubte uns in der alten Wohnung und wusste nichts von der neuen Nummer. Es klingelte erneut und ich stand auf, um die Tür zu öffnen. Rudolf stand davor, Annas Rudolf. Ich trat zur Seite, um ihn einzulassen, und wollte gleichzeitig Platz für sie machen.

„Guten Tag, einen Moment noch, sie ist sicher gleich da", sagte ich.

„Nicht so schnell", lachte er, „du bist doch Cäcilia, oder?" Ich nickte. Er drückte mir eine CD in die Hand. Eine neue Aufnahme von Mozarts kleiner Nachtmusik. Ich hätte ihn küssen können, aber er war ja Annas Freund.

Rudolf war glücklich. Endlich konnte er sich selbst eingestehen, dass Cäcilia-Josephine Greschke oder eigentlich ja Anna schon immer die große Liebe seines Lebens gewesen war. Zugleich war die Begegnung mit „dem System" das vielleicht größte Abenteuer seines Lebens. Der menschliche Geist war eine faszinierende Sache und sie, sie verkörperten die Vielfalt des Lebens auf so wunderbare Art. Einige von ihnen, Anna, Josephine, Cäcilia und das Kind, das sich Jolanda nannte, konnte er bereits unterscheiden. Manchmal fragte er sich, wie Sex mit diesen grundverschiedenen Frauen sein würde. Aber noch hieß es, asketische Geduld bewahren. Wäre er ehrlich gewesen, hätte er nicht sagen können, wen er damit zu schützen versuchte: sie oder sich selbst.

Nacht und Nebel

Wir lebten also in der Gegenwart und für sie. So nannten sie es, meine Schwestern, oder wenigstens diejenigen, die sich in dieser Gegenwart einrichteten, als sei's die Ewigkeit. Sie glaubten tatsächlich, das war's, alles erledigt, keine weiteren Fragen, Euer Ehren. Anna war glücklich mit ihrem Rudolf, obwohl sie nichts weiter taten, als sich in Münster zu treffen, zu reden, spazieren zu gehen, Theater oder Kinos zu besuchen und noch mehr zu reden. Über alles mögliche außer über mich. Oder Mike. Cäcilia kam erstaunlich gut über den Schock mit Heidrun weg. Das ging fast zu glatt, aber auch sie schien zufrieden mit den Antworten, die sie gefunden hatten. Die Vergangenheit war beschissen, aber sie war vorbei. Glaubten sie. Josephine hatte das noch nie anders gesehen, und nicht mal sie störte sich an Rudolf. Kam sogar vor, dass sie mit ihm auf irgendwelche Flohmärkte fuhr, er hatte ja ein Auto, das war praktisch, auch wenn er in ihren Augen keinen Stil besaß.

Ich hatte nichts dagegen, dass es meinen Schwestern gut ging. Sogar Jolanda kam mit dem Reporterknilch klar, er spielte Memory mit ihr und so was. Vermutlich hätt ich auch was gefunden, das ich mit ihm hätt unternehmen können, aber so weit war's noch nicht. Anna hatte Schiss, der Kerl könnte 'nen Herzinfarkt kriegen, wenn er kapierte, dass es wen wie mich, 'n männliches Wesen mit 'n paar Macken, in diesem Haufen gab. Keine Ahnung, vermutlich unterschätzte sie ihn, aber ich hatte kein Interesse. Jo und Schneewittchen waren seit der Kiste mit Heidrun abgetaucht. Ich sah manchmal nach ihnen, wollt wissen, ob's ihnen gut ging. Jo brauchte Ruhe, Zeit für sich, sagte sie, das war leicht zu respektieren. Schneewittchen schlief die meiste Zeit und wachte höchstens auf, um mich nach Mike zu fragen.

Der war einer der Gründe, warum ich zu beschäftigt war, um mich mit Rudolf anzufreunden. Ich musste erst ein paar Dinge klären und das konnt ich nur allein. Kein Bock, meinen Schwestern ihre Illusionen zu rauben, damit sie's in den falschen Hals kriegten und wieder nur versuchten, mich an die Kandare zu legen. Und schon gar keine Lust, Mike in die Sache reinzuziehen und damit seine Bewährung zu gefährden, die er hoffentlich in Kürze antrat.

Es musste heute Nacht passieren. Rudolf und Anna waren im Kino gewesen, Programmkino, irgendwas Intellektuelles in Schwarz-Weiß, über das sie erst im Restaurant lang und breit diskutierten, um dann zu Hause weiterzuquatschen. Ich hatte dafür gesorgt, dass Tee und Wasser Mangelware waren und nur noch Rotwein rumstand. Anna vertrug nicht viel und die anderen hielten sich üblicherweise raus, wenn sie mit Rudolf Turteltauben spielte. Rudolf war guter Laune, ich musste nur ein, zwei Mal eingreifen, sein Glas neu füllen und mit ihm anstoßen, bis er zu viel zum Autofahren drin hatte. Jetzt lag er auf dem Sofa und schnarchte wie 'n Bär. Ich zog mir eine Line Koka – die erste, seit wir hier lebten. Sicherheitshalber. Holte mich vom Restalkohol in meinem Blut und hielt erfahrungsgemäß meine Schwestern fern. Dann musste ich nur aus dem Schlafzimmer und vorbei am ratzenden Reporter schleichen, seine Autoschlüssel aus der Jacke an der Garderobe fischen und los ging's.

Natürlich hätt ich irgend'ne Karre knacken können. Aber es war sinniger, den Ball so flach wie möglich zu halten. Dass Rudolf keinen Überblick über Kilometerstand und Spritverbrauch hatte, wusste ich inzwischen. Dafür konnte man ihn aus dem Schlaf auf unserm Sofa klingeln, sollte ich in eine Kontrolle geraten. Aber auf der Autobahn war kaum was los, und auf den nächtlichen Landstraßen begegneten mir nur ein, zwei Lkw und gelegentlich ein Pkw.

Ich versuchte meinen Kopf leer zu machen, nicht an das zu denken, was vor mir lag. Es gelang nur bedingt. Ich war ewig nicht mehr Auto gefahren, war selbst noch nie nachts von außerhalb in unser Heimatkaff gebrettert, aber das half nichts. Ein paar Kilometer vor der Stadtgrenze raste meine Pumpe wie blöd, mein Mund wurde trocken, der Atem flach und hektisch. Panikattacke. Mal wieder. Lästig, aber man kann damit umgehen. Ich hatte genug Übung und mir obendrein den Weg, den ich im Internet rausgesucht hatte, so sehr eingeprägt, dass ich ihn auch mit geschlossenen Augen gefunden hätte. Ich setzte den Blinker und fuhr von der A 28 in die Stadt rein. Marschweg, Gartenstraße, den Schlosspark rechts von mir ignorierend, und schon war ich auf dem Theaterwall. Welche Adresse hätte eine Anwaltskanzlei auch sonst haben können, wenn Oldenburger Gesellschaftsadel wie Großonkel Karl und die alte Zicke sie als ihre Rechtsverdreher engagierten?

Ich parkte in einer Seitenstraße. Kein Mensch zu sehen. Ich stieg aus, ging langsam auf der anderen Straßenseite auf mein Ziel zu, schlendernd, als ob ich aus 'ner Kneipe käm. Es regnete leicht, das passte, weil's 'nen Vorwand lieferte, die Kapuze über dem auffälligen Mecki zu tragen. Vor 'nem Schaufenster blieb ich stehen und betrachtete das Spiegelbild des Jugendstilhauses hinter mir. Alle Fenster dunkel. Ich rauchte eine Zigarette, immer noch lag die Straße still und menschenleer. Dann ging ich rüber.

Der Blick auf die Türklingeln sagte mir, außer den Anwälten im zweiten Stock gab's da nur 'nen Steuerberater im ersten und 'ne Schneiderei im Erdgeschoss. Keine Privatwohnungen, gut. Ich lehnte mich vorsichtig gegen die alte Tür aus Holz und Glas, die sich ein Stück nach innen bewegte. Das Schloss klang altmodisch, keine Schließanlage, nicht mal 'n Sicherheitsschloss gab es hier. Es ließ sich mit minimalem Aufwand und nahezu geräuschlos öffnen. Noch einmal schaute ich mich um, dann betrat ich den dunklen Hausflur, der nach kaltem Stein und altem Holz roch.

Ich blieb einen Moment stehen, versuchte das Haus zu hören, zu spüren. Von draußen kamen nur der Wind und der leichte Regen, ganz leise. Drinnen knarrte das Gebälk. Etwas schien rhythmisch im Wind zu schaukeln, vielleicht hatte jemand ein Fenster offengelassen oder der Wind blies durch die Ritzen und ließ das Holz knarren. Dann betrat ich die Steintreppe und ging nach oben.

Ich bewegte mich leise, möglichst lautlos, und natürlich ohne Licht zu machen. Als Einbrecher darf man sich nie zu sicher sein. Das kann den Kopf kosten, genau wie der andere Kardinalfehler, nämlich 'ne Waffe mitzunehmen. Das knarrende Geräusch kam aus dem ersten Stock, wohl aus einem der hinteren Räume. Jagte mir 'nen Schauer über den Rücken, obwohl es nicht bedrohlich klang. Vermutlich waren meine Nerven aus der Übung. Ich ging weiter.

Die Tür der Kanzlei war schon 'nen Tacken moderner als die des Hauses. Aber auch sie stellte mich vor kein Problem, das mit dem geeigneten Werkzeug nicht zu lösen war. Es dauerte keine zwei Minuten. Jetzt musste ich nur noch die Akten finden, und das war Neuland für mich.

Die Kaffeekasse sprang mir ebenso wie die Portokasse gleich am Empfang ins Auge. Ich ließ sie links liegen; hier vorne gab es zwar einen Computer, aber keine Aktenschränke. 1985 hatten die sicher keinen Rechner gehabt, und ich hatte die Uni-Unterlagen meiner Schwestern so verstanden, dass Anwälte den Kram, den sie aufbewahren müssen, in handfesterer Form brauchen. Ich ging durch die Büros, sah mir zuerst die Räume auf der von der Straße abgewandten Seite an. Kaffeeküche, Kopiererraum, eine Art Konferenzzimmer mit dem versteckten Safe. Wenigstens 'ne Abwechslung, normalerweise befanden die Dinger sich im Büro vom Chef. Aber auch das Teil interessierte mich nicht. Den Kopierer ließ ich allerdings schon mal vorwärmen. Noch ein leises Geräusch, das sich mit der relativen Stille des Hauses mischte.

Auf der anderen Seite des Flurs brauchte ich keine Taschenlampe, die Straßenlaternen gaben genug Licht. Gut so, damit war ich unsichtbar. Nur, die blöden Akten blieben es auch. Ich fand Testamente und Eigentümerzeugs, Strafprozessakten und was nicht alles in den ersten beiden Büros. Aber das alles war neuer Kram. Draußen zwitscherten bereits die ersten Vögel. Ich sah auf die Uhr, schon fast halb drei – ich sollte langsam zu Potte kommen, sonst hätte der Reporter seinen Rausch ausgeschlafen, bevor ich zurück war.

Blieb das Büro des Kanzleigründers. Das hätt ich gleich suchen sollen; drunter tat Heidrun es nicht und der alte Karl hatte die jüngeren Mitglieder dieses Vereins wohl kaum kennen gelernt.

Ich brauchte eine Weile, bis ich das System begriff. Die Akten waren einerseits alphabetisch geordnet, andererseits chronologisch. Gar nicht dumm, wenn man's erst mal gerafft hatte. Die aktuellen Sachen gab's in der Nähe des Schreibtischs, leicht zugänglich und sofort griffbereit. Zeug, das wegen der Aufbewahrungspflicht Staub ansetzte, stand hinterm Sofa in der Besucherecke oder wie immer man so was unter Anwälten nennen mochte.

Unter G wie Greschke fand ich nichts. Merkwürdig. Irgendwo mussten die Sachen doch sein! Ich konnte mir ums Verrecken nicht vorstellen, dass Heidrun sich den Kram hatte rausgeben lassen. Das hätt sie ja nicht mehr nach Belieben verdrängen können. Hatte ich mich so getäuscht? Oder hatte sie inzwischen einen neuen Anwalt, gab es ein Außenlager der Kanzlei? Moment, was war mit dem „guten Namen" der Firma? Ich kletterte hinter das zweite Sofa, wo der Anfang des Alphabets vor sich hin schimmelte. Bingo – eine Akte „Berling" gab es. Ich zog sie raus, als sich das Knarren aus den Räumen unter mir plötzlich veränderte. Etwas fiel dumpf zu Boden, dann ein Kichern. Meine Bewegungen froren ein. Wie in Zeitlupe hockte ich mich mit der Akte Berling hinters Sofa.

Unter mir waren Stimmen zu hören, die eines Mannes und einer Frau. Dazu undefinierbare Geräusche, dann klapperten

Türen und Schritte, entfernten sich von mir. Hatte der Steuerberater ein Schäferstündchen mit seiner Sekretärin? Ich kam hinterm Sofa vor und folgte den Geräuschen unter mir bis in den Eingangsbereich der Kanzlei. Unten wurde die Tür auf den Hausflur geöffnet und wieder geschlossen. Jetzt würden sie gehen, dachte ich, und verzog mich mit meiner Beute in den Kopiererraum. Ich wollte das erste Blatt auf die Maschine legen, als ein Bündel Briefumschläge aus der Akte rutschte. Ich bückte mich danach, da hörte ich plötzlich die Stimmen direkt vor der Kanzlei.

„Das kannst du doch nicht machen", kicherte die Frauenstimme.

„Wieso, ich hab doch die Schlüssel", antwortete der Mann, und gleich darauf war das Schloss zu hören. „Denen fällt gar nicht auf, wenn wir uns ein bisschen Kaffee für den Heimweg borgen. Komisch, was ist denn mit dem Schloss – ah, jetzt geht es." Die Tür schwang auf. Mir fiel fast das Briefbündel aus der Hand. Ich hielt den Atem an und lauschte.

„Erwin, nein", wandte die Frau ein, die noch im Hausflur stehen musste, sonst hätte ihre Stimme nicht diesen Hall gehabt. „Mein Mann glaubt, ich bin mit meinen Freundinnen kegeln. Da trink ich nie Kaffee. Außerdem schläft der jetzt längst." Aber ihr Lover ging zielstrebig in meine Richtung, um dann die Tür zur Kaffeeküche nebenan zu öffnen.

„Erwin, ich geh jetzt", sagte die Frau, und sie war eine Frau der Tat, wie ihre Schritte auf der Treppe laut und deutlich verkündeten. Der Mann im Nebenraum seufzte theatralisch.

„Weiber", sagte er und schien ihr folgen zu wollen, als er sich anders besann. Ich konnte mich gerade noch hinter dem Kopierer wegducken.

„Weiber … und seine Sekretärin ist genauso bescheuert. Was für eine Stromverschwendung", murmelte er, während er den Kopierer abschaltete. Dann drehte er sich auf dem Absatz um und eilte „Hanne, Hanne!" rufend zur Tür.

Ich hockte noch 'ne halbe Stunde, nachdem ich das Zuschlagen der Haustür gehört hatte, bewegungslos mit rasender Pumpe hinterm Kopierer, bevor ich mich wieder vortraute. Dann musste ich noch mal ’ne Viertelstunde warten, bis das Mistding bereit war, meine Beute anzunehmen. Aber das war es wert. Neben dem Zeug zum Prozess und dem Ermittlungsscheiß samt Grundbucheintrag des Bordells mit Michaels Namen an vorletzter Stelle gab’s Notizen und das Testament von Karl Berling und – ich traute meinen Augen kaum – eine fast vollständige Akte zur Vorbereitung der Scheidung der Eheleute Greschke. Die Tinte auf den Papieren war kaum trocken gewesen, als mein Alter damals in den Abgrund raste. Mit der Angst wurd er für einen Augenblick wieder lebendig, auch das passierte mir öfter. Ich summte ein Kinderlied, um mich abzulenken.

„Was machst du da?“ Jolanda erwischte mich kalt. Sie klang verschlafen und neugierig zugleich.

„Nichts, das wird ’ne Überraschung für Mike. Unser Geheimnis, okay?“ Die Kleine nickte eifrig und erlaubte mir sogar, die Sachen später in einem ihrer alten Bilderbücher zu verstecken. Das passte gut, denn der nächtliche Ausflug dauerte länger als geplant und ich hätt es nie geschafft, zu Hause in Münster ein besseres Versteck zu finden innerhalb der drei Minuten, die mir zwischen dem Zurücklegen des Autoschlüssels in Rudolfs Jackentasche und dem Erwachen des verkaterten Reporters blieben.

„Was … was machst du da?“, fragte er verschlafen und schaute mich verständnislos an. Es war sieben Uhr morgens und meine Straßenklamotten waren nass, weil er abends zuvor keinen Parkplatz vorm Haus gefunden hatte.

„Ich war joggen.“ Was Besseres fiel mir auf die Schnelle nicht ein. Er setzte sich auf, rieb sich die Augen. Die Fragezeichen über seinem Kopf waren deutlich sichtbar wie im Comic. Ich seufzte und streckte ihm die Hand hin.

„Wir kennen uns noch nicht. Ich bin Tom. Und ich geh jetzt duschen.“

Herbert wäre am liebsten mit zur Anhörung der Strafvollstreckungskammer gekommen. Einzig als Verteidiger hätte er das Recht dazu gehabt, doch auf den hatte Mike verzichtet. Während er seinen Schützling im Gespräch mit dem Richter wusste, tigerte Herbert in seinem Büro auf und ab, genau wie sein Vater dereinst auf dem Gang vor dem Kreißsaal seine Schneisen gelaufen war. Gott sei Dank würde er bei der Geburt der Zwillinge dabei sein, dachte er. Und gut, dass Mike bald ging. Er verlor seine professionelle Distanz, und er konnte sich nicht erklären, woher das kam.

Katerstimmung

Es hatte gut getan, sich ein paar Tage um nichts zu kümmern, nur auszuruhen und die eigenen Wunden zu lecken. Es war morgens, als ich die Augen zum ersten Mal seit unserm Besuch bei Heidrun wieder aufschlug. Der Blick auf den Wecker vertrieb den letzten Rest der Müdigkeit – 8.30 Uhr, Freitag, 4.6.2004. Letzteres hoffte ich jedenfalls, denn auch so hatte ich schon fast drei Wochen verpasst. Okay, ich verlor jedes Mal das Zeitgefühl, wenn ich mich für mehr als 24 Stunden aus diesem Haufen ausklinkte, aber mit so viel Zeit hatte ich nicht gerechnet. Immerhin, das Schlafzimmer sah so aus, wie ich es in Erinnerung hatte. Nur meine Wasserflasche am Bett fehlte. Ich rappelte mich hoch und schleifte meine müden Knochen ins Bad. Als ich den Durst gestillt und den Schlaf mit einer Ladung kaltem Wasser ein Stück weit vertrieben hatte, fühlte ich mich schon besser, aber noch nicht gut genug, um in der Detektei Bescheid zu sagen, dass ich verpennt hatte. Wenn wir da noch arbeiteten …

Ich fasste Mut und schaute beim Zähneputzen in den Spiegel. Ein bisschen verschlafen, aber sonst normal. Jemand hatte die Haare nachgeschnitten und neu gefärbt. Neben meinem Gesicht prangte ein Klebezettel mit dem Dienstplan der Woche. „Freizeitausgleich für Nacht/Wochenendschichten“ las ich in Annas sauberer Schrift. Hervorragend. Draußen jubilierten die

Federviecher und ich könnte in Ruhe eine Runde drehen. Genau das, was ich brauchte.

Doch dann sprang mir etwas anderes ins Auge: eine unbekannte Zahnbürste in einem Wasserglas und ein Reiserasierer auf der Ablage. Mikes Kram war das nicht, der rasierte sich nass. Ach du Scheiße, dachte ich und trat vorsichtig wieder auf den Flur. An der Garderobe hing eine Herrenjacke, darunter standen Herrenschuhe, die uns sicher nicht passten. Ich linste durch die Schlafzimmertür aufs Bett. Glück gehabt, der Platz neben dem, wo ich vorhin aufgewacht war, war unberührt. Wo immer der Schuh- und Rasiererbesitzer war, hier jedenfalls nicht. Ich wühlte mein Joggingoutfit aus dem Kleiderschrank hervor – keine großen Veränderungen sichtbar, Schneewittchen schlief entweder noch oder hatte sich bereits ausreichend mit „verschärften Teenieklamotten" eingedeckt. Anschließend zog ich mir im Flur die Joggingschuhe an, und da hörte ich die Geräusche aus dem Wohnzimmer.

„Hallo", rief eine vom Schlaf raue Stimme, „seid ihr schon wach?" Oha. Wer auch immer sich auf Josephines Sofa nächtens das Kreuz ausrenkte, er wusste von uns. Eigentlich praktisch, aber ich red schon an einem normalen Morgen nur, wenn es sich nicht vermeiden lässt. Nach einem dreiwöchigen „Erholungskoma" hatte ich noch weniger Lust dazu. Dummerweise war der Übernachtungsgast hartnäckig. Das Sofa knarrte, als er zum zweiten Mal nach mir oder vielmehr uns rief. Also antwortete ich. Als Nächstes schoss ein verstrubbelter Rudolf A. Meerbach aus dem Wohnzimmer.

„Jo, Sie müssen Jo sein!" rief er aus und streckte mir die Hand entgegen, als er bemerkte, dass ich auf dem Boden hockte und er in Unterhose und T-Shirt vor mir stand. Erschrocken zog er das T-Shirt runter und eilte mit rotem Kopf zurück ins Wohnzimmer.

„Sie müssen – Jo – du musst entschuldigen, ich hatte nicht daran gedacht", stammelte er los. „Moment, ich bin gleich so weit, dann kann ich dir die Situation erklären, wenn ich darf." Auch das noch. Ob er morgens in der Lage war, sich kurz zu fassen? Ich war mit den Schuhen fertig und folgte ihm. Er wurschtelte sich in seine Jeans.

„Ich will laufen gehen. Du kannst mich begleiten, wenn du willst." Er schaute mich an, als hätte ich ihm einen Ritt auf einem Krokodil angeboten. Innen kicherte Jolanda – typisch, sie lässt morgens nie lang auf sich warten, und außerdem mag sie Krokodile.

„Ich hab schon elf Mal Memory gegen ihn gewonnen. Und fünf Mal Scrabble mit ihm gespielt. Aber er mag meine Regeln nicht", erklärte sie mir. Kein Wunder, die meisten Erwachsenen mögen es nicht, wenn man die Rechtschreibung allzu kreativ handhabt. Rudolf war inzwischen fertig mit seinem Gehampel.

„Wollen wir nicht erst mal Kaffee trinken und uns bekannt machen?"

„Vor dem Laufen nur Wasser", sagte ich. „Und wir kennen uns bereits. Aus dem *Südpol* und vom Besuch bei Heidrun. Ich bin Jo, wie du eben festgestellt hast. Was sollte es noch geben?"

Er stand unschlüssig rum und deutete auf die beiden Sessel, die im Gegensatz zum mit Bettzeug bedeckten Sofa halbwegs frei waren.

„Einen Moment nur, ich … also die anderen habe ich bereits kennen gelernt und ich möchte dich nicht überfahren oder dergleichen … bitte lass mich erklären", setzte er an.

Ich fuhr ihm dazwischen, denn mittags macht das Laufen kaum mehr Sinn. „Ich nehm an, nach dem Auftritt bei Heidrun ist es etwas enger geworden zwischen uns oder zwischen dir und Anna oder wem auch immer." Weiter kam ich nicht, denn Anna verbannte mich auf den zweiten Platz.

„Es ist nichts weiter passiert .. Ich bin mir noch nicht sicher, ob ich so weit bin und es für uns alle okay wäre", sagte sie verschämt zu Rudolf blickend, der wild zur Bestätigung zu nicken anfing.

„Genau. Deshalb will ich doch erklären – ihr seid die ersten Multiplen, denen ich begegnet bin. Ich will nichts falsch, nichts kaputt machen, niemandem weh tun, verstehst du?" Ich verstand sehr gut. Meine Güte, Anna war in ihn verliebt, Jolanda spielte mit ihm und mit Cäcilia besuchte er Konzerte, wie mir nun von innen gesteckt wurde. Sogar Josephine, hörte ich, konnte ihn leiden, obwohl er nicht ihrem Geschmack entsprach. Alles okay, alles wunderbar. Mir persönlich war egal, wer was mit ihm trieb, solange ich es nicht musste, es Anna glücklich machte und niemand anderen störte.

„Er schläft auf dem Sofa", ergänzte sie empört, „manchmal jedenfalls. Wenn er hier übernachtet. Er hat uns allen geholfen, auch Cäcilia, die natürlich noch Heidrun oder wohl eher der Illusion einer Mutter nachtrauert." Rudolf lächelte uns oder vielmehr Anna verständnisvoll und verliebt an. Ich seufzte.

Er missverstand das. „Das alles stimmt, aber, wie gesagt, ich möchte mich nicht wie ein Eindringling, ein Trampeltier aufführen. Also fänd ich's schön, wenn auch wir beide Freunde werden könnten. Ich verspreche, ich tue nichts, was dich stört oder verletzt. Das ist mir wichtig. Anna hat mir alles erklärt, weißt du."

Großer Gott, was hatte sie ihm alles erklärt? Unsere Vergangenheit ausgebreitet? Gut, er hatte in Hamburg davon mehr als genug zu Gesicht bekommen. Dennoch konnte ich es nicht leiden, wie ein rohes Ei behandelt und vor dem Laufen vollgequatscht zu werden.

„Ich glaube, wir sollten sie jetzt laufen lassen", sagte Anna zu Rudolf, „sie ist ohne das ein Morgenmuffel. Das ist ihre Art, in der Gegenwart zu sein. So wie wir das jetzt alle versuchen." Was sollte das denn heißen? Nein, die Frage sollte ich nicht zu laut denken, sonst käme ich hier nie mehr raus.

„Also, schön, dass du da bist, bis später, wenn du dann noch da bist", verabschiedete ich mich von dem Reporter, der auch dazu ein verständnisvolles Gesicht zu machen versuchte.

„Viel Spaß beim Laufen und mehr Erfolg dabei als Tom", rief er mir hinterher. Oh, hatte Tom mein Training zwischendrin übernommen oder war er nur vor ihm weggerannt?

„Das ist nicht fair gegenüber Anna und auch nicht gegenüber Rudolf", schaltete sich Josephine auf der Treppe in meine Gedanken ein. „Tut uns leid, wenn das alles für dich etwas überraschend kommt. Aber selbst Tom spricht manchmal mit Rudolf, und das, ohne ihm Gegenstände an den Kopf zu werfen. Nur von Schneewittchen haben wir seit dem denkwürdigen Tag in Hamburg nichts mehr gehört. Vermutlich hat es sie noch mehr getroffen als dich." Ich nickte nur und öffnete die Haustür. Mir war nicht danach, mich so kurz nach meiner Rückkehr ins Leben mit tausenderlei Fragen und Neuigkeiten zu befassen. Ich hatte Wochen verpasst und wollte sehen, wie sich die Welt anfühlte, nachdem ich die unerwartete Antwort auf meine Fragen auf Heidruns gutem Geschirr serviert bekommen hatte.

Ich ging nach draußen und stellte fest, dass ich zu warm angezogen war. Stimmt, es war jetzt Juni, noch was, an das ich mich gewöhnen musste. Langsam trabte ich los und ließ Josephine, eine echte Sportverächterin, hinter mir. Meine Beine und meine Atmung funktionierten tadellos. Schneewittchens Flashback hatte mir keine Körpererinnerung an Michaels Vergewaltigung hinterlassen. Ob Toms Joggingversuche dagegen meiner Kondition helfen würden, blieb abzuwarten. Ich riskierte lieber nichts und verwarf den Gedanken, mich an der Promenade (samt den Unmengen von Radfahrern) oder dem Ufer des Aasees auszutoben. Statt dessen lief ich gemächlich hinunter zum Stadthafen und ließ meine Gedanken den Lastkähnen hinterherziehen. Die Gegend entspricht vielleicht nicht dem, was sich Touristen unter Münsters historischer Schönheit vorstellten, aber mir gefiel's gerade deshalb hier. Hatte was vom Ruhrpott, in den ich mich im Lauf der Jahre regelrecht verliebt hatte und den ich vermisste. Überhaupt interessierten mich Landschaft und Ästhetik beim Laufen höchstens am Rande. Es ging um die Bewegung selbst. Das war mein Weg, mich zu erden, zu mir selbst zu kommen, und es funktionierte immer noch, wenngleich ich meine erste Temposteigerung bald zurücknehmen musste, um wenigstens die kleine Runde durchlaufen zu können.

Die Gedanken kamen und gingen wie der Atem. Rudolf und die Frage, wie ich diese Beziehung fand, verbannte ich fürs Erste als nebensächlich aus meinem Kopf. War das Kapitel Heidrun mit der Erkenntnis ihres Verrats an uns tatsächlich beendet? Hatten wir bereits das erreicht, was ich gesucht hatte – einen Zustand der Kooperation, in dem wir einander wie auch die Vergangenheit an sich akzeptierten? Waren wir bereit für ein Leben in der Gegenwart, ohne dabei ständig über Tretminen aus der Vergangenheit zu stolpern? Ein Leben, in dem unser Vielesein nur noch ein praktisches Problem in Sachen Zeiteinteilung und persönlicher Vorlieben war? Heidrun war lästiger Ballast aus der Vergangenheit, ebenso Cäcilias unsägliche Bindung an sie. Schneewittchen hatte ihre Erinnerung mitgeteilt und ich wusste nun, was meinerseits zum Zusammenbruch im Bordell geführt hatte. Die fehlenden Details mochten wirklich nicht mehr als Details sein. Sicher, ich würde Zeit brauchen, um mich an das Ausmaß der Gewalt, des Verrats und vor allem meiner, unserer Hilflosigkeit als Kind zu gewöhnen, aber vielleicht war es genau darum immer gegangen? Gut, vermutlich würde ich mich mit Schneewittchen über ihren Flashback auseinandersetzen müssen. Vor allem über ihre Geburt, den Moment, in dem Michael mich vergewaltigen wollte, ich jedoch fliehen konnte und sie alles abbekam. Aber bitte nur mit Schneewittchen, das alles ging Rudolf rein gar nichts an.

Vielleicht hatten die andern recht, und es war Zeit, sich wieder dem Hier und Jetzt zuzuwenden. Wobei: Wollten wir wirklich die Zeit bis zur nächsten Möglichkeit, sich zum Staatsexamen anzumelden, in der Detektei hier in Münster verbringen? Der Laden an sich war ein echter Reinfall aus meiner Sicht. Langweilige Arbeit, langweilige Kollegen. Nicht wert, unsere kostbare, weil für uns alle viel zu knapp bemessene Zeit drauf zu verschwenden.

Ich wendete, machte mich auf den Rückweg. Inzwischen waren die Muskeln warm und obwohl es nach der langen Laufpause – oft konnte Tom es nicht versucht haben – allmählich anstrengend wurde, die Beine zu bewegen, fühlte es sich gut an. Der Körper lief wie von selbst, ich musste es nur zulassen. Und meine Gedanken kreisten auch nicht mehr um Probleme. Ein paar Fetzen aus möglichen Zukunftsplänen trieben durch mein Hirn. Bis ich wieder zu Hause war, hatte ich sie vergessen und war gedankenlos glücklich.

Vor dem Haus begegnete ich der alten Frau, die unter uns wohnt. Sie winkte mir zu, wollte vermutlich plaudern, aber ich war zu sehr außer Atem, also erwiderte ich ihr Winken nur und trabte mit der letzten Energie meiner Muskeln die Treppen hoch. Duschen und dann ein Kaffee, schauen, was an Essbarem vorhanden sein mochte, das waren die einzigen Bedürfnisse, die ich noch hatte. Dachte ich jedenfalls, bis ich Mike vor unserer Tür stehen sah, den Finger auf dem Klingelknopf.

Er strahlte, grinste von einem Ohr zum anderen, als ich mich in seine Arme stürzte und wir beide fast umfielen dabei. Er war frei, endlich wieder frei und bei uns! Der Jubelschrei schallte durchs Treppenhaus und quer durch sämtliche Innenwelten unseres Haufens. Die Nachbarn streckten die Nasen durch ihre Türen. Genau wie Rudolf seine durch die unsere. Aber das bemerkte ich in diesem Moment nicht einmal.

Frau Müller hörte die Stimme ihrer Nachbarin bis hinunter auf die Eingangstreppe. „Mike", rief sie, „du bist es, endlich!" Sie klang so glücklich, dass die alte Dame lächeln musste. Hoffentlich störte sich der nette Herrenbesuch nicht an dem anderen Mann, der sogar für einen Rothaarigen unnatürlich bleich war und den sie ins Haus gelassen hatte. Ob er wirklich der Bruder war, wie er behauptet hatte, als sie ihm die Tür aufhielt?

6. Herzkammerflimmern

Wechselbad

War wirklich gestern erst die Anhörung der Strafvollstreckungskammer gewesen, die sich als „nettes Gespräch“ mit ’nem Richter Typ älterer Onkel in Herberts Büro entpuppt hatte, aber meine Nervenenden den ganzen restlichen Tag flattern ließ? Ich steh bei solchen Veranstaltungen immer ein Stück neben mir. Anna sagt, ich bin zwar allein, eben kein Multi, aber doch jemand, der fast genauso wie ’n Multi dissoziieren kann. Hinterher bin ich immer völlig kirre, weil ich nie genau weiß, was hab ich wann wie gesagt. Oder wie ich rübergekommen sein könnt. Der Richter war viel zu korrekt, um auch nur anzudeuten, was eventuell noch durch ’n Veto der Staatsanwaltschaft hätte verzögert oder verhindert werden können. Also hatt ich nicht mal ’ne Ahnung, was er anschließend mit Herbert besprochen haben musste. Bis zum Abend zog sich die elende Warterei, die schier endlose Achterbahn zwischen Hoffnung und Panik. Dann kam Herbert extra noch mal in die JVA, um mir die frohe Botschaft vom richterlichen Fax samt Befürwortung der Bewährung durch die Staatsanwaltschaft zu überbringen. Jo erreichte ich bei uns zu Hause erwartungsgemäß nicht und bis Hans ans Telefon ging, hatte ich bereits ’ne komplette Kanne Kräutertee mit Herbert geleert. Hans hätte mich noch in der Nacht abgeholt, aber das wollt ich ihm nicht zumuten. Ich bat ihn um Jos neue Adresse und machte klar, dass ich erst mal ein paar Tage für mich und mit ihr brauchte. Hans war’s recht.

Anschließend verbrachte ich die letzte Nacht in meiner Zelle. Schlaflos. Völlig überdreht zwischen Euphorie und einem gerüttelt Maß an Schiss, was Jos und meine Zukunft anging. Bei der Auskleidung heute früh war ich so gerädert gewesen, dass ich nicht mal ’nen rosa Elefanten unter meinen Sachen absonderlich gefunden hätt. Wenigstens war diesmal niemand so ätzend wie bei meiner letzten Entlassung. Herbert war nicht der Einzige, der mir Glück wünschte, als ich ging.

Ich war froh, dass draußen niemand auf mich wartete. Für mich war das beim dritten Mal genauso bizarr wie beim ersten: Du gehst durch eine Tür und trittst ins Freie. Als ob es nichts Besonderes wäre, und das ist es ja auch nicht für die meisten Menschen an den meisten Tagen. Aber nach 16 Monaten, in denen ich vor jeder Tür stehen bleiben musste, drauf warten musste, dass 'n Typ in Uniform mit 'nem Schlüssel hantierte, mich durchließ, selbst nachkam, sich wieder umdrehte, wieder mit dem Schlüssel hantierte, bis wir endlich zur nächsten Tür gelangten, wo dann dasselbe Spiel von vorn losging, war das hier was Besonderes für mich. Dass ich erst mal stehen blieb, hatte nichts damit zu tun, dass manche Knackis 'ne gewisse Zeit brauchen, sich draußen dran zu gewöhnen, dass es nicht für jede Tür 'nen Schließer gibt. Für mich war das wie 'n Flash. Plötzlich waren die Mauern hinter mir genauso real wie die Bäume in der frühen Junisonne, die Autos, die Straße. Als ob mich beides voll erwischte, als ob mich die Realität der Mauern, die monatelang meine Welt begrenzt hatten, zugleich mit der Realität der Welt da draußen ansprang, die in der Zeit da drinnen schlichtweg aufgehört hatte zu existieren. Ziemlich überwältigendes Gefühl, und bei so was war ich lieber allein. Ein paar Atemzüge später machte ich mich auf den Weg zum Bahnhof und fuhr zu ihr. Ich wusste nicht, was mich in Münster erwartete, also versuchte ich, nichts zu denken, nichts zu erwarten, einfach nur da zu sein. Schien zu funktionieren. Als ich vor dem Haus mit ihrer neuen Adresse stand, kam's mir ganz normal vor, mit der alten Frau vor der Tür zu quatschen, bevor ich in den Hausflur trat.

„Pass gut auf sie auf", hatte Hans am Telefon zum Abschied gesagt, und nun stand da dieser Kerl in ihrer Tür. Vielleicht hätte ich doch bei ihr anrufen oder Hans erlauben sollen, sie vorzuwarnen?

„Rudolf A. Meerbach", stellte er sich vor, als wir alle im Flur der kleinen Dachwohnung standen.

„Annas neuer Freund", ergänzte Jo nur minimal ironisch, bevor sie mich anstrahlte, aber zu ihm sagte: „Und das ist unser Bruder Mike.“ Sie umarmte mich zum x-ten Mal, er schaute unsicher, fragend zu uns rüber. Sie kümmerte das nicht. Sie plapperten alle fröhlich durcheinander – dass sie’s gar nicht glauben konnten, dass ich da war, wie wunderbar das sei, warum ich nicht Bescheid gesagt hätte, dann hätten sie mich doch abgeholt, und was nicht alles. Rudolf war nicht so dumm, wie er aussah, denn es gelang ihm, unser multipel-geschwisterliches Chaos durchs Wohnzimmer, wo er offenbar auf dem Sofa gepennt hatte, in die Küche zu lotsen. Dort standen Blumen auf einem üppigen Frühstückstisch für zwei, der nicht nur mich in neue Gefühlswirbel schleuderte.

„Ähm, es ist nicht, wie Sie vielleicht denken. Ich habe hier übernachtet, aber nur weil wir gestern Abend zu viel getrunken haben. Im Wohnzimmer. Wo ich auch übernachtet habe. Und jetzt wollte ich – ich bin heute früh zum ersten Mal Jo begegnet und wollte nach ihrer Lauferei mit ihr reden, verstehen Sie?“ Der Kerl hatte sich in seinem Erklärungsversuch verheddert. Er hatte sich noch nicht dran gewöhnt, dass man keine meiner Schwestern als Solistin bekommt.

„Setzt euch doch“, sagte Anna schüchtern, während sie fast mit ihm zusammenstieß, weil sie nun beide nach einem dritten Gedeck für mich suchten. „Mike, es tut mir leid, das muss für dich so überraschend wie für Jo sein – ich weiß gar nicht, wo ich anfangen soll.“ Sie sah mich hilflos an.

Ich nahm Rudolf die Tasse aus der Hand und griff nach der Kanne. „Wie wär’s mit Kaffee?“, fragte ich in die Runde. Rudolf nickte, aber nun schüttelte Jo den Kopf. Sie wollte erst unter die Dusche, den Laufschweiß abwaschen und vermutlich das interne Chaos sortieren. Als sie verschwunden war, starrten er und ich erst mal nur vor uns hin.

„Sie sind also Mike, der Bruder“, fing er nachdenklich an. Ich nickte, das hatten wir doch bereits geklärt. „Ähm, entschuldigen Sie, wenn ich so direkt frage: Ich dachte, Sie wären noch im Gefängnis?“

„War ich auch bis heute früh.“ Mehr fiel mir nicht ein, und er schaute in seine Kaffeetasse, als wüsste die Bescheid. Ich seufzte. Manche Menschen reagieren echt schräg, wenn sie's mit Exsträflingen zu tun kriegen.

„Die haben mich ganz regulär, aber überraschend prompt auf Bewährung entlassen. Kein Grund zur Sorge. Ich tu weder Ihnen noch meiner Schwester was." Erst nickte er, dann schüttelte er den Kopf, schließlich lachte er.

„Sie erkennen mich nicht, oder?", wollte er zu meiner Überraschung wissen. „Ich war im Volontariat, als ich über Ihre erste Verhaftung berichtete. Und wir waren auf derselben Schule – das Alte Gymnasium am Theaterwall, erinnern Sie sich?" Ich stutzte, dann musste ich lachen: Meine Schwester Anna hatte sich in Kaa, die Brillenschlange, verknallt. Ausgerechnet in den Typen von der Schülerzeitung, der seinerzeit Schulsprecher gewesen war und Abi gemacht haben musste, als ich wegen der Schlägerei mit dem Pauker von der Schule flog. Einer von den guten Jungs, einer, der was auf dem Kasten hatte und mit Rhetorik 'ne Menge mehr erreichte als ich mit meinem Ruf und meinen Fäusten. Damals hatten wir einander auf Distanz beäugt, halb misstrauisch, teils einander heimlich bewundernd, teils mit weniger verhüllter Verachtung. Jetzt saßen wir am Küchentisch meiner kleinen Schwester, die er wohl schon 'ne Weile im Auge gehabt hatte. Das hörte ich aus seinem Wortschwall heraus, mit dem er mir klarzumachen versuchte, dass er „nur ehrliche Absichten" hätte und sich seiner „Verantwortung" bewusst sei. Auf Multis reagieren Leute oft nicht weniger eigenartig als auf Exsträflinge.

Anscheinend hatten sie sich über Jos Vergangenheitsforschung kennen gelernt – stimmt, sein Name hatte unter den Artikeln im Lokalblatt gestanden. Zuerst hatte sie sich als Detektivin Josephine Baker ausgegeben, die im Auftrag von Cäcilia Greschke deren Amnesie rund um den letzten Nervenzusammenbruch klären sollte. Ich seufzte, der falsche Pass war nur als Souvenir gedacht gewesen. Okay, so schlecht konnte er nicht sein, denn laut Rudolfs Erzählung war ihm der nicht mal aufgefallen. Warum sie sich ihm irgendwann anvertraut hatten und auf seinen Vorschlag eingegangen waren, Heidrun mal ein paar Fragen zu stellen, verstand ich nicht ganz. Dort sei es jedenfalls zu einer „denkwürdigen Begegnung" gekommen, in deren Verlauf Anna ihm erklärt hatte, dass sie eine multiple Persönlichkeit war, und er ihr gestanden hatte, in sie verliebt zu sein.

„Kaum ist man mal 16 Monate im Knast, da machen meine Schwestern gleich so 'nen Aufriss." Ich schüttelte den Kopf. Mir wurd ganz anders bei dem Gedanken, was bei Heidrun in Hamburg passiert sein musste, damit sie sich gegenüber einem, na ja, Fremden halt, outeten.

Rudolf sah mich verständnislos an, Sinn für Galgenhumor ging ihm wohl ab. „Mal abgesehen davon, dass kaum jemand in Jos Bande gesteigerten Wert auf ihre Frau Mutter legt – was ist da passiert?"

Ich atmete tief durch. Wusste er, wonach ich und offensichtlich auch sie die letzten Wochen gesucht hatten? Nach Jos Begrüßung und der folgenden allgemeinen Freude konnte es kaum das sein, was ich am meisten fürchtete. Aber was war es dann? Wieso schwieg dieser Kerl jetzt, statt sich weiterhin seinem Wortschwall zu überlassen?

„Wie nah stehen Sie Ihrer Schwester?" fragte er schließlich. Aber ich kam nicht dazu zu antworten, denn in dem Moment erschien meine Schwester in der Küchentür.

„Sehr nah, näher als jeder andere Mensch auf der Welt", sagte Anna mit einem entschuldigenden Blick Richtung Rudolf.

Die Internetseite des Schweizer Internats war ebenso dezent wie professionell gemacht. Wer sich dem Wohl von Kindern aus reichem Hause verschrieb, brauchte keine schreiende Werbung. Dafür gab es ein Jahrbuch, um es den Ehemaligen zu erleichtern, Kontakt zu halten. Ehemaligen wie seiner Kollegin, stellte Markwart fest. Er kannte zwar nur die Hälfte des Namens, der unter ihrem Bild auf dem Abiturfoto stand, doch genau das war aufschlussreich: „Cäcilia-Josephine Greschke" – den *Namen kannte er auch. Der Ex-BNDler zog den Aktenordner mit den Zeitungsartikeln hervor, die seine Freizeit zuletzt bestimmt hatten.*

Beide Männer sahen mich erschrocken und erleichtert an. Ich hätte gerne gefragt, worüber sie gerade gesprochen hatten. Aber ich fürchtete, dann würde mich der Mut verlassen oder eine andere von uns würde übernehmen. Rasch ging ich zum Tisch und setzte mich.

„Es tut mir wirklich leid. Zu dieser Situation hätte es nie kommen dürfen. Mike, bitte verzeih, dass wir dich nicht abgeholt haben. Der Termin steht sicher im Kalender ...“ Mike wollte protestieren, doch ich schüttelte den Kopf und sprach weiter. „... und ich hätte einen Weg finden müssen, dir von Rudolf zu erzählen. Umgekehrt, lieber Rudolf, hätte ich dir von Mike erzählen müssen. Ich wollte es, bitte glaub mir, ich wusste nur nicht, wie.“ Ich hielt einen Moment inne. Mike sah mich abwartend an und griff nach dem Tabak, also hörte er mir zu. Rudolf streckte seine Hand nach meiner aus. Eine liebenswerte Geste von einem liebenswerten Menschen. In den letzten Wochen hatte er sich angewöhnt, mir so über verbale und emotionale Klippen zu helfen. Jetzt konnte ich es nicht ertragen. Nur noch diese eine kleine Unehrlichkeit, versprach ich mir selbst stumm, als ich die Kaffeekanne nahm und mir einschenkte, als hätte ich weder Rudolfs Handbewegung noch seinen verletzten Blick bemerkt.

„Anna, er ist dein Bruder, das wusste ich doch“, versuchte er mir zu helfen. „Und wenn ich ihn richtig verstanden habe, weiß er erst seit heute oder gestern von seiner Entlassung.“ Er lächelte tapfer, Mike leckte das Blättchen an. Ich seufzte.

„Das mag sein. Nur, ich hätte mit dir über ihn und uns reden müssen. Ich hätte dir sagen müssen, dass unsere Zeit hier in Münster begrenzt ist. Hier waren wir nur wegen Jo, wegen der Recherchen. Es stand von Anfang an fest, dass wir nicht bleiben werden. Sondern ins Ruhrgebiet zurückgehen, wo Mike jetzt wieder seinen Job hat.“ Ich blickte zu Mike, der nickte und seine Zigarette anzündete. Rudolf dagegen verstand nicht.

„Das mit dem Job freut mich für ihn. Aber was hat das mit dir, mit euch zu tun? Ich meine, die Wohnung ist ideal. Sie liegt praktisch in der Mitte zwischen Mikes Arbeitsplatz und Oldenburg." Mike sagte immer noch nichts. Ich sah ihn hilfesuchend an. Begriff er nicht, wie schwer mir das fiel? Gewiss, in diese Lage hatte ich mich selbst mit meiner Feigheit gebracht. Ich hatte drei Wochen Zeit gehabt, Rudolf auf diesen Moment vorzubereiten. Es war nicht blinde Verliebtheit gewesen, die mich davon abgehalten hatte. Das wäre entschuldbar gewesen, denke ich. Diffuse Angst war keine Ausrede.

„Rudolf, ich weiß nicht, wie ich dir das sagen soll – wir, also Mike und wir, haben im Ruhrgebiet eine gemeinsame Wohnung, in die wir in Kürze zurückkehren werden." Mike blies erleichtert den Rauch aus und nickte lächelnd.

Rudolf wusste nicht, wie ihm geschah. „Aber – wieso?"

„Job und Wohnung sind Gründe, warum sie mich vorzeitig entlassen haben. Ob ich ohne Anna und die anderen Bewährung bekommen hätte, weiß der Geier." Mike schaute von Rudolf zu mir, als erwartete er etwas von mir.

„Moment", hakte Rudolf nach, „seh ich das richtig: Ihr beide habt vor, dort zusammenzuleben?!"

„Wieder zusammenzuleben", korrigierte mein Bruder. „Das heißt, wenn Anna und die anderen das noch immer wollen. Das ist ihre Entscheidung, nicht meine." Einen Moment lang schwiegen wir alle. Vielmehr, in der Küche herrschte Stille, in meinem Inneren ging es hoch her. Jo war ganz und gar nicht der Ansicht, dass es noch etwas zu entscheiden gäbe, weil wir das bereits entschieden hatten. Cäcilia begriff zum ersten Mal, was wir meinten, wenn wir Mike als Teil unseres Lebens bezeichneten. Den Rest versuchte ich mit aller Macht auszublenden, um vorne zu bleiben.

„Aber was ist mit uns? Ich meine, ja, sicher, das kannst nur du entscheiden, Anna, aber wie stellst du dir das vor?"

„Es ist doch nur eine ICE-Stunde weiter für dich als jetzt." Ich konnte ihm nicht in die Augen schauen. Himmel, was hatte ich nur angerichtet?

„Aber es sind fast drei Stunden Fahrt – für eine Strecke! Damit können wir uns kaum mehr spontan treffen, damit brauchen wir jedes Mal Planung, Übernachtung und – und wir werden auch nicht mehr für uns sein können!"

„Planung heißt auch, ich kann euch aus dem Weg gehen", kam mir Mike zur Hilfe. Der Tumult innen wurde immer größer und unüberschaubarer. Was sollte ich nur tun?

„Darf ich auch mal etwas sagen?" Josephine schob sich elegant an mir vorbei nach vorne.

„Ja, natürlich, äh, niemand will dich von irgendwas abhalten", stotterte Rudolf los. Mike grinste hinter dem Qualm seiner Zigarette.

„Wie du bemerkt haben wirst, ist Anna in Beziehungsfragen nicht sehr erfahren. Niemand von uns hat damit gerechnet, dass sie sich in irgendwen verlieben würde. Was sehr schön für sie ist, keine Frage", wischte sie vorsorglich mögliche Einwände vom Tisch. „Aber wie Mike schon sagte: Wo, wie, mit wem wir leben, das ist nicht nur ihre, sondern unsere Entscheidung."

„Wieso kann sie mir das nicht selber sagen?" Rudolf hörte sich fast an wie Jolanda, wenn sie ihren Willen nicht kriegt. Josephine verdrehte die Augen und ließ mich wieder nach vorne.

„Das habe ich doch versucht", setzte ich an, da unterbrach er mich.

„Anna?" Ich nickte, er sprach weiter. „Ich möchte das jetzt von dir hören, denn du bist diejenige, in die ich mich verliebt habe: Wie soll es mit uns beiden weitergehen?"

„Das weiß ich nicht, noch nicht." Wieso war das so schwer zu vermitteln? „Ich war bislang nur ein einziges Mal an einer Beziehung beteiligt, als wir in den USA studiert haben, und das ist lange her." Und die sexuelle Seite der Beziehung hatte ich Josephine zur vollsten Zufriedenheit aller Beteiligten überlassen. Aber das dachte ich nur, das sagte ich nicht. Ich wusste nicht, wie wichtig ihm das war, was ich ihm noch nicht hatte geben können. „Ich selbst habe keine Erfahrungen damit, verliebt zu sein, und gerade weil ich die ganze Zeit nicht wusste, wie es mit uns weitergehen kann und soll, hab ich es nicht über mich gebracht, dir von Mikes und unseren Zukunftsplänen zu erzählen."

Jetzt war es raus. Rudolf nahm meine Hand und sah mir in

die Augen. Diesmal hielt ich stand, obwohl ich die Tränen bereits aufsteigen fühlte. Mike beobachtete uns und versuchte zugleich, unsichtbar zu sein. Mir gab das Halt, aber Rudolf machte es nervös. Er ließ meine Hand los und warf seufzend einen Blick auf seine Uhr.

„Entschuldige, ich sollte dich nicht unter Druck setzen. Überleg es dir, Anna. Besprich es mit den anderen und mit deinem Bruder. Ich muss gleich los. Dann habt ihr Zeit füreinander." Er lächelte tapfer. Also sollte ich mich auch zusammenreißen. Ich wischte mir die Tränen mit der Serviette weg.

„Danke", sagte ich erleichtert. „Vielleicht können wir uns heute Abend alle wieder hier treffen? Um Mikes Freilassung und das neue Leben für uns alle, wie immer es aussehen mag, zu feiern?" Ich sah von Rudolf, der bereits aufgestanden war, zu Mike, der mit den Achseln zuckte.

„Warum nicht? Wo Kaa ... Herr Meerbach jetzt fast zur Familie gehört ..."

„Rudolf", sagte der und streckte meinem Bruder zum Abschied die Hand hin. „Und das mit der Familie warten wir halt ab."

Ein wenig hatte ich das Gefühl, sie sprachen an mir vorbei oder über mich hinweg. Aber ich war viel zu erleichtert, über diese Runde gekommen zu sein, um mir darüber Gedanken zu machen. Verliebt zu sein, machte den Umgang mit fremden Menschen nicht leichter für mich. Nachdem die beiden sich verabschiedet hatten, brachte ich Rudolf zur Tür.

„Mach dir keine Sorgen, Anna", sagte er dort, „ich bin mir sicher, ihr werdet euch richtig entscheiden. Und wir werden einen Weg finden." Ich nickte und versuchte trotz meiner Bedenken, für die ich keine Worte hatte, zu lächeln. Als ich Sekunden später wieder bei Mike in der Küche war, wusste ich nicht mal mehr, wie sich die Bedenken genau angefühlt hatten.

Rudolf hätte nicht sagen können, welchen Weg er zu seinem Termin genommen hatte. „Autobahnhypnose" nannte Anna das. Das sei eine der alltäglichen Formen von Dissoziation, hatte sie ihm gesagt. Alles Mögliche hatte sie ihm in ihrer geduldigen, sanften Art erklärt, und er liebte sie dafür, wie sie in ihm Verständnis für die exotischsten Dinge wecken konnte. Mit ihr redend die Zeit zu verbringen, war der Himmel. Sex hatte dagegen keine Rolle gespielt – mit einer multiplen Persönlichkeit könnte das kompliziert werden. Außerdem wusste er nicht, wie er damit umgehen sollte, dass sie von ihrem Vater missbraucht worden waren. Selbst darüber hatten sie gesprochen. Nur ihr Bruder war nie Thema gewesen. Und der saß jetzt in ihrer Küche.

Kopf oder Bauch

Ich hantierte laut mit dem Geschirr, während Anna Kaa verabschiedete. Was sie redeten, ging mich nichts an. Sagte mein Kopf. Mein Bauch krampfte, also würd ich ihm jetzt was zu tun geben. Solang ich's nicht vor dem Aufstehn tun muss, steh ich aufs Frühstück. Und frische Croissants hatte ich fast anderthalb Jahre nicht mehr zu sehen, geschweige denn zu essen bekommen.

„Lecker!“, rief Jolanda, als sie zurück in die Küche kamen, und stürzte sich auf den Brötchenkorb. Leidenschaftlich wühlte sie darin herum, bis sie eines ihrer geliebten Schokocroissants fand. Sie schob den Stuhl ganz dicht zu meinem und machte sich daran, die Küche gründlich vollzukrümeln und mich zwischendrin schokoladenverschmiert abzuküssen. Wenn man alle Menschen so einfach so glücklich machen könnte wie die Kleine, wär die Welt 'n richtig netter Ort, dachte ich.

„Magst du Rudi?“, fragte sie zwischen einer Kuss- und einer Krümelattacke. Ich verschluckte mich an meinem Croissant.

„Scheint ganz okay zu sein“, antwortete ich unbestimmt, nachdem ich fertig war mit der Husterei. Anna nahm eine Serviette und wischte sich die Gebäckreste aus dem Gesicht, das plötzlich viel schmaler wirkte.

„Denkst du das wirklich?“, wollte sie unsicher wissen. Keine orientierende Nachfrage, einfach eine Fortsetzung des Gesprächs. Hieß das, sie bekamen inzwischen mehr von einander mit?

„Sonst hättest du ihm nicht von euch erzählt und dich schon gar nicht in ihn verliebt, denk ich." Sie sah mich an. Hinter ihren Augen begann es zu wimmeln.

Anscheinend war das Thema Rudolf für alle wichtig. Ich wollt's nicht versauen, nicht gleich am ersten Tag, nicht schon wieder. „Anna, ich will dir nicht im Weg stehen."

„Das kann ich ganz alleine. Ich wollte alles richtig machen, wollte niemandem weh tun und jetzt ... Ich kann das nicht, Mike." Das hörte sich an wie 'ne Steilvorlage, um meine Position in dem seltsamen Drei- oder wohl eher Vieleck zu stärken. Aber genau das wollt ich nicht, nicht so. Klar konnte man kurzfristig die eine gegen die anderen ausspielen, wenn man's drauf anlegte. Aber das ging auf Dauer selten gut. Und richtig war's eh nicht. Also versuchte ich's mit der Strategie, die meist half, das Chaos zu sortieren, das im Wirrwarr aus individuellem und kollektivem Kram gelegentlich entstand.

„Wenn du allein wärst, es nur um dich oder Rudolf und dich ginge, was würdest du tun?" Sie blickte nachdenklich, griff nach der Kaffeetasse, erwischte aber den Tabak. Dennoch antwortete Anna, während vermutlich Jo die Zigarette drehte.

„Wäre ich allein, hätte ich Rudolf nie kennen gelernt. Oder ich wäre so unvorstellbar anders, dass ich mit Menschen und Beziehungen kein Problem hätte. Aber du wärst immer noch da, genau wie das Versprechen, mit dir zu leben." Sie seufzte.

„Was würdest du einer Freundin in derselben Situation raten?"

„Hör auf dein Herz, dein Gefühl, deinen Instinkt." Das kam prompt, aber nicht von Anna, sondern von Jo, die sich die Zigarette anzündete. „Du kennst den Mann gerade mal drei Wochen. Zu kurz, um dein Leben nach ihm zu richten. Leb dein Leben, und wenn er der Richtige ist, wird er schon 'nen Platz darin finden." Sie lachte, nein, Josephine war es, die mich nun lachend ansah, doch mehr zu den anderen als zu mir sprach. Sie switchten mit Hochgeschwindigkeit, aber ungewohnt glatt, ohne ins Stolpern zu geraten.

„Hübsch gesagt, meine Damen. Aber überseht ihr nicht etwas?“ Josephine wartete einen Moment, doch was immer die Reaktion der anderen sein mochte, sie wurde nicht ausgesprochen. War das nun Stress samt Drehtüreffekt oder hatten sie in den letzten sechzehn Monaten jede Menge dazugelernt? „Sex, meine Damen, Sex überseht ihr. Wie üblich. Das und die Tatsache, dass es noch niemand – kein Freund von Jo, keine meiner Affären und keine von Mikes Freundinnen – länger mit uns ausgehalten hat, ohne eifersüchtig zu werden. Stimmt's, Mike?“

Josephine hatte recht. Solange wir zusammengelebt hatten, solange entsprach das Haltbarkeitsdatum von Beziehungen zu Dritten dem eines durchschnittlichen Joghurts. Und ich war nicht mal sicher, ob Sex tatsächlich das Problem dabei war. Sonst hätten sich die Frauen, die sich gelegentlich nicht nur in mein Bett, sondern ansatzweise auch in mein, unser Leben verirrt hatten, nicht ebenso schnell wieder verdünnisiert wie Josephines heiße Affären oder Jos platonische Freunde.

„Vielleicht könnte das anders werden, weil Rudolf weiß, dass wir multipel sind?“ Die Stimme meiner Schwester war schüchtern, aber nicht Annas. Erstaunt sah ich sie an. Das Gesicht war weiblicher, runder als Annas und weniger strahlend als Josephines.

„Heidruns Tochter?“ fragte ich vorsichtig, während ich überlegte, welchen Namen die anderen genannt hatten. „Cäcilia, oder?“ Sie hatte ich noch nicht auf meiner Rechnung, und sie war eine größere Unbekannte darin als Rudolf.

„Nein ... ja“, antwortete sie, „Cäcilia.“

„Mike“, sagte ich und hielt ihr die Hand hin. Völlig bekloppt, aber sie verunsicherte mich. Sie zögerte einen Sekundenbruchteil, dann nahm sie meine Hand und schüttelte sie kurz. Dummerweise hatte ich noch Butter an den Pfoten, die sie jetzt sorgfältig an der Serviette abwischte.

„'tschuldigung“, murmelte ich, „das ist verdammt ungewohnt.“

„Das kann man wohl sagen.“ Sie lächelte, was mich fast vom Hocker riss. „Nichts in meinem Leben ist so, wie ich dachte. Und nun bist ausgerechnet du hier. Frisch aus dem Gefängnis.“ Sie schüttelte den Kopf und ich hielt den Atem an, traute mich nicht, mich zu bewegen oder irgendwas zu sagen.

„Ich weiß gar nicht, wo ich anfangen soll", sagte sie nach einer schier endlosen Pause. Ich atmete aus. Und dann war es ausgerechnet sie, die mir von Jos Recherche und der „krönenden" Begegnung mit Heidrun erzählte, bis mir der Kopf schwirrte vor lauter neuen Informationen und noch viel mehr Fragen. Fragen, die mir keine meiner Schwestern beantworten konnte, und die viel zu viel waren für uns alle.

Irgendwann konnt ich nicht mehr, nicht nach 'ner durchgemachten Nacht. Ich versuchte es mit 'ner langen Dusche (endlich allein anstatt mit 'nem Haufen Kerle drumrum), was aber nicht viel brachte, und legte mich 'ne Runde hin. Sie hatten also Kontakt zu Cäcilia bekommen und Tom hatte 'ne Art Deal mit Schneewittchen gemacht, weil Gefühle, Wahrnehmungen, Flashs etc. von ihr anfingen, auf Jo überzugreifen. Die Begegnung mit Heidrun hatte 'ne Welle von Erinnerungen losgetreten und dazu geführt, dass sich sogar die „gute Tochter" von ihr abwandte. 'ne Irrsinnsentwicklung, von der mir schwindelig wurd, so dass ich mir lebhaft vorstellen konnte, wie heftig es für sie sein musste. Oder vielmehr darauf verzichtete, es mir allzu genau vorzustellen, denn dass das verdammt viel war, desorientierend sein musste, lag auf der Hand.

So weit raffte ich das Ganze, alles klar. Nur, warum glaubten sie – oder zumindest einige von ihnen – sie wüssten jetzt, was Sache war? Die losen Enden und endlosen Fragen, die sich für mich aus dem ganzen Zeug ergaben, sahen sie nicht. Das war nicht unbedingt ungewöhnlich, das kannte ich sowohl von mir selbst als auch in gesteigerter Form von ihnen. Erinnerungen und Erklärungsversuche sind so 'ne Sache, Menschen stricken sich gerne was aus den Bruchstücken, die sie haben, das tunlichst zu anderen Vorstellungen von ihnen selbst und der Welt passt. Macht jeder. Und bei Multis macht das ein Haufen Leute aus verschiedenen Blickwinkeln und um unterschiedliche Amnesien herum, die wiederum teils mit eigenen Erinnerungsbruchstücken, teils mit denen der anderen gefüllt werden. Flickenteppiche entstehen, und dabei bleiben lose Enden, zumindest vorübergehend. Obendrein bedeutete Zusammenarbeit bei Jo & Co. nicht gerade, dass alle einander alles mitteilen. Oder waren sie schlicht so überfordert mit dem, was sie in den letzten Wochen herausgefunden und ausgelöst hatten, dass es reiner Selbstschutz war, nicht noch genauer hinzusehen?

Trotzdem, irgendwas raffte ich ganz und gar nicht an der Sache, ohne dass ich's zu fassen bekam. Okay, Heidrun war nicht meine Mutter und sie gehörte nicht zu den Menschen, über die ich irgendwann irgendwelche Illusionen gehabt hätte. Dass es trotzdem eine „gute Tochter“ schon immer gegeben hatte und dass eben diese Cäcilia jetzt ein massives Problem mit der Erkenntnis hatte, alles andere als eine „gute Mutter“ gehabt zu haben, verstand ich. Es mochte auch angehn, dass noch ganz andere im Haufen von Heidrun zwar genervt gewesen waren, ihr aber unausgesprochen Nichtwissen zugestanden hatten um das, was der Alte mit ihnen gemacht hatte. Zu begreifen, die Frau wusste auch von dieser Facette seiner gewalttätigen Seite, war sicher ein Schock, alles klar. Nur, wie hing das tatsächlich mit dem fatalen Ortstermin in dem verdammten Puff zusammen? Meine Befürchtungen wie der ganze, lang verdrängte Müll zielten in 'ne andere Richtung, aber davon schienen sie nichts zu ahnen. Je mehr ich darüber nachdachte, um so weniger Sinn ergab das alles. Hatte was davon, dass jemand zu 'nem Sprung von 'ner verschneiten Skischanze ansetzte und sich kein Stück wunderte, bei der Landung auf Wasserskiern zu stehen, weil das gebrochene Bein ja irgendwie zu beidem passen könnte.

Beinbruch, Knochenbruch, Einbruch – meine Gedanken verhedderten sich mehr und mehr. Heidrun und Verrat, Verrat und Michael, Michael und panische Angst, Fetzen von Bildern von Gewalt, dazwischen Annas zärtlich-schüchterner Abschied von Kaa alias Rudolf A. Meerbach, bodenlose Angst auf Toms Gesicht und in meinem Bauch, alles wirbelte durcheinander und ich konnte nichts dagegen tun. Schneewittchens verletzter Gesichtsausdruck, Todesangst vor dem Alten, Herberts Abschiedslächeln, meine Zelle, Albträume in meiner Zelle, alles krampft irgendwie, ich muss loslassen, ich darf es unter keinen Umständen zulassen. Eine Berührung, aber kein Schmerz, die Nachricht von Michaels Tod und doch wieder nur Angst, roter Plüsch, der Richter von gestern mit Herbert, Kaa, Heidrun, Jo & Co.

und Michael beim Ortstermin, Gesichter, Gedanken, Gefühle, alles vermengte sich zu einem großen, erschreckenden wie ermüdenden Durcheinander in meinem Hirn. Ich wollte nur noch schlafen und vergessen, vergessen und schlafen, alles hinter mir lassen und versank im Dunkel, immer mehr. Bis –

„Wann sind die Beurteilungen fertig?" nörgelte Pilger. „Die Probezeit der Neuen ist so gut wie vorbei!" „Bald", antwortete Markwart, ohne von seiner Lektüre aufzublicken. Mit dem Wissen, dass Josephine Baker und Cäcilia Greschke ein und dieselbe Person waren, las sich die Geschichte der Familie Greschke in den Zeitungsartikeln dieses Reporters völlig anders. Markwart war sicher, dass sie in eigener Sache auf der Suche war. Nur was sie suchte, wusste er nicht. Noch nicht, denn zu den Unfällen und Strafsachen im Umfeld von Familie und Firma musste es Akten geben. Und an die heranzukommen, hatte schon immer zu den Spezialitäten des Ex-BNDlers gehört.

Eros und Psyche

Ich lag in Mikes Armen und es war wunderbar. Nein, er lag in meinen Armen, ganz entspannt, und ich streichelte ihn. Meine Finger fuhren seinen Rücken hinunter, umkreisten jeden Wirbel, leicht, sanft und zugleich fordernd. Was fordernd, fragte ich mich, als ich mich über ihn beugte, um seinen Nacken zu küssen, während meine Finger das Ende seiner Wirbelsäule erreichten. Was tue ich hier, dachte ich, ist das wieder so ein seltsamer Traum? Bewegten sich deshalb meine Hände, ohne dass ich wusste, wirklich wusste, was ich tat?

Mike drehte sich im Schlaf um und zog mich an sich. Einen Moment lang umschlang er mich, dann schlug er die Augen auf, abrupt erwacht, und schob mich von sich weg.

„Lass das, Josie“, hörte ich ihn sagen. Josie? War das ihr Traum? Mit einem Schlag war ich zur Zuschauerin degradiert. Sie beugte sich wieder über ihn, wollte ihn küssen, aber er hielt sie zurück. Ich konnte fühlen, wie sie ihn fragend und verletzt anstarrte, als er sich nun aufsetzte.

„Josie“, seine Stimme klang komisch, ungewohnt traurig und rauer, gebrochener als sonst, „Josie, wir müssen reden. Das geht so nicht. Ich bin dein Bruder, verdammt.“

„Mein Halbbruder“, hörte ich Josies Stimme, „der gerade aus dem Knast kommt. Den ich 'ne Ewigkeit nicht gesehen und nicht gefühlt hab. Ich brauche dich. Und du brauchst mich. Also komm schon. Du hast dich doch früher nicht –“ Sie brach ab, streckte die Hand wieder nach ihm aus, aber er hielt sie fest, hielt sie auf Abstand. Was war hier los? Erwachte Josie erneut in meinen Träumen? Aber wieso träumte ich so was?

Mike schüttelte den Kopf und sah mich, das heißt, Josie an. Lange. Sie machte sich los, rutschte zum Kopfende des Bettes rauf, setzte sich auf. Sie zog die Beine an den Körper und die Decke halb über sich. Umklammerte unseren, ihren Körper, der sich zitternd – weinend? – vor und zurück zu wiegen begann. Ich versuchte aufzuwachen, die Augen aufzuschlagen, den Traum abzuschütteln. Es ging nicht. Mike nahm sie in den Arm.

„Wieso willst du mich nicht?“, schluchzte sie. „Liebst du mich denn nicht? Er kann uns doch nichts mehr tun.“ Sie machte sich los und schaute ihn an. Er sah so aus, als würde er ebenfalls gleich losheulen. Nehme ich an. So hatte ich ihn noch nie gesehen. Konnte man Dinge im Traum erfinden, ungesehene, nie geahnte Dinge?

„Genau“, sagte Mike leise, „er kann uns dazu nicht mehr zwingen. Josie, das ist nicht richtig. Das war noch nie richtig.“ Weiter kam er nicht, denn sie schlug ihm ins Gesicht. Er bewegte sich nicht, sah sie nur weiter an. Ich versuchte, nach vorne zu kommen, vielleicht ging das ja, wenn es schon mit dem Aufwachen nicht klappte?

„Du hast es nur mit mir gemacht, weil er es wollte? Dann hast du mich nie geliebt?! Sag, dass das nicht wahr ist!“ Ich konnte ihre funkensprühende Wut fühlen, begriff aber nicht, worum es ging. Es gelang mir nicht, auch nur einen Finger mit meinem Willen zu bewegen. Dafür spürte ich, wie sie sich äußerlich zusammenkrampfte und zugleich gegen etwas innen ankämpfte. Kam ich deswegen nicht nach vorne? Mike streckte die Hand nach ihr aus, um sie ihr auf die Schulter zu legen. Sie packte seinen Arm; sie starrten einander an. Bis er schließlich tief durchatmete.

„Josie, ich liebe dich. Ich liebe euch alle. Aber *das* hatte mit Liebe nichts zu tun. Oder war es Liebe, wenn er dich vergewaltigt hat?" Plötzlich waren sie wieder da, die Bilder von Michael und mir, wie er auf mich zukommt, mich anfasst, mich auszieht und es mich aus dem Körper treibt, in dem sie zurückbleibt. Ich wollte schreien, aber nicht mal das ging. Dafür spürte ich, wie sie heftig den Kopf schüttelte, dabei von einem Schluchzen – oder Würgen? – geschüttelt wurde und die Beine noch ein bisschen näher an den Körper zog, ohne jedoch Mikes Arm loszulassen.

„Das hat gar nichts miteinander zu tun, gar nichts. Das mit ihm hab ich nie gewollt. Nie, hörst du?" Fast wie ein Fauchen klang ihre Stimme. „Egal was er mir dafür gegeben hat. Egal was er gesagt hat – ich war nie sein Flittchen, sein kleines Schweinchen. Aber deins –" Mike legte ihr den Zeigefinger seiner freien Hand auf den Mund und schüttelte den Kopf. Er wollte etwas sagen, aber sie biss in seinen Finger. Er zuckte zurück, doch sie hielt ihn mit den Zähnen fest, fing an, seinen Finger mit Lippen und Zunge zu umspielen. Mikes Gesichtsausdruck veränderte sich. Er neigte sich zu ihr, rückte näher, schien kurz davor, sie zu küssen. Plötzlich schüttelte er wieder den Kopf und zog abrupt seine Hände von ihr weg.

„Es tut mir leid", murmelte er heiser, dann klärte er seine Stimme. „Das – nichts davon hätte passieren dürfen. Ich hätte es verhindern müssen."

Josie lachte bitter. „Lügner."

Im Kopf liefen die Bilder weiter. Der alte Film wollte nicht aufhören. Als ob ich an der Zimmerdecke schwebe, sehe ich, wie Michael Josie zwischen die Beine packt, aber ich fühle nichts. Ich sehe nur. Sehe, dass sie versucht, sich gegen ihn zu wehren. Ein etwa siebenjähriges Mädchen, das gegen einen erwachsenen Mann keine Chance hat, es aber dennoch verzweifelt versucht. In unserm Bett schüttelte sich Josie und richtete sich kerzengerade auf.

„Lügner“, sagte sie noch einmal.

„Josie, ich –“, setzte Mike an, aber ich sah immer noch diese Bilder. Michael schlägt ihr ins Gesicht. Er schreit sie an, nehme ich an, denn ich höre nichts, ich sehe nur, wie er sie schüttelt, mit aufgerissenem Mund und wutverzerrtem Gesicht. Sie tritt nach ihm. Er zieht sie hoch, schleift sie regelrecht zur Tür. Welche Tür, denke ich, ich kann die Bilder nicht einordnen. Dahinter ist Mike, aber nicht der erwachsene Mann, sondern das Kind, ein Zwölf-, Dreizehnjähriger, nackt, voll blauer Flecken und blutunterlaufener Striemen, der am Boden kauert und aufblickt. Das Mädchen, Josie, wird ins Zimmer geschubst. Michael brüllt etwas, aber ich höre nur die Wut in seiner Stimme, nicht die Worte. Es wird schwarz, ganz kurz, bevor neue Bilder- und Gefühlsfetzen durcheinander und durch mich wirbeln: immer wieder Michael, der mal Josie in ein Zimmer zu Mike bringt, mal umgekehrt. Mal ist es unser Zimmer, mal seins, mal ahne ich das plüschige, übelkeitverursachende Rot eines fast runden Zimmers mit vielen Türen ohne Klinken innen und Spiegeln, die mir Angst machen. Immer wieder der Schock, Mike nackt zu sehen. Immer wieder der Schmerz, wenn ich – wenn sie zunächst vorsichtig seine Blessuren berührt.

„Mike, du hast es verhindert, erinnerst du dich nicht?“ Josie im Hier und Jetzt, das vorübergehend die Bilder und Gefühle aus der Vergangenheit in den Hintergrund drängte. „Nachdem wir beide es das erste Mal getan hatten, hat er mich nie wieder angepackt. Das vergess ich dir nie.“ Mike wollte etwas sagen, aber es kam nichts. Dafür kam der Film in meinem Kopf wieder, samt der Gefühle. Der Ekel, der sich auflöst in etwas anderem, als die beiden Kinder einander berühren. Dazu Geräusche, die nicht von den beiden kommen, Keuchen und anderes von jenseits der Tür oder der Türen. Sie berühren einander überall, am ganzen Körper, zwischen den noch unbehaarten Beinen.

„Du wolltest es auch, genauso wie ich“, hörte ich über den Bildern wieder Josies Stimme in unserem Schlafzimmer. „Gib es zu. Sonst bist du wirklich nichts als ein verdammter Lügner." Darunter mischte sich ein anderes Gefühl mit meinem Ekel, eine feuchte Hitze, während die Kinder in meinem Kopf sich aneinander festklammern und er in sie eindringt.

„Nein", schrie ich, laut und mit aller Kraft. Ich wollte noch viel mehr schreien, musste aber husten und würgen, konnte es nicht zurückhalten. Als ich mich übergab, begriff ich, ich war wieder vorne und ich war definitiv wach. Überdeutlich spürte ich die kalten Fliesen unter meinen nackten Knien und den Plastikrand des Toilettensitzes unter meinen Ellbogen. Ich kotzte mir die Seele aus dem Leib. Bis ich nicht mehr konnte. Bis ich Mikes Hand auf meinem Rücken und seine andere Hand unter meinem Arm wahrnahm, mit der er mich hochzog und vorsichtig zum Waschbecken bugsierte.

Mike?! Ich wollte etwas sagen, aber ich bekam keinen Ton raus. Er griff vorsichtig an mir vorbei nach dem Zahnputzbecher und füllte ihn mit Wasser, bevor er ihn mir gab. Angst, Verzweiflung und Sorge mischten sich in seinem Gesicht im Spiegel hinter meinem, das entsetzt und wütend aussah. Dennoch hielt er mich und gab mir wieder und wieder den neu gefüllten Becher, bis ich den Geschmack meines Mageninhalts weggespült und mich satt getrunken hatte. Mein Atem beruhigte sich allmählich. Ich stellte den Becher weg, anstatt ihn ihm zu geben und drehte mich um. Mike stand ganz still.

„Du Arschloch!", brüllte ich ihn unvermittelt an und stieß ihn von mir weg. Er stolperte einen Schritt nach hinten gegen den Rand der Badewanne. „Wieso hast du das getan? Wieso hast du mir nie was davon gesagt?" Noch während ich auf ihn einschrie, verrauchte meine Wut. Er hatte Sex mit Josie gehabt. Aber ich hatte mich verpisst, so dass sie es war, die von Michael vergewaltigt wurde. Und Heidrun hatte uns alle im Stich gelassen. Ich hätte kotzen können, wenn da noch was zum Kotzen gewesen wäre.

„Ich hab's versucht, Jo", sagte Mike unbeholfen. „Aber es ging nicht. Ich hab mir eingeredet, das sind Albträume, nur noch mehr beschissene Albträume. Und dann – dann hatte ich Angst. Angst, dich und euch zu verlieren. Ich konnt's einfach nicht, nicht mal, wenn ich's versucht hab." Er setzte sich auf den Badewannenrand, ließ den Kopf in seine Hände sinken. „Du hast recht. Ich bin ein Arschloch. Ich hatte viel zu viel Schiss. Vor ihm. Um euch. Um mich. Hab ich immer noch – trotzdem." Er verstummte, ich setzte mich zu ihm auf die Wanne. Als ich mich an ihn lehnte, spürte ich Josies Verlangen nach ihm und ihre Wut auf ihn.

„Was hast du Josie geantwortet? Wolltest du – sie – mit ihr …?" Ich flüsterte mehr als das ich sprach.

Mike blickte wieder auf. „Soll ich verschwinden? Ich tu's, was immer du willst, was immer das Beste für euch ist, ich tu's. Auch wenn's … abartig klingt, ich mein das, wie ich das sag: Ich liebe euch. Alle. Ich würd alles für euch tun. Selbst wenn das bedeutet, ich muss hier weg." Er richtete sich auf, war drauf und dran, seinen Worten Taten folgen zu lassen. Ich hielt ihn am Arm fest und schüttelte den Kopf.

„Was hast du Josie geantwortet?"

Er sah mich fragend an, dann wich er meinem Blick aus. Also wiederholte ich meine Frage.

„Vorhin – im Bett – als sie wissen wollte, ob du es auch gewollt hast. Was hast du zu ihr gesagt?"

„Dass sie recht hat. Ich wusste, es ist falsch. Aber ich konnte nicht anders. Und das war nicht nur die Angst vor ihm. Ganz sicher nicht. Also wollte ich es. Genau wie sie." Ich dachte, mein Herz müsste aufhören zu schlagen. Er sah mich an, als erwarte er – ich weiß nicht was, aber etwas Furchtbares. Er wollte wieder aufstehen, doch ich hielt ihn fest.

Das Rattern des Faxgeräts hallte durch die leeren Flure der Detektei. Wer keinen Auftrag im Außendienst hatte, war mit dem Chef Eis essen. Außer Markwart, der angeblich an den Beurteilungen arbeitete, tatsächlich aber mit den Akten beschäftigt war, die das Fax ausspuckte. Neben dem Betrugsskandal in der Druckerei interessierten ihn vor allem die beiden Autounfälle, die die letzten Druckereidirektoren der Familie innerhalb weniger Monate und fast am gleichen Ort das Leben gekostet hatten. Konnte es wirklich so viele Zufälle auf einmal geben?

Herzrasen

„Bleib, Alter. Du kannst dich nich einfach verpissen." Der Griff um meinen Arm war nicht mehr fordernd, sondern nur noch fest. Dann löste er sich. Ich sah zu ihr und sah Tom: Seine Wangenknochen stachen kantig hervor und der Ausdruck in seinen dunkelgrünen Augen hielt mich fester, als es Jo mit ihrer Kampfsportausbildung gekonnt hätte. Obwohl ich es nicht wollte, setzte ich mich zu ihm, der vom Wannenrand auf den Boden rutschte.

Ich versuchte es trotzdem. „Ich kann nicht. Ich muss weg. Ich mach alles nur noch schlimmer, ob du's nun wahrhaben willst oder nicht. Glaub mir, es ist das Beste für euch."

Etwas flackerte im Dunkelgrün seiner Augen, Galgenhumor traf auf Panik, mischte sich mit Verzweiflung und Hoffnung jenseits von Hoffnung.

„Blödsinn, Mike, du laberst Blödsinn, und das weißt du." Tom sah sich im Bad um, sein Blick streifte die Toilette und ich konnte sehen, wie sein flacher Atem sich beschleunigte und er dagegen kämpfte.

„Scheiße, genau wie beim letzten Mal mit … Michael", sprach er mit tonloser Stimme aus, was ich gerade zu verdrängen versuchte. Unser beider letzte, allerletzte Begegnung mit unserem Vater fand in einem Klo statt. Mit dem Kopf unter der Klospülung. Immer abwechselnd. Eins schlimmer als das andere – die Todesangst, wenn statt Luft nur Wasser zum Atmen da war, und die irrsinnige Angst, er bringt Tom, bringt sie alle um. So hatte er uns klar gemacht, dass wir auch während seiner „Geschäftsreise" die Schnauze zu halten hatten. Was ihm gründlich gelang. Obwohl er von der Tour gleich in den Sarg gefahren war, hatten wir beide kein Wort darüber verloren. Bis jetzt.

„Was ist mit Jo? Und mit Josie?", lenkte ich ab und brachte mich doch nur an den anderen Abgrund. „Ich bin kein Stück besser als er. Nicht nach dem, was ich mit Josie gemacht hab." Ein Moment Schweigen. Tom sah mich völlig baff an, dann lachte er los.

„Was ’n das für ’n Schwachsinn? Sie liebt dich. Und, ey, ich könnt mir was Schlimmeres vorstellen, als mit dir zu vögeln.“ Er schüttelte den Kopf, sah meinen Blick, winkte ab. „Keine Angst, das is keine Anmache. Aber wenn du Josie beibiegen willst, dass du sie liebst, ohne mit ihr zu pennen, is Abhauen ’ne ganz dämliche Idee. Mit ihr reden, Shoppen gehen oder Eis essen, wär sinniger, denk ich.“

„Wie kommst du ’n darauf?“ Gott, ja, klar, ich wollte nicht weg. Ich wollt nicht wissen, was dann passierte. Nicht mal, was nur mit mir passierte, wenn ich verschwand. Aber ich konnt mir keine Alternative vorstellen. Wenn ich schon verdrängen musste, was ich getan hatte, um damit zu leben, wie sollt ich mit ihr, mit ihnen leben, wenn sie wussten, was ich getan hatte?

„Schon vergessen, Alter? Du hast mir gesagt, ich soll auf sie aufpassen. War nich einfach und hat nich immer so geklappt, wie ich’s gewollt hab, aber inzwischen kenn ich sie ganz gut, glaub ich. Und sie liebt dich. Sie braucht dich. Tun wir alle.“ Er stand auf, wobei er dem Klo den Rücken zudrehte. „Na komm schon.“ Er sah mich auffordernd an. Ich schüttelte den Kopf, er setzte sich seufzend auf den Klodeckel und ließ mich nicht aus den Augen.

„Tom“, sagte ich lahm, „mag sein, sie liebt mich. Mag sein, sie kapiert, dass … das auch anders geht. Aber ich kann damit nicht leben, selbst wenn du es kannst. Und Jo und die andern können’s sicher auch nicht.“

„Erstens lebste noch. Zweitens leb ich noch und die andern auch. Und drittens – woher willst du wissen, was unsere Schwestern alles können? Ich hätt nie gedacht, dass Cäcilia mit uns reden würd, dass sie sich entschuldigt wegen dem Dope damals und so. Aber sie hat’s sogar bei Heidrun gepackt. Und Jo – sie war sauer, weil sie eben das mit Josie und dir mitgekriegt hat, oder?“ Er schaute mich fragend an, ich nickte. „Okay, das ist nicht toll. Schon gar nicht, weil die in letzter Zeit unheimlich auf ‚interne Kommunikation‘ abfahren. Aber wart’s ab. Die kriegen sich wieder ein. Müssen sie einfach. Denn das ist nun echt nicht unser größtes Problem.“ Er verstummte.

Was meinte er bloß? Was konnte schlimmer sein, als an Michaels Stelle mit Josie Sex gehabt – und es genossen zu haben? Obendrauf das Wissen, der Alte war nicht der Einzige gewesen, der sich dazu einen runtergeholt hatte. Mir wurd kotzübel, wenn ich an das „Spielzimmer“ mit den Türen ohne Klinken, dafür mit Einwegspiegeln dachte. Oder mir vorstellte, wer alles dahinter gestanden haben mochte, während ich –

„Ey, was is los?“ Toms Stimme riss mich aus dem Horror. Sein Blick blieb flackernd vor unterdrückter Panik an meinem hängen.

„Ich verdien’s nicht“, beharrte ich stur und versuchte meine Angst davon abzuhalten, sich an seine dranzuhängen. „Der Alte hatte recht. Ich bin kein Stück besser als er.“

„Schwachsinn. Wenn’s nach dem ging, würd keiner von uns verdienen zu leben. Er würd uns umbringen. So richtig. Und nicht nur fast.“

Ihn über Michael reden zu hören, ließ meine Panik explodieren. Nichts hatte mir die Angst vor meinem Erzeuger je nehmen können. Es war egal, dass ich mich an seine Beerdigung erinnerte. Dass mein Kopf hätte wissen müssen, er ist tot. Die Angst war so verdammt lebendig, dass ich selbst jetzt kaum Luft bekam. Tom beobachtete mich und nickte, als könnte er meine Gedanken lesen.

„Tut weh, was? Ewig die Scheißangst vor unserem Scheißvater … dabei sollte der längst verrottet sein. Nur, die Frage ist, ist er das wirklich?“ Was sollte das? Ich sah ihn fragend an, er stand wieder auf.

„Komm mit. Ich muss dir was zeigen. Vielleicht kapierste dann, warum du nicht einfach abhaun kannst. Warum ich dich brauch. Und die andern auch. Mal ab davon, dass du so oder so unser Bruder bist. Der einzige Verwandte, der irgendwas taugt.“

Er ging an mir vorbei in den Flur. Ich folgte ihm und wunderte mich zum tausendsten Mal, wie unterschiedlich sie alle waren. Wie verschieden ein und derselbe Körper sich bewegte, je nachdem, wer grad vorne war. Was bei Josephine lasziv-elegant aussah, drückte bei Anna mädchenhafte Schüchternheit und bei Jolanda kindliche Unbekümmertheit aus. Josies zarte Glieder verwandelten sich in athletische, durchtrainierte Gliedmaßen, wenn

Jo vorne war. Und jetzt lief Tom vor mir her, ein schlaksiger Teenager mit zu lang geratenen Armen und Beinen, der sich halb eckig, halb cool und nahezu lautlos durch den Raum bewegte. Er öffnete die Schlafzimmertür und ging rein. Ich blieb in der Tür stehen, sah zu, wie er eines von Jolandas Kinderbüchern aus dem Regal nahm und Papiere daraus aufs Bett regneten.

„Nun mach schon hin. Ich muss wissen, was du davon hältst, bevor unsere Schwestern … du weißt schon." Er deutete auf das Zeug auf dem Bett und ging rüber zum Kleiderschrank. Ich kam näher und traute meinen Augen kaum: Zuoberst lag ein Brief der altehrwürdigen Anwaltskanzlei aus unserem Heimatkaff. Ein Schreiben in der Scheidungssache Greschke gegen Greschke.

„Wo hast du das Zeug her?"

Als die Kollegen zurück in die Detektei kamen, fanden sie nur einen Zettel von Markwart: Er habe noch mal weg gemusst. Kurz vor Büroschluss interessierte das hier niemanden. Und niemand hätte geahnt, dass Analysespezialist Markwart zum ersten Mal in seinem Leben freiwillig in den Außendienst ging. Egon Verber dagegen wäre nie darauf gekommen, dass der Mann mit dem BND-Ausweis in seinem Wohnzimmer sich auf Neuland bewegte. Verber hatte einfach nur Angst.

„Lies doch erstmal!“ Ich drehte mich nicht zu Mike um, sondern wühlte im Schrank nach meiner schwarzen Jeans. Ich bin nicht prüde, aber sicher ist sicher. Wer weiß, wann meine Schwestern wieder aufkreuzen. Dafür wär’s vermutlich besser, mit was mehr als ’nem Tanga und ’nem Top von Josie durch die Gegend zu rennen.

„Wo ist das her, verdammt?!“, wiederholte Mike seine Frage. Ich fand die Jeans, stieg rein und hielt nach dem schwarzen Kapuzensweatshirt Ausschau, das Josie für mich besorgt hatte.

„Ist das wichtig?“, antwortete ich. Den Tonfall kannte ich. Und ich hatte keinen Bock drauf.

„Nicht, wenn die Antwort lautet, Heidrun hat sie euch gegeben oder die Anwälte haben sie Josephine geschickt.“

Ich seufzte und hatte noch immer keine Lust zu antworten. Wenn er bei dem Papierkram schon so ’nen Aufriss machte, wie würd er auf meine heimlichen Telefonate mit den Bullen in Oldenburg reagieren? Ich entdeckte das Kapuzending unter Jos Trainingsklamotten und bückte mich, um es da rauszufischen. Es knisterte in der Tasche, gut so. Als ich wieder hochkam, landete Mikes Hand schwer auf meiner Schulter. Ich drehte mich zu ihm um.

„Wissen die anderen davon?“

Die Frage machte immerhin mehr Sinn. „Noch nich.“ Ich schüttelte den Kopf, sah seinen Blick und wusste, ich könnt’s genauso gut gleich ausspucken. „Ich war in der Scheißkanzlei. Wollt mich umsehn. Ich mein, Heidrun zu fragen, was bei dem Ortstermin im Puff damals gelaufen is, is ja gut und schön. Aber das reicht nich. In den Artikeln von damals stand, dass die Anwälte Papiere anschleppten, die angeblich bewiesen, die dumme Zicke hatte keine Ahnung, dass Michael der Puff mal gehört hat. Jedenfalls – mir war sofort klar, das kann nur um den Laden gehen, wo du und Josie …“ Er nahm seine Hand weg, ich verstummte kurz. Wollt ihn ja nicht auf dumme Gedanken bringen. Oder ihn verletzen oder sonst was. Also versuchte ich es anders. „Ich wollt einfach wissen, was waren das für Papiere, was geben die her? Was wussten die Anwälte, was wusste Heidrun? Und was sollte der Scheiß mit der Eifersuchtsarie, wegen der sie ihn angeblich hatte beschatten lassen? Tja, und da hab ich halt das gefunden." Ich deutete auf die Papiere auf dem Bett.

Mike reichte das immer noch nicht. „Du bist da eingestiegen und hast den Mist geklaut?!"

„Nich geklaut. Kopiert. Is doch nur Papierkram, der Staub ansetzte. Hat keiner gemerkt, sonst hätten die sich längst bei uns oder bei Heidrun gemeldet. Und davon is nix auf dem AB in der anderen Wohnung." Ich wollt rübergehen, ihm zeigen, dass es sich gelohnt hatte, weil das Altpapier verdammter Sprengstoff war, aber er hielt mich zurück.

„Bist du total übergeschnappt? Ich raff's echt nicht: Jo beschließt mal eben, mit 'nem von mir gefälschten Pass nach Münster zu gehen und Detektivin zu werden, um in eurer Vergangenheit zu buddeln, statt sich auf die Prüfung vorzubereiten. Ihr lasst euch alle da reinziehn und dann stolpert ihr nicht nur über Kaa, über diesen Zeitungsknilch, in den sich Anna verknallt, nee, ihr erzählt dem auch, wer ihr seid. Und du hast nichts Besseres zu tun, als nebenbei 'nen Bruch zu machen."

„Ja und? Stell dich nich so an. Dein Pass is erste Sahne. Und dass ich weiß, worauf's bei 'nem Bruch ankommt, solltest du am besten wissen." Ich kapierte echt nicht, warum er sich so daran aufhängte. „Mensch, ich hab das extra gemacht, während du noch im Knast warst." Jetzt starrte er mich erst recht verständnislos an, aber er ließ mich los. Ich ging die drei Schritte zum Bett rüber und schaute ihn auffordernd an.

Er schüttelte den Kopf. „Tom, siehst du's nicht? Damit hast du selbst bewiesen, ich bin das Letzte, was ihr braucht. Ohne mich wärst du nie auf so 'ne Idee gekommen, und Josie ... ach Scheiße." Er verstummte und schaute zu Boden.

„Mike, krieg dich wieder ein. Das mit Josie, das kriegen wir hin. Sie will nich, dass du gehst. Ich will nich, dass du gehst. Die andern – verdammt, die werden auch kapiern, dass ihr keine Wahl hattet. Und dass es hätte schlimmer kommen können." Er sah mich an, zweifelnd, aber nicht mehr nur verzweifelt. Ein Schritt in die richtige Richtung, dacht ich, versuch dran zu bleiben.

„Was den Bruch angeht – die Mädels wissen nichts davon, dass wir beide früher so was öfter gemacht haben. Und ich hab's seitdem nie wieder gemacht. Das war 'ne Ausnahme. Ich mein, ich war auch nich glücklich, als mir klar wurd, was Jo vorhat, und erst recht nich, als mir dämmerte, dass da Josie und noch ganz andere Sachen mit dran hängen. Aber die ließen sich nich aufhalten. Also dacht ich mir, wenn schon, denn schon. Die Mädels waren nach der Kiste mit Heidrun und wohl auch Rudolf erst mal so durch 'n Wind ... Was hätt ich'n tun sollen? Ich musste das wissen und ich musste es durchziehen, bevor sie dich rauslassen." Mike nickte, stand aber immer noch wie angewurzelt vor dem Schrank rum. Ich zog mir endlich das Kapuzenshirt über. Vielleicht wäre er dann weniger abgelenkt.

„Ich konnt nicht einfach anrufen und nachfragen. Was, wenn die Anwälte mit in Michaels Scheiß drinhingen? So groß ist Oldenburg wahrlich nicht – und selbst wenn nich, die hätten's doch brühwarm Heidrun erzählt."

„Du bist trotzdem total verrückt", meinte Mike kopfschüttelnd, als er endlich seinen Hintern in Bewegung setzte und zu mir rüberkam. „Ich darf gar nicht dran denken, was passiert wär, wenn sie dich erwischt hätten."

„Haben sie nich. Ich hab aufgepasst. Hab mir Rudolfs Auto geborgt, nachdem er sturzbetrunken auf unserm Sofa weggeschnarcht war. Und wer sollte schon in 'ne Kanzlei einbrechen, aber nichts klauen?" Ich sah ihn unschuldig grinsend an. Jetzt musste er lachen. Endlich. Er hockte sich zu mir aufs Bett, nahm den Scheidungsschrieb in die Hand und ließ ihn gleich wieder sinken.

„Deine Schwestern werden richtig sauer sein, wenn sie das hier sehen. Du kriegst jede Menge Ärger. Und ich – Mensch, wenn die mich wirklich nicht wegen Josie rausschmeißen, dann wegen so was."

„Quatsch. Wenn die das hier sehen, haben die andere Probleme." Ich suchte in den Papieren herum. „Zum Beispiel das hier: Großonkel Karl hat Michael nachspioniert und rausgefunden, dass dem der Puff gehörte. Muss ihn geschockt haben, denn er hat's bei den Anwälten deponiert und am selben Tag sein Testament geändert." Mike nahm mir die Papiere aus der Hand und las selber nach. Ich wollt ihm Zeit lassen, aber der Kram machte mich kirre. Seit drei Tagen wartete ich darauf, endlich mit jemand drüber reden zu können. Auch und ganz besonders über das, was ich in den drei Tagen noch rausgefunden hatte. Bloß, dafür musste er erst den Kram lesen und kapieren.

„Achte mal auf die Daten: Zwei Tage danach hatte Karl den Unfall. 'ne Woche später war die Testamentseröffnung, und dann geht's gleich mit dem Kram zur Scheidung weiter. Die haben den Kram Heidrun gezeigt und ihr wer weiß was noch erzählt – wie sonst hätten die Michael dazu gekriegt, den Puff zu verkaufen und die Grundbucheintragung als Kopie beizulegen? Damit hatten sie ihn, sonst hätt er wohl kaum auf Firma, Erbteil, Sorgerecht und all den andern Scheiß verzichtet. Obendrein der Wisch hier – 'n Schweigedeal über die Scheidungsbedingungen, unterschrieben von beiden. Die Kuh hat verdammt viel mehr gewusst, als sie den Mädels oder auch dem Richter gegenüber zugegeben hat. Und –", ich nahm Mike den Scheidungsschrieb aus der Hand, den er gerade überflog, und tippte auf das Datum neben Michaels Unterschrift, „an dem Tag ging er angeblich auf seine verdammte Geschäftsreise und landete im Leichenschauhaus. 'n bisschen viel Zufall auf einmal, oder?"

Mike nickte nachdenklich, dann schüttelte er den Kopf. „Nur – wem nützt es? Karl umzubringen, hätt ich dem Alten zugetraut. Aber sein eigener Tod hat ihm ja kaum was gebracht. Heidrun trau ich das nicht zu, wo sie eh alles bekommen hätte bei der Scheidung." So ähnlich hatte ich auch gedacht, als ich in Oldenburg in der Anwaltskanzlei hockte und wartete, dass sich meine Panik legte. Bis mir die Briefumschläge in die Hände oder vielmehr aus der Akte gefallen waren: Das war die Zündschnur für die Papierbombe. Ich zog sie aus der Tasche des Kapuzensweatshirts, als die Türklingel uns beide zusammenzucken ließ. Verdammt, war es schon so spät? Rudolf konnten wir jetzt echt nicht brauchen. Ich warf die Umschläge aufs Bett und stand auf.

„Pack das weg, bevor meine Schwestern aufkreuzen. Bitte."

Der Weg am Abend zurück zu Anna hatte genauso wenig Spuren in Rudolfs Gedächtnis hinterlassen wie die Fahrt zur Arbeit am Vormittag. Was blieb, waren die Gefühle. Er liebte Anna, sicher tat er das. Aber das war auch nicht die Frage. Gefühle sind die eine Sache, das Leben mit ihnen die andere. Die Liebe zu einer Frau zu leben, die ihren Körper mit einer Reihe anderer Menschen teilte, die ihr Leben mit ihrem Bruder teilen wollten, das machte ihm Angst. Entsprechend zögernd betätigte er ihren Klingelknopf.

Herzstillstand

Tom schloss die Schlafzimmertür hinter sich und ließ mich in 'nem Zustand zurück, der jeder Beschreibung spottete. In meinem Hirn wirbelte alles kreuz und quer. In den Selbsthass mischte sich die Frage, konnte es sein, dass Tom recht hatte? War es Feigheit pur, wenn ich sie jetzt im Stich ließ, wo die Auseinandersetzung über das, was ich an Mist gebaut hatte, nicht nur möglich, sondern auch nötig war und obendrein zu 'ner Lösung, 'ner richtigen, echten Lösung führen könnte? Wär's nicht richtiger, es drauf ankommen zu lassen? Wenn sie mich rausschmeißen wollten, sollten sie Gelegenheit dazu haben. Und wenn nicht – vielleicht wär's dann, wenn alles auf dem Tisch war, endlich möglich, das wirklich zu tun, was ich immer gewollt, aber nur zum Teil hinbekommen hatte: für sie da zu sein, sie zu beschützen.

Wenn ich mich jetzt hinter ihrem Rücken verpisste, während sie mit Rudolf im Wohnzimmer sprachen, würd ich wenigstens mein Leben völlig ruinieren. Darauf würd's rauslaufen. In dem Punkt hatte Herbert recht. Nur zusammen mit Jo & der Bande war die Arbeit bei Hans tatsächlich meine letzte Chance, die

Kurve zu kriegen. Mit 33 Jahren und nach drei Verurteilungen würden sich kaum weitere anbieten, wenn ich's diesmal versaute. Mal abgesehen davon, dass weder Tom noch Josie es einfach hinnehmen würden, wenn ich aus ihrem Leben verschwand.

Verschwinden ... dabei fiel mein Blick auf die Papiere auf dem Bett vor mir. Als Michael vor 19 Jahren abkratzte, war ich kurz davor gewesen, doch an 'nen Gott zu glauben. Jetzt erfuhr ich, er war ohnehin dabei gewesen, seinen Absprung vorzubereiten. Ausgerechnet Heidrun oder wenigstens ihre Anwälte hatten das bewerkstelligt. Aber nicht etwa, weil der Typ mich hobbymäßig als Punchingball benutzte oder weil er seine Tochter vergewaltigte. Das hatte Heidrun schließlich auch vorher gewusst, und zwar Jahre bevor Großonkel Karl auf die Idee kam, ihrem Göttergatten hinterherzuschnüffeln. Nur hatte sie das nicht gekümmert, denn das wusste ja sonst keiner. Zumindest niemand, der darüber redete. Und es hatte nie ernsthaft die Gefahr bestanden, dass wir auspackten. Nicht nach dem, was er mit Tom und mir zum letzten Mal aufgeführt hatte, bevor er zu seiner Reise ohne Rückkehr aufbrach.

Die Wohnung war nicht schalldicht, wie ich feststellte. Wenn ich gewollt hätte, hätt ich verstehen können, worüber Rudolf mit Anna sprach. Ihre Stimmen überschlugen sich, das bekam ich mit. Mehr wollt ich gar nicht wissen. Noch nicht. Ich würd so oder so mit der Entscheidung leben müssen. Genau wie mit diesen Papieren, die irgendwas zu beweisen schienen, das ich aber noch nicht verstand. Klar, dahinter steckten ein paar Zufälle zu viel. Trotzdem passte es nicht zusammen, dachte ich. Ich wollt mir nur 'ne Kippe drehen, meine Nerven beruhigen, dann den Papierkram wegräumen und zu den andern gehen. Aber da fiel mein Blick auf das, was Tom aus seinem Sweatshirt gezogen hatte, als Rudolf vorm Haus angekommen sein musste: zwei, nein, drei Briefumschläge, adressiert an Heidrun Greschke, frankiert und abgestempelt in Frankreich, ohne Absender. Zwei waren geöffnet, der letzte war verschlossen. 1985, 1987 und 1989 entzifferte ich auf den Stempeln. Und dann sah ich es: Die Handschrift auf den ersten beiden Briefen kannte ich. Die Handschrift ließ meine Hände zittern, als ich den ersten Brief aus dem Umschlag fischte, während die Stimmen im Wohnzimmer lauter wurden, aber zugleich in unwirkliche Ferne zu rücken schienen. Das konnte einfach nicht –

„Wie bitte? Er ist immer noch hier? Nach dem, was mir Anna gerade erzählt hat, ist er immer noch hier? Das kann doch nicht wahr sein!" Rudolfs Stimme schrie in meine Gedanken und riss mich zugleich aus ihnen heraus. Scheiße. Wenn der Kerl jemanden anbrüllen musste, dann mich. Ich nahm den Papierkram und schob ihn samt meinem aufgewühlten Innenleben unters Bett. Jetzt war was anderes dran, was verdammt eiliges, wie's aussah.

„Er ist unser Bruder, schon vergessen?", hörte ich Jos Stimme von nebenan. Ich sah mich noch mal kurz im Schlafzimmer um, dann ging ich rüber.

„Dein Halbbruder hat dich oder meinetwegen diese Josie verge...", setzte Rudolf an, als ich die Tür zum Wohnzimmer aufriss und er schlagartig verstummte. Die beiden standen mitten im Raum und starrten nun zu mir.

„Mike", entfuhr es Jo, die auf mich zukam und meinen Arm berührte. Ich schob ihre Hand vorsichtig weg, ohne die Augen vom rasenden Rudolf abzuwenden. Der wusste offenbar nicht mehr, wohin mit seiner Wut.

„Ja", sagte ich, „ich hab mit Josie geschlafen. Als Teenager, wenn man das so sagen kann bei 'nem Zwölf-, Dreizehnjährigen. Ist nichts, worauf ich stolz bin, aber auch nicht zu leugnen." Rudolfs Mund klappte auf und wieder zu. Er sah von mir zu Jo, die keinen Zentimeter von meiner Seite wich.

„Die andern wussten nichts davon. Bis vor ein paar Stunden. Und ich weiß nicht, was dich das angeht", sprach ich in die Stille hinein, als ob ich sie mit Messern zerschneiden würd.

„Anna hat es mir erzählt, also geht es mich sehr wohl was an." Rudolf hatte seine Wut wenigstens teilweise wieder unter Kontrolle. „Und wenn sich Jo nicht eingemischt hätte, bin ich sicher, dass Anna mir recht gegeben hätte: Unter diesen Umständen ist es unverantwortlich, auch nur daran zu denken, dass sie mit dir zusammenleben könnten." Gut pariert, genau mein wunder Punkt, mein Abgrund aus Angst.

„Mag sein. Ist aber nicht deine Entscheidung", sagte ich und war froh, dass mein Zittern nur zu fühlen, aber nicht zu hören war, „sondern ihre. Und ihrer Entscheidung beug ich mich, egal, wie sie ausfällt." Jetzt erst sah ich zu Jo und nahm das Gewimmel in ihren Augen wahr. Wer immer mir zugehört hatte und neben mir stand, lächelte kaum sichtbar und nickte. Vielleicht gab's wirklich noch Hoffnung für mich.

„Komm mir nicht so, Freundchen. Du hast hier gar nichts zu sagen", versuchte Rudolf, Oberhand zu gewinnen. „Ich will das von ihr – von ihnen meinetwegen – hören. Jo hast du anscheinend auf deiner Seite, genau wie Tom. Aber was ist mit den andern? Was ist mit Cäcilia, mit Josephine und vor allem mit Anna?" Er sah zu meiner Schwester, die zu Boden blickte.

„Ich ... ich kann dazu nichts sagen." Cäcilia flüsterte und schien sich an ihre Zehenspitzen zu wenden. „Bitte verlang das nicht von mir. Nichts, was ich bis jetzt für selbstverständlich, wahr oder richtig gehalten habe, stimmt. Ich habe mich in meiner Mutter so tief und so gründlich getäuscht, wie ich es nie für möglich gehalten hätte. Vielleicht täuscht auch mein Vorurteil über Mike. Ich kann das nicht entscheiden. Ich kann mich nur auf die andern verlassen, denke ich." Sie blickte kurz auf, sah Rudolf wie um Verständnis bittend an, bevor ihr fragender Blick mich auf dem Weg zurück zu ihren Fußspitzen streifte.

„Ist schon okay, Cäcilia", murmelte ich. „Was immer du willst, was immer du brauchst –"

„Tu nicht so scheinheilig", fuhr mir Rudolf dazwischen, „ich kann mir kaum vorstellen, dass ausgerechnet ihr beide Gemeinsamkeiten habt. Du in 'nem klassischen Konzert ...!" Er hielt triumphierend inne, ich zuckte mit den Achseln. Was ging's ihn an, dass ich mal aus 'ner Wohnung geflogen war, weil ich jedes Mal Carmina Burana bis zum Anschlag aufgedreht hatte, wenn mich die Panik und anderes überkam? Neben mir räusperte sich Josephine.

„Reden wir nun über Geschmacksfragen oder geht es doch um ein bisschen mehr?" Man musste sie gut kennen, um hinter den leichthin ausgesprochenen Worten ihren Ärger rauszuhören. Sie wartete Rudolfs Reaktion nicht ab, sondern sprach weiter. „Ich halte es zwar nicht für angebracht, solche Dinge übers Knie zu brechen und in so einer Situation zu entscheiden, aber wenn es denn sein muss: Natürlich haben wir einiges mit Mike zu klären. Keine Frage. Aber genau dazu wäre es, nun, sagen wir: wenig hilfreich, ihn aus unserem Leben zu verbannen. Mike und wir haben schon ganz andere Krisen überstanden. Also werden wir auch mit der hier fertig, wenn ihr mich fragt." Sie sah mich an, und ich wusste verdammt genau, welche Krisen sie meinte.

Rudolf war nicht bereit, so schnell klein beizugeben. „Aber was soll das heißen? Ich meine, Himmelherrgottnochmal, ihr habt den Kontakt zu eurer Mutter abgebrochen, als ihr erfahren habt, sie wusste von ... von der Vergewaltigung durch euren Vater, aber wenn euer Bruder dasselbe macht wie der, dann ist es okay?!" Scheiße, ich verstand allmählich, warum meine Schwestern sich den Kerl ursprünglich als Spürhund in Sachen Vergangenheitsforschung ausgesucht hatten. Treffen konnte er. Josephine atmete tief durch und sah mich an. Okay, ich würd meine Klappe halten, wenn sie das so wollten. Josie schien sich jedoch in dem Punkt kein Stück mit den anderen einig zu sein. Ich hatte das Gefühl, sie sprang aus Josephine heraus und geradewegs an seine Kehle. Oder wär ihm an diese gegangen, hätt ich sie nicht zurückgehalten.

„Dasselbe! Du hast sie ja nicht mehr alle!", schrie sie und versuchte, sich aus meinen Armen zu winden. „Du willst doch mit Anna vögeln. Wenn das mit Mike und mir dasselbe ist wie das, was mein Vater getan hat, wo ist dann der Unterschied zu dem, was du willst?!" Rudolf starrte sie sprachlos an. Ich musste sie mit meinem ganzen Körper festhalten, so aufgebracht war sie.

„Sch, Josie", sagte ich in ihr Ohr. „Beruhige dich. Ist schon okay, wir regeln das." Ich schob sie Richtung Sofa. Sie ließ es geschehen, ließ sogar zu, dass ich sie mehr oder weniger zwang, sich dorthin zu setzen. Ich hockte mich vor sie und hielt ihre Hände.

„Alles okay, ja?" murmelte ich. „Ich lass dich jetzt los, wenn du versprichst sitzen zu bleiben." Sie sah mich an und nickte kaum merklich. Ich kam aus der Hocke hoch und landete mit meinem Hinterteil auf dem Couchtisch. Rudolf kam ums Sofa herum und blieb neben mir stehen. Josie atmete noch ein paar Mal heftig, dann entspannte sie sich und zog sich mit geschlossenen Augen zurück. Wir alle schwiegen. Anscheinend hatte Rudolf noch nie mitbekommen, wie's aussieht, wenn Wut bei meinen Schwestern in eine Panikattacke umschlägt. Er war ganz weiß im Gesicht und lehnte am Sessel, aber nicht lässig, sondern wie jemand, der sonst umkippt.

Endlose Sekunden später lief ein Zittern durch den Körper meiner Schwester. Anna war diejenige, die die Augen öffnete.

„Rudolf – Mike“, sagte sie, als müsse sie sich sammeln, „tut mir leid, ich weiß auch nicht, wie das passieren konnte. – Das war Josie, oder?“ Das Letzte ging an mich. Ich nickte. Sie setzte sich auf.

„Anna, geht es dir gut?“ Rudolf fand die Sprache wieder. „Entschuldige, ich wollte dich nicht aufregen, aber dein Bruder –“

Anna winkte ab. „Rudolf, sag jetzt nichts. Mike hat mit diesen Dingen mehr Erfahrung als irgendjemand sonst.“ Sie nahm meine Hand und strich darüber. „Zwing mich nicht zu irgendeiner Entscheidung. Bitte.“

Rudolf rutschte vom Sessel auf den Boden vors Sofa und nahm ihre freie Hand. „Aber du musst doch sehen, dass das nicht gut für euch – für dich – für euch ist“, versuchte er es erneut. „Ich will doch nur das Beste für euch. Vor allem für dich.“

„Dann solltest du dich damit abfinden, dass Mike unser Bruder ist. Und dass er zu unserem Leben gehört, egal was passiert oder was passiert ist.“ Sie zog ihre Hände weg und stand auf.

Rudolf tat es ihr nach. „Das kann doch nicht dein Ernst sein.“

Ein Moment Schweigen, schwer wie Blei. Bis Anna die Stille brach: „Rudolf, es war schön mit dir. Du hast mir sehr geholfen. Du hast mich zum ersten Mal etwas wie Liebe, Verliebtheit und sogar Normalität spüren lassen. Dafür danke ich dir. Nur, ich bin so nicht. Und ich bin nun mal nicht alleine, weder in diesem Körper noch in diesem Leben. Akzeptier das, und wir werden sehen, wohin uns die Zeit und die Freundschaft bringen.“ Sie lächelte ihn an, als sie das sagte, ein ernstes, trauriges Lächeln, das mir fast das Herz zerriss. Rudolf schwieg betreten oder doch nachdenklich. Dann schüttelte er den Kopf und ging wortlos zur Tür. Anna sah ihm nach, ohne sich zu bewegen. Bis die Wohnungstür ins Schloss fiel und sie auf dem Sofa zusammensank. Ich hielt sie fest, während sie weinte.

Das Gespräch mit dem Zeugen Egon Verber lief zu Markwarts vollster Zufriedenheit. Dank Akten- und Zeitungsstudium sowie seinem immensen Wissen aus der Auswertung von Verhören hatte sein Gegenüber keine Chance. Egon Verber teilte seine Ansicht, dass wenigstens einer der beiden Unfälle kein solcher gewesen war. Innerhalb von wenigen Monaten waren der alte Druckereidirektor Berling und sein Nachfolger Greschke an der selben Stelle tödlich verunglückt. Karl Berling hatte sich auf dem Weg zu einem „Kunden" von Michael Greschke befunden, als sein Wagen aus der Kurve in den Abgrund flog. Ein „Kunde", der zu dem handverlesenen Kreis gehörte, dem Michael den Anblick seiner entzückenden kleinen Tochter im eigens eingerichteten „Spielzimmer" im Bordell gegönnt hatte. Wo sie nackt spielte – mal allein, mal mit ihm und später mit ihrem Bruder. Egon Verbers Aufgabe hatte darin bestanden, die Kinder nachts zwischen Villa und Bordell hin und her zu chauffieren. Die Ereignisse im Spielzimmer kannte er nur aus Erzählungen, fügte er entschuldigend hinzu. Die Spekulationen über die beiden toten Druckereidirektoren hörte Markwart nicht mehr. Ihm wurde schlecht.

Lebens/Zeichen

Anna weinte noch in Mikes Armen, als ich langsam nach vorne kam und versuchte, die Dinge zu ordnen. Rudolf war weg und mit ihm die Illusion, wir könnten so tun, als sei die Vergangenheit vergangen und habe nichts mehr mit uns zu tun. Kein schöner Gedanke für jemanden wie mich, die ich am liebsten alles ignorierte, was vor meiner „Geburt" lag. Dabei hatte ich wie Anna geahnt, dass dieses Leben im Hier und Jetzt geliehene Zeit war. Rudolf war nicht der Richtige gewesen. Auch ohne die Geschichte mit Josie und Mike hätte er uns und unsere Abgründe nicht ertragen. Wie die meisten Menschen, die näher an uns herangekommen waren. Dafür mussten sie meist nicht einmal etwas von multipel oder gar von Vergewaltigungen hören. Es war, als ob wir eine Intensität besaßen, die andere Menschen anzog, die sie aber nicht aushalten konnten, wenn es ihnen gelang, in unsere Nähe zu kommen. Jo hatte das mal ein umgekehrtes Kainsmal genannt. Die Aura meiner schönen Einsamkeit war dagegen banal, zumindest sehr oberflächlich. Was darunter lag, unsere „Normalität" voller Brüche, Tretminen und Verletzungen, das war mehr, als die meisten Menschen aushielten. Vermutlich stimmte es, was Jo mit dem Kainsmal verband: Wir – nicht ich, aber wir – wussten, wozu Menschen fähig waren. Zu welchem Maß von Gewalt und auch von Liebe. Der Rest der Menschheit wollte das lieber nicht so genau wissen.

Ich räusperte mich. Mike ließ mich los, er rückte ein Stück von mir weg und ich setzte mich auf. Vielleicht bekam ich es so hin, dass in mir genug Raum entstand und wir alle zugleich mit Mike reden konnten? Auch das gehört zu meinem Job als Fassade und es ist viel wichtiger, als die Illusion einer einzigen Person für die Umwelt zu schaffen. Ich kann der elegante Schutzschild sein, hinter dem sich die anderen verbergen oder durch den hindurch sie getarnt sprechen. Und der Raum, das Gefäß, in dem sie sich sammeln, versammeln können, um Dinge zu ordnen. Nur dass letzteres bislang meist nur Anna, Jo und mich betroffen hatte. Was jetzt kam, war neu für mich.

„Gut, die Angelegenheit mit Rudolf dürfte hiermit erledigt sein“, sagte ich. „Das ist schmerzlich, aber es war wohl unumgänglich.“ Anna nickte hinter mir traurig, von den anderen kam kein Widerspruch.

„Mist, das tut mir leid“, warf Mike ein. „Das wollt ich nicht.“

„Das wissen wir. Und ich weiß auch, dass es nicht wirklich besser für dich wird, wenn ich hinzufüge, meiner Meinung nach wär das über kurz oder lang so oder so passiert.“ Ich wartete einen Augenblick auf Kommentare von innen. Mike fischte den Tabak aus seiner Hose und sah mich fragend an. Ich nickte, er fing an zu drehen. Hinter mir konnte ich zwar die anderen spüren, aber sie schienen abzuwarten oder sich selbst zu sortieren.

„Das liegt doch auf der Hand. Außer mir haben nur Tom und Josie sexuelle Erfahrungen. Toms beschränken sich auf Freier –“

„Davon wisst ihr?“, unterbrach mich Mike. „Ach du Scheiße, ich hab's wirklich versaut.“

„Mike, nun krieg dich wieder ein“, mischte sich Jo ein. „Wenn du dich in Schuldgefühlen selbst ersäufst, kommen wir keinen Schritt weiter. Das Problem hatten wir bei dem Thema auch mit Tom. Jungs, wir sind weder so zart besaitet, dass wir deshalb in Ohnmacht fallen, noch so blöd, nicht zu kapieren, in welchen Zusammenhang das gehört. Und bevor du dich jetzt aufs Schuldgefühle –Thema No. 2 – stürzt – ich mein nicht das, was ihr euch reingezogen habt. Nichts davon war toll, okay? Wir sind darüber nicht glücklich. Aber es gibt Schlimmeres als das, was ihr gemacht habt, und nur weil's dieses Schlimmere gegeben hat, gab's auch so 'nen Müll wie den Strich oder die Drogen und was nicht alles sonst noch.“

Recht hatte sie. Zumal mein Umgang mit allem, was man ganz grob in das Thema Vergangenheit einsortieren konnte, auf die Feststellung hinauslief: Es lohnt nicht, über verschüttete Milch zu wehklagen. Was passiert ist, ist passiert. Man konnte es nicht nachträglich ändern, man konnte nur versuchen, damit zu leben. Und zwar gut oder so gut wie möglich damit zu leben.

Mike sah erstaunt aus und nachdenklich auch, aber er nickte. Wunderbar. Naheliegenderweise hatte ich keine Lust, meine Zeit aufs Waten durch Schuldgefühle und dergleichen zu verschwenden. Er gab mir die erste fertige Zigarette und zündete sie an.

„Sie hat recht“, bekräftigte ich Jos Worte. „Die Frage ist nicht so sehr, was war, sondern: Wie geht es weiter. Entschuldige bitte, wenn ich das jetzt so direkt frage: Hast du je von dir aus, also nach Michaels Tod, mit Josie geschlafen?“ Mike, der gerade das zweite Blättchen anleckte, verschluckte fast die halbfertige Zigarette. Er wurde puterrot und schüttelte heftig den Kopf.

„Gut“, fuhr ich fort, „damit wäre die nächste Frage, wie hast du vor, damit umzugehen, wenn sie es jetzt will?“ Ihm fielen die Überreste aus Papier und Tabak aus der Hand. Hinter mir versuchte Josie, sich nach vorne zu drängen.

„Versteh mich nicht falsch. Ich bin nicht prüde und, wie du weißt, generell der Ansicht, was zwei Erwachsene im gegenseitigen Einverständnis im Bett oder anderswo treiben, ist allein deren Sache. Theoretisch sollte das selbst für Geschwister gelten, solange sie keinen Nachwuchs in die Welt setzen. Nur wir sind weder sicher, dass Josie erwachsen ist, noch dass sie oder ihr beide in dem Fall tatsächlich in der Lage wärt, in gegenseitigem Einverständnis und nicht in einer Art fortgesetztem vorauseilendem Gehorsam gegenüber einem Toten zu handeln.“ Innerlich drehte ich mich zu Anna und Jo um, weil ich nicht sicher war, trafen meine Worte das, was wir besprochen hatten, während Tom außen bei Mike die Stellung gehalten hatte? Den Moment nutzte Josie, um doch dazwischen zu kommen.

„Mike, sag nichts, du musst nichts sagen. Ich – ist doch egal, ob sie das verstehen. Mir geht es nur um dich. Um das was gut für dich ist, verstehst du?“

Er schüttelte wieder den Kopf, diesmal traurig, und seufzte. „Josie, Josephine hat recht. Sie alle haben recht. Bitte glaub mir. Ich liebe dich, aber dafür muss es einen andern Weg geben. Vor allem – ich weiß nicht, wie's dir geht, aber ich bin die Angst vor Michael nie losgeworden. Nicht nur in meinen Albträumen lebt das weiter. Und wenn du mir nicht glaubst, frag Tom.“

Sie starrte ihn durch mich hindurch an, aber sie spürte genau wie ich, wie sich innerlich Toms Nackenhaare aufstellten und sich die Kälte seiner Angst im Körper ausbreitete. Mike hielt ihrem Blick stand und das löste irgendwas in ihr aus. Sie entspannte sich wohl, jedenfalls nickte sie und glitt ins Halbdunkel hinter mich. Nachdem meiner Ansicht nach damit das Schwierigste geklärt war, wollte ich wieder das Ruder übernehmen, um die alltäglicheren Fragen des Umzugs und des Drumherums zu klären. Doch dazu kam ich nicht, denn mich traf fast der Schlag, als ich Toms heisere Stimme hörte:

„Lass uns rübergehn und ihnen den Papierkram zeigen, damit sie sehn, wie verdammt real die Angst noch ist. Der Alte – Michael – er ist nicht bei dem Unfall abgetreten."

Die Detektei war menschenleer, als Markwart seinen Weg aus Egon Verbers Wohnung und den Abgründen der Kindheit seiner schönen Kollegin dorthin zurück fand. Methodisch ließ er alles, was er zu ihrer Person recherchiert hatte, im Reißwolf verschwinden. Dann beendete er seine Empfehlungen über die Neuzugänge. Frau Bakers fiel negativ aus. Sie sei überqualifiziert, schrieb er, und dass sie nicht in eine Detektei gehörte. Vermutlich wusste sie das bereits, ansonsten tat er ihr einen Gefallen, wie er fand. Anschließend schrieb er eine Notiz, dass er ab sofort seine Überstunden abfeiern würde. Es wurde Zeit, seine Tochter zu besuchen, um sich bei ihr zu entschuldigen, dass er vor Jahren lieber den Beteuerungen seines Kollegen beim BND geglaubt hatte als ihrem unbeholfenen Versuch, ihre Verletzung zu schildern.

Exit/us

Am liebsten hätt ich mich komplett ausgeklinkt, während meine Schwestern zusammen mit Mike die Kopien aus der Kanzlei durchforsteten und anfingen zu kapieren, es war damals um viel mehr als 'nen tragischen und 'nen befreienden tödlichen Unfall gegangen. Es war eine Sache, den Kram zu finden und irgendwie selbst damit klarzukommen, und 'ne andere, die ganze Palette an Reaktionen von ihnen mitzubekommen. Mike hatte recht gehabt: Allein zu begreifen, dass Heidrun fähig gewesen war, sich für ihre eigenen Interessen von Michael zu trennen, uns aber 'nen Scheißdreck geholfen hatte, nicht mal den Versuch gemacht hatte, uns zu helfen, war 'n Hammer.

Dann legte Mike ihnen die Briefe hin. Josephine sagten sie nichts, aber Jo, Anna, selbst Josie und Cäcilia erkannten Michaels Handschrift auf den ersten beiden, die in Straßburg vor 'ner halben Ewigkeit, jedoch eindeutig nach seiner Beerdigung in Oldenburg, abgeschickt worden waren. Hätte noch 'n bekloppter Zufall sein können, obwohl ich sie in der Akte Berling/Greschke gefunden hatte. Aber der Inhalt bestätigte, dass nicht nur Mikes und meine Albträume und unsere Panik den Alten überlebt hatten: Im ersten Wisch, nur Wochen nach seinem angeblichen Tod gekritzelt, bedankte sich Michael bei Heidrun, dass sie die Kohle aus dem Verkauf der „Firma" (also wohl des Puffs) auf ein Schweizer Nummernkonto überwiesen hatte. Jetzt seien sie quitt, stand da noch, und dass sie nicht versuchen sollte, ihn zu finden. Der zweite Brief war offensichtlich 'ne Antwort auf 'nen Brief von ihr, den sie 1987 geschrieben habe musste, kurz nachdem Mike von der Schule geflogen war. Michael gab ihr recht, dass das Internat die beste, legale Lösung „für das Problem Mike" sei. Außerdem schrieb er was von 'ner neuen Familie und dass er für die Geld brauchen könnt. Der Hinweis, dass Heidrun wohl kaum ihren Status als angesehene Witwe verlieren wolle, machte klar, von wem er das Geld erwartete.

Den dritten Brief hatte ich nicht geöffnet. Wusst auch nicht so genau, warum. Ich dacht mir schon, dass er nicht von Michael sein konnt, weil die Adresse maschinengeschrieben war und die Marke in einem Kaff namens Brumath abgestempelt war. Aber Jo wollte es genau wissen, und so fanden wir Heidruns Briefe an Michael, den sie jedoch Mathieu nannte (seine Briefe waren mit M. unterzeichnet). Der Name bestätigte, was ich herausgefunden hatte. Die gesammelten Erkenntnisse schockierten die anderen.

„Er hat seinen Tod getürkt, ich fass es nicht!" Das war Anna. Cäcilia dagegen murmelte nur „Sie wusste es, sie wusste alles" vor sich hin. Josie bekam die große Flatter und Jo brachte es auf den Punkt: „Nur wie, wie hat er das gemacht? Und wer hat Heidrun den letzten Brief geschickt – und warum?" Mike zuckte mit den Achseln. Er war kreidebleich. Er sah so aus, wie ich mich fühlte. Und dabei lag mein Schock schon drei Tage zurück.

„Ich hab die Schnauze voll von dem Arsch und der Angst", sprach unser Bruder aus, was ich dachte. „Ich muss wissen, wo er jetzt steckt, was er treibt." Ich konnte Josies Entsetzen spüren, an das sich meine eigene alte Angst dranzuhängen versuchte.

Josephine tippte mit dem Finger auf die Daten: „Der letzte Briefumschlag ist fünfzehn Jahre alt, das ist lange her. Gut, er hat also seinen Tod getürkt und ist ins Elsass geflüchtet. Das ist ein Schock, keine Frage. Aber was heißt das schon? Diese Spur ist kalt, reine Zeitverschwendung, wenn ihr mich fragt."

Mike wollte etwas entgegnen, aber ich kam ihm zuvor. „So kalt auch wieder nicht. Therese, die Frau, die den letzten Brief geschickt haben dürfte, lebt noch in Brumath." Schlagartige Stille innen wie außen.

Mike starrte mich an wie einen Geist. „Wie kommst du darauf?" Innen hängten sie sich an seine Frage dran. Was ich noch alles geklaut hatte, wollte Jo süffisant wissen.

„Ich hatte drei Tage Zeit. Okay, nich ganz, wegen Rudolf, Anna und den andern. Aber eben genug Zeit, um mir 'n paar Gedanken zu machen und 'n paar Dinge auszuprobiern. Zuerst hab ich den Friedhof angerufen, wollt wissen, wann die das Grab einebnen. Sei schon passiert, sagten die. Wo der Schädel sei, wollt ich wissen, es gäb 'nen Testamentszusatz, dass der der Wissenschaft gespendet werden sollte. Zehn Minuten später entschuldigten die sich, der sei ordnungsgemäß im Gebeinfeld oder wie immer das heißt untergepflügt worden. Also war klar, jemand hatte im Sarg gelegen. Der Rest war dann ganz einfach."

„Wie, ganz einfach?", unterbrach mich Jo. „Was hast du gemacht?"

„Vermisstenanzeigen, oder?" Mike kam schneller mit, obwohl seine Flatter noch immer gut zu sehen und zu hören war. Ich nickte.

„Ich hab mit den Bullen telefoniert. Mich als Cäcilia-Josephine Greschke ausgegeben, Jurastudentin, die 'ne Arbeit über europäisches Recht und Vermisstenkram schreibt und dafür noch nach kuriosen Vermisstenfällen aus den Achtzigern sucht. Tja, und in unserm Heimtkaff wurd ich glatt fündig: Am Tag nachdem unser Alter angeblich gestorben war, rief 'ne Französin, eine Therese L., dort an. Vermisste ihren Bruder Mathieu, 'nen LKW-Fahrer, der sich zuletzt auf dem Weg nach Oldenburg gemeldet hatte. Die Frau war ziemlich aufgelöst, weil er versprochen hatte, anzurufen, aber nix. Die Bullen kannten den, der kam wohl öfter durch unsre Gegend. Und sorgte gelegentlich für Ärger im Puff. Diesmal aber nicht. Hat der Beamte überprüft, weil diese Therese sehr hartnäckig war und ihm leid tat. Er konnte nichts tun, als ihre Meldung weiterzuleiten. Tja, und ein paar Tage später fuhr Mathieu zurück nach Frankreich, meldete der Zoll."

„Moment", unterbrach Mike, „ist ja alles gut und schön, und die Verbindung zum Bordell stinkt zum Himmel, keine Frage. Aber wieso sollte dieser Mathieu die Leiche in Michaels Sarg gegeben haben?"

„Internet", sagte ich nur und stand auf, um im Wohnzimmer die Kiste hochzufahren. Wenn man Thereses Namen kombiniert mit Brumath in die Suchmaschine hackte, kam 'n kleines Reisebüro samt Adresse zum Vorschein. In der Geschichte des Familienbetriebs wurden 'ne Scheidung und 'n paar Todesfälle erwähnt. Als Thereses Eltern sich trennten, übernahm die Mutter Tochter und Reiseladen, der Vater ging mit Sohn Mathieu nach Straßburg und blieb da. Nach dem Tod der Mutter leitete Therese den runtergewirtschafteten Laden zusammen mit ihrem Gatten, dem Vater ihrer Zwillinge. Der Typ machte es nicht lang, und viel besser sah es auch nicht für den Laden aus. Bis sich Therese nach über 20 Jahren Funkstille 1985 mit ihrem Bruder Mathieu versöhnte und der in die Firma mit einstieg. Bis die dämliche Kiste oben war, hatte ich das Mike und den andern runtergeratscht. Sie waren immer noch nicht überzeugt. Schließlich bewies das nur, dass es um die Therese mit der Vermisstenmeldung ging. Doch dann war der Rechner endlich so weit und das Foto von der Brunneneinweihung 1988 (nahm ich an, so gut war mein Französisch nicht) in Brumath beseitigte jeden Zweifel: Der Typ, der mit Therese und ihren Zwillingen neben Bürgermeister und andern Honoratioren stand, war Michael, auch, wenn er laut Bildunterschrift Mathieu hieß.

„Ach du Scheiße", presste Mike hervor. „Und was machen wir jetzt, Tom?"

„Ich bin für hinfahren", sagte ich laut, um über mein Herzwummern zu kommen. „Oder hat jemand 'ne bessere Idee?"

Ruth Verber stand mit ihrer Reisetasche in der Wohnzimmertür und warf einen letzten Blick auf ihren Gatten, der wie versteinert im Sessel saß. „Hättest du bloß nichts gesagt", murmelte sie mehr zu sich selbst, „mit dem Schweigen hatte ich mich arrangiert." Sie schüttelte den Kopf und drehte sich um. Egon Verber blickte nicht einmal auf, als die Wohnungstür hinter seiner Frau so endgültig zufiel, als schlösse jemand einen Sargdeckel. Aber auch Ruth war nach dem ersten und letzten offenen Gespräch in ihrer Ehe nicht mehr aufnahmefähig. Sonst hätte sie ihr stilles Entsetzen und ihre stumme Verzweiflung in den Augen ihres Nachbarn Rudolf A. Meerbach wiedererkannt, der in dem Moment zur Haustür reinkam, als sie diese öffnen wollte.

7. Jenseits

Fegefeuer

Weitere Diskussionen hatte es nicht gegeben. Jedenfalls nicht über das Ob oder Wann dieser Fahrt. Es gab eine kurze Debatte „Bahn oder Auto“, die letzteres gewann. Mindestens drei Mal umzusteigen war das geringere Problem, schnell wieder weg zu können oder möglicherweise gleich einer neuen Spur zu folgen, schien wichtiger. Noch kurz die Strecke per Internet rausgesucht, den nächstgelegenen Autovermieter im Telefonbuch gefunden – das war alles, was an dem Abend zu dem Thema noch geschah. Danach verlor ich ein paar Runden „Spezial-Scrabble“ gegen Jolanda, bevor wir uns eine Pizzaschlacht lieferten und ich mit Cäcilia abspülte, was erstaunlich gut klappte. Dann bot ich an, auf dem Sofa zu pennen, wovon aber niemand was hören wollte. Die erste Nacht in Freiheit blieb traum- und trotz der Nähe zu meinen Schwestern, die innerlich mindestens ebenso aufgewühlt waren wie ich, ereignislos.

Am nächsten Morgen packte Jo eine Reisetasche. Ich schmiss aus meiner nur den viel zu warmen Pulli raus, mit dem ich 16 Monate zuvor die U-Haft angetreten hatte. Josephine verabschiedete sich telefonisch von den Kollegen in der Detektei, weil sie nun doch direkt zu Ende studieren wollte; ich meldete mich kurz bei Hans. Sagte, wir wollten einen Ausflug machen, um meine wiedergewonnene Freiheit zu feiern, wären aber spätestens in ein paar Tagen so weit, den Umzug zurück ins Ruhrgebiet in Angriff zu nehmen. Er glaubte mir nicht, bekam aber auch aus Jo nichts Genaueres raus. Das hier ging nur uns etwas an.

Dann brachen wir auf. Wir mieteten den Wagen auf ihre Kreditkarte, aber ich fuhr. Sie waren mir zu still, wie sollte ich da wissen, wer grad vorne war und ob derjenige mit dem Wagen klarkam? Anfangs bestand Jolanda noch auf allen möglichen

Spielen mit mir, zwischendrin tauchte kurz immer mal wieder jemand auf, der wissen wollte, wie's mir ging, ob alles okay wär, ich auch nicht sauer wäre wegen Jos Recherchen oder sonstwas. Ich antwortete einsilbig, ja, also okay, nein, nicht sauer, alles im grünen Bereich. Soweit das unter den Umständen möglich war, aber das sagte ich nicht.

Meist sagte ich gar nichts, sondern hing zu Josies aufgekratzter Musik meinen Gedanken nach, die sich wie Wolken am Himmel bildeten, verschiedene Formen annahmen und verschwanden, bevor ich sie hätte in Worte fassen können. Passte irgendwie, denn was wir in Begriff waren zu tun, war ebenso unvermeidlich wie unvorhersehbar. Es gab keine Alternative, hatten Anna & Jo am Abend zuvor festgestellt. Keiner von uns konnte ignorieren, wegdissoziieren oder verdrängen, was wir nun wussten. Also konnte Neuanfang nur bedeuten, den alten Mist wie auch immer abzuschließen.

Wir überfuhren die Grenze, ohne dass sie spürbar geworden wäre. Lag vermutlich nicht an der EU-Öffnung, sondern daran, dass wir eine ganz andere Grenze überschritten hatten. Paradox – je weiter wir uns vom Norden und damit unserer Heimat samt den alten Ängsten entfernten, desto mehr näherten wir uns zugleich unserer Vergangenheit an, meinte Tom zwischendrin kopfschüttelnd. Als fuhren wir unseren Albträumen entgegen, freiwillig in die Hölle oder doch wenigstens ins Fegefeuer, so kam's mir vor.

Einen Plan gab's nicht. Wir waren nicht mal in der Lage gewesen, drüber zu reden, was wir machen würden, wenn wir Michael fänden. Dass er noch in Brumath rumhing, erschien mir unwahrscheinlich. Außer dem Foto von 1988 gab's keine weiteren von ihm im Internet, während Therese ein aktuelles Bild von sich auf der Firmenseite stehen hatte und es ein relativ neues ihrer zwanzigjährigen Zwillinge bei ihrem Baccalauriat gab. Zwei hübsche, junge Frauen, Töchter einer attraktiven Mittvierzigerin, die gerade in die Schule gekommen sein mussten, als Michael bei ihnen Zuflucht gesucht haben dürfte. Keine Ahnung, wie's Jo & den andern damit ging, aber seit mir das in den Schädel geknallt war, wusste ich, ich musste Michael finden. Er würde weitermachen, bis ihn jemand stoppte.

Doch auch das war alles andere als ein Plan. Erst mal mussten wir ihn finden. Und dann – ich wollt nicht drüber nachdenken, wie's wäre, ihn umzubringen. Bei aller Angst, der ganzen Panik und allem Hass, den er in mir geweckt hatte, bis gestern war er tot gewesen. Mir war nicht mal im Traum in den Sinn gekommen, ihn zu töten. Schon gar nicht, nachdem ich seine rechte Hand während meinem zweiten Aufenthalt im Knast aus dem Leben befördert hatte. Er hatte mir unmissverständlich klargemacht, das mit Josie und mir war alles andere als ein bizarrer, irrealer Albtraum. Um diese Erinnerung zu löschen, hatte ich den Kerl umgebracht, und mir damit noch 'ne Erinnerung eingehandelt, an die ich tunlichst nicht rührte. Ist eine Sache, zu sagen, jeder Mensch ist fähig, 'nen anderen Menschen zu töten, und 'ne ganz andere, es wirklich zu tun und mit dem Wissen, es getan zu haben, weiterzuleben. Das Töten an sich ist auf 'ne Art erschreckend einfach. Angst ist ein verdammt starker Motor. Zugleich ist das Töten was, von dem man glaubt, es müsste einem anzusehen sein. Vielleicht, weil man einen Mord nicht wegdiskutieren kann wie andere Verbrechen, wo man sich auf die eine oder andere Art sagt, wird schon nicht so schlimm gewesen sein. Zu erleben, nee, kriegt keiner mit, man kommt damit durch, das war bizarr. Jedenfalls für mich. Ich war im Knast genug Mördern und Totschlägern begegnet, um zu wissen, etwas stirbt dabei auch in dir selber, ob du's nun wahrhaben willst oder nicht, ob's Notwehr, kaltblütiger Mord, Totschlag oder sonst was war. Meine Art, damit umzugehn, war das Versprechen an mich selbst gewesen, „nie wieder". Und jetzt wusst ich nicht, wie kurz ich womöglich davor war, dieses Versprechen zu brechen, das rein meinem Selbsterhaltungstrieb und nur ganz am Rande irgendwelchen moralischen Dingen entsprang. Ich würd's tun, allein, damit Tom, Jo oder eine der anderen es nicht tun würd. Das war das Mindeste, was ich ihnen schuldete.

Brumath erreichten wir sehr plötzlich. Lange Zeit hatte immer nur Straßburg auf den Autobahnschildern gestanden, da sprang uns die Abfahrt in den kleinen Ort geradezu an. Keine zehn Kilometer sommerlicher Landstraße später standen wir genau an dem Brunnen, den Michael alias Mathieu vor 16 Jahren eingeweiht hatte. Ich parkte den Wagen und sah zu ihnen rüber. Gerade als ich nach dem Zettel mit der Adresse von Therese fragen wollte, deutete sie – oder war es Tom? – auf ein Haus am Platz mit dem Brunnen: das Reisebüro. Geöffnet, na klar, es war ja gerade mal Nachmittag.

Ich zögerte, aber Jo öffnete bereits die Beifahrertür: „Worauf wartest du?"

Mir blieb nichts übrig, als es ihr nachzutun.

Den Platz in der idyllischen Altstadt des Ortes zu überqueren, war unwirklicher als eine Mondlandung. Ein sonniger Sommernachmittag, Menschen in Straßencafés, Menschen beim Einkauf, mit Kindern, mit Hunden, eben ganz normaler Alltag in einer kleinen, ländlichen Stadt. Jo oder wer immer neben mir ging, denn in den Augen hinter der Sonnenbrille wimmelte es wie verrückt, tastete nach meiner Hand. Ich musste meine erst an der Jeans abwischen, und der Schweiß hatte nichts mit Sommerhitze zu tun. Dann standen wir vor der Tür des winzigen Reisebüros in einem schiefen Fachwerkhäuschen. Durchs Schaufenster waren zwei Schreibtische vor Regalreihen mit bunten Katalogen zu sehen, aber nur einer war besetzt. Als ich die Tür öffnete und die altmodische Glocke erklang, blickte die Frau auf: Es war Therese, die Frau von den Bildern im Internet. Zuerst wollte sie uns mit einer einladenden Geste zum Schreibtisch heranwinken, dann stockte ihre Bewegung. Sie stand auf, wie in Zeitlupe, sah kurz von mir zu Jo und wieder zu mir, wo ihr Blick hängen blieb. Sie schüttelte den Kopf, kam auf uns zu, ich streckte schon die Hand zur Begrüßung aus, da war sie bereits bei der Tür. Sie drehte mit der einen Hand das Schild im Türfenster um, mit der anderen den Schlüssel im Schloss. Dann kam sie zu uns.

„Excuséz moi", setzte sie an, sah meinen Blick und wechselte in ein nahezu perfektes, wenn auch nicht akzentfreies Deutsch. „Sie müssen Michels Sohn sein. Bon jour. Ich bin Therese. Und ich habe mich schon gefragt, wann Sie kommen."

Ich stammelte „Bon jour", mehr bekam ich nicht raus. Jo & Co. ging es ähnlich, auch sie bekamen nicht viel mehr zustande. Aber sie fassten sich schneller wieder.

„Ich verstehe nicht“, hörte ich Josephines Stimme. „Kennen Sie uns? Oder wenigstens unseren Bruder?“

Therese seufzte und deutete auf eine Tür, die ein Schild als „privat“ deklarierte. „Bitte“, sagte sie, „kommen Sie in meine Wohnung. Ich denke, wir haben viel zu besprechen. Außer, ich irre mich – Sie sind doch Mike und Josephine, oder?“

Wir nickten beide, viel zu verdattert, um zu begreifen, was geschah. Sie wollte schon vorangehen, da fand ich endlich die Sprache wieder. „Moment. Wenn Sie wissen, wer wir sind: Heißt das, Michael, unser Vater, ist hier?“

„Nicht direkt“, antwortete sie. „Keine Angst. Ich erklär Ihnen alles.“ Sie machte zwei Schritte auf die Tür zur Wohnung zu, dann hielt sie inne und drehte sich noch einmal um: „Sind Sie allein? Pas de police?“

„Non, pas de police“, sagte Josephine bestimmt. „Wenn Michael nicht mehr hier lebt, brauchen wir die nicht.“ Therese nickte und öffnete die Tür für uns. Wir folgten ihr. Noch ein Vorhof der Hölle, dachte ich, und da wusste ich noch nicht, wie recht ich damit hatte.

Therese

„Bitte setzen Sie sich doch“, sagte Therese, als sie mit ihren Gästen das Wohnzimmer betrat, das auf einen schattigen, stillen Innenhof hinausging. „Möchten Sie etwas trinken?“ Die beiden schüttelten den Kopf, aber Therese ging dennoch in die Küche, um eine Flasche Wasser und drei Gläser zu holen. 15 Jahre waren vergangen, seit sie den Umschlag mit Heidrun Greschkes Briefen abgeschickt hatte, 15 Jahre des Wartens und Bangens. Die Angst war mit der Zeit immer diffuser geworden, aufgehört zu warten hatte sie jedoch nie. Und nun waren sie da, Michels Kinder – die anderen Kinder, inzwischen erwachsen wie ihre Zwillinge, die in Schottland studierten. 15 Jahre hatte sie Zeit gehabt, sich auf diesen Moment vorzubereiten. Sie hatte es sich zig Mal ausgemalt, in Träumen wie Albträumen, aber alles, was sie sich zurechtgelegt und überlegt hatte, war wie weggeblasen. Und sie fühlte sich genauso verwirrt wie damals.

Die beiden standen mitten im Raum, als sie mit dem Tablett wieder reinkam. Die junge Frau war wunderschön, trotz ihrer radikalen Frisur. Und Mike – Therese stellte erleichtert fest, dass er bis auf die roten Haare nichts mit seinem Vater gemein hatte. Er stand vor der Vitrine mit den Erinnerungsstücken ihrer Töchter. Schulpreise, Sportmedaillen, Fotos. Seine Schwester sah aus dem Fenster auf die efeu- und blumenbewachsene Mauer des Innenhofs. Therese stellte Wasser und Gläser auf den Tisch und setzte sich in ihren Sessel.

„Wo sind die beiden jetzt?“, fragte Mike und drehte sich zu seiner Gastgeberin um. Seine Stimme klang hart, ein bisschen heiser.

„In Schottland, sie studieren, es geht ihnen gut“, antwortete Therese. Als sei das ein geheimes Stichwort, kamen ihre Gäste rüber zu ihr und setzten sich nebeneinander auf das Sofa. Dicht beieinander, wie wenn sie Schutz suchten, immer noch, nach all den Jahren. Therese wusste nicht, wie sie es anfangen sollte, also schenkte sie erst mal allen Wasser ein. Die junge Frau nahm das Glas in beide Hände und trank gierig, wie ein durstiges Kind.

„Sie haben Heidruns Briefe an Michael zurückgeschickt", stellte sie fest, als das Glas leer war. Therese nickte.

„Das war vor 15 Jahren", setzte sie an, bevor die beiden sie wieder unterbrachen: Sie hatten die Briefe erst jetzt gefunden und somit erfahren, dass es nicht ihr Vater war, den sie 1985 beerdigt hatten.

„Das war mein Bruder Mathieu", bestätigte Therese, dann sprudelte es aus ihr heraus. Wie sie ihn in Deutschland über die Polizei gesucht hatte, als er sich nicht wie verabredet meldete, und nach ein paar Tagen erfuhr, er sei bereits mit seinem LKW wieder in Frankreich. Wie sie versucht hatte, ihn in Straßbourg zu erreichen, um nach einigen Umwegen herauszufinden, er hatte seine Wohnung aufgelöst, den LKW verkauft und war weg.

„Das war ein Schock. Ich hatt ihm Geld geliehen für den LKW, er war ein Spieler, ein Filou, ein Verrückter. Ich dacht, bon, das war das letzte Mal. Auf ihn ist kein Verlass. Und dann stand dieser Mann, Michel, vor meiner Tür, eines Abends, einfach so. Gut aussehend, charmant, mit dem Pass meines Bruders. Er suchte Unterschlupf, ausgerechnet bei mir. Angeblich, weil er ein schlechtes Gewissen hatte. Mein Bruder habe ihn zu einem ‚Coup' überredet, ein Überfall auf einen privaten Geldtransport. Mathieu hatte Schulden bei Michel, das klang glaubwürdig. Michel hatte angeblich die Drecksarbeit gemacht, auch das hätte zu meinem Bruder gepasst. Und dann, nachdem der Coup geglückt war, hatten sie einen Unfall. Mathieu war sofort tot, sagte Michel, und da er befürchtete, für das Verbrechen ins Gefängnis zu gehen, setzte er sich mit Mathieus Papieren ab. Und dem Geld. Ich geb es ungern zu, aber es war nicht allein sein Charme oder seine Geschichte, auf die ich reinfiel. Es war auch das Geld. Mein Reisebüro stand kurz vor die Pleite. Ich war Witwe mit kleinen Zwillingen. Mathieu war tot, und auch lebendig war mein Bruder, mein einziger Verwandter, keine Hilfe gewesen, im Gegenteil. Michel dagegen bot Unterstützung an. Und da hier niemand Mathieu mehr gesehen hatte, seit meine Eltern sich Anfang der 70er scheiden ließen, dachte ich, warum nicht. Ein großer Fehler. Zuerst ging es gut, niemand schöpfte

Verdacht. Wieso auch? Michel als Mathieu war wortkarg, aber ungemein hilfsbereit. Nicht nur gegen mich. Er half, wo er konnte. Übernahm den Haushalt, renovierte das Haus, passte auf die Kinder auf. Ein Kerl, der Geld hat, Charme, was will man da machen? Ich verliebte mich sogar in ihn. Wir dachten darüber nach, hier wegzugehen, für ihn neue Papiere zu besorgen, zu heiraten. Eine Idylle. Ein Traum. Und dann erwischte ich ihn mit den Zwillingen. Im Bett." Therese hielt einen Augenblick inne und sah zu ihren Gästen. Sie hörten zu. Stumm. Mit großen Augen, aber nicht groß vor Unglauben, sondern vor Angst. Und Wiedererkennen. Therese seufzte.

„Dass sie nicht die Ersten waren, mit denen er – denen er das angetan hat, hab ich erst begriffen, als ich die Fotos fand."

Die junge Frau sah einen Moment schockiert aus, dann wechselte etwas in ihren Augen, als ob sich die Farbe änderte, und sie nickte zögernd. Ihr Bruder blickte versteinert auf den Tisch vor sich.

„Deshalb hab ich Sie erkannt. Pardonnez moi, Ihre Schwester ist noch ein Kind auf den Bildern, aber Sie – den Teenager in einem Erwachsenen zu erkennen, ist nicht so schwer, verstehen Sie?" Sie streckte die Hand nach Mike aus, der sein Gesicht in seinen Händen barg. Seine Schwester berührte vorsichtig seinen Rücken. Er zitterte ein bisschen, wie ein Tier zwischen Scheu und Abwehr, ließ es aber geschehen. Dann blickte er auf, erst zu ihr, dann zu seiner Schwester, die seine Wange streichelte und ihn in den Arm nahm. Sie gingen miteinander um wie ihre Zwillinge, die sich nie trennten, nicht einmal, wenn sie verliebt waren. Mike machte sich los und sah Therese an. Also setzte sie ihre Erzählung fort.

„Sie sind nicht schuld, verstehen Sie? Sie waren ein Kind, auch ein Teenager ist ein Kind und einem Erwachsenen, wie sagt man, unterlegen. Aber ich, ich hätte es früher wissen müssen. Weil sich meine Kinder veränderten, in Kleinigkeiten, aber doch nicht zu übersehen." Nun stockte sie wieder, ihre Schuld erdrückte sie. Sie fühlte die Hand der jungen Frau, die sich über ihren Bruder hinweg zu ihr gebeugt hatte, auf der ihren.

„Was ist danach geschehen?" Eine sehr sanfte Stimme fragte

das. Therese war irritiert, konnten grüne Augen braun werden und ein Gesicht plötzlich so viel schmaler sein? Das war sicher das Licht, das Halbdunkel im Zimmer. Therese stand auf.

„Ich hab ihn erschlagen. Nicht in dem Moment, ich wollte nicht, dass die Kinder das auch noch mit ansehn müssen. In dem Moment hörte er auf, weil er mich sah. Ich brachte die Kinder in ihre Betten. Er redete auf mich ein. Ich hörte nicht zu, ich wartete ab. Ich sagte nichts, was für ihn wie Zustimmung war. Also gingen wir ins Bett. Ich wartete, bis er schlief. Tief und fest. Dann stand ich auf, holte die Schaufel, legte ein Kissen auf sein Gesicht und schlug zu, immer wieder. Bis kein Ton mehr kam, keine Bewegung."

„Wow, irre", entfuhr es der jungen Frau. Dann räusperte sie sich und sagte mit normaler Stimme halb entschuldigend: „Ich wünschte, unsere Mutter hätte das getan. Sie sind eine mutige Frau." Ihr Bruder nickte. Therese ging zur Terrassentür, die auf den Hinterhof führte.

„Ist er – da draußen?", fragte Mike.

„Oui", antwortete Therese. „Das können Sie auch der Polizei sagen, wenn Sie wollen." Die beiden sahen sie an und lachten gleichzeitig los. Dann schüttelten sie die Köpfe.

„Ihnen geht's gut, den Kindern geht's gut, und uns, uns wird's auch besser gehen. Wozu wir da Bullen brauchen, weiß ich echt nicht." Einen Moment lang klang die junge Frau fast wie ihr Bruder. Irgendwas stimmte mit Thereses Wahrnehmung nicht. Vielleicht bekam sie eine Migräne. Aber das wäre halb so schlimm. Nachdem sie das hier überstanden oder doch fast überstanden hatte, wäre eine Migräne ein geringer Preis.

„Wollen Sie sehen, wo Michel ist?" Therese öffnete die Tür und trat in den Hinterhof. Eine friedliche Idylle zwischen den Häusern, eine Insel der Ruhe. Der letzten Ruhe.

Josephine

War dieses Loch tief genug, die Vergangenheit zu begraben? Ich stand mit Mike und einer Frau namens Therese in einem schattigen Hinterhof und starrte auf das Blumenbeet, das die Mauer umsäumte. Therese deutete auf eine Ecke der Mauer. Dort lag er also. Michael Greschke. Der Mann, der unser Vater hätte sein sollen. Ein Mann, den ich selbst nie gekannt hatte, dessen Fängen aber wohl die anderen – und ja, ich gebe es zu, damit wohl indirekt auch ich – nie entkommen waren. Eine Kletterrose öffnete die ersten Knospen. Lavendel bereitete sich auf den Sommer vor. Bienen summten über blühendem Thymian. In der Ferne hörte ich vereinzelte Autos.

Noch eine Idylle, die keine war, kam mir in den Sinn. Noch mehr Leben, die Michael vergiftet hatte. Und doch war das der Ort des Endes. Hier hatte Therese das beendet, was Heidrun gekonnt verdrängt hatte. Ein unangenehmer Gedanke, denn ich verdrängte doch auch so manches nur allzu gerne. Ich sah zu Mike, dessen Blick wie gebannt am Blumenbeet hing. Therese stand ruhig und gefasst neben ihm. Bewundernswert ruhig, so gelassen, wie ich es mir für mich und uns wünschte.

Ich räusperte mich. „Entschuldigen Sie, wenn ich das jetzt frage, aber wie halten Sie das aus, hier zu leben?“

Mike sah erstaunt auf, Therese zuckte mit den Achseln. „Dieses Haus ist mein Leben. Hier bin ich geboren, hier sind meine Kinder geboren. Ich konnte nicht zulassen, dass er uns von hier vertreibt. Und nur indem ich hier bleibe, weiß ich sicher, sein Grab ist unberührt, wird von niemand gefunden.“ Sie hielt einen Augenblick inne. Mike sah sie an, nachdenklich nickend, aber ich verstand immer noch nicht.

„Wie –“, setzte ich an, doch da unterbrach sie mich.

„Wie ich damit lebe? Ich werde nie vergessen, was ich tun musste, weil ich vorher zu blind gewesen war, um zu handeln. Nichts wird seine Taten oder meine Tat je auslöschen. Sie sind geschehen. Es ist egal, wo ich hingehe, das Wissen ist immer in mir.“

Ich sah sie mit offenem Mund an, das vermute ich jedenfalls. Denn ihre Worte trafen mich wie ein Blitz und gingen zugleich durch mich hindurch, quer durchs System. Das Wissen ist immer da, ob man es nun sehen will oder nicht. Und was geschehen ist, ist geschehen. Es ist vorbei und doch da. Vielleicht musste man die Vergangenheit nicht begraben, nicht mal in diesem Loch. Vielleicht konnte man damit leben, sich der Vergangenheit zu erinnern, auch wenn die Erinnerung voller Löcher war?

Jo

Mir kam das alles absurd vor. Bis gestern hatte ich geglaubt, Michael sei längst tot und das Einzige, das mich daran störte, sei, dass ich mich nicht erinnerte, auf seiner Beerdigung gewesen zu sein. Nun stand auch ich an seinem Grab und fand's bizarr. Kleinstadtidylle im Elsass, darunter derselbe Horror wie zu Hause, nur mit einem anderen Ende. Dem wirklichen Ende. Und wenn man dieser Therese zuhörte, konnte man glatt den Eindruck haben, es sei ein Happy End.

„Was ist mit den Kindern?" fragte Mike. „Wissen sie, was – wer – also, dass Michael tot ist?"

Therese seufzte. „Bevor ich mit der Schaufel ins Schlafzimmer ging, hab ich nach ihnen geschaut – sie schliefen. Als ich hier draußen fertig war, ging ich wieder hoch zu ihnen – sie schliefen immer noch. Also habe ich Michels Sachen in seine Reisetasche gepackt und unterm Bett versteckt. Von all dem wussten die Zwillinge nichts. Als sie erwachten, stand ich im Hof. Michel hatte ein paar Tage zuvor begonnen, die alten Steine rauszureißen, und Erde für Blumenbeete rangeschafft. Für die Kinder sah es aus, als würde ich daran weiterarbeiten." Sie verstummte.

„Er hat also sein eigenes Grab geschaufelt", stellte Mike fest.

„Da war er wenigstens mal für etwas gut. Nur, irgendwas müssen Sie den Kindern gesagt haben."

Therese sah ihn forschend an, bevor sie antwortete. „Ich hab ihnen gesagt, Michel musste weg. Ich hab ihn fortgeschickt, weil das, was er mit ihnen gemacht hat, falsch und böse war. Zuerst waren sie ganz aufgelöst, weil sie dachten, sie wären schuld. Immer und immer wieder hab ich ihnen gesagt, das stimmt nicht. Er war schuld, deshalb musste er weg. Irgendwann, denke ich, haben sie mir geglaubt. Sie waren noch so klein, erst sechs Jahre alt."

Mir wurde ganz anders. Sechs Jahre – als wir so alt waren, hatte Michael Josie bereits mehrfach vergewaltigt. Da gab's mindestens schon mich, sie, Anna, Jolanda, Tom und wohl auch die andern Kinder. Da war's für uns oder für das Mädchen, das wir hätten sein sollen, sein können, schon längst zu spät. Ich bekam nicht mehr genau mit, was Therese erklärte. Sie war verzweifelt gewesen, weil sie ihre Kinder nicht genug geschützt hatte, das hörte ich noch raus. Unsere verdammte Mutter hatte sich umgedreht und war aus dem Zimmer gegangen, als sie sah, was Michael mit uns machte. Therese hatte gehandelt, verzweifelt, aber auch entschieden und entschlossen. Diese Frau liebte ihre Kinder, Heidrun hatte sich höchstens in die Vorstellung einer guten Mutter mit einer ebensolchen Tochter verliebt. Sogar Mikes Mutter hatte ihr Kind geliebt, sonst wäre sie nicht abgehauen, sonst hätte sie ihn nicht vor Michael versteckt. Und wir, was hatten wir?

„Alles okay, Jo?" hörte ich Mikes Stimme, die Thereses unterbrach. Mein Bruder griff nach meiner Hand und die Wärme seines Körpers strömte zu mir. Ich musste lächeln.

„Alles klar, Mike", murmelte ich und lehnte mich an ihn. Stimmt, wir hatten Mike. Und das war besser als alles, was ich mir vorstellen konnte.

Cäcilia

Ich fühlte mich geborgen und in Sicherheit, bis ich bemerkte, das war Mikes Schulter, an der mein Kopf lag, und seine Hand, die meine hielt. Ich richtete mich auf und stellte fest, nein, ich hatte nicht geträumt. Ich stand wirklich in einem Hinterhof in einer kleinen Stadt im Elsass vor einem Blumenbeet, das an eine Mauer grenzte. Das musste Michaels Grab sein, wenn ich die Informationen, die Anna leise von innen wiederholte, richtig verstand. Mike sah mich seltsam an, aber er ließ meine Hand los. Auch diese Frau, Therese, blickte fragend zu mir.

„Geht es Ihnen gut?" Sie hatte eine schöne Stimme. „Sollen wir besser reingehen? Wollen Sie ein Glas Wasser oder – oder doch die Polizei? Ich bin bereit, wenn Sie das wünschen. Jetzt sind meine Kinder groß." Ich schüttelte den Kopf, räusperte mich, bekam aber keinen Ton heraus.

„Sie glauben doch nicht im Ernst, wir würden zulassen, dass Sie in den Knast gehen, weil Sie sich, Ihre Kinder, uns und den Rest der Welt von diesem Arschloch befreit haben", sagte Mike, dann sah er mich fragend an. „Oder siehst du das anders?" Ich schüttelte erneut den Kopf, mir hatte es gründlich die Sprache verschlagen. Mike schaute mir nach wie vor in die Augen.

„Cäcilia?" fragte er leise, ich nickte. „Dir ist klar, warum wir hier sind?"

„Ihr – wir wollten Michael finden, und das haben wir." Meine Stimme knarzte, Therese ging rasch ins Wohnzimmer. „Und was nun?"

Mike zuckte mit den Achseln. „Keine Ahnung. Ich hoff, wir kriegen die Kurve und finden 'nen Neuanfang. Diesmal richtig. Alle zusammen. Und ohne dass ich wieder irgendeinen Mist bau. Glaubst du, damit könntest du leben?" Das war eine echte Frage, keine rhetorische Frage, keine Frage mit emotionaler Fußangel, wie ich sie von Heidrun kannte und wie ich sie nach ihren Ansichten über ihren Stiefsohn von ihm erwartet hätte. Vielleicht war's mit ihm wie mit den anderen? Es war ungewöhnlich und ungewohnt, sich den Körper mit anderen Menschen zu teilen, aber es war möglich. Vielleicht wäre es genauso möglich, das Leben mit Mike zu teilen? Ich seufzte. Therese kam mit einem Glas Wasser wieder raus auf den Hof und gab es mir. Ich trank erst einmal.

„Wir können es ja versuchen", sagte ich zu Mike, dann wandte ich mich zu Therese. „Danke. Nicht nur für das Wasser. Auch dafür, dass Sie eine echte Mutter sind." Die beiden sahen mich erstaunt an. Was dann geschah, bekam ich nicht mehr mit, aber das machte nichts. Denn ich wusste ja, ich könnte Mike fragen, der auch mein Bruder war. Oder Anna oder eine der anderen, wenn ich seiner Antwort nicht trauen mochte.

Anna

Therese sah mich erstaunt an und wusste nicht, dass sie eigentlich Cäcilia hinterherblickte. Und Erstaunen war für meine durcheinanderwirbelnden Empfindungen nicht der passende Ausdruck. Ich hatte der Reise zugestimmt, sogar darauf gedrungen, weil mir klar war, wir brauchten sie. Wir alle brauchten dringend etwas, um die Vergangenheit abzuschließen. Die Begegnung mit Heidrun hatte uns nur weiter aufgewühlt und aufgestört. Und Toms Entdeckung, dass Michael nicht in Oldenburg begraben war, hatte aus dem Wellenmeer der Gefühle einen wahren Tsunami aus Angst werden lassen. Davor konnten und wollten wir nicht kapitulieren, wir mussten die Kontrolle wiedererlangen. Die Reise auf Michaels Spuren war das erstbeste Mittel gewesen, das sich dazu angeboten hatte.

Und nun standen wir an seinem wahren Grab, das gar nichts von einem Friedhof hatte. Dieser Hinterhof voller Blumen und Kräuter war ein Ort des Lebens, nicht des Todes. Das hörte ich auch aus dem Gespräch von Therese und Mike über die Zwillinge und ihre Entwicklung heraus. Therese war gelungen, wonach wir uns sehnten – mit Tatkraft und Leben die Verletzungen zu heilen, nicht sie vergessen zu machen.

„Wieso haben Sie Heidrun damals den Umschlag mit den Briefen geschickt?“, unterbrach ich Therese, die Mike gerade etwas über die Zwillinge erzählt hatte.

„Es waren ihre Briefe“, sagte Therese. „Das schien mir richtig. Und wenn ich sie recht verstanden habe, dann hat Michel sie um Geld angegangen oder soll man sagen, erpresst? Ich fand, sie sollte wissen, es ist vorbei. Mehr konnte ich nicht tun, das wäre zu gefährlich gewesen. Meine Kinder brauchten mich doch, verstehen Sie?“

Ich nickte und sah zu Mike. Ob es für ihn genauso schwer zu ertragen und gleichzeitig überwältigend schön war zu hören, was diese Frau getan hatte? Ich hatte immer geglaubt, ich brauchte das alles nicht. Michael war schon zu Lebzeiten weit weg von mir gewesen, und Heidrun nur ein lästiger Schatten. Der Gedanke, dass auch ich – wie jedes andere Kind auf der Welt – das Bedürfnis nach und das Recht auf Eltern gehabt hätte, die diese Bezeichnung verdienten, kam mir erst jetzt. Als hätte ich dafür erst Cäcilia, dann die Begegnung mit Heidrun und Thereses Geständnis gebraucht. Ich schüttelte den Kopf über mich selbst. Die Ironie des Spruchs „Arzt, heile dich selbst“ war mir bislang nie klar gewesen. All mein Wissen, all meine Studien, die ganzen Psychologiebücher und Therapeuten, das war bloße Theorie, das streifte gerade mal die Oberfläche.

„Ich wünschte, ich würde eines Tages die Liebe fühlen können, die Sie und ihre Kinder verbindet“, seufzte ich. Mike sah mich verblüfft an, berührte vorsichtig meinen Arm. „Natürlich liebe ich dich“, ergänzte ich rasch meine gedankenlose Bemerkung. „Das meinte ich nicht. Ich weiß einfach nicht, zu wie viel Liebe ich tatsächlich fähig bin.“ Ich nahm meinen Bruder in den Arm, er war der letzte Mensch auf der Welt, den ich verletzen wollte. Es hatte mir leid getan, Rudolf weh zu tun. Dasselbe mit Mike zu machen, würde mein Herz brechen. Neben uns lachte Therese auf.

„Sehen Sie sich doch an. Ihnen braucht niemand beizubringen, wie Liebe geht!“ Überrascht wollte ich mich von Mike lösen und etwas erwidern, aber obwohl er seine Arme ein Stück weit öffnete, rührte ich mich nicht. Vielleicht hatte diese Frau recht. Vielleicht war die Liebe genau wie das Leben ganz anders und viel einfacher, als ich Theoretikerin mir bisher gedacht hatte?

Josie

Auch wenn's mir keiner glaubt, es waren weder Mikes Arme noch die Wärme seines Körpers, die mich nach vorne zogen. Ich hatte die ganze Zeit nach vorne gewollt, um selbst zu sehen, wo das Schwein verscharrt war. Sich in Mikes Armen wiederzufinden, hatte es mir erleichtert, das umzusetzen.

„Mike“, schnurrte ich glücklich, „siehst du, wir sind wirklich frei. Er ist tot und begraben, und diesmal ganz in echt.“

„Oh, Josie.“ Mike drückte mich noch einmal, bevor er mich ein Stück wegschob. „Bitte nicht, darüber hatten wir doch schon geredet –“ Er verstummte und schaute zur Seite. Ich folgte seinem Blick: Ach ja, da stand diese Therese.

„Kann ich bitte noch ein Wasser haben?“ Sie nickte und ging los. Das klappte gut.

„Was soll das –“ setzte Mike an, aber ich unterbrach ihn. Ich hatte keine Lust auf seine dummen Erklärungen.

„Glaubst du im Ernst, ich will dich hier verführen? Hältst du mich echt für so beschränkt, einfach nur für eine kleine, blöde Nutte, die nichts anderes drauf hat? Erstens war ich so noch nie. Alles, was ich getan hab mit dir, hab ich aus Liebe getan, ob's dir nun passt oder nicht. Zweitens bin ich nicht dumm. Ich hab schon verstanden, was du und die andern besprochen haben. Keine Ahnung, ob da was dran ist. Ist nicht wichtig, denn ich hab kapiert, du willst keinen Sex mit mir. Macht dir Angst oder so. Ist schon okay, auch wenn ich's nicht toll find. Ich liebe dich, du Idiot, also werd ich 'nen Teufel tun und was machen, was du nicht willst." Aus dem Augenwinkel sah ich, dass Therese bereits wieder auf dem Weg zu uns war. Also stellte ich mich auf die Zehenspitzen und gab Mike einen Kuss auf die Nase. Therese sah mich verwirrt an, hielt mir das Glas hin. Ich nahm's, tat so, als wollte ich es über Mike ausschütten, und drückte es ihm statt dessen in die Hand.

„Danke", sagte ich, „ich glaub, er hat das grad nötiger." Vielleicht kapierte er so, was ich gesagt hatte? Alles, was ich wollte, war, mit ihm zusammenzusein. Der Rest würd sich finden.

Tom

War's das jetzt wirklich? Konnt das echt so einfach sein? Ich mein, ich hatte schon mal gewusst, dass Michael tot war, und es hatte mir rein gar nichts gebracht. Na ja, oder fast nichts. Passiert war mit ihm seitdem nichts mehr, wie denn auch. Aber die Scheißangst, die war die ganze Zeit da gewesen. Erst als ich in der Kanzlei über den Papierkram gefallen war, war noch 'n anderes Gefühl dazu gekommen, nämlich 'ne Stinkwut. Die hatte mich und uns bis hierher gebracht. Und nun stand ich mit dieser Frau, die Michael umgebracht haben sollte, und Mike an 'ner Ecke in 'nem Garten, wo der Alte angeblich verbuddelt war. Falls überhaupt noch was von ihm übrig war, wie Jolanda altklug in meinem Hinterkopf kundtat, denn nach so vielen Jahren wär bestimmt zumindest das Allermeiste verrottet. Was sie schade fand.

„Wie doof, der is jetzt ganz verschimmelt. Der Schädel is bestimmt auch weg, oder?" Laut sagte sie das, na super. Therese raffte natürlich nicht, was abging.

Mike dagegen schüttelte den Kopf. „Da rumzubuddeln ist keine gute Idee. Da ist nichts mehr zu finden. Aber wir finden nachher sicher was, womit wir das hier feiern können."

„Eis essen", quietschte Jolanda begeistert, bevor es mir gelang, sie endlich reinzuzerren. Mike entschloss sich zu 'ner anderen Ablenkungsstrategie.

„Die Fotos", fragte Mike, „wo sind die? Da unten, bei ihm?" Fotos, verdammt, war's das, was mich bei Prof. M. von Anfang an aus der Kurve geholt hatte? Dass er eben nicht der Erste war, der auf so 'nen Mist stand?

Therese schüttelte den Kopf. „Ich habe die Fotos erst später gefunden. In den nächsten Tagen, immer wenn die Kinder in der Schule waren und keine Kunden kamen, hab ich die Wohnung durchsucht, nach Sachen von ihm. So habe ich die Briefe gefunden. Und dann die Fotos." Sie verstummte.

„Aber was is nun mit den Dingern?", mischte ich mich ein. Kein Bock auf so was, bitte nicht noch mehr von dem Mist, dachte ich, und Mike war anzusehn, dass ihm wohl Ähnliches durch den Kopf ging.

„Ich wusste nicht, was ich damit machen sollte, erst recht nicht, nachdem mir klar wurde, dass Sie – also die Kinder auf den Fotos – seine Kinder sind. Kinder, denen er das angetan hat, was er meinen beiden auch angetan hat. Nur viel länger wohl. Nach und nach habe ich all seine Sachen weggebracht, verbrannt, bin sie losgeworden. Außer den Fotos habe ich jede Spur von ihm getilgt." Sie schwieg wieder betreten.

„Warum haben Sie das gemacht?" Mikes Stimme klang wie 'ne rostige Gießkanne. „Warum haben Sie ausgerechnet die Fotos behalten?"

„Ich konnte nicht anders. Ich wollte sie wegwerfen, aber es war, als ob die Kinder – Sie – dann nur Müll wären. Als ob ich Ihnen damit noch mal wehtun, Sie noch mal missachten würde. Deshalb habe ich auf Sie gewartet, so verrückt das klingen mag. Soll ich sie holen?" Mike nickte stumm. Therese sah zu mir.

„Okay", sagte ich leise. Sie ging ins Haus. Wir standen draußen dumm rum.

„Damit wär dann bewiesen, Michael war hier und sie hat ihn

umgebracht. Seine verdammten Trophäen hätt er nie freiwillig zurückgelassen", knurrte ich, weil mir das Schweigen zu schwer wurd und ich Schiss hatte, die Angst käm wieder.

Mike sah mich schockiert an. „Wusstest du von den Fotos?"

„Nicht von diesen Fotos. Aber ich kenn die Art Typen." Mike sah mir fragend in die Augen. Ich schüttelte den Kopf. „Nicht weiter wichtig. Nur noch 'ne alte Geschichte. Und ich hoff, das hier, der ganze Mist mit Michael – und deine verdammte Angst wegen Josie dazu – is genau das auch demnächst: nur 'ne alte Geschichte."

Therese musste 'ne ordentliche Frau sein oder sie hatte tatsächlich all die Jahre drauf gewartet, dass wir vorbeikämen, um uns das wahre Ende von Michael abzuholen. Sonst hätt sie nicht so schnell wieder mit dem Umschlag zurückkommen können. Sie sah verunsichert aus, als sie uns das Zeug hinhielt. Wir waren's auch – erst rührte sich keiner von uns, dann griffen wir beide danach. Mike ließ mir den Vortritt. 'nen ewig langen Augenblick hielt ich den Umschlag in der Hand. Polaroids – das konnt ich fühlen und auch an den fast quadratischen Umrissen sehen, die sich unterm Papier abzeichneten. Polaroids, das bedeutete für Michael und die andern Ärsche, keine Negative, keine Erpressung durch Dritte, keine unnötigen Spuren. Dafür das verdammte Original. Ich atmete tief durch und gab Mike den Umschlag.

„Ich kann's nich", sagte ich und meine Pumpe führte sich auf wie kurz vorm Platzen. „Mach du's." Mike sah mich unsicher an.

„Damit wir sicher sind, okay?" Er nickte, starrte aber erst mal nur wie ich auf den Umschlag. Dann linste er schließlich vorsichtig rein. Er wurd ganz grau im Gesicht und ließ das Ding wieder zuklappen.

„Haste mal Feuer?"

Mike

Zusammen mit Tom sah ich den Flammen zu, die Umschlag samt Fotos gierig fraßen. Therese war ins Haus gegangen, sie ließ uns bei unserer nachträglichen Feuerbestattung auf dem Blumenbeet, über den Überresten unseres Erzeugers, allein. Für mich war's so, als ob er jetzt endlich wirklich starb. Dabei war mir klarer denn je, die Angst und all der andere Müll, den konnten wir nicht mit 'n bisschen Benzin aus 'nem Zippo verbrennen und hinter uns lassen. Das hier war maximal der Anfang vom Ende. Aber vielleicht war das auch gar nicht so wichtig. Wenn Therese und ihre Kinder es geschafft hatten, mit Michael und den Folgen fertig zu werden, dann standen unsere Chancen vielleicht auch nicht so schlecht.

Als die verdammten Fotos nur noch 'n Häufchen Asche waren, das der nächste Windstoß in alle Himmelsrichtungen oder wenigstens quer über den Hof verstreuen würde, gingen wir zurück ins Haus. Therese stand in der Küche und kochte. Sie wollte uns nicht so schnell wieder fahren lassen. Wir sollten erst die Chance haben, uns zu sammeln. Ich wollt protestieren, dass es mir gut ging, ich völlig cool wär, ließ es aber bleiben. So verbrachten wir den Abend mit Therese und die Nacht im Zimmer ihrer Zwillinge. Immer wieder fing ich Blicke von Jo & den anderen auf, die von Therese zu mir gingen, als wollten sie sagen, wow, was wäre, wenn sie und nicht Heidrun unsere Mutter gewesen wär. Und immer wieder wanderten Thereses Blicke zwischen mir und meiner Schwester hin und her. Manchmal lächelte sie dann, weil sie's gut fand zu sehen, wie nah wir einander stünden und so. Manchmal schüttelte sie nur den Kopf.

„Sie haben überhaupt nichts mit Michel gemein", sagte sie schließlich, als Josephine grad auf der Toilette war, „selbst wenn er Ihr Vater war. Sie sind ganz anders, glauben Sie mir."

Als ich in der Nacht neben Jo & Co. im Bett lag, ging mir der Satz nicht mehr aus dem Kopf. Was, wenn Michael nicht mein Erzeuger war? Vielleicht hatte meine Mutter das ja nur befürchtet. Vielleicht konnte sie's gar nicht genau wissen. Vielleicht war Michael nur der Vater von Jo & den anderen, und mein Verlangen nach ihr, das immer wieder aufflackerte, alles andere als pervers. Mit 'nem DNA-Test müsst sich rausfinden lassen, ob wir wirklich den selben Vater hatten, und dann –

Ich schüttelte den Kopf und damit den Gedanken ab. Sie waren meine Schwestern und mein Bruder. Und sie wollt ich um keinen Preis der Welt verlieren.

Peter Gerdes
Fürchte die Dunkelheit
Kriminalroman
ISBN 3-934927-60-2
256 Seiten; 11,90 Euro

Peter Gerdes
Solo für Sopran
Inselkrimi
ISBN 3-934927-63-7
208 Seiten; 9,90 Euro

Peter Gerdes
Ebbe und Blut
Ostfrieslandkrimi
ISBN 3-934927-56-4
208 Seiten; 8,90 Euro

Jürgen Alberts
Der große Abschied
des J. B.Cool
ISBN 3-934927-71-8
176 Seiten
8,90 Euro

Sandra Lüpkes
Die Sanddornkönigin
Inselkrimi
Hörbuch mit 4 CD
ISBN 3-934927-83-1
19,90 Euro (empf. Preis)

Peter Gerdes
Solo für Sopran
Inselkrimi
Hörbuch mit 3 CD
ISBN 3-934927-81-5
19,90 Euro (empf. Preis)

Birgid Böseler
Hexenkräfte
Oldenburg-Krimi
ISBN 3-934927-73-4
272 Seiten; 8,90 Euro

Wolke de Witt
Sturm im Zollhaus
Ostfrieslandkrimi
ISBN 3-934927-77-7
ca 208 Seiten; 8,90 Euro

Kai Engelke
Der Totdenker
Kriminalroman
ISBN 3-934927-65-3
176 Seiten; 9,90 Euro

Martin Kleen
Anästhesie
Medizinthriller
ISBN 3-934927-51-5
204 Seiten; 9,90 Euro

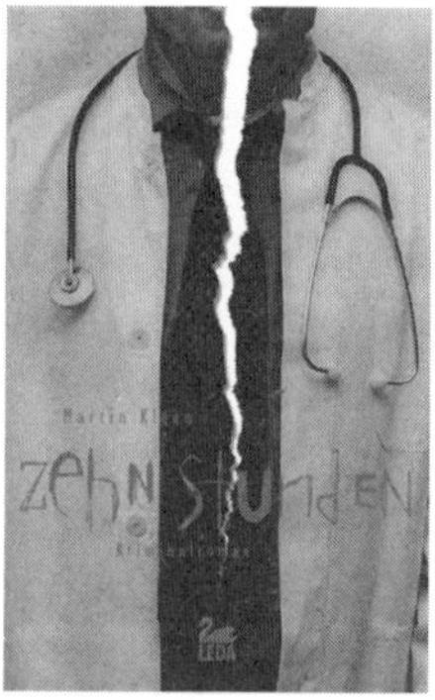

Martin Kleen
Zehn Stunden
Medizinthriller
ISBN 3-934927-64-5
176 Seiten; 9,90 Euro

Martin Kleen
SuperHertha
Thrillersatire
ISBN 3-934927-72-6
400 Seiten; 9,90 Euro

Dieter Bromund
Metzgers Testament
Inselkrimi
Borkum
ISBN 3-934927-57-2
240 Seiten; 10,90 Euro

Dieter Bromund
Kein Schnaps für den Zaren
Inselkrimi – Spiekeroog
ISBN 3-934927-37-8
176 Seiten; 9,90 Euro

Dieter Bromund
Die wandernden Sände
Inselkrimi – Langeoog
ISBN 3-934927-80-7
240 Seiten
8,90 Euro

Ulrich Hefner
Der Tod kommt in Schwarz-Lila
Inselkrimi – Wangerooge
ISBN 3-934927-43-2
336 Seiten; 14,70 Euro

Ulrich Hefner
Die Wiege des Windes
Inselkrimi – Norderney
ISBN 3-934927-69-6
ca 400 Seiten; 9,90 Euro
Mai 2006

Bernd Flessner
Greetsieler Glockenspiel
Ostfrieslandkrimi
ISBN 3-934927-48-3
208 Seiten; 9,90 Euro

Bernd Flessner
Die Gordum-
Verschwörung
Ostfrieslandkrimi
ISBN 3-934927-23-8
224 Seiten; 10,00 Euro

Andreas Scheepker
Tote brauchen
keine Bücher
Ostfrieslandkrimi
ISBN 3-934927-47-5
176 Seiten; 9,90 Euro

Manfred Briese
Mord auf der
Mühlengalerie
Kriminalgeschichten
ISBN 3-934927-65-3
144 Seiten; 8,90 Euro

Martin Arz
Das geschenkte Mädchen
Ein Fall für Pfeffer
ISBN 3-934927-42-4
256 Seiten; 11,90 Euro

Martin Arz
Reine Nervensache
Pfeffers zweiter Fall
ISBN 3-934927-62-9
320 Seiten; 14,70 Euro

Gerhard Meuss
Der Rembrandt-Coup
Kriminalroman
ISBN 3-934927-70-x
176 Seiten; 9,90 Euro

-ky
In Bramme geht die Bombe hoch
Kriminalroman
Premium-Format
3-934927-45-9
208 Seiten; 9,90 Euro

-ky
Älteres Ehepaar jagt Oberregierungsrat K.
Kriminalroman
Premium-Format
3-934927-17-3
176 Seiten; 10,00 Euro

-ky
In Bramme fließt Dozentenblut
Kriminalroman
Taschenbuch
3-934927-75-0
224 Seiten; 8,90 Euro

Peter Gerdes (Hrsg.)
Fiese Friesen
Kriminelles zwischen Deich und Moor
ISBN 3-934927-58-0
256 Seiten; 12,70 Euro

Peter Gerdes (Hrsg.)
Inselkrimis
Kriminelles zwischen Strand und Düne
ISBN 3-934927-59-9
256 Seiten; 12,70 Euro

Peter Gerdes (Hrsg.)
Mordkompott
Kriminelles zwischen Klütje und Kluntje
ISBN 3-934927-01-7
240 Seiten; 12,70 Euro